别的事情都随着时间的流逝
而被遗忘了，
甚至连我们自己生活中的细节，
此时此刻无比珍重的东西，
也会在时间的长河里、
从我们的记忆中慢慢褪色。
直到有一天，
我们发现本以为会永远铭记的一切，
已在记忆中无处可寻，
只能到日记里寻找过往的痕迹。
但是这一年会永远地陪伴我们，
那些月份总是那么熟悉，
它们永远不会逝去。

自然旅人

英格兰乡村生活

Landscape with Figures

[英] 理查德·杰弗里斯 / 著
石梅芳、赵永欣 / 译

天津出版传媒集团
百花文艺出版社

图书在版编目（CIP）数据

英格兰乡村生活 / (英) 理查德·杰弗里斯著 ; 石梅芳, 赵永欣译. -- 天津 : 百花文艺出版社, 2018.1 (2019.4重印)
ISBN 978-7-5306-7367-6

Ⅰ. ①英… Ⅱ. ①理… ②石… ③赵… Ⅲ. ①散文集-英国-近代 Ⅳ. ①I561.64

中国版本图书馆CIP数据核字(2017)第235490号

英格兰乡村生活
YINGGELAN XIANGCUN SHENGHUO
(英)理查德·杰弗里斯 著 石梅芳、赵永欣 译

责任编辑：张 雪
装帧设计：郭亚红
出版发行：百花文艺出版社
地址：天津市和平区西康路35号 **邮编：**300051
电话传真：+86-22-23332651（发行部）
+86-22-23332656（总编室）
+86-22-23332478（邮购部）
主页：http://www.baihuawenyi.com
印刷：北京印匠彩色印刷有限公司
开本：880×1230毫米 1/32
字数：225千字
印张：12.375
版次：2018年1月第1版
印次：2019年4月第2次印刷
定价：48.00元

如有印装质量问题，请与北京印匠彩色印刷有限公司联系调换
地址：北京市顺义区高丽营镇
电话：(010)69491689 邮编：101399

目录

威尔特郡的农场雇工 …… 001

农场雇工的日常生活 …… 014

猎场看守的生活纪事 …… 045

奥克本村的乡民 …… 060

农业生产多样化 …… 072

关于狩猎的绘画 …… 077

偷猎者与流浪汉 …… 079

银莲花盛开的地方 …… 096

可爱的小溪轻轻地流 …… 107

小溪中的鳟鱼 …… 118

水底的智慧 …… 129

现代的泰晤士河 …… 145

萨默赛特的水鸫 …… 151

伦敦市郊的树木……156
高空盘旋的红隼……166
二月的自由旷野……172
寻找麦鸡的踪迹……185
乡村风景随笔……189
麦田漫步遐思……196
大自然和书籍……215
自然无需设计……234
乡村的新选民……241
推行普选权之后……258
猎杀偷猎者……278
樱草俱乐部……284
春日的时光……291
我的古老村庄……310

威尔特郡的农场雇工

先生，威尔特郡农业工人的收入并不像诺森伯兰的工人薪酬那样优厚，但也不像多塞特郡工人那样收入低微。不过，他们的薪酬水平也反映了个人的智力水平和社会地位。鉴于雇工阶层在英国境内人数众多，倒是可以把威尔特郡的农业工人作为一般样本来考察一番。

农场雇工通常身强体健，他们的肩膀宽阔，躯体伟岸，可是因为走起路来懒散无形，外貌身姿完全称不上多么优雅。他们的肌肉固然强健，论力量恐怕还比不上终日在港口懒洋洋闲逛的海员。他们的四肢给人一种脱节的感觉，没什么弹性；他们的肌肉也没有船员身上的肌肉那么坚硬、那么有张力，很像拉车的马匹，走起路来动作相当笨拙、缓慢。因为这些农场雇工在童年时期就必须帮忙干活儿、下地扶犁，那时他们的四肢还不够强健，却要从事艰苦的劳动，最终影响了走路的姿势。更何况他们还得穿着沉重的钉靴，不断地从厚重泥泞的灰泥地里拔出脚来，所以他们成年之后走起路来就像总在卖力地提腿抬脚，好像不那样就没法前进一样。另外，雇工们所吃的食物也可能与这种死气沉沉的缓慢动作有关系，因为行动迟缓往往说明他们缺乏活力。雇工们的食物主要是面包和奶酪，每礼拜还能吃上两三次培根，再搭配上点洋葱。如果是某个农场的挤奶工人，礼拜日的时候雇主还可能会花钱请他们“美餐”一顿。平时他们都是在傍晚六点或七点吃晚餐，你如果恰好在这个时间路过农舍，就可以闻到里面飘出来的浓烈的煮白菜的味道。白菜是他们的主要蔬菜，别的蔬菜对他们来说就纯属奢侈品了，所以如果哪个雇工家里拥有一片大菜园，肯定就是那里最幸福的人了。至于洋葱，雇工们一般都是生吃的，很少想到用洋葱来给食物调味，他们也不像法国农夫那样心灵手巧，用洋葱做开胃菜或香味诱人的烩菜及蔬菜汤。在皮卡第的时候，我常在农夫家里吃晚餐，非常享受他端到桌上的那道美味的蔬菜汤，说起来那只不过是他们的家常便饭呢。可是，你很难在一家英格兰农舍里吃上顿美味可口的晚餐。总的来说，他们的面包还不错，培根的味道却很差，因为这是他们在二等商店能买到的最便宜的肉类——油腻腻、软塌塌的，质量低劣。农场雇工烹调蔬菜的方式也非常糟糕，他们通常把蔬菜泡在卤肉汁中一起吃。卤肉汁是最受雇工们欢迎的汤。据我所知，农舍居民日常饮食中不但会吃浸泡肉类的卤肉汤汁，连煮土豆的水——土豆浓汤——都要吃掉，吃起来往往狼吞虎咽、一扫而光。除了培根，他们几乎不买别的肉制品。我常听不少乐善好施的夫人念叨屠夫卖的肉里面有些特定部位常常卖得很便宜，还能做成滋味鲜美、营养丰富的食物。虽说如今肉类价格偏高，多吃点其他品种的肉食显然对人体也是很有好处的。可是平日里雇工们总是只吃猪肉，非猪肉不吃。当然，假设他们有机会吃其他的肉类，那么他们的食量也是相当大,令人瞠目结舌。他们往往可以在一年一度的乡村俱乐部举行的晚宴中狼吞虎咽、饱餐一顿。据我所知,有人一口气吃掉了一盘烤牛肉(这些晚宴中肉类切片都相当厚)、一盘煮牛肉、一盘煮羊肉,还有四分之一盘烤羊肉和五分之一盘的火腿。吃到最后,他说实在吃不下面包和奶酪了,实际上最后他连甜点布丁都一口没动!我甚至还听说过,有人在宴席上使劲地吃,一直吃到撑,然后离席用芥末催吐,吐完之后再回来继续大吃大喝。这些人喝起啤酒来更是完全没有限量。我听说,收割工人和割草工人互相吹牛说他们可以躺在小木桶下面,嘴对着桶口,一口气喝上一加仑的酒。通过我在宴会上的所见所闻,我相信他们真能一口气喝那么多。

比起以前,如今的农场雇工穿戴得可要好多了。他们的日常穿着是灯芯绒裤子和宽大的罩衫,外出的时候就身穿礼服外套。当然,挤奶工人和那些干脏活、累活的人穿戴要差一些。农场雇工几乎人人都有自己的礼拜日套装,而且衣服的质地常常非常优良,还有些人身穿闪亮的黑色套装搭配"烟囱式高帽"。可惜,不管雇工怎么穿着打扮,一旦走起路来,行走的姿势就会彻底让他现了原形。最近劳动力的价格上涨,雇工薪酬很高,他们常常议论如今工人都能穿宽幅绒面呢的衣服去教堂,他们东家却只能穿罩衫了。雇工从来都不戴手套——当然这些会随着时代的转换而有所改变,不过他会专门选择戴领结。农场妇女的穿衣打扮也会顺应潮流的变化。某个农场区的一位令人敬重的布料商有一天曾向我抱怨说,如今哪怕是出身低微、贫困阶层的妇女也要穿戴符合潮流的款式,而且总是随着潮流更换服饰。如果放到以前,他就会囤上一批专门卖给贸易商、农场雇工的妻子或女儿的货物，就算时尚潮流发生变化或者衣服过了时也没问题，他还可以把这些东西卖给仆人们。如今情况可就大不一样了，卖的衣服质量无所谓，但样式必须是时兴的，积压的服装根本没法再轻易处理掉了。

乡村的住宅也是今非昔比，农舍设计和质量都要好得多。现在各地修建的农舍房屋内部基本上都用不着再另行装修了。一般来说，每栋农舍都有三个卧室，其中的设施和房间的舒适程度也和房间的大小相符。要说例外，就是雇工们自行在废弃的空地上修建的住宅，看上去质量低劣、令人不快。那些自建的住宅几乎毫不例外都是些破破烂烂的棚屋。对于信基督的国家来说，这些真是太令人难堪了。话说，我眼前就有个活生生的例子。有人在这里建了一栋两居室的农舍，房子只有一层，没有修楼梯，两个房间里就住了八个人——雇工自己和妻子，已长大的女儿和别的孩子们，所有人就睡在这两个房间里，农舍周围连个能种洋葱的小菜园都没有。他们的生活垃圾和污水就直接倾倒在路上，污水可能还流进了给村子供水的小溪里。还有另外一个例子，有家农舍同时住着十二个人。这一栋倒是修了两层楼，但是天花板太低了，要是一个大个子站在地板上，头都能伸到楼梯的开口处，直接看到二楼地板的床底！这些地方过于拥挤局促，很容易爆发热病或家族传染病。生活在这些地方的夫妻，往往都会因为潮湿阴冷患上风湿病和关节炎。众所周知，这些人久居此处，年长日久代代相传，都居住在这些破烂的自建棚屋里，久到最后连原本拥有这些土地的地主都忘了让他们退租，而他们就堂而皇之地藐视地主，宣布这是他们自己的产业，永远固守在那里成了钉子户，成了改良之后的乡村的肮脏印记、依附其上的真菌。现在雇工或土地承租人自己修建的农舍也都一步到位，修建得完全适合人类居住。我敢说，哪怕走遍整个威尔特郡，你都不可能在这么大片土地上找到一栋破烂的房舍，地主们为雇工修建的房屋质量相当好，设施也很完善。不管是哪一家农场，地主提供的农舍住宅都配有一片菜园，还有很多农舍的菜园面积很大，农场雇工足以在其中种植各种蔬菜以供食用。在过去的几年里，乡村土地的使用分配体系已经发生了很大的变化，这些变化往往对土地所有者和承租人双方都很有益。通常每个租户承租一片土地的租金是四英镑——这个价格对拥有土地的地主来说相当不错，承租土地的租户也能在这片土地上得到很好的利润。据我观察发现，有个村子的教区牧师将自己名下的教会土地都租出去了——当然，这只是个比较好的范例，不能大规模地推广，也不适合过度宣传。牧师向民众出租教会的土地可以最大限度地为教区的贫困居民提供便利，他们租种土地养活自己，就不至于损害真正的英格兰人最看重的品质——独立性。这位教区牧师还编辑了一本小册子，规定了小块土地分配的原则和条件，严格约束租户们醉酒、放荡的习惯，规定租户一旦疏于管理，这些分配的土地就会被收回。分配体系的益处数不胜数。乡村中可分配的土地总量有限，而土地分租则可以提高这些土地的利用空间。雇工们一旦有了额外收入，就能很容易地为自己提供餐桌上的食品或者用来支付租金，他们的生活垃圾也可以用来养猪，出售肥猪产生的利润足以支付房屋的租金，而猪圈里的粪肥反过来又能为雇工分租的土地提供肥料。有些城镇的公共用地面积虽然广阔,完全可以设定特定的条款加以分配使用。比如马姆斯伯里有五百英亩公共用地,泰特伯里的公用地足有方圆两英里,而这些土地都是适于耕种的土地。这些公共土地并非是完全任由雇工随意使用的,需要从雇工阶层中推举出来一个人负责掌控分配。很多雇工在自家的菜园里栽种了果树,收获季节也能给他们带来十分丰厚的收入。据我所知,最近有位雇工卖掉了价值四英镑的苹果,而另一位雇工光是在一棵梨树上收获的果实就卖了三英镑多。

我还想再谈一谈薪水的问题。威尔特郡地区很久没有发生过大规模的罢工,也很少有人聚众谈论这个话题,原因很简单,鼓动罢工闹事的人不可能在一个大多数雇工都能得到较好报酬的地方获得支持。根据不同地区对劳动力的供需情况,每位普通雇工每周大约可以收入十、十一或十二先令,如果他还帮助挤奶,那每周就能多收入一先令,每周挣十三先令是当地比较正常的薪水。这些薪水听起来不算高,不过也有雇工能挣得更高的薪水。为了更好地说明薪资的支付情况,我要举一个山区(马尔巴勒丘陵地区的可耕地)农场主的例子,去年夏天他在收割季节每周向每位收割工人支付十八先令的报酬。这些雇工就居住在农场提供的住宅里,每栋农舍都有三个卧室,当然还有面积更大的,全部提供现代化的生活设施,每一栋农舍都在附近提供约占四分之一英亩土地的菜园。雇工租用农舍和菜园,向农场主支付每周一先令的租金。所有农舍都是由农场主统一支付保险费用,包括农舍里的家具等费用,每一栋农舍在保险费上每年花费将近一点三先令。为此，农场主要从雇工每年的薪水中扣掉一先令的保险费。因为很少有雇工会主动为租住的房屋缴纳保险费。另外，这些雇工在收获季节大约每人每天还要喝掉六到八夸脱的啤酒（单这项费用每周就要超过十八先令），酒的价格是一吨两英镑。有位绅士在威尔特郡经营一家大型蒸汽机租赁耕地业务，他的名字常出现在公共场合，他告诉我说在他的账簿上记录着每年要向每位雇工支付一百英镑的现金酬劳，这说明支付雇工报酬超过了租赁机器的费用，雇工的妻子和孩子也可以增加家庭的总收入。很多农场主每年单是支付雇工们喝掉的啤酒费用就达五十或六十英镑——这部分是除了薪酬之外的一笔重要开支。铁路公司的雇工和其他技术工人是严禁饮酒的。一栋状况良好的农舍再附加面积为四分之一英亩的菜园，每周收取一先令的租金，这种情况是很常见的。当年很多参加过收割庄稼的人记忆中留下的可能是一排排漂亮的房子，而不是一栋栋简陋的农舍，这些都是给雇工们住的，每周租金一先令。在大型制造业城镇的周边地区，有时每周要向雇工支付一点六先令的报酬，不过这些地区的农舍住宅租金也相对较高，可能会以每周三先令、四先令甚至五先令的价格租给在城镇工作的技术工人。马尔博罗公爵曾签署一项法令，规定他所管辖的农舍住宅将来只能租给农舍所在地区的农场工作人员，这一规定当时曾引起过强烈的抗议。实际上，这是公爵给予农业工人的最大恩惠，可以保证农场雇工花上非常微薄的租金就能在距离工作地较近的地方租住一栋设施完好的农舍。在此之前，有很多农场的农舍住宅都以高价租给了技术工人，农场的雇工们往往要走上好几英里的路才能到达农场。所以，出租农舍不能成为地主或农场主用来投机赚钱的手段。众所周知,农业雇工收入低微,如果出租农舍的条件也不设限,雇工们就根本支付不起房屋的租金。有位地主为雇工建造了一些农舍,雇工的居住条件是向地主支付其投资总额一定比例的利息。目前来说,这也是一种解决问题的方式,一定程度上限制了投机的行为。不过,尽管租赁房屋所需要的费用占总开支的比例很低,雇工的负担仍然很重,他们不但要支付租住农舍的租金,还要支付部分建房投资的利息。所幸能够居住这些农舍里的话,雇工距离劳动的场所比较近,工作起来也比较方便。

除了雇工能够得到现金报酬之外,如今最值得称道的就是农舍房屋的居住条件和环境大为改善了,一般只需支付很少的租金就能得到一片菜园,甚至一个小果园,收获时节雇主还会提供免费的啤酒喝,再加上平常可以打些零工,收割之后打磨工具等等,这极大地改变了农场雇工的工作条件。在格洛斯特郡的科茨沃尔德,薪水最高的雇工是牧羊人,他们在以牧羊为主的郡县得到了极高的信任和重视。每年在大型农场举行的羊毛拍卖会上,会专门设置一个送给负责放牧这些羊群的牧羊人的钱包,参加拍卖会的每个人都要在里面放上一先令,单是这份收入通常就有五英镑之多。威尔特郡高地的牧羊人薪酬也为数不少,特别是在产羔季,这时雇主需要牧羊人在羊群上投入极大的精力,好全心全意照料羊群。之前,我提到雇工没有什么改变地位的升迁机会。但是,产羔季就是升迁的契机,若是牧羊的雇工干得好,就能得到很好的机会,而且通常很快就能改变地位。据我所知,有个人先是从事与雇工差不多的工作,然后随着收入增加、地位开始发生变化，到最后不但自己拥有了一家农场，还将儿子们安置在农场里工作。还有位雇工也是最近得到了一家农场，这样的例子很多，这些人都已经踏上了通往成功的康庄大道。如果雇工拥有一些聪明才智，他就能成为马车夫的头儿或者工头儿，然后就这样步步上升，从工头儿变成农场管理员的助理或管理员的帮手，最后成为代理收租人。作为农场管理人员，他就有各种机会去学习管理农场的各项工作，常被全权委托处理距离雇主的住处较远的农场的事务。随着时间的推移，雇主觉得他越来越能干，因此也就付给他越来越高的薪水。但是一般情况，个人的花费不会太多，积攒的闲钱也就越来越多，在接下来，这个人很轻易就能得到一份承租农场的保证书，不费什么力气就能筹到承租农场的钱。用不着花费多少心思，一位农场的雇工就华丽转身变成了小有成就的人。当然，也有先做点小买卖，通过买卖猪、牛的贸易顺利提升了地位的人，这些人通常先攒够钱租下一家规模不大的农场，在这个基础上再开展大型的牲畜贸易。令我惊讶的是，只要有了一张公司提供的文书，不费吹灰之力就能获取更多的资金变成和雇主地位相当的人，几乎相当于一位雇工被提升到农场主的地位。

如今，很多农场雇工远走他乡寻找适合自己从事的工作，这些人回家之后（通常大多数人最终都会返回家乡），可能还会继续从事农业劳动。这些人是雇工阶层中技术最好、头脑最聪明的人，早已掌握了从事任何农业工作的技能。我认识一个人，除了日常的薪水之外，他还能靠帮一些小酒馆酿酒额外挣一大笔钱。当然，他酿造的酒味道也相当不错。这些人往往掌握了很多实用技能。

从事农业劳动的妇女当然谈不上美，实际上乡下的妇女基本上都没有什么魅力。偶尔会有个姑娘长着漂亮的、坚果般丝滑的褐色肌肤和一双黑刺李般的黑眼睛，但是老天赋予她们的美貌往往没有特色，只待脸上那抹青春的红晕一消失，她们立刻就变得平淡无奇了。很多女性的确拥有一头浓密、光润而丰美的秀发，可能因为乡下的空气比较新鲜的缘故。但是，到了礼拜日，她们都要涂上气味刺鼻的发蜡和头油，离着好几码远，就能闻到那股令人骇然的味道。说起来，从事农业劳动的乡下妇女比城镇妇女的道德品行的确要好得多。虽然粗俗甚至粗鲁的笑话和粗鄙的语言也很常见，但最低也就如此了，她们当中很少会产生邪恶或丑闻。说起来，美貌反而是造成不道德行为的主要因素，很多在外做女仆工作的姑娘，原本诚实又勤劳，但是美貌成了她们致命伤，最终将她们推向了毁灭，只能日日沉溺在酒精当中。可是假如只让她们一年当中有那么一两天享受我们始终惬意享受的日子，又似乎过于残忍了。如今在绅士、牧师阶层的帮助下，加入有人推荐的友好社团，逐渐成为对她们来说更安全、也很快乐的娱乐方式。我不能认同的是这些人不够道德的方面。比如，他们太不懂得感恩，他们不会因为享受这么多福利而感恩，有人为他们提供了这么丰盛的食品——白兰地、汤、新鲜的肉类等等，农场主们毫不吝惜地把食物从自家运送到一栋栋的农舍里，他们很快就会把这些抛在脑后。而那些受惠最多的人往往是最先开口抱怨，且牢骚最多的人，他们甚至还会背后嚼舌头，说些很难入耳的话。我发现，几乎没有任何一位男性雇工或乡村妇女怀有感恩之心。可是，我敢说在英格兰没有任何一个阶层的人能像农业雇工一样受到雇主那么多的关怀，得到那么多的恩惠。还有些传闻说，发生严重火灾的时候，有些雇工甚至拒绝参与灭火，就因为当时啤酒没有马上送到面前。我相信这只是传闻，不可能是真的，不过这的确相当符合雇工的特质。还有那些总想在一群缺乏远见、时刻准备背叛自己的恩主、忘恩负义的人群当中挑起一场骚动的人，必须加以严厉谴责，用什么难听的词汇来形容他们都不为过。有人告诉我一个可信的消息，说格洛斯特主教在格洛斯特农业社团的晚宴上发表了一次演讲，虽然言辞有些犀利，可是用意并不坏，可是演讲之后有个鼓动者立刻就爬上了村里聚会的台子，鼓动大家罢工退租，弃农场主于不顾！说起来，雇工的工作机会不少。农村妇女都会外出做工或到雇主家做住家女仆，收割季节里她们也主要从事一些比较轻松的堆草垛之类的活儿。相对来说耙草或割麦子就是劳动量很大的工作了。可是，到了干草收割的季节，她们完全可以自由支配时间，草场都是一块一块地分配的。当然，一到割草的时节，她们就想着尽可能地拖延时间。她们常常厚着脸皮很晚才到草场，收工的时候又想早早回家。孩子们一般还会帮着堆草垛或割草。春秋季节，田地里每天都要锄草，还要做些别的零活，在牧场上面打碎土块或者跑在割草机的大镰刀前面捡石头等等。有时雇工也会找到挤奶的活儿，当然如今很少见了。冬天的时候雇工们穿着长筒橡胶靴，一步一步走起路来非常笨拙。那些外出做工的人最初因为不够熟练、动作笨拙，得到的薪酬很低，随着熟练程度提高报酬也会迅速增加。挤奶女工实际上是一份薪酬很好的工作，挤奶的女工人数较少，也就异常宝贵。如果得到农场主的认可，一位挤奶女工可以负责掌管一间奶房，差不多能得到二十英镑英镑的收入，而且住宿免费，还有各类补贴。挤奶的女工往往很节省，能攒下一大笔钱，然后嫁给农场管理人，再帮丈夫经营一家农场。

为孩子们提供教育方面，威尔特郡比别的郡县好得多。早在最近关于教育的法案颁布之前，威尔特郡的牧师们就几乎在每个教区都建立了学校，他们的做法也使大部分教区都有了符合法案要求的标准，不必依赖学校董事会的协助。教育的最大问题是，住在人口稀少的偏远小村庄的孩子们必须步行很远来上学。好多农场主已经注意到了这个问题，因为大多数的农舍都离比较好的学校很远。威尔特郡只有一个地区出现了关于教育问题的提议，那就是位于威尔特郡极北部的地区。斯文顿议院的副主席最近指出，在英格先姆的全部人口中仅有一半人能读会写。然后他又提到英格先姆属于人口非常稀少的教区，普及教育的工作也遭遇了诸多的抵制。实际上可以让孩子们就近到别的教区学校读书，走路的距离只有两英里，这也是一般情况下别的教区的孩子上学读书通常要走的距离。有些人总是指责农场主克扣雇工的工资，利用他们当廉价劳动力，养肥农场主自己和家人；可是也应该想一想，农场一般来说都是依靠大量的借贷资金运营的。一旦遇到羊毛、肉类或小麦的价格核算出现较大误差或粮食欠收，都会对投资的成本产生严重影响，导致成本增加、利润减少，这会很难收回成本，农场主必须时刻警惕、及时调整策略、见风使舵，但是往往只有少数人能在问题出现的早期发现自己的风帆在摇摆。前不久，一家农业郡县主要银行的出纳告诉我，在欠收的年头几乎所有的农场主都资不抵债。在这些情况下，真该想一想他们在过去几年里已经尽可能地为农场雇工尽了自己的职责，不但为他们提供了条件更好的农舍，提供一份比以前更高的薪水，为他们的孩子提供了更好的教育，还为这些人提供了提高社会阶层的很多机会。

您忠诚的

理查德·杰弗里斯

1872 年 11 月 12 日写于斯文顿的寇特农场

农场雇工的日常生活

如果追溯家世，很多农场雇工的祖辈都曾是农场主或富裕人家，所以乡下各地常有人认为大法官法庭或别的什么法庭说不定哪一天就会宣布他是一大片产业的合法继承人。这些人特别喜欢谈论类似的事情，当然也会因此感到自豪，总是感觉自己比大多数雇工的身份地位高一些。

至于这位后代是怎么从农场主变成雇工的，这会儿就有在乡下四处流动的很多活生生的例子。我就知道这么一个人，他常年从一个农场转到另一个农场筹集善款，到处讲自己当年也是农场主，如何落到今日的悲惨地步的故事，他以到处诉苦为生。这个故事绝对真实，因为哪个阶层都不愿意看到自己的地位被贬低，所以他所到之处，但凡有认识他的农场主都会给上一大笔救济金。据说这个人年轻时放荡不羁，如今到了老年却成了从农场主沦落为雇工阶层的现成样板。

不过，通常来说从农场主沦落为雇工阶层的转变过程非常缓慢，怎么也得经历两代人——不是说每代人三十年，而是至少农场要经过两任继承人之后才可能发生。

农场主世家的衰落很可能始于一次始料未及的大丰收和急剧增加的财富。比如,小麦或羊毛的市场价飙升,而这位农场主手里正好囤积了大量此类农产品。也有可能他得到了一笔遗产,或者他在什么事情上走运,没花多少工夫却挣了一大笔钱。这样一笔收入让他一时头脑发热,可能是想要追求更高的生活目标,提高现有的社会地位。于是他又租下了另一家或另外两家更大的农场。可是,他现有的资金又不足以为新增加的农场投资,他只能去借上一千多英镑的资金。接下来,经营这么一大片农场又出现了实际的困难,因为新农场距离他安家的地方很远,就不可能像往常一样精耕细作,也就没法从新农场获得最丰厚的利润。渐渐地,借贷的利息越来越高,新农场的全部利润都用来偿还借贷的利息了。为了收支平衡,他就只能疯狂地提高土地的产能。于是,他以前所未有的力度购买大量的化肥,花钱置办昂贵的农具机械,购买一切能够提高农作物产量的东西,希望产量能够翻番。其实,假如他能留出足够的时间,待到来年春天枯草返青的时候,这些投资结果应该能见到成效。可是他等不了,这时候马匹因缺少粮草而要饿死了。因此,他不得不放弃其余的农场,回到最早开始经营的那家农场,不但损失了一大笔金钱,连带着声望也一块受损。他也没有精力重整旗鼓、东山再起了,于是逐渐变得懒散、混沌,没完没了地回忆着过去的富足,无时无刻不感觉悔恨和惋惜,他再也没有做出任何重整旗鼓的努力。

这就是整个农业阶层千篇一律的典型特征。他们循规蹈矩地劳作、生活、谋生。只要他们还能维持生计,就不会费力思考,只要还没遇到什么超出预期的困难,他们就会耐心地、按部就班地继续生活，一切也都会平安无事。可是，一旦发生突如其来的事件，对他们千篇一律的生活方式造成了重创，他们就好像再也无力挽回局面，恢复原有的正常生活了。他们只会说着什么“我走投无路了，我再也不可能恢复以前的好日子了。”他们只会坐在那里追忆过去，坦诚自己所犯的一切过错，无尽地叹息着，却再也没有奋力拼搏，努力恢复以往的地位。

所以这位典型的不走运的农场主往往就是倒背着双手，浑浑噩噩地度过自己的余生，只要能在壁炉边烤烤火，头上有片瓦遮风挡雨，再喝上一杯啤酒，就心满意足了。他不懂法语，也从没有听说过奥地利的政客梅特涅，可是他却把路易十五的格言付诸了实践，心里想着“我死之后，任它洪水滔天”，满足于今朝有酒今朝醉。谁也不会对他横加干涉，就连地主也对他怀着一定的敬重和同情——敬重的可能是耕种他的土地上百年的那个古老家族吧。可是，如今地主看到的这个家族正在慢慢地、不可逆转地走向了没落。然后，这位颓废的农场主就在瞌睡中浑浑噩噩地度过了余生。

就在这期间，他的儿子接二连三地出生了，可是同样的故事常常会重复上演，短暂的欢乐时光和家族兴旺很快就会为他们带来不良影响。农场主的儿子们从小接受了上流社会的思想，渴望新鲜刺激的生活，对安静、平和的农场主生活极为陌生。他们在赛马场赌博下注，深陷其中不能自拔。尽管他们父辈的财务状况不佳，他们还是坚信早晚能挣到大笔的金钱，恢复原先的盛况。可是，最终他们还是没有挣到足够的钱，只能面对巨大的财务亏空。这些孩子里，总会有一个比别人更加勤劳，于是他接手农场，在此安家，有了自己的孩子。十年之后，他就破了产，家庭成员被迫劳燕分飞，流落各地。那个比较勤劳的、经营过一段时间农场的孩子可能做了地主的猎场看守，一生过着颇为体面的日子。可是，他的儿子们却从来没有受过任何教育，他也没有存下什么钱，孩子们只能外出工作，成了农场的雇工。

这就是一个从事农业生产的农场主家庭逐渐没落的常见方式，当然还有可能发生其他预想不到的情况，超出了农场主的承受范围。不管怎样，结果就是孩子们一代不如一代，最终成了农业雇工。如今，这些人当中有很多选择了移民海外，可是长此以往，等到将来移民也不再那么容易的时候，很多家庭还是会从原来的农场主变成当初他们曾经雇佣过的农业工人。也就是说，如今很多农业雇工往祖上数不到两代，都曾经是乡下方圆几公里之内知名的、令人敬仰的农场主。所以，他们满怀期待、心情愉悦地回忆祖上的荣光也属正常，有些人说不定一直自我激励，试图恢复以往的地位呢。

不过，大多数农场雇工世世代代都是雇工阶层，年代久远得数也数不清。他们的父辈是雇工，他们的祖父、曾祖父都在农场务工，而且通常都是数代人在同一个教区的农场里世代劳动。他们所有的亲属也都是雇工，只不过偶尔有可能一位亲戚在某个地方当了补锅匠，另一位亲戚经营了一家路边的小酒吧。一旦出现这种情况，就很有可能从祖辈开始这家人就世代都是伐木工或者或抽水工，很自然的现在的家庭成员也就子承父业，继续延续这种家庭传统。这种传统又像一种本能，是在漫长的岁月中获得的，而这种本能又将从他们的日常生活的写照中呈现出来。

大多数农业雇工都出生在路边或窄巷子那铺着茅草屋顶的农舍里。这样的农舍通常都占用了公共用地。在古时，土地价格还很便宜，也没什么人热衷于竞争，所以有很多狭长或小块的土地根本无人管辖，这些土地如今也没有在教区的文档或皇家的档案里记录在案。这很可能和过去乡村的特征有关，那时候大片的土地都是开放的，或者用当时的话说，都是平坦的土地，周边没有栽种树篱，也没有挖掘水沟，或立下土地的界标。在靠近城镇的地方，当地的大地主都会专门圈起一块地方，有可能是供商人开展贸易所用。还有被圈起来的很大一片土地，被称为公共用地，所有的市民百姓都有权利在此放牧成群的牛羊马匹。根据常理，公共用地内部并不栽种树篱分割成田地，当然也有些栽种树篱的例子。在查理二世统治时期，几乎所有的英格兰城镇都有一块附属的公共用地，不过在这些一片片的公共用地之外，位于城镇周边的耕地都是开放的，没有圈围起来就连边界也都非常模糊。作为交通要道的公路通常路面宽阔，都是点对点相互连接的。那时候的路面并没有铺设碎石，而且严格地限定为单行路。由于缺少铺路用的碎石料，再加上车辆走得多了，路面上形成了一道道车辙，加上土地低洼泥泞，经过这里的车辆和行人越来越偏离原始路线，最终形成了一二十码宽的小径。后来，田地逐渐都圈起来了，而这些一条条、一块块的绿地彻底无人问津了。吉卜赛人和行走四方流浪的人常常在此安营扎寨，他们的平静生活无疑为当地的农业雇工提供了启发，觉得他们也可以在这样的地方盖一座农舍，或是划一块地做自家的菜园。

我知道现在有块地方过去曾经被一个农业雇工圈围起来自家享用了整整六十年。这一大片土地呈椭圆形，位于一片价值相当高的产业的核心地带，他和子孙后代一直在此耕种，与别人相安无事，从来没有支付过地租。可是后来，为了满足现代农业发展的需要，有些小块的耕地急需扩大土地的面积。这片椭圆形的土地四周被越来越多的篱笆围住了，有人要求这家农业雇工搬到另一个地方，方便田地连成片。他不肯搬走，待到周围产业的业主前来附近查看情况时，发现自己也是无能为力，因为这个雇工已经在这里安静无扰地生活了六十多年，没有支付过地租——也没有任何免租手续或是这块土地归属哪个庄园的证明文件。再接下来，他们又去查看了地图和历史文献，发现地图上根本就没有标注这个地方，也没有标注这块土地的所有人。所以，这位农工就天然地获得了这块地方的所有权。这是个非常特殊的案例，因为这片公共用地恰好位于一大片耕地的中央，而人们通常认为田地的承租人应该是合法的拥有者。

一般来说，占用公共用地的房舍都修建在一片带状的、长期无人使用的土地上，沿着公路或小径的方向一字排开。这些土地并非私人产业，而为国家所有，也没有专人受到指派负责管理照料。周围的农场主也不会加以干涉，毕竟这与他们无关。只要这些人不是太过极端、过于引人瞩目，又没给道路通行带来严重障碍，公路董事会往往也对这些擅自占地的行为睁一只眼闭一只眼。因为组成公路董事会的多数都是农场主，他们不愿意对穷人的行为横加干涉，毕竟这些人也没有别的方式能获得属于自家的房屋。一旦农舍建好了，雇工就会被召到庄园里的民事法庭，进行免地租税的评估,他只需象征性地缴纳一笔小钱,大概每年四便士或一先令,就算大功告成了。雇工绝对不会对被征税一事提出抗议,因为民事法庭的法令可是授予了他地权。只要按时缴纳免地租的税钱,他就能拿到收据,住在这间屋舍里就可保他安全无虞,谁也不能把他赶走。其实民事法庭的评估相当于授予了他土地所有权。有些民事法庭或庄园法庭大约每三年召开一次,还有的间隔更长,陪审团成员通常都是农场主,主持法庭的法律代理人则是庄园主。庄园的佃农通常会来法庭缴纳他们下一年度的免地租税,但是如果农舍的雇工生病或因年老体弱无法出门,组成法庭的农场主们就会捐款代他缴纳税款,这些事时有发生。

雇工在占用公共用地之前,第一步就是把他选好的一片地圈起来。先围着这块地用泥巴堆一圈低矮的堤坝,然后在上面栽种接骨木,因为这种灌木长得最快,不出两季就能长成一圈茂密的树篱。然后再竖起一扇小木栅栏门,用挂锁一锁,菜园子就完工了。要是想在公共用地上建房子,那可就是另一回事了。这可是必须郑重其事的一桩大事,需要好几个月的时间来思考、准备。首先得准备材料。如果是盛产黏土的乡下,当然就必须挑选砖瓦,如果是出产石头的乡村,通常雇工所在的农场都会有一家采矿场。他的雇主一般都会同意他免费使用一定数量的石头,再多用的话也只是象征性地收点费用。如果恰好赶上农闲时节,雇主通常还会把马匹和车辆借给他使用。如此一来,用不了多久他就可以把足以建造一栋房舍的石头运到公共用地上。若是他没这么好的雇主,每个教区几乎都有一个平日靠帮人运货挣口饭的劳工,这些人往往养着一两匹瘦弱的老马,平日就在路边草地上喂养。我们的雇工建筑师就可以低价雇佣这个人帮他运送建筑材料。他必须花钱购买的是拌灰浆用的石灰。教区里肯定也至少会有一个本地的泥瓦匠，主要为农场主工作，帮忙建猪栏、修补围墙和别的诸如此类的活计。礼拜六下午或傍晚，本地的泥瓦匠就会过来帮忙建造房舍，未来的房主则负责提灰浆桶、搅拌灰浆。在选择房址的时候，屋后十有八九都得有条沟渠，一般都是用作污水沟和下水道，很快就会成为令附近社区苦不堪言的痼疾，除非正好下一场大雨，否则这条污水沟永远臭气熏天。当然，建造这栋简陋的大厦还得需要一定数量的木头，同样有时候是农场主白给，或者雇工象征性地出点钱购买。

房舍的大体方案再简单不过了。通常由两间面积几乎完全相同的长方形房间构成，一间用于日常起居，一间用作卧室，绝大多数的占用公地建设的农舍都不会建两层楼，也就没有楼上的房间。农舍的一头再盖个小棚屋，放些杂物和零碎。若是在以前，棚屋里一般还会砌上炉灶，现在很少有雇工还自己烤面包，大都是去面包房直接买现成的了。农舍的墙壁一般要修大约六英尺或六英尺六英寸高，比普通男子的个头稍高一点，接下来就是修屋顶，这一步也非常简单。那时候人们一般用茅草修屋顶，有时也可能用从小溪边找到的石板，不过多数情况下用的是麦秸。屋顶修好之后可以说农舍就基本完工了，因为室内完全谈不上什么装饰。烟囱安装在房间的尽头，方便日常使用。屋里没有天花板，在地面、茅草顶和房椽之间什么都没装，有时候可能在房顶的一端小阁楼处搭上天花板。地板就是简单地把泥土夯实，也有可能铺上粗糙的铺路石，不过石头之间缝隙都很大。房间里的家具更是简陋，几把椅子，一张木板餐桌，三四个搁架，一个碗橱，屋角有一两个箱子，这就算是全部的家当了。厨房里的用具同样数量不多，但是绝对实用：一口大锅，一个烧水壶，一个有柄的平底锅，几只浅碟，数只深盘，几副刀叉，再加上六七把勺子，大约就这些东西。不过，一般壁炉台上肯定还摆着几件陶土装饰品，都是从走街串巷的商贩手里买来的。屋内的墙壁都粉刷得雪白。卧室也很简单朴素，只有最基本的家具，说不上什么装饰。有些农舍条件更差，连这样基本的舒适程度都达不到。不过就是四根柱子戳在地上支撑着房梁和屋顶，墙壁用篱笆条——就是柳枝劈成的细条——再简单抹上一层泥巴筑成。这些条件更差的农舍，屋顶都被满眼的野草、苔藓和发绿的基石遮挡得几乎看不见了，树冠高悬在屋顶上，不断地向下滴水，没准还能长出什么别的植物。因为有些农舍位置不好，常常位于地势较低而又潮湿泥泞的地方。

不过，还有很多人，占用的公共用地可是非常适合人类居住的好区域。这些农舍通常都是那些攒了一些钱，同时可能也有些好手艺的人，他们擅长修剪树篱或者盖屋顶，有人做了补锅匠，甚至成了铁匠。若是有这些手艺，雇工就能存下一点钱——当然也不多，最多就是三四十英镑。但是有了这些钱，他就能盖上一间整洁舒适的农舍住宅，因为建筑师和施工人员的文书明确说明，投资少于一百二十英镑不可能建造一栋质量上佳的农舍。当然，这些略有些积蓄的雇工建造的农舍确实比不上职业建筑工人所建的那些优雅整洁、符合商业化标准的房子，却能保证宽敞明亮、坚固耐用。他们省钱的秘诀就是一切建筑工作都自己动手，绝不把工程承包出去。另外，他们还对建筑的设计、施工中可能遇到的缺陷进行了相应的调整，这都是建筑商不愿意费时费力去做的事。他们购买的建筑材料价格便宜，虽然比上等的材料质量稍差一些,可仍然算得上经久耐用。他们用的那些房梁和椽子显然没有那么光滑细致,地主们自然是看不上,可是这些东西足够结实耐用,完全撑得住屋顶。他们所花费的每一块钱都要实打实地用足,绝不会浪费一分一毫。用不了多久,一栋看上去牢固耐用的农舍拔地而起,屋内粉刷一新,然后再铺上茅草顶,就大功告成了。这种农舍通常上下两层,楼上两间卧室,楼下至少还有两间屋子,当然还得修一间单坡屋顶的小房子或棚屋,雇工自家的农舍才算彻底完工。这样的农舍更像一栋正规的住宅,要比那些家境贫苦的雇工在公共用地上修建的简陋农舍好得多。屋内的地板铺的是精心刷洗和打磨过的石板。屋子里的椅子和餐桌都和穷人家没什么区别,不过厨房的用具要多不少,壁炉架上的陶制装饰品花样更多一些。墙上还挂着一些简陋的印刷品,这些古老的绘画都是他们最感兴趣的内容,虽然谈不上什么收藏价值,可是也十分新鲜有趣。这些画里面最受欢迎的内容是大盗迪克·特平骑着骏马黑贝斯奔向约克方向,画把那次著名的骑马飞奔抢劫的每个场景都细致地呈现了出来。楼上的房间装修完善,家具及摆设的质量很好,床的质量上乘。

夏日来临时,有些农舍看上去一派田园牧歌之风,流露出乡村特有的淳朴静雅之美。当然,农舍外在的特征也因居住者的喜好不同有所变化。农舍的屋顶通常是清一色的黄色,看上去未免有些沉闷无趣,但是板石上生长的大片绿色植物打破了黄色的沉闷。屋顶上冒出来的这些绿色植物常常会被刻意保留下来,据说在宗教信仰中被视为很好的药草，但是至于能做什么用途，大家都说不上来，只知道药效“很好”。农舍的一面山墙常常爬满了常春藤，门廊则被一大丛厚厚的忍冬占领。门口附近几乎毫无例外都种着几株百叶蔷薇，窗下的空地是桂竹香、蜀葵、甜豌豆、耧斗菜，有时还能看到优雅的铃兰。菜园往往是狭长的一片地，从农舍的门口一直向外延伸，满眼都是郁郁葱葱的绿意。花园四周种着茂密的树篱，野生的犬蔷薇在树篱上攀缘绽放，到了秋天树篱就会变成野生旋花的天下。菜园里的每个角落都种满了各种各样的果树——苹果树、梨树、西洋李子树、普通李子树、布拉斯李子树等等。农舍居民好像非常喜欢每种果树都至少种上一棵。春天，这些果树绽放一树一树的繁花，看上去美不胜收；秋天，树上则缀满了累累硕果，香气扑鼻。这些高大的果树下面还生长着一丛丛的鹅莓、覆盆子和很多红醋栗灌木。果园的土地则被分割成数条，用来种植土豆、圆白菜、莴苣、洋葱、小红萝卜、防风根等蔬菜。和果树一样，人们好像也很喜欢每样蔬菜都种上一些。一般来说，园子里肯定还种着一大丛食用大黄。在犄角旮旯的地方也一定栽上几种药草，比如青蒿、艾蒿等等。当然，这些药草主要不是用来治病，而纯粹是沿袭古老的传统。既然“老辈人”格外看重这些药草，他们也非得种点儿不可，薄荷和类似的调味香草当然也会有。透过窗户，你还能看到三两株天竺葵，门廊上悬挂着柳条编的笼子，“喙色橙黄鲜亮的乌鸫”在里面放声高歌，音色优美、调子多变。几乎家家户户都养着捕来的小鸟，或是驯化的兔子、杂交品种的狗，这些杂交的狗丝毫不逊于纯种狗，照样对主人十分忠诚。

这些状况较好的农舍看上去格外赏心悦目。正如一句古老的英语所说的:看上去有家的感觉。我就认识一位居住在这种农舍中的雇工,他的房子就和我前面说的那样,修得结结实实、整洁雅致。这个人已经六十多岁了,既不会读也不会写,说起话来言辞粗鲁、不够文雅,可是他在各个方面都挺幸福开心。在我看来,雇工阶层修葺的农舍再加上形状各异、色彩多变的茅草屋顶和山墙,比那些用耀眼的红砖、整洁的建筑石板修建的整体划一、尺寸严整的房子还要美观大方。如果鼓励有能力的人建造供自己居住的房屋,无论对居住者本人还是他的邻居来说,都比住在不属于自己的房子里要好。因为这个地方洋溢着一种主人的自豪感,能够把他积极向上的一面全部调动起来。居住在这些农舍里的人往往都是一等一的劳动好手、最好的雇工。他们在一家农场一干就是一辈子,不离不弃,对于农场主来说绝对是难得的好帮手。这些人往往还会对木匠活或铁匠活也略知一二,不但对农场和周边社区有所帮助,还能增加他们自己的收入。这些人是真正的农民,安静、平和而又强壮、勇敢。对于这个阶层,应该从各个方面加以鼓励和扶持。在公共用地拥有自己修建的一栋状况良好的农舍,屋里略加装饰,屋外的园子里种满果树和鲜花,就算这个人完全不识字,说起话来用词也不甚标准,他也算得上是一位有益乡邻的好公民,有助于国家的稳定和发展。

我还注意到一个有趣的现象,虽然这些农舍本身值不了多少钱,可是拥有农舍的雇工一想到将来可以把家产留给子孙后代,就觉得格外自豪、格外心满意足。当然,若是遇到爱吵闹的亲属,这种自豪感和满足感也有可能招致房产分配方面的争吵和冲突。这些人对这么微不足道的产业的分配权表现出的不屈不挠的固执劲儿真是令人震惊,如果有人觉得自己有权利获得房产的一部分,就会毫不犹豫地把自己手头上挣的那点钱全花到乡村律师身上去打官司，那些律师就靠为这些贫困的农业劳动者打官司为生。就算官司打完了,法律判决已经生效,这人也不放弃,还在到处大声嚷嚷自己的权利。相比大型产业的继承权问题,这种乡下小块产业往往会产生更多的争夺继承权的问题。

还有一种农场雇工居住的农舍基本都建在村子里。这些住宅最初建造的时候并不是用来给雇工居住的。当时小型农场比较盛行,这些房子都是农场住宅,要么就是为那些长期离家、在外经商的商人建造的。这些房子通常被划分为两三处或者更多处住宅区,每处居住着一家人。要想居住得更加方便、舒适,往往还得对房屋布局做出很多适当的调整。如果有可能,还是避免居住在这一类的住宅当中比较好,因为分享同一所大宅子就不可避免地要与别的家庭密切往来、频繁接触,也就容易滋生矛盾、引发争吵。有时整栋建筑就只有一个抽水泵,很可能有人想要打水的时候正好别人也要用;要么就是通往庭院的出口只有一个,通道可能被另一家停放的独轮车堵塞了。大多数闹到治安长官那里的纠纷都来自这些地方,而且无非都是些鸡毛蒜皮的小事引起的争吵。倒是居住在那些马路边上、彼此离得比较远的农舍住宅里的人们极少会因此出现在法庭上。当然,在这些村庄里也有专门为雇工修建的住宅,这些住所很像在乡下空旷地方建筑的房子,往往有三种类型——简陋的棚舍、普通的农舍、标准的现代农舍。

在各个村庄里,总是会有那么一两栋低矮得像小人国住宅似的农舍。这些低矮的住宅通常都是由小棚屋或偏房改建而成。前不久,我就曾经进过这么一栋小农舍,里面上下两层,各有一间屋子,要是实地测量一下的话,我猜每间都不会超过六平方英尺。以前我刚听说这种小房子的时候,想着这肯定是个阴冷潮湿、肮脏不堪的地方。这一点我可完全想错了。令我吃惊的是,前来开门的女人穿戴整齐、干净雅致,态度也很轻松愉快。这间农舍的地板铺的是普通石板,房顶上还吊了粉刷洁白、一尘不染的天花板。壁炉里的火烧得正旺——当时正值隆冬季节——房间里感觉温暖又舒适。墙壁上挂满了从伦敦新闻画报上裁剪下来的版画。屋子里的家具质量绝对不亚于那些最好的农舍住宅中的家具,全都擦拭得一尘不染。这位女主人说他们在这里住得很舒适,虽然有好几次机会能住到更大的农舍住宅去,他们还是宁愿住在这里,因为他们没有孩子。一旦有了孩子当然就大不一样了。不过我以前从未想到,两个人就住在这么小的一栋房子里也能过得如此舒适愉快。我还知道一家农舍只有一间约八英尺见方的屋子,里面住着一位独居的老妇人,那房子小得看上去像个玩具房子。大多数村子里都能看到一两栋这样的小房子,不过房子虽小,居住者不一定就过得不如意。小房子的居住状况完全取决于居住者对屋子内部的装饰布置,如果他们自己原本就懒散邋遢,就算住上最大的农舍也不可能变得干净整齐。

在乡下的一些村庄里,为数不少的农舍住宅一看就是年久失修——屋顶的茅草顶脱落了,到处都是窟窿,窗户也破败不堪,别的地方也有些坍塌的迹象。大家一般都会把房屋年久失修的问题归根于地主不负责任,但是若是对这些情况进行一番调查,就会发现居住者自身也有过失。这些农舍住宅都是以极低的价格出租给雇工们居住的，同时还配着一大片菜园用地。尽管雇工没花什么钱就得到了一套住宅和庭院，却不肯为房屋进行最起码、最简单的维修。如果窗户破了——“哦，就那样吧，地主自然会修。”如果屋顶上的茅草掉了——“哦，反正不是我的房子，还是等着地主去修吧。”就这样，日复一日，最终房子变得破烂不堪、几乎要倒塌了。地主又干什么去了？地主恨不能把全村的破烂房子全部推倒重建。可是，村子里没多少人能负担得起这笔费用。所以，如果全村的住宅全部重建，原先还能在村子里勉强落脚的老弱病残就必须被赶出村去。如果地主在村子里盖上二百栋全新的农舍，他必然要考虑从这笔投资中获得一定的回报。就算地主只想要百分之两点五的利润，可是这就意味着每周的房屋租金就得增加一个先令。如果增加房租，雇工们自然就会搬到另一处破败房屋居住，每周只需要支付十个便士的租金。而那些穷苦的人和年老体弱的人就只能搬到济贫院去住了。所以，地主宁愿忍受无休止的抱怨和麻烦，也不想再增加经济损失，只能一切顺其自然。

也许可以从偏僻地区的英格兰农舍中发现一些有助于了解乡村生活特征的有趣材料。你可能会在一栋农舍里发现一位为人正直、表情严肃的人，这个人往往精通《圣经》，只要有机会就热衷于引经据典、发表一番言论。这种人虽然从教派上来说属于卫理公会，可是做派上完全是个典型的清教徒。他很刻板、严厉、强硬——总之是个凡事责任为重、情感次之的人。他的孩子们绝对不会被宠坏，因为犯了错就免不了会挨上一顿鞭子。他不与四邻亲近，也从不光顾村里的啤酒馆，也不会在村头巷口聚集、闲逛。但是，他肯定参加每年的“纪念日”——教区的卫理公会礼拜堂奠基纪念日。就在这栋农舍旁边的房子里可能就住着一个完全不同的人。这个人自有其妙处。他颇有些艺术天分、想象力丰富，这一点可以从他家精心规划的菜园看出来。他在建筑方面也颇有些才能，尽管他从未当过学徒，却擅长修理马车、修缮大门之类的工作。他能用铁丝弯曲折叠做成农场主客厅里用来放鲜花的架子；他还会用线绳把晒干的橡果穿在一起，然后再编成篮子，用来装些小玩意儿。这个人机智诙谐、妙语连珠，能和全村的人开玩笑。他几乎什么都会做，什么事都能做得轻而易举，绝对是农场里的一笔财富。以前，大多数村子里都会有个能吟诗作对的人，这个人往往还会弹琴，时不时地弹唱起自己作词作曲的歌谣。自从有了印刷业，很多廉价的文学作品涌入了乡村，这样的人物就消失了，不过这些人创作的很多诗句仍然在乡下很多地方流传。

在农场工作的普通成年雇工一般在早晨四点到五点之间起床；如果是挤奶工，因为要步行一段距离才能到达工作场所，早晨三点半就必须起床。一般情况下，四点钟肯定要起床了，不过最近几年起床时间普遍推迟了。挤奶工人到五点甚至五点半才开始挤奶，先把奶牛赶到牛奶场，再给奶场的挤奶女工打好水，可能再劈些木柴方便她生火加热牛奶。六点钟，他去吃早餐，一般都是一大块面包配奶酪，偶尔还能吃上一片培根，另有一夸脱啤酒是挤奶工人的福利。虽说吃早餐用不着匆匆忙忙，大概也就只有半小时时间，不过一般七点之前挤奶工人就要开始一天的正常工作了。如果雇工的工作是挤奶，必须早起，那么就不会给他安排太繁重的工作，但是他照样会拿到早起的补贴。农场的其他工人都是六点钟到达农场，十一点或十一点半吃早午餐，吃饭时间较长，通常一个小时或一小时外加十五分钟。大约在下午三点钟，挤奶的工作又重新开始了，在一阵咚咚声和喧闹声中，奶桶拿出来，奶牛牵过来，他就开始了一小时或一个半小时的挤奶工作。挤完奶，还得打扫院子，帮挤奶女工把比较重的工具放回原位，然后再来上一品脱啤酒，他就可以回家了。挤奶工人下班回家的时间大概在五点半到六点半。平常情况下，别的雇工都是六点下班，在晒干草或收获的时节，他们就得把当天手里的活干完再下班，一般要到晚上八点或八点半才能回家。当然农场主也会表示感谢，给大家提供一顿丰盛的晚餐，还有几乎无限量的啤酒供应。受雇到田地里干活的女工一般四点就下班，急急忙忙赶回家准备晚餐。晚餐是这一天当中最重要的一顿饭。在这件事上，雇工和绅士没什么区别，都是吃最后一餐。他所吃的第二顿饭，也就是农场主供应的晚餐，对他来说只是一顿早午餐。雇工的晚餐在晚上六点半到七点吃，他到家之后先松开沉重笨拙的靴子带，再梳一梳头发，洗漱一番才会上桌吃饭。他的餐桌上供应充足的总是蔬菜、土豆，以及他最爱吃的某种绿叶蔬菜。主菜当然是一片培根，还要吃掉大量的面包。如今每周吃上一两次羊腿在雇工家庭倒也变得寻常起来了，虽说不是上等羊腿肉，但肉质也不错，毕竟是整块的羊肉。如今很多农场雇工的生活也比较时尚，就吃喝方面来说，和小农场主没什么区别，可比这些小农场主过去的生活水平高多了。农业工人如今吃晚餐时也不再喝啤酒，常常喝的是茶，大量的淡茶水。吃完主菜之后，他们通常还会吃洋葱沙拉或莴苣沙拉。这些雇工饭量很大，要是城镇居民吃上这么多，估计都要撑坏了。晚餐之后，若是正当农忙时节，他们还会到自留地里干点自己的活儿，接下来如果不去啤酒馆，那就上床睡觉。真正的农业雇工都会很早上床休息，因为在外辛辛苦苦干了一整天，第二天早上还要按时早起，早睡对他们来说非常必要。

在粮食耕作为主的农场里工作的雇工起床都要比牧场的挤奶工还早，比如马车夫，他们常常早上三点半就要开始喂马，或者说有时他们习惯了早起。喂马对马车夫而言是一项十分严肃和重要的工作，因为马喂得好不好决定了他的车马队的整体外观——他最直率而又令人称赞的雄心就是使车队看上去威风漂亮。如果他希望马儿看上去膘肥体壮，毛皮油光水滑，就要格外注意马的粮草饮食，精心安排度量，既不能让马吃多，也不能让马挨饿。所以，在马儿下地拖犁之前，马夫必须早早开始喂马。这也是马夫每天晚上都要早早睡觉的原因。冬天昼短夜长，为了节省蜡烛，家境贫困的雇工一般都会很早就上床睡觉了。

顺便说一句，住农舍的居民有个独特的习惯，因为少见所以很值得在这里讲一讲。女人若是想要出门打桶水或者和邻居闲聊几句，出门时间不长的话，就会把门钥匙留在外面大门的钥匙孔里。这样的话，其实谁都可以拧开钥匙进屋，全凭信任。锁门却不拔钥匙的现象在当地非常普遍。门上的钥匙是提示别人家里的人不在，但是很快会回来，邻里之间都明白这个意思。如果家里的人出去一整天，他们才会锁门，随身带上钥匙；不过你如果看到钥匙留在门上，就说明十分钟左右他们就会回来。

啤酒馆是对雇工带来极大危害的地方，他若能滴酒不沾，就是一位干净清爽、服装整洁、受人敬重的劳动者；可是一旦养成饮酒的习惯，就彻底葬送了摆脱雇工身份的一切机会。他就只能永远待在出生的地方找活干、混饭吃，他的孩子们的命运也差不多一样。

教区执事把一些有点儿音乐天分的雇工组织起来，牧师出钱资助他们组了一个小小的铜管乐队，每年在共济会或别的俱乐部门前开始表演，然后在全村巡回演出。初夏时节，热火朝天的收获季节还没到来之际，夜晚也开始变得越来越长，草地上经常有一群年轻小伙子和精力旺盛的雇工们玩板球。大多数人口众多的村子都有自己的板球俱乐部，就连当地最富裕的农场主也乐于加入其中，比赛的时候农场主的儿子们上场负责守门。

夏季对雇工来说是好时节，既能挣到不少钱，还能自娱自乐。夏天，雇工们常常三四个人结伴，离开自己的教区到外面漫游。他们有时候跑到四五十英里之外的地方，在当地找个收割牧草或是收割粮食的活儿，换个地方看风景，还能结识新伙伴。等到秋季快结束的时候，他们就带着自己在外面的所见所闻踏上返家的路，迫不及待地加入街头巷尾的人群，或是跑到啤酒馆里叙旧拉家常。就算光景最好的冬天，也是雇工阶层最难熬的季节。不光是煤价太高，烧火取暖的木柴的价格也是年年上涨，就连日常生活也是状况频出、异常艰难。夏天，在温暖的阳光照耀下，粗糙的墙、破烂的茅草屋顶、爬满常春藤的窗户都镀上了一层迷人的光辉。灰蓝色的炊烟从高高的榆树旁边袅袅升起，把菜园和道路分隔开的树篱青翠茂密，园子里到处都是果树，开满了五彩缤纷的鲜花。夏天的时候，屋内的泥土夯实的地板状况还好，茅草屋顶上的漏洞没有太大影响，歪歪斜斜的门窗倒也不碍大事。可是冬天的寒风一吹，连绵不断的冷雨一下，一切就大变了样。靠近道路的篱笆都

乡村小景

William Lara (active c.1840–1860),
A Surrey Landscape with a Farmhouse

夏日来临时，有些农舍看上去一派田园牧歌之风，流露出乡村特有的淳朴静雅之美。当然，农舍外在的特征也因居住者的喜好不同有所变化。

乡村农舍

Frederick Daniel Hardy (1827-1911),
Interior of a Sussex Farmhouse

农舍的一头再盖个小棚屋，放些杂物和零碎。若是在以前，棚屋里一般还会砌上炉灶，现在很少有雇工还自己烤面包，大都是去面包房直接买现成的了。

农舍菜园

James Valentine Jelley (1856–1950),
The Lily Garden

菜园往往是狭长的一片地，从农舍的门口一直向外延伸，满眼都是郁郁葱葱的绿意。花园四周种着茂密的树篱，野生的犬蔷薇在树篱上攀缘绽放，到了秋天树篱就会变成野生旋花的天下。菜园里的每个角落都种满了各种各样的果树——苹果树、梨树、西洋李子树、普通李子树、布拉斯李子树等等。

乡村酒馆

William Freeman (c.1838–1918),
'The Swan' at Claygate, Surrey

啤酒馆在雇工生活中占据着相当重要的地位，这就是他的证券交易所，他的阅读室，他的俱乐部，以及他进行社交聚会的场所。

挤奶女工

Paulus Potter (1625–1654), *The Milkmaid*

挤奶女工实际上是一份薪酬很好的工作，挤奶的女工人数较少，也就异常宝贵。如果得到农场主的认可，一位挤奶女工可以负责掌管一间奶房，差不多能得到二十英镑英镑的收入，而且住宿免费，还有各类补贴。挤奶的女工往往很节省，能攒下一大笔钱，然后嫁给农场管理人，再帮丈夫经营一家农场。

猎场看守

Richard Ansdell (1815–1885),
Gamekeeper with Dogs

要让某位著名作家来描写，他一定会说这位看守就是像梣树那样坚强的人，身体强壮、不屈不挠，禁得起风吹雨打，从不畏惧任何人，只会让步子缓慢而无法察觉的时间侵蚀。

猎物

Emily Stannard (1803–1885), *Still Life of Dead Ducks, a Hare with a Basket and a Sprig of Holly*

狗窝的旁边是一座小棚屋，装饰着一排排被打死、晾干的、危害猎场的动物，有些是毛茸茸的兽类，也有些是长羽毛的鸟类，总之都已为自己的罪行付出了代价。

猎场看守的小屋

David Wilkie(1785–1841),
Gamekeeper and Cook

进了门，屋内的地板是砖块铺设的，比地面的高度略低一些。有时候，低矮的客厅里弥漫着一股奇特、但并非令人不快的气味——这是壁炉里的树根燃烧时散发出来的味道，高温燃烧之下树液渗出、沸腾，发出嘶嘶的声响。

是接骨木，一旦叶子掉光，树篱立刻就变得稀稀落落，完全起不到屏障的作用。下雨的时候，破洞的茅草屋顶漏了雨（这里说的是那一大批破烂的农舍），屋内的地板泛着湿气，没准还变得黏糊糊的。如果地板上铺的是高低不平的石头，那就不但潮湿，还很容易滑倒。料峭的寒风透过破败的窗框吹进屋子，呼啸着从门底穿过。很多农舍屋内的地面比屋外低一个台阶，到了雨季外面的积水向内倒灌或渗漏的情况时有发生。高高的榆树在夏天还是赏心悦目的风景，冬天却成了灾难之源，树上积存的雨水连续不断地落到茅草屋顶和门前的小路上。狂风大作的时候，榆树被吹得来回摇摆，看上去十分骇人，有时大树枝会被风折断落到房顶的屋脊上。农舍的茅草顶浸透了水，总有各种野草长出来，再加上绿色的苔藓，屋顶上总是一片碧绿。等到滴滴答答的雨水浸透了茅草顶，杂草丛生的屋顶看上去更像一座垃圾堆。这时候屋里的空气比烟雾好不了多少。这些农舍的烟囱低矮，上面又有高大的树木遮挡，烟冒不出来又倒灌回去，弄得屋子里一片烟雾弥漫。为了挡住凌厉的穿堂风，很多农舍都在屋子里面安装了木制屏风，把房间一分为二，面积小点、靠近门口的那部分寒风呼啸、积水泛滥；靠里的那间房门紧闭、密不透风、烟雾迷蒙，而外面的风还在不断地将烟囱的烟倒灌回屋内。一家人挤在小隔间里，围在未燃尽的炭火旁取暖，当然饭也要在这里做。他们就这样在黑暗中坐着，要么就着煤油灯发出的一丝儿亮光（煤油还是费尽心思节省下来的），一直待到上床睡觉，其实那时候往往离睡觉的时间还早着呢。很多农舍住户都是格外节俭，很少点蜡烛取亮，甚至从未用过蜡烛。他们觉得能借点炉火的余光就蛮好了，一般都是摸黑找到自己的床。

就算有的雇工已经变成了小农场主，有了一份小小的产业，也很难改变早年养成的生活习惯。我发现很多已经小有资产的人到了冬天晚上八点钟就坐在壁炉的余烬前取暖，漆黑的夜晚连根蜡烛或一盏煤油灯都不点。上了年纪的人睡觉更早。有一次我去教区里的几户人家拜访，为一份已经颁布的教区文件寻求签名，发现很多门是紧关着的。那是十一月份的晚上七点半左右，我一遍又一遍地敲门，最后有位老妇人从窗户探出头来，下面是当时发生的对话：

“有事儿吗？”

“文件。您签名了吗？”

“哦，我不知道，在桌子上吧——回来的时候就在那儿了。你抬起门闩进来拿吧，我们已经睡了两个钟头了。”

他们很可能五点半就上楼睡觉了。夏日早上五点钟起床一定用不着费什么力气，因为起床就能看到蔚蓝的天空和光辉灿烂的日出，虽说很少有人在忙着养家糊口的时候还能长久地对着面包、奶酪诗兴大发。不过，要在暗夜沉沉的冬日早上五点钟起床可就困难重重了。摸黑穿上做工粗糙、足有七磅重的钉靴，靴筒一直高到膝盖，身上穿的短大衣料子也很厚重，冒雨走出家门迈着沉重的脚步走过一片又一片田野，穿越一丛丛湿漉漉的野草，就连垄沟里也全都积满了水。然后坐在三条腿的凳子上，靴子上沾满烂泥，脚踝处的靴筒溅满泥点和粪肥，头发湿漉漉地就开始低头挤奶，然后再熏烤两个小时的兽皮，天上还不断地滴滴答答下着雨。冬季对雇工来说着实非常痛苦。

农场养牛的饲养员在冬季飘雪的早晨必须克服人们能想

到的最难以忍受的困难。干草垛的边缘悬挂着一串串的冰溜子，覆盖草垛的茅草顶上落满了雪。早晨天还没有亮，他就得爬上滑溜溜的梯子，单膝跪在冰雪覆盖的茅草顶上，用力挥动宽大的割草刀，深深地扎进干草垛，砍下一大束、一大束的干草，然后用特制的干草叉插进草垛，最后用马鬃绳把一大捆干草绑结实，把这一大捆草扛起来。饲养员必须扛着这么重的一捆干草在雪地里走上半英里路，那时候田地里的垄沟虽然都已经结冰，却无法承受他的重量，所以他走路的时候都要踏着冰碴子、蹚着冰冷刺骨的水。不管是雨、雪，还是更寒冷的霜冻，还是比霜冻更可怕的呼啸的东风，用饲养员的话说"刺骨的寒风"，他都必须加以克服，只因为奶牛还等着他喂草呢。

早饭是三便士一夸脱的淡啤酒、一大块面包加奶酪，吃完之后不管天气到底如何，都要出门工作。首先是清理牛圈——如果早饭前没有完成的话——把牛粪堆成堆，然后再用车运出去。要么就是农场主给他在中午加了点活儿干——修剪树篱、清理沟渠。摊上这些活儿，就更是潮湿阴冷、难受至极，还要溅一身烂泥巴。大约到了六点或六点半左右，他回到家里的时候已经浑身湿透了，精疲力竭、脾气焦躁，一句话也不想说——"麻木了"。我不知道这个单词怎么拼写，也不知道词源是什么，但是这个词充分表达了这种沉重而无奈的生活造成的一言不发、面色阴沉、脾气暴躁的状态。因为如此艰苦的工作条件和生活状态只能造成一个结果——钝化美好的情感、抹杀敏锐的感觉。更何况回家之后的饭菜也不能给这艰苦的一天带来半点喜悦，炖得半生半熟的圆白菜，一丁点儿带有软塌塌脂肪的培根片，干巴巴的面包再加上一大壶淡茶水。他开始对阴冷潮湿的天气失去了感觉，他的身体外形变得僵硬，表情也变得又冷又硬，与此同时这种身体上的僵硬导致了他在情感上的冷漠，任何道德和社会问题都不会放在心上。

一般来说日子过得最好的，是那种家里有三四个高大、壮实、未婚的小伙子，居住在父母的房子里、一起分担费用的家庭。每个儿子每周都向父母交纳一定的费用作为食宿费，常常在满足了生活的基本需求之外还能攒下一点儿闲钱。时间一长还能攒下一笔不小的数目，不管买什么东西，都是和父母平摊。这样的家庭日子过得相当不错。这些年轻人正当身强力壮，挣的工钱也很多，偶尔还能趁着闲暇时间外出工作，拎着一袋子钱回家。虽说他肯定要在啤酒馆花上不少，手头还是能省下不少钱，足够买点新鲜的肉回家当晚餐了。晚上七点钟，一大家子人聚在一起吃着大块的羊肉，还搭配各种常见的蔬菜（实际上这就是一顿正餐），这样的情景在很多农舍里倒也不算稀奇。还有一家子引起过我的注意，这家是兄弟三人和老母亲同住。这三兄弟个个身强力壮、干活卖力，做事稳健可靠。在这家农舍里至少有四个啤酒桶，每个桶上都安着旋塞。在一栋房子里竟然有四个啤酒桶，这可不常见，不过解释起来倒是也很简单。房子是这位母亲的，儿子们支付给母亲一大笔钱作为食宿费，她有自己的啤酒桶，这样就不会产生冲突。三个儿子都是割草工——割草工通常喝酒喝的很凶——为了避免争执，他们同意每人都有属于自己的啤酒桶。像这样的家庭，日子过得相当滋润，甚至还能享用很多舒适的设施。当然，对于这些家庭来说，冬天照样艰难，照样不好过。

英格兰从事农业劳动的雇工们的生活绝对没有什么诗情画意，也没什么缤纷色彩。就连他们的婚礼——这可是生活中呈现诗意的时刻——也是那么严肃、平淡、简陋和无趣。我用严肃一词指的是色彩方面而不是头脑清醒，因为在婚礼当天的社交乐趣之一就是狂饮烂醉。他们当然是走着去教堂，不过那时常常穿过春天或夏天时呈现无尽美丽的田野。可是，即便如此步行本身并没有给婚礼增添一点儿诗情画意，婚礼的程序很是平淡乏味，半点儿没有欢乐愉悦的气氛，若是有陌生人路过没准儿看不出这是在举行婚礼。只有几句打情骂俏的俏皮话，还有试图手挽手地走（只是试图这样做，因为他们忘了考虑彼此的动作），人们身穿礼拜日的礼服，毫无品位、情调可言，婚礼这天与平常的日子还有什么区别呢？一场狂欢滥饮的喧闹欢宴从下午一直持续到夜晚，人人烂醉如泥，这倒是真的。在英格兰雇工的生活中，没有游园会这种带着异域风情的喜庆活动。有的是集市和盛宴，而集市可以说是所有场景中最令人沮丧的。马戏团的大敞篷车，车身上画着莫名其妙的怪兽、旋转木马、卖坚果的货摊、卖姜饼的食品摊、廉价的游戏、新兴的拍照“摄影棚”，在这些货摊后面就是村里的小酒馆。敲锣打鼓的喧闹声、猪的尖叫声、吹响的号角声、碎步跑着出来表演的马匹的嘶鸣声、一群粗鲁的人发出的哄笑声——这就是乡下的集市。这样的集市完全没有情调与色彩——雇工们的节日庆祝活动上没有鲜花点缀也没有诗情画意。

村子里举行的宴会也没什么有意思的地方。全国各地的教区牧师都有本事把一场纵情狂欢的欢宴变成文雅有礼的庆典活动，只需要在帐篷里摆上茶点就行了。可是，游园会活动现在越来越少见了，要不是慈善社团把这一天作为俱乐部的年度聚餐日，这种活动恐怕早就彻底消失了。乡村的游园宴会一般都有两三个吉卜赛人在路边的草地上摆摊出售姜汁啤酒、坚果和玩具，会场还会设一个玩投掷游戏的靶子。如果村子比较大的话，还有可能在当天举行一次步枪展览。不过，其实并没有真正的“宴会”，只是两三个守旧的农场主会在当天制作传统的烤牛肉和梅子果酱布丁，邀请几个朋友前来品尝。如今，就连这种风俗也消失了。今日的所谓农业劳动者的宴会到底是什么样子，谁也说不上来。很可能就是找机会多喝上一两夸脱的啤酒而已吧。

这种单调乏味也许并不是雇工们的过错，很可能就是整个国家的特征，只是在社会的底层民众表现得更明显而已。从整个英格兰的范围来看，我们没有庆典日的游园会活动——模式化的生活中压根儿没有个性色彩。这些英格兰农业工人的生活中没有耶稣受难剧，没有乡村戏剧，也没有简陋的舞台和质朴的表演，只有几首传唱的歌曲和一点儿音乐。慈善俱乐部的晚餐对雇工们来说就是真正的盛宴，因为那一天他才能敞开胃口大吃大喝一顿。就是因为缺乏这诗意的情感，研究英格兰的农工阶层实在是一件无趣的事情。他们对于美毫无鉴赏力。当然，很多人也种植了很多花草植物，可是却极少有人能把这些花扎成一捧美丽的花束。

啤酒馆在雇工生活中占据着相当重要的地位，这就是他的证券交易所，他的阅读室，他的俱乐部，以及他进行社交聚会的场所。这里也是他所属的慈善俱乐部举行年度宴会的地方。俱乐部的会议每周或每月举行一次，地点就是楼上的大屋子。雇工就从啤酒馆里了解每天发生的新闻，当地的报纸都是放在公共大厅里，他不识字也没关系，总可以从识字的人那里听到一些新闻。到了冬天，啤酒馆里暖和、亮堂，家里可没这么舒适；再说了，这里有各式各样的消遣娱乐，谁又能阻止他以自己的方式获得点微不足道的乐趣呢？一般来说，雇工要想找点儿乐子，唯一能去的地方就是酒吧：这里就是他的剧院、他的音乐厅、他的美术馆，也是他的水晶宫。最近针对持卖酒执照的餐馆老板颁布的一些法令对农业雇工来说非常不利。这些规定无疑有其好处，特别是涉及餐馆打烊时间提前的规定，可是很多新颁布的法规对于村子，特别是远离城市的偏远乡村就非常不合理了。偏远乡村的生活极其枯燥、单调，颁布这样的法令太不公正，对雇工来说几乎就是剥夺了他们的合法权利。例如，新法规严禁在酒吧玩九柱球戏和骨牌。当然，这对防止玩九柱球戏时常见的赌博和欺诈行为来说是件大快人心的好事——禁止赌博不管从哪方面来说都是好事一桩。可是，在人口稀少的偏远乡村教区，大家都普遍缺钱，临时薪水也很低，这种地方对九柱戏的赌棍之类的骗子没什么吸引力。九柱戏本身是合法的游戏——纯粹是一场公平、诚实的技巧与力量的竞技，玩游戏的人十有八九是为了赢得一夸脱啤酒，最后不管谁输谁赢，也不过是喝个酩酊大醉、相互交个朋友而已。毕竟这些雇工白天已经在潮湿、冰冷的田地里劳作了一天，那又为什么要轻易地剥夺他们在晚上仅有的一点小乐趣呢？至于那些大型的、以制造业为主的现有城镇的情况则大为不同了，的确应该对相关法律条文做出相应的调整。对于乡下从事农业劳动的雇工而言，也没有票价便宜的剧院可以供他们消遣，耗上一个小时，村子里也没有音乐厅、阅读室，他们唯一能去的地方就是公共酒吧。如果禁止他们玩九柱戏或类似的游戏，那他们除了喝酒就没有别的选择，或者只能暗地里玩掷钱的游戏来消磨时间，偷偷玩这个还不如九柱戏呢。虽然法律规定如果出于爱好来玩九柱戏还是允许的，可是公共酒馆的老板又怎么可能费心界定这些游戏的性质？我觉得雇工有权利在晚上赢得那一夸脱啤酒，虽然大呼小叫令人厌烦。不过，如果他们脑子里想的不是酒精，而是必须用自己的技巧和力量赢得这杯啤酒，那就再好不过了。公共酒吧承担着不少骂名，当然还是应该承认酒吧的确在某些方面得承担至少一半的责任——可是除了酒吧，雇工们还能去哪儿消遣呢？他们总不能永远白天辛苦劳动，晚上就回家在狭小的陋室里呆坐吧。他们不可能总是在家里读书，再说他们那个阶层的人就是能认字，也认得不太多。有人尝试设立阅读室，可是确实没能吸引很多从事农业劳动的雇工。鞋匠、裁缝、村子里的邮递员、杂货店主等等，这些人倒是常去阅读室；还有一些年轻的、受过良好教育的雇工也能用上阅读室，他们算是新兴的一代；总之没有成家立业的、家有妻儿、住农舍的雇工会来阅读室读书。设立阅读室无疑是造福乡邻的好事，以后随着教育不断推广普及，阅读室肯定会成为人们经常光顾的地方。可是，目前阅读室还没能吸引成年的农业雇工前来阅读消遣。隆冬腊月里，农场主和乡绅阶层搜集廉价读物在很多地方组织读书活动，不过每周最多一个晚上，而且持续的时间也不长。那么雇工能做什么呢？还是应该让每个人适得其所，享受自己的快乐、适应自己的现实状况吧。目前，在教育还没有得以推广普及的情况下，雇工能去的地方也只有公共酒吧。难道就因为在大城镇的酒馆里出现了在九柱戏中赌博、欺诈的不良后果，就要惩罚乡村农业工人、剥夺他们仅有的娱乐吗？法律肯定应该因地制宜地进行修正，对游戏和比赛的条件进行限定，而不是一味禁止。

不过，规定啤酒馆打烊时间提前对于乡村地区是毋庸置疑的好事。农场雇工往往饮酒无度，喝起酒来没完没了。他并不会一连喝下数杯高度白兰地或威士忌，但是连续不断地喝啤酒，最后照样也会喝醉。所以乡村的酒馆提早打烊，街头巷口就一定可以少很多醉醺醺的酒鬼。当然，农业工人是醉鬼里面最无害的那种人。他喝醉了也不会骚扰别人，不会溜门撬锁，也不会砸烂谁家的窗户，更不会伤害别人。他要么踉踉跄跄地回家，要么安安静静地躺在草地上等酒劲儿过去。他不爱和别人冲突，不会戴上指节铜套打架，更不会拿沉重的靴子乱踢人。雇工当然也会打架，只是往往都是小打小闹，不会造成什么伤害。无论怎么说，喝醉总不是好事，给别人造成困扰，也确实讨厌，但总的来说对公众没有太大的伤害。

雇工阶层一般在宗教信仰方面没什么热情。他们大部分都是非国教徒，主要是卫理公会信徒。其实在宗教仪式或教义信条方面并没有根本的差异，真正不同的是这一阶层的情感和观念。他们宣称，或者毋宁说他们觉得，卫理公会才是他们自己的教会，而本教区的教堂是农场主和乡绅阶层的教会。当然，他们对教区牧师没有敌意，也没有发生过教派之间的冲突，更没有卫理公会教徒对抗神职人员的事情发生。不过，极少有农场主会去小礼拜堂，那是雇工去的地方，他也能在那里找到自己亲朋好友——他的堂兄弟、堂姐妹、表兄弟、表姐妹、叔叔、舅舅等，以及他妻子一方的亲朋。他在自己的群体和阶层之中，没有低人一等的感觉，这里的教义、仪式、赞美诗和布道的人,一切都属于他。他对于这一切有一种归属感,他也会主动为教堂募捐。一位英格兰游客看到法国农村的百姓疯狂迷恋拿破仑一世感到惊讶,法国农民回答说——“拿破仑和国王路易一样都是暴君”,可是“啊,拿破仑是‘我们’的国王。”乡下雇工们的对于他们自己的教派的情感也是如此。所以,他们当中有很多人都是在某一家农舍(当地往往没有礼拜堂)集会,把屋门、窗户一关,大家坐下来由某个人带着祷告,或者听别人来祷告。只要谁想讲,谁就可以登上讲坛发言。这就是为什么很多教区教堂里的长凳上常有很多空座的原因,因为很多农场雇工并不去当地教堂。在这种情况下,无论多么出色的牧师也不可能让教堂里坐满信徒听众。

接触和说服雇工不仅对牧师来说非常困难,对于任何想要改善雇工生活处境的人来说都相当不容易。能够提供质量更好一些的农舍住宅当然是改善雇工生活环境最有效的方式,可是谁都没有那么大的能力提供太多的善款。我觉得在诸多活动当中举办农舍花展是相当有助益的活动。当然,花展不仅限于鲜花,实际上这种展览、竞赛活动的主要组成部分是供日常饮食的蔬菜、水果展览。除了严禁专业花农参加比赛以外,所有的人都能参加,并不限于农舍的居民,这种方式往往能取得非常良好的效果。因为要说这些农业工人对什么最感兴趣,首屈一指当属他们家的菜园和自留地。如果他们亲手栽种的蔬菜水果在展览上获了奖,自然会对他产生触动,这有助于培育高尚的道德情感。更有趣的是,这些奖励会鼓励人们的竞争意识——当然不是为了追求奖金,而更多地是为了获得一种荣誉。此外,农业展览和最佳农产品奖项的设置还促使雇工精心照料菜园和果树，也能为自己提供更好的食物，毕竟他们的日常饮食中需要大量的蔬菜。

举行类似的农业展览活动其实并不能直接提高从事农业的贫苦雇工阶层的生活条件，却可以改善厨房的饮食结构和烹调方式，吸引人们关注农工。世界上可能并不存在谁比谁的烹饪技术差这样的问题，对他们来说一棵煮熟的圆白菜可以当一顿饭。近年来工资水平有所提高，也有不少雇工能够吃得起更好的食物，比如羊肉——当然是便宜的部位，吃培根咸肉和新鲜猪肉等别的肉食的机会也比较多了。问题是，女人们好像不知道如何把这些东西做得味道更鲜美。更何况要改变这种状况也无计可施，男人不论贫富，都不会屈尊查看锅子里到底煮着什么食物。就算培根没做熟，他也会迅速吃光，才不会强迫人学习或教训别人——如何才能把自己能够买得起的食材做得更美味，当然我们也不能因为他的这种顽固的、不受约束的情感对他横加指责。所以如果能在村子里成立一家烹饪学校，没准能派上大用场。如今国家到处都在建设新学校，可以顺便开设一些这一类的课程。农业雇工们一向吃的都是粗茶淡饭，完全不讲究烹调手法，很需要提升一下对美食的鉴赏力。有些人生吃培根，有人喝掉大量的食醋，有时候可能是加醋来掩盖已经变质的圆白菜。这些居住在农舍的居民完全不知道如何烹制营养丰富而又味道鲜美的蔬菜汤，而这是日常生活中非常重要的一环，可以节省用度、提高食材的效用。

很久之前农场主阶层中也有社会地位比较低的类型，就是那些自给自足、从事劳动、拥有一小片产业的农场主。如今的农业雇工就很像这些人，可以说就是以前经营一家小牧场的农场主的另一个版本,只是外表看起来更粗鄙而已。他们没受过什么教育,言行举止粗鲁,天生爱吃、好喝,表现得比一般人更加贪心,总之他们与过去的小农场主相似度之高,令人震惊。实际情况也的确如此,拥有二三十英亩土地的农场主往往也住在类似农舍的住宅里,周边住的都是农业工人,他们走在一起也看不出任何身份上的区别。也正是因为如此,雇工阶层在思想观念和情感特征方面都与老一辈的那些小农场主非常相似。他们秉承同样的、甚至更原始的父系制的理念,把孩子视为绝对的私人财产,动不动就用铁棍或者梣木棍管教孩子。实际上,梣木棍就是他们的宗教信条。贫穷的农业雇工都极为粗暴,对待自己的孩子非常残酷。并不是说他们对自己的孩子没感情,而是习惯了用鞭子来教训孩子,要求严格的服从,而不是以更温和的方式引导和劝诫孩子。

局外人会觉得农业雇工非常残暴。比如,最近这些年还有车夫习惯用粗暴的方式对待男孩子,对孩子拳打脚踢、严加管教。不过,我觉得在多数情况下,车夫都不是故意如此残忍地对待孩子们,只不过他们长期情感冷漠,根本体会不到别人的痛苦。有时候,他们甚至无法理解为何别人在遭受痛苦,要么是因为他们早年曾经历过艰难的生活,无休止地与恶劣的天气抗争,过着食不果腹的生活,要么就是因为他们在成长过程中也是如此,常常遭受无情的殴打。他们负责照管牛群的时候也会如此,常常无情地抽打牛群。虽说最近几年这些行为已经逐渐减少了,但是绝对没有彻底消失。

以上就是农场雇工的日常生活,既有光明美好的一面,也有阴影笼罩的一面,都不偏不倚地呈现在您面前了。

猎场看守的生活纪事

猎场看守居住的农舍位于一处“三面环山的深谷”里，也可以说位于林木围绕的一块狭窄的洼地里。一棵高大、粗壮的西班牙板栗树掩映着农舍，虽然现在树上还是光秃秃的没有一片叶子，到了夏天却是枝繁叶茂、高雅优美的大树。农舍后面的斜坡上覆盖着茂密的栲树林，左右两侧则是花园和草地，草地是一条狭长的土地，上面还长着些榆树。农舍的正前方地势有些低洼，一条小溪蜿蜒流过，像是为草地镶了一条银边。跨过小溪，前面就是一片云杉林场，水面上方就是云杉墨绿色的枝叶。一棵枯死的柳树树干就搭在小溪两岸，充当了天然的桥梁。树干的表面甚至都没有经过任何处理，所以桥面狭窄得几乎无处下脚，若是霜冻季节走在上面一定会打滑。走过这座原始的小桥，就踏上了一条很多分叉的小径，沿着小径走下去，曲径通幽，最终来到花园的边门处，此处正对着栲木林。草地的榆树上到处都是白嘴鸦筑的巢，春天的时候，这片深谷里一定到处回荡着它们嘎嘎的鸣叫声。这些浑身漆黑的强盗，别的时候并不会造访花园，可是为了喂养饥饿的幼雏，就会大肆掠夺花园，无论扎上多么精巧的稻草人也挡不住它们。农舍房屋的后面修了一溜儿狗窝，养着十几条猎狗：精瘦的、尚未驯服的寻回猎犬，汪汪狂吠的西班牙猎犬，短毛大猎犬等等，如果“年轻的主人”在这方面有品位、讲究品种的话，可能还会有几条灵缇或者别的纯种猎狗。

狗窝的旁边是一座小棚屋，装饰着一排排被打死、晾干的、危害猎场的动物，有些是毛茸茸的兽类，也有些是长羽毛的鸟类，总之都已为自己的罪行付出了代价。棚屋的门上钉着一对马蹄祈求好运——虽说是迷信，但是在山地、树林附近广为流行。小棚屋里面温暖干燥，放着很多装白鼬的笼子，是专门用来猎兔的；白鼬生性敏感脆弱，就喜欢待在装着一小丛干草的大衣口袋里嗅啊、闻啊的。小棚屋里到处散落着铁锨、修枝的砍刀、麻绳、捕兔网、捕鼠夹子，以及别的杂七杂八的东西，还有铁丝以及看守没收来的偷猎人用的工具。

小棚屋的一处阴暗的角落里还躺着一件形状独特的机械装置，那是多少年前留下来的物件，把它拖到有光亮的地方一看，才发现是个捕人的陷阱装置。这些可怕的机器已经废弃很久了，和弹簧枪一样早就成了非法的东西，如今金属零件已经布满了一层厚厚的铁锈。不过，这东西虽然古旧，还是很好用的，若是现在“安装”好，仍然能够起作用。在很久之前，偷猎者或是盗贼都要用一根长棍向前探路或者朝着茂密的草地戳一戳，才敢向前走，怕的就是被这种装置伤害。

这种捕人陷阱装置几乎和常见的捕鼠器或者如今常用的捕捉害兽、害鸟的陷阱一样，只是体积要异乎寻常地巨大，如果立在地面上，几乎能达到人的腰部那么高，甚至还要高。这个铁家伙就像一匹狼，下颌的力量异常骇人，一排排锯齿形的铁条向外张开着，锯齿相互咬合的时候严丝合缝，每隔几英寸就有一枚獠牙一样的长钉。安装这个陷阱装置的时候，必须有人站在弹簧上，一个成年男人的体重刚好能够把弹簧压下去。在准备安装的过程中，为了避免发生意外的伤人事故，通常要用一个大铁块压住弹簧，然后再把钩子之类的东西安装好。人们把这种陷阱装置藏在灌木丛里，或者在上面盖上枯枝败叶。若是用一根结实的手杖触碰一下捅一下这东西的顶部，眨眼之间手杖就会被锯齿切成两半。锯齿的咬合力异常凶猛，力量之大足以切断人类的腿骨，所以不管是谁一旦把脚踏进了这个怪物的嘴里，一定无法从这些凶猛的牙齿之下逃脱。

看守说，以前这里没有警察，夜间常发生盗抢事件，住大宅子的人就把这种陷阱装置放在自家花园和果园的角落里。他说城镇附近的很多花园里都安装了不少这种装置，乡村的绅士阶层主要在林地和禁猎区安装，总之这东西的数量非常多。不过在他的记忆中，只记得一位老人（是位专业捕鼠人）年轻时曾误踩了这种陷阱，当时肌腱全部被咬断了，一只脚残废了，他平时只能瘸着脚走路。若是怕被人偷走的话，可以用铁链子把这个装置固定在原地，不过实际上链子也是可有可无，谁都不可能拖着这个折磨人的东西走。

紧挨着农舍的另一间偏房里有一口铜锅，专门用来为家畜和鸟类准备饭食。有些家禽就散养在外面的草地上，很可能家禽里面还有些奇特的外来品种的鸭子，夏天这些鸭子就在庄园前方的湖水凫水游弋。

农舍的屋顶是茅草顶，山墙形状怪异。这些农舍建于“改良”活动逐渐成为风尚之前，山墙虽然看起来奇特，却能保证屋内舒适宜人，厚达三英尺的墙壁足以使屋内保持冬暖夏凉。这栋房子并非实打实的石造建筑，房屋的框架有两层，中间填充了碎石和灰泥，夯得结结实实。

进了门，屋内的地板是砖块铺设的，比地面的高度略低一些。有时候，低矮的客厅里弥漫着一股奇特、但并非令人不快的气味——这是壁炉里的树根燃烧时散发出来的味道，高温燃烧之下树液渗出、沸腾，发出嘶嘶的声响。每年到了伐木季节，地上就会残留很多树桩，人们要把这些树桩挖出来、劈成木柴，然后送到庄园或是卖掉。最后还会剩下一些树根，这些往往根据长度劈开用作柴火，分发给职位较高的雇工们使用。这些树根来自不同的树种，榆树、橡树、椤树，以及蕴含着丰富的松节油的冷杉，一旦投入火中熊熊燃烧，就会散发出各自独特的气味，连同它们所生长其中的泥土的气息，随着蒸腾的热气在农舍中弥漫开来。

屋内的天花板相当低矮，一根粗壮的橡树被刨成方木用作横梁，横跨天花板两端，天长日久烟熏火燎，横梁和天花板都已经变得黑黢黢的。猎场看守的双管猎枪就悬挂在横梁上：屋里当然还有一些型号各异的枪支，不过只有这支双管猎枪是看守的心爱之物，在他成家养孩子之前就一直挂在那里，这纯粹是习惯使然，当然也因为别的枪支就算放在屋子里也没什么危险。这支枪始终都是性能极佳的高档猎枪，虽说如今看得出年头久了——因为用的次数多，枪的后膛内部的损坏程度要比枪筒的损坏程度大得多。不但如此，早在它被改成后膛枪之前这也是一杆好枪，清理的时候如果用通条捅一下枪膛，里面的弹药塞得向外滑六英寸才能掉下来，那时候才会完全变得松弛、无法容纳弹药。所以清理枪膛的时候，看守得先用纸把后膛填满，以免清理的过程中弹药的烟灰又把枪膛弄得脏兮兮的。这在一定程度上有点像那种口径逐渐缩小、杀伤力很强的枪支，而且看守的这支枪就一直以杀伤力极强著称。由于使用频繁，枪杆总要在外套上蹭来蹭去，外面的一层清漆都磨掉了，露出了里面的核桃木的纹理，而扳机经常被衣袖摩擦变得银光闪闪。这支猎枪已经陪伴猎场看守好多年了，也难怪他对猎枪的感情如此深厚，无论换支什么样的枪都不能像肩上扛着这支一样合适，或者说都不会像现在这样精确无比地放到同样的位置上。他已经习惯了枪的存在，习惯了手里摆弄着猎枪，可是从来没有真想过用它瞄准、射击。他只是看着目标，不管是静止的还是移动的，然后胳膊一抬，举起猎枪，不断地拉扳机，盯着枪管向前瞄上一眼，然后就放下了。猎枪已经成为他身体的一部分了，用起来就像大脑支配四肢活动一样随心所欲。猎枪的击锤上配有造型优美的雕镂装饰，和击锤是一对完美的搭配。每当螺钉松了，射击时发出的刺耳的声响震动枪身，就可能导致螺钉弹到地上，落入一堆枯枝败叶当中，显然再也难以寻回。要是发生这种事，看守就会不眠不休，日夜寻找也要找回这个铁制的工艺品。什么也比不上击锤，因为一旦击锤不成对了，就会严重影响猎枪的对称美。再说，他也绝不会找个铁匠帮忙修补或更换这么精美的工艺品，因为这支猎枪是很多年前从一位著名的制造者手里买来的，当时花费了五十几尼金币，没准更多，有七十几尼。打猎好像没给购买者带来多少乐趣——有时候最好的枪支的使命只是一笔交易，一旦买回来很可能就被弃之不用了，然后猎枪就落到了这位猎场看守手里。

很多精美的老式猎枪背后都常有其各自奇妙的轶事，有时那段历史还很可能颇有些令人伤感。看守还在楼上的房间里藏了一把老式的黄铜火药筒，上面有奇特的雕花，镌刻着铭文，但是绝对能承受一个人的重量。因为有时候看守会坐在火药筒上，口袋里装着弹药带和冲压钻头，有时需要从硬板或旧毡帽上切下来一部分充当弹药塞。现代的枪支已经淘汰了后膛装载弹药的方式了。到了狩猎季，光是装载弹药就要花去看守好几个小时的时间。

看守在猎枪方面是专家，他在打磨、抛光主人家的猎枪时心怀自豪之情，这些猎枪并非总是放在看守的农舍里，只是不时地要拿过来进行清理和保养。保养之后，要是谁戴着小羊皮手套摸一把这些枪，那可就惨了。因为，猎枪就像沙丁鱼一样，必须放在质量上佳的油脂里保养润滑，不能在上面涂一层厚厚的油，上油之后要仔细打磨，让油缓缓地渗入金属或木材之内。看守特别厌恶石蜡（用于防止猎枪生锈），在他看来要想保护枪栓，那些拥有专利的现代润滑油哪一种都比不上一滴杜松子酒——烈酒在严寒的天气里也不会凝固，杵锤发出的声音清脆有力。他有两三把小改锥，还有制枪人用的工具，能把枪栓拆开。绅士们用枪有时候很粗心，往往随手把猎枪丢在潮湿的草地上，倘若有一滴水恰好渗进了击锤的支座，就会导致生锈，清理的时候哪怕有一处锈斑没清理掉都会严重影响枪支的正常使用。

猎场看守把唤狗用的口哨拴在衣服的扣眼上，他还有一把便携式刀具，这刀具本身带着一些小工具，可能是某个年轻的猎手送的礼物,他手下有专门向他学习如何保养猎枪的年轻人。这套刀具里包含一个开瓶子用的螺丝锥,午餐会的时候这可是个相当给力的工具。在一棵粗壮的橡树下,或是离小路不远、位于背风处的角落里,那里的山楂树篱和蕨类植物形成了一道屏障,减弱了狂风的威力,一群兴高采烈外出狩猎的人围着一个装得满满当当的食物提篮坐下来, 这时候就需要有人帮忙开启酒瓶上的软木塞。有了螺丝锥,就用不着用刀背一个个敲掉酒瓶的瓶口才能让酒流出来,而是只需慢慢地向上拔起瓶塞。同样,有了螺丝锥猎场看守再也不会忘记带上钥匙了。林区的各条小路都与公共通道或大路相通,但是禁猎区的通道入口处都有高大的圆木边门,门上刷了清漆足以抵抗各种天气的侵袭, 而且每道门都仔细地上了锁,当然看守有钥匙。他还有块手表是特制的,专供在夜晚外出的人所用,哪怕是身处密林之中光线最昏暗的地方,他也能知道时间。只要按住发条,把表送到耳边,表就会敲出刚过去的整点时间,然后再敲出刚过去的几刻钟的时间。所以,即使他所在的地方伸手不见五指,也能知道误差不超过十五分钟的时间,这种精确的程度对野外作业来说非常实用。

就个人的外貌来说,这位猎场看守要不是因为上了年纪有些驼背的话,他原本是个体形高大的男人,不过他的微驼倒不是因为年老体弱的缘故,而是这男人走路时总是习惯缩着肩、身体前倾所致。看守平日扛的猎枪很重,再加上经常要把沉重的打猎时常用的猎物袋扛在肩上,更加快了身体的变形;更何况男人随着年龄的增长,无论生活方式如何节制,也难免出现发胖的迹象。不过,如此种种不完美却无损于看守外在的阳刚之美,很容易看出他年轻时必定身手矫捷、体形健美。他那肌肉发达的长臂、棕色的双手和公牛般粗壮的脖子里仍然显示出无穷的力量，而那双明亮的蓝色眼睛里仍然闪耀着惊人的活力。要让某位著名作家来描写，他一定会说这位看守就是像楞树那样坚强的人，身体强壮、不屈不挠，禁得起风吹雨打，从不畏惧任何人，只会让步子缓慢而无法察觉的时间侵蚀。他的脖子已经晒成了桃花心木的颜色，脸上也难掩阳光曝晒和风吹雨打的痕迹。他说起话来底气十足，声音源自宽厚胸膛的深处，就像常在野外交谈的人一样，喊声越过田野和小树林，对面的人也能听见。他走起路来，步伐坚实有力，驻足站立时则如橡树般笔直坚定。他若与你对视，目光必然直视你的双眼，不会闪烁畏缩，也不会傲慢无礼；这与很多雇工不同，他们要么神色阴沉盯着你看，要么垂头俯视地面。总之，他自由奔放，常与自然接触造就了他不折不扣的男性气质。在这个崇尚文明驯化的柔弱气质的十九世纪，古时那些因久居树林而天然具有阳刚之气的男性好像都已成了古董，稀少罕见。看守的外套肩膀部位已经被猎枪磨损了，袖子也是如此，除此之外他全身的衣着相当得体。

猎场的看守对每个人都彬彬有礼，对自己的主人以及主人家的客人态度更是格外真诚，无论做什么他都有一套绝妙的方法，最终一定会按照他的想法进行。狩猎的时候，不管庄园主提出什么要求，看守最终一定会让事情朝着他所喜欢的方向进行。因为他能言善辩、口才极佳，他总能找到各种异议、原因、借口、建议等等，反驳的时候又总是谦和有礼，表现出自己在狩猎方面的卓越知识，而又不会冒犯比他身份更高的人，使人觉得他只是不喜欢看到人们犯错。所以掌控狩猎行动的实际上是看守，遇到争议的时候，结果十有八九证明一切确如他所说，虽说关于当地的知识微不足道，熟练掌握、运用得当却也是一种大智慧。

这位猎场看守不但能在狩猎活动中能够引导众人服从他的意见，在禁猎区的各方面也提出自己的见解，他在别的很多事情上也具有广泛的影响力。比如说，他在马匹质量方面还是一位目光敏锐、精明的鉴定师（据说熟悉动物的人似乎在别的方面也非常有洞见），就连他的主人也常常在成交之前有意无意地征求一下他的意见。当然，主人询问的时候不会那么直白，大概是"顺便提一句，刚才你带着猎狗在这边的时候，看到某某的母马了吗？你觉得她如何？"猎场看守往往脱口说出自己的看法，不一定总是奉承之言，也有可能语言不够谨慎得体，但是主人却不会忽视他的意见。因为若是像看守这样值得信任的仆从陪伴主人散步漫游数小时之久的话，无论他们之间的社会等级差异有多大，主人总会有屈尊俯就、放下架子的时候。而个性很强且天生富有观察力的人显然总能无意识地给主人提供恰当的意见。

地主若不是背着猎枪从田地里穿过，恐怕从来也没亲眼见过自家的农场。这会儿他穿过一大片芜菁地，指指点点地评价说这些地看上去很干净，一点儿杂草都没有。猎场看守呢，就毕恭毕敬地走在地主身后，应声回答说某某承租人是个一流的农场主，精心保护狐狸和别的猎物，不过遭过洪水灾害——他这一番话很可能会引向地主的一番问询，他有可能会和颜悦色地提出考虑降低租金。但也有可能他的一番话导致地主觉得他是在滥用特权，因而口出恶言。在这种情况下，居心不良的看守很有可能做一些恶事，毕竟他有机会见到主人，或者说他是主人身边的“耳目”。我现在所讲的这位看守为人正直可靠，如今这样的人的确也还为数不少。不过，看守这个阶层名声不佳，遭到恶言相向，也被很多人惧怕，当然那些咒骂的言辞对很多人的行为来说丝毫不为过。不难看出，一个社会地位不高的人很有可能以一种间接的方式对一大片产业的管理产生巨大的影响。

他对狗的了解堪称“一绝”（其实，不管什么动物他都非常了解），附近养狗的人家都会听取他的建议，有时候他要同时照看三四只生了不同病的狗。靠着对狗的了解，他挣了不少“小费”，还能不时地做件好事，帮忙把小狗崽卖个好价钱。而且人们很可能会看到他身穿仔细熨烫过的平绒夹克，胳膊下面夹着梣木拐棍，手里拿着顶帽子，小心地迈着步子，以免脚下的鞋子踩坏了地毯，走进大宅子里的休息室，神色严肃地给生了病的哈巴狗看病，这种狗是上流社会的夫人们最喜欢的品种。

农场里的住户们邀请猎场看守过来坐坐，喝杯酒，愿意听他八卦一些大宅院里的故事，而且多年来他被迫与各个阶层打交道，渐渐地变得老练、世故，非常善于满足听众的需求。因为看守在默默地恪尽职守，履行自己的职责时，并不是个受欢迎的角色。那些过于多管闲事的人对看守和狩猎行为横加指责，在佃户当中制造传播了一种对看守的厌恶和抵触情绪。但是由于他心灵手巧、精明能干，熟知人类心理，加上他的专业知识和技能，又逐渐赢得了佃户阶层的喜爱，成为当地关于牲畜方面的权威人物。

看守对自己旺盛的精力和强健的体魄感到自豪，而且他的确有充足的理由感到自豪。他会告诉你说，虽然他已经五十多岁，却还能背着沉重的弹药，脚步轻快地在野外穿梭往来一整天。他可以从早到晚脚步不停，一圈一圈地巡视，绝不抄近路，也不会觉得疲累。只有一件事让他意识到自己的确上了年纪——步子慢了，在现代体育学校上学的“少东家”出门打猎的时候，他得加快脚步才能在麦茬地里跟上他的脚步。在过去的三十年里，他从来没有生病卧床过，每天早晨总是早早起床，精神抖擞，准备开始一天的劳作。他的秘诀是——还是让他用自己的话讲给大家听吧：

“先生，待在室内不出门，人们的精气神就少了一半；一天里四分之三的时间待在室内，接下来的时间都花在大吃大喝上。饮食过多和饮酒过量一样伤身，什么都比不上到室外呼吸新鲜的空气，闻一闻树林里散发的味道。你真该春天的时候来这里转转，赶上砍伐橡树的时节（你知道吗？那时正值树液饱满、树皮剥落），只要坐在刚刚砍下的枝条上——我的意思是坐在树干上，深深地吸一口气，闻一闻树皮散发的清香，香味立刻就会进入你的喉咙，保存到肺里，像鞣料润泽皮子一样滋润你的肺部。我听说在制革厂工作的人从来就不得病。不同的树有不同的气味，不管是死是活都一样——哪怕在晚上，只要闻一闻我就能说得出某一根圆木到底是什么树种。再说了，有树林的地方，空气都比较好。住在庄园大宅里的夫人们有时也会去冷杉树林散散步——你要知道，那里的松节油香味很重——她们说这种味道对肺部很好。不过，老天保佑，你得住在树林里才能真正有益啊。我听说还有人跑到国外去，住在松树林里疗养：要我说，住到这些橡树林里，效果一点儿也不比松树林差。我每天只吃两顿饭——早餐和晚餐，晚餐也就是人们所说的正餐，中午的时候有可能再多吃片干面包或一个苹果。我早餐吃得饱饱的,晚餐却不会吃太多;不过我敢夸海口说这就是我保持身体健康的秘诀。你看,人们往往吃得太多,结果吃坏了身体。这和养牛的道理一样,牛总是被关在牛棚,一个劲儿地喂。人们吃得太多,缺乏运动,平常吃的东西又太过油腻。这样下去,身体不坏才怪。要我说,吃得多又不锻炼绝对就是牛发生牛瘟,人类患上胸膜炎、肺炎和一切说不上来名字的各种病的真正原因。至少我是这么认为的。我整天待在树林里,不到吃晚饭时间绝不回家——当然,除了鸟类的繁殖季节,我得回家带饭,还得带着鸟食来喂鸟——所以你看,我始终呼吸着新鲜的空气,新鲜空气就是生命啊,先生。还有泥土的气息——特别是耕犁翻开土地的时候——可真是好东西。阵雨过后,树篱和青草甜蜜芬芳,气味就像蜜糖一样香甜。如果你想活得健康,必须时时和长绿叶的东西接触,这才是真正的好东西。我说话算话,从不违背誓言,如果有人邀请我喝杯麦芽啤酒,我一定会拒绝。不过我回到家才会喝上一点儿酒,我在这地方待了一辈子了,就从来没去过酒吧。绅士们给我小费——他们当然会给小费,我对此非常感激,不过我把钱都给老婆收着。打猎的间隙,我们在树篱下休息吃午餐的时候,这些绅士常常让我喝上一杯香槟或白兰地,可我从来不喝,如果有啤酒,我最多喝杯啤酒。喝酒的时候,我只喝啤酒,总的来说,我极少喝烈性酒。天气太冷——穿上大衣就行了!不过,这三十年来我也从没穿过大衣。在这些树林里行走,就算大冷天也只需要穿件外套即可。在空旷的田地里,你会觉得寒风刺骨,可是一旦走进冷杉林,马上就会感觉暖和多了。不过你要是想躲进桦木林里,你还得多往里头走走,因为寒风很容易穿过树与树之间的缝隙。"新鲜的空气，持续的锻炼，节制的饮食，少量的饮酒，土壤和树木的气息——这一切让已近六十岁的看守获得了年轻人一般的精神和活力。

猎场看守当然也有缺点：那就是对手下的人脾气有点急，对不守规矩的农场雇工和伐木工人很容易发火动怒。他常常不假思索、不计后果地随意使用他的那根梣木手杖，为此不止一次招惹了很多麻烦。他若是不喜欢某个人或是对谁心存怀疑，就很难再对此人的印象发生改观；一旦心怀敌意就会异常固执、绝不原谅，完全不能理解《圣经》里说的要爱自己的仇敌之类的观念。他对真正的古时异教风俗极其厌恶，而且充满偏见。同时，他所怀有的某些念头甚至称得上是迷信。他虽然无所畏惧，但是却有一种模糊的感觉，认为有时候在黑暗处或人烟稀少的地方存在某种不可言说的东西。这是一位生活在树林中的现代人。

年轻时代的记忆往往会以最强烈的印象伴随我们终生，看守也不例外。回忆早年他所亲眼看见的一切情景时，总是对当地的农业生产的方式不屑一顾。因为他出生在北方，当地的农场虽然土地也许不那么肥沃，占地面积却相当大，令他无法释怀的是那里的农场承租人所牧养的牲畜不是三四百头长角牛。在定居南方之前，他的境况已经发生了很多变化，和不少有头衔或很知名的绅士打过交道，他津津乐道于这些人的说话或仪表方面的特殊癖好。就像贴身男仆总是把英雄人物或政治家看得太紧一样，有时候猎场看守也过于关注绅士们的一言一行。大人物肯定也偶尔需要放松一下，换个姿势，摆脱日常的繁文缛节。不过在猎场看守随性而至的谈话中也有些新鲜的论调，比如他觉得一位绅士给下人的“小费”多少最能衡量他的人格风度。

“绅士们在小费方面神秘得很，”他说道，“想知道到底谁会给多少小费可真是天底下最难的事。多数情况下，你以为那些大人物会比较慷慨，给你一大笔小费，其实这些人往往随手扔给你一克朗（五先令）；可是你不怎么了解的人却相当大方，豪爽地塞给你一个金币。在给小费的方式上，这些人也是天差地别，可能你会有不同的看法。有些绅士给小费的时候态度亲切和善，就好像在说你如果能收下小费会让他们非常感激；有的绅士给小费的态度恶劣，随手一丢就像扔给狗一块骨头一样。我待过一个地方，那儿的地方长官要多傲慢就有多傲慢。打猎过后——大型的狩猎活动完毕，你永远看不出来他到底是高兴还是不满——他从来都不会正眼看你，就好像你是他身边的一棵树。有一两次我注意到他出来了。你得像只长耳猎犬一样，紧紧尾随在他的身后，他会把手慢慢地伸向背后——半句话也不说，注意这一点——他手里拿多少，你就得到多少，根本用不着摸摸帽子说声‘谢谢你，先生’之类的话。如果打猎收获颇丰，就会给你五英镑的票子，让人不开心的是他从来不会当着你的面拿给你。”

一年到头，猎场看守拿到的小费数量颇丰，有些人是庄园大宅的访客，有些人是不时前来调研的自然学家，有些是来这里狩猎的人，常给小费的是拥有三群猎狗的庄园主。更不用说那些不定时以各种方式拿到手的小钱，他负责跑腿往一些土地产业的大租户或是主人的私人好友家里赠送当季狩猎行动的猎物，也会得到数额不等的小费。一些绅士们对野鸡的幼雏非常感兴趣，每年春天都来这里观赏——这的确也颇值得一观——临走的时候，他们总会留下点小费。夏天的时候，有些人获得许可，从城里或是周围的乡村来这里举行野餐会。冬天，总有五六位年轻绅士轮番前来用雪貂猎兔，他们选择一处比较大的兔子洞，放进去三四只雪貂，不用张网，这样才能让兔子四处逃窜，接着枪声就像步枪队齐声开火一样响起来。在这样的狩猎活动中，年轻绅士给小费总是很慷慨。春天里，庄园大宅举行猎杀白嘴鸦的狩猎活动，用的是专门猎鸦的枪支，有时使用弩弓，只留下幼鸟不杀。庄园主狩猎完毕，也可能让一些租户农场主再去射猎剩余的——这样的狩猎活动一般要持续两三天，现场到处是散落的烈酒和银餐具。接下来就会有绅士们在得到许可之后，来池塘垂钓。这些人需要诱饵，还需要有人指点一二，看守的孩子是这方面的行家，可以为他们提供很好的指导，也会收入一些小费。除此之外，只要腿脚麻利，猎狐的时候能够判断狐狸逃跑的方向，那么猎物出现的时候，他还能打头阵，替某位女士或胆小的男士打开大门——这是一项不含什么恶意的服务。因为训练猎犬，猎场看守也能拿到一笔丰厚的报酬。总之，他属于运气好的人之列，好像全世界的人都要付小费给他。

奥克本村的乡民

事情发生在六月的一个礼拜天早晨,一大群蜜蜂从奥克本教堂附近的一家乡村农舍的花园倾巢出动,逃跑了。蜂后首先在教堂墓地外面的一棵榆树上落了脚,一大群工蜂很快也接踵而至,纷纷落在了一根大树枝上。由于蜜蜂落脚的位置太高,养蜂的农舍居民够不到,他焦虑万分,生怕失去这群蜂,便采取了古老的策略,不断地敲打火钳发出喀哒喀哒的声音,以此来吸引蜜蜂。可是每逢夏日,教堂都敞开门便于新鲜空气流通和温暖阳光的照射,于是敲击铁质火钳发出的刺耳声响在整个教堂里回荡,噪音着实令人难以忍受,正在教堂做礼拜的人们都皱起了眉头,教堂执事在牧师的示意下跑出来加以制止。虽说养蜂的农户百般不乐意住手,最终执事还是成功地阻止了他,噪音暂时停住了。但是,蜜蜂们好像是要报复养蜂人的错误行为似的,竟然放弃了在榆树上筑巢,成群飞进了教堂,占据了教堂屋顶的一处地方。

不久之后人们发现这群蜜蜂竟然选择在此处安家了,它们不但正在建筑蜂房,甚至开始在此产蜜了。这些蜜蜂对于精神紧张的人来说不啻于恐怖的灾难,会众们站起身来唱圣诗的时候,蜜蜂就在头顶上方嗡嗡乱飞，最终引发了一场喧闹，大家各自挥动手里的祈祷书、扇子和手绢乱拍、乱扇，试图驱赶蜜蜂。到了最后，会众们被迫离开座位，落荒而逃。时间证明，一切驱赶蜜蜂的努力全都宣告失败了，教区牧师只能在门廊里临时放了一个书桌，在外面主持礼拜仪式。来教堂做礼拜的会众则聚集在后院墓地，有人坐在椅子上，有人坐在石头墓碑上，甚至有人就在紫杉树荫下的草地上席地而坐。

赶上晾晒干草的温暖季节，这种露天举行的礼拜活动倒是颇为舒适宜人。草地上点缀着一丛一簇的鲜花，每块墓地周围都有些空地，里面的玫瑰花争相吐艳，这些花儿色彩各异、气味芬芳；燕子优雅地从人们头上掠过，不时还传来几声乌鸫的悦耳啼鸣。这些蜜蜂不但扰乱了洗礼仪式，甚至还导致几场婚礼被迫推迟。门廊里面有个凹进去的壁龛，冬天的时候女人们就把自己的木套鞋放在里面，以免沿着走廊走路时发出嗒嗒声。

奥克本村就建于距离蔡斯大约一英里左右的群山边缘地带，房舍沿着狭窄而陡峭的山谷两侧修建，建筑高低错落，不甚整齐；说真的，外围的农舍紧挨着公园的围墙。这里最令人动情、伤感的东西是一处废弃的风车，风车的翼板和支臂很早之前就不见了，不过木制的防护墙板还在，只是通体乌黑、完全腐烂了。风车有自己的守护神，人间的代表——不过，也如这风车一样只剩一副破败的残骸，这是古时的遗存了。风车的主人是老彼得，世上再难找出一张脸能像他那样饱经风霜摧残了。老彼得的一双眼睛颜色极浅，是淡淡的灰色，看上去惨淡无神。他身上穿着一件长罩衫，脏兮兮的已看不出原来的颜色，他每天用马车从山丘上的矿坑里运燧石，无论是落雨还是飘雪，他总是走在马车边上，双手就放在衣服口袋里。

如果询问、探究一下农舍住户的家庭史，可以发现很多人祖上都曾经家境富裕——而且他们的生活也没有奢侈放纵或是违法犯罪，更没做什么特别愚蠢的交易，只是钱财就那么轻易地、糊里糊涂地花光了。当年风车新建的时候，彼得的祖辈还是村子里相当富裕的家庭。这家人从未做过任何让家族蒙羞的事情，他们也从未参与过任何投机活动，但是家族的财富却不明不白地渐渐地流失殆尽了，到了彼得这一辈就比一无所有的雇工家庭好不了多少了。看着他慢悠悠地走在装满燧石的马车边，身体略微前倾，双手插在口袋里；再回望一眼远处的风车磨坊，同样摇摇欲坠，早就没了房顶，狂风裹挟着雨水呼呼地往里猛灌，此情此景令人唏嘘不已。因为这栋老建筑所象征的希望和心满意足的生活都已经不复存在，就像曾经气派非凡的古老城堡，如今只有寒鸦肯在那些城垛上驻足了。这个家族也曾繁荣兴旺，但是日渐衰败，如今彻底沦落了。

很难想象人们到底是如何把迷失的牛群赶到待领处的畜栏去的，因为大门实在太过狭窄，不管是小公牛还是马都不愿被关进小隔间里。此处一面墙的墙顶都已经被掀掉，所在之处长了大丛茂盛的荨麻：牲畜待领处几乎是古老的村庄体系的最后一处遗存了，但如今也日渐颓败。

每一个小村子过去都曾有过可作典型的勇士——而且常常不止一位——这些人每逢节日庆典都要到附近的村庄拜访，在狂饮一番美酒之后，他们就开始在本地的拥护者面前吹嘘自己当年的英勇事迹。人们迅速聚集到一起，这些人轮番登场演说，个个都像《荷马史诗》里的大英雄一样慷慨陈词、互相呵斥，接着就是长矛一挥，掀起一场混战。多年来，奥克本人和克里斯顿的小伙子始终争斗不休，结下了世仇。两个村庄身强力壮的雇工们只要碰面必然就要卷袖子抡拳头互殴，哪怕见面原本出于好意，最终也会演化成一场冲突。当然他们谁都看不上谁，可是战斗一结束双方还会用同样的杯子喝酒。假如有位历史学家能把这些（不流血的）战事记录下来，人们就能读到一些类似于发生在古希腊的小城之间的战争故事。毕竟古希腊的小城人口并不比如今一个村子的人口多上多少，而且它们与我们的古老村庄颇多相似之处。比如说他们同样感情简单，缺乏自我意识，同样具有强烈的乡土情仇等等；非但如此，奥克本和克里斯顿的男人们冲突的时候常常挺起宽大的胸膛彼此猛撞、砰砰作响，与古时无异。

希勒里说，他小时候当地几乎所有的农舍里都住着一位长寿的老人，每个人活得年头非常久。他给我一家一家地讲，把那些他所知道的活到八十岁以及八十岁以上的老人说了一个遍。到了后来，不知为何这些长寿老人好像都去世了，现在村子里也确实没有多少长寿的人了。

奥克本村的确是个非常小的村落，只零星地散落着十五到二十栋房子，距离洛基特广场不足半英里。欧沃保罗大路经过这个小村，路边有一家当地的小旅店，招牌上写着“太阳”二字，店里卖的啤酒口感相当好。附近的大多数农场主都时常光顾此处，当然倒不是单纯为了来喝杯啤酒，更多的是来聊聊天。附近村庄的居民或是欧沃保罗镇的人但凡经过此地，必然选择在这里歇脚。夜幕降临，啤酒桶哗哗出酒的时候，你可能会看到农场雇工们玩“卡盘”游戏，这个游戏是向一个类似托盘的空盒子里投掷一块立方的小铅块，盒子放到高脚桌上，里面标着特定的分区。小铅块很重，一旦落到某个位置就不会再向前移动。我不太了解这游戏的规则为何，不过倒是让我想起了上年纪的荷兰油漆工曾经讲过的十五子棋游戏。

小伙子阿伦这个游戏玩得很棒。他周日下午及平日的一个晚上在小旅店打零工，在地下酒窖帮着做些搬运酒桶之类的活儿。因为若是你情绪激昂、喜欢喧闹，就自然会喜爱时时敲打酒桶上的箍圈，整日在酒桶旁边忙碌，为那些高声大喊“再来一杯”的人送去一扎一扎的啤酒，他们要的通常都是浓啤酒。有时候雇工还会用叉子叉上一块奶酪，凑到烛火下烤。以前，可吃的东西没什么选择，口味也没这么精细的时候，雇工们吃的东西五花八门、相当怪异。在铁路通车之前，人们只能赶着牛群一路步行，路途自然也是格外遥远。在当时落后而艰苦的条件下，赶牛人是一切职业当中最辛苦的。夜幕降临后，他们先到田野里查看一番，确保牛群安然无恙，就到附近的旅店吃晚饭。有时候，赶牛人会叫一道特殊的美味作为晚餐后的甜点，他要的是饼干，块大而坚硬，像他的手掌那么宽，然后拿过牛油蜡烛，往饼干上滴一些融化的油脂，直到牛油铺满表面、最后渗入整块饼干。

那时，政府还没有取消对报纸征收印花税，路边的小旅店就充当了各地的信息中心。北方刚刚修建第一条铁路的时候，奥克本的村民和世界上其他地方的人们一样，对铁路这项神奇的发明极为好奇，迫切地向每位路人打听火车的消息。可是谁都说不上

乡村女佣

Isaac Henzell (1815–1876), *Country Maid Driving Calf and Ducks*

即便到了最近这些年，时不时地会有初来农场主家做帮佣的年轻女仆拒绝吃新鲜的肉。她以前在家时，只吃过腌渍的咸肉，担心自己吃不惯鲜肉，还要经过再三劝说之后才肯吃一些。

狩猎

John E. Ferneley (1782–1860), *The Burton Hunt*

绘制狩猎的图画时，谁也不会画云雾蒙蒙的天、寒冷萧瑟的南风、天空落下的雨水、飘落一地的枯叶、湿漉漉的草丛，谁也不会去表现狩猎时真真切切的严寒天气和一片萧瑟荒凉的风景。

赶牛人

Charles Towne (1763–1840),
Farmer on Horseback Carrying a Calf

在铁路通车之前，人们只能赶着牛群一路步行，路途自然也是格外遥远。在当时落后而艰苦的条件下，赶牛人是一切职业当中最辛苦的。

芜菁

Elizabeth Blackwell, *Turnip*, 1757

因季节变化，芜菁叶萌发的时间也各不相同：若是冬季温暖，很可能一月初就能找到早发的幼芽；如果冰霜严寒，可能三月初了还未萌芽。

Eduard Winkler, *Coltsfoot*, 1832

款冬

花儿鲜艳的黄色与土块暗淡的棕色形成了强烈的对比，因为其间没有绿色的叶子可以中和这两种极端的色彩。这些就是盛开的款冬，向上抽出高高的茎秆，外层环绕着层层鳞叶，呈现淡淡的玫瑰色。从一块泥土之中萌发出好几枝款冬茎秆：拿起一块沉甸甸的土块，你会发现六七朵花，整整一束花，却没有一片叶子。

野兔

Edward Donovan, *Common Hare* ,1820

野兔不再像往日那样从容不迫地躲在草丛掩映的洞穴里做白日梦，而是尽情地四处追逐羞怯的心上人。

银莲花

William Curtis , *Anemone Hepatica*, 1787

银莲花的美丽转瞬即逝，只有经常前去小树林探访，你才能领略到银莲花的完美丰姿。你若是忘了再次前去或是晚了两周才返回树林，极有可能发现美丽的花儿已然凋零。

紫罗兰

William Curtis , *Horned Violet*,1815

小树林与周围的草地之间有一道堤垄，垄上满是蓝色的野生紫罗兰，这种花没有香味，盛开时花瓣又宽又大，几乎能与三色堇媲美。不过，它们直到花期将近时才会完全盛开。

火车到底什么样，最后终于有个人见过火车。这个人出生在本地，在外面当过几年兵后又回到了村里，他一直在加拿大服役，又经过利物浦市返回村里，因此得以见过那辆堪称时代奇迹的火车。晚上，大伙儿聚集在“太阳”旅店里，一群人围着他，都想知道蒸汽机头什么样子。虽然他尽力想要描绘一番火车机头的样子，却是白费力气：因为人们想要通过一种熟悉的东西来了解火车，而这位士兵所描述的是一种全新的东西，现实生活中无可比拟。最后，士兵灵机一动，说他唯一能说的就是，火车的蒸汽机头就像木质运货车的套轴。如今，对于非常熟悉铁路和火车的人来说，这个比喻可真是奇特。可是，当时人人都了解木质运货车，都见过或听过套轴，所以这样的比喻倒是颇为贴切。因为这位士兵想要表达的是蒸汽机就像装在车轮上的大桶或是煮开水的锅一样。

奥克本村一直保留着教区巡警、治安警官之类的机构，不是警察，也独立于警察局。虽说这种机构在很多乡村地区早就衰落、消亡了，可是在奥克本却一直保留到晚近时期。有一年，希勒里虽然百般不乐意，却仍被推举为治安法官。在他任职期间，吉卜赛人的两个部族在欧沃保罗路发生了一场斗殴。战况甚是惨烈，他们如猛虎般咆哮、吼叫，把美好的夏日变得阴森恐怖——女人们更是凶猛异常，相互大力撕扯头发。当时有个女人如同恶魔附体，竟然拔出剪刀，如同挥舞着一把短剑，硬生生地刺向了一位吉卜赛姐妹的头部。

现场一片骚乱，有人高声喊叫“治安警官哪去了？”信使们迅速赶往洛基特广场找治安警官，可是仓库、库房、打草场，到处都找遍了，也没有发现他的踪影——希勒里消失得无影无踪。原来，他听到第一声大喊时，就悄悄地溜走了，跑到切克皮斯（"棋盘上的棋子"）去照料牛群了，该地位于农场最外围的地方，距离洛基特广场足有一英里远。待到送信儿的人来到切克皮斯，希勒里当然已经爬到了山丘的高地上。这就是教区的治安警官——担任治安警官的农场主往往能躲就躲、能推就推，除非被迫接受该职位，否则谁也不会主动承担。

一位普通居民如何能够自愿跑到一位邻居的家中将其逮捕，而又不产生怨恨，引起是非呢？如果他按照职责去将人绳之以法，那就是滥用职权；若是他没有履行职责去抓人，就很有可能说明他同情犯法的人。至于那位被刺伤的吉卜赛女孩，人们后来再也没听说过她的消息。她和别的吉卜赛人一样，"到处游荡"，最终不见了踪影。

有时候，酒精的烈性一旦冲上头，农场雇工就会忍不住重蹈冲动易怒的祖先的覆辙。然后，你可能会看到两个男人面对面地站在门廊里，每人手里都拿着一个大杯子，另一只手却握紧拳头、胡乱挥舞。"非得揍你不可""好啊，咱到外面比画比画，让你知道我的厉害。"其中一方非常清楚地知道，对方根本不敢在屋里动手，另一方自然也明白，无论他怎么挑衅，都不可能诱使对方接受挑战，出门应战。

随着榆树日渐枝叶繁茂，投在地上的阴影也越来越大，轮廓逐渐变得不那么分明了。六月初的一个夜晚，月光皎洁，当时我坐在直通欧沃保罗路的一处阶梯上，注意到了酗酒的雇工。当时，一群人刚刚从公路那边绕过来，我立刻就听见了喧闹声。当时有三位乡村妇女，每人手里挎着有一个篮子，还拿着几个包裹。她们显然是去欧沃保罗镇上购物了，因为当天是星期六。她们三人并排前行，前方距她们大约五码远的地方，还有一位同行的、身形魁梧的男人，怀里抱着一座大钟表。

这位雇工喝了很多啤酒，走起路来摇摇晃晃，左右摇摆两步，才能朝前迈出去一步，身体几乎都站不稳。为了避免摔跤，为了保护怀里的钟表不被摔坏，他把钟表紧紧搂在怀里，努力稳住脚步，身体扭曲、形状奇特，抬脚前进的时候就像在走迷宫。这项任务太过艰巨，耗尽了他的耐心，结果他刚走到牧场围堤的台阶对面，就停住了脚步，把手里的钟表高高举过头顶，大喊一声"去他妈的钟表！"然后猛然用力，把钟表扔到三十英尺远的土堆上，人也随即扑倒在地。女人们呢，对此没有表现出丝毫的激动或惊讶，只是默默地上前把他扶起来。这男人还不肯从地上爬起来，其中一位妇女评论说，"咱们的男人啊，都和钟表没区别——非得反着拧发条才走。"

后来我和洛基特太太提起这件事，她认为啤酒给那些乡下农舍里的女人们带来的麻烦真是数不胜数，难以想象。有位妇女不但要在农场大宅子里工作，还要努力把自己的农舍收拾好，而她的男人除了喝酒，什么都不干。他还强行把女人挣下的钱全都拿走，不管她把钱藏在哪儿，都会被丈夫翻出来。绝望之下，她就把银币丢到洗手池上方的水罐里，然后心满意足地看着他乱七八糟地到处翻腾，结果却一无所获。因为男人从来不洗手，怎么也想不到去水罐里找钱。

洛基特太太还说，乡下农舍里的妇女去欧沃保罗镇逛街的时候，也常常令布店老板犯难。一位妇女，身边还有三两个同伴一唱一和，脑子一热进了商店，选了好几种做裙子的布料，拿在手里用粗糙的手指捻来捻去，老板看得心惊肉跳，担心布料受损。试了好几种之后，柜台上堆得满满的都是细布料，结果她全部推到一边，傲慢地评论道："我可不喜欢这种软塌塌的料子，太薄了。难道你家就没有方格棉布卖吗？"这时，可怜的店老板马上拽下一大捆粗布放到柜台上，回答说："在这呢，太太。这种布料绝对经久耐穿。"这布料也的确结实，可是他得到的回复却是"贵得离谱。"

即便到了最近这些年，时不时地还会有初来农场主家做帮佣的年轻女仆拒绝吃新鲜的肉。她以前在家时，只吃过腌渍的咸肉，担心自己吃不惯鲜肉，还要经过再三劝说之后才肯吃一些。有一个乡下女孩，原来住在山区一处三面环山的"山沟底"，那里地处偏僻、路途遥远，只有孤零零的一栋农舍。人们发现从她从未给家里写过信，也没有尝试和父母联系过。她说这样做没有什么意义，因为邮递员从来不往那儿去，他们写的信或别人写给他们的信都寄不出去，也收不到。"山沟底"这个短语本身就是重复——不管"山沟"还是"谷底"本身都用来形容狭窄的山谷或洼地。生活在这种环境中的孩子非常不幸，难得开心，因为石头随时都有可能砸到他们头上。这个女孩以前有过心上人，可是他是个"天天在山上唱歌的古尔特"，所以，离开他并不觉得遗憾。这句话翻译成标准英语，意思大致是"整天到处闲逛的大白痴"。

他们有时晚上的正餐就吃些莴苣布丁，根本从没想过吃新鲜的猪肉。大雪天，男人们把草绳缠在腿上当绑腿用，发现这东西在雪地里相当好用。有个可怜的姑娘总是阵发性惊厥，因为有一年晾晒干草的季节，有个愚蠢的家伙竟然恶作剧地把一条蛇缠在了她的脖子上。不过,虽然居住在遥远而偏僻的山沟里,那里的人并不无知,知道把牡蛎壳放在烧水壶里能防止水垢沉淀。

奥克本方言发音的规则好像总是把那些说得很快的音节刻意拉长,而把那些比较长的音节缩短。希勒里说,很多年前好像雇工们的发声有缺陷似的,有些词他们很难读出来。比如"水库"这个词,他们经常把"瑞泽洼"发成"特兹沃依",总之就是没法把这个词的发音说正确。希勒里没能给我解释清楚当雇工们想描述一些不同寻常或很怪异的东西,却又找不到相应的词汇时所用的共同的词汇是什么。言语表达中总会有像"米基克"这样的词汇。不过,这个词在某种程度上可以说源自"野生动物展览"这个词,发音原为"米南哲瑞"一词。最初,那些在各地巡回展出的野生动物带给村民极大的震撼,所以但凡稀奇古怪的东西他们都说成是"米南哲瑞",再往后这个词就说白了,演变成所谓的"米基克"一词。

"他人的牛群你莫赶"是那些凡事慢悠悠、不着急忙慌的人最喜欢的一句谚语。"好像子弹出了膛"是一则意思相反的谚语,形容极度敏捷、灵活。"旮笨"用来形容一处令人不适、一无所有的公寓;但凡头上尖的器物挑动或触碰别的东西都用"阿克",养牛人被奶牛的尖角"阿克了",牛棚用草叉、耙子"阿克了",诸如此类。动词"阿克"的搭配可谓无穷无尽,年轻的亚伦甚至有次折了一根水杨梅枝子,让我帮忙用它把晾晒干草时落在他眼睛里的一粒灰尘给"阿克"出来。形容一只苍鹭从河流中现身起飞的时候,就说"白尾鹫的情人被流水冲走了"。

乡下农舍的居民,有些人的确外表和内心一样天真无邪。老亚伦开着一家小商店，他和妻子平日里售卖一些小包装的茶叶、烟草、鞭绳之类的东西。有时候，他妻子正在称糖，老艾伦——哈哈，这个可恶的老骗子——就会走进来，把一张皱巴巴的纸故意抖得沙沙作响，假称这是一张钞票，一边递给妻子，一边很严肃地大声在妻子耳边说道，“来，拿着这张钞票，把它收好，注意别把它和别的票子弄混了。一定要把它和五块钱的放一块，别放到十块钱的那一沓里。”

希勒里曾经给我看过一只靴子的后跟，当时刚让一位帮他修剪树篱的木匠和补鞋匠修补过。希勒里说，他敢打赌，整个欧洲从事科学研究的人，不管是用显微镜，还是进行光谱分析，就算把所有工具都用上，也不一定能说出这个新补的后跟是用什么皮子做的。我猜了半天，只好缴械投降了，原来这竟是咸猪肉做的皮子。人们发现一头始终“发育不良”的猪死在了在沟渠里。雇工们总是会为了一头死猪或一只死羊羔互相争夺。这次轮到了补鞋匠，他到手之后，就把猪肉切成几块，用盐腌制起来了。可是，每次他想去拿点腌好的咸猪肉吃，就发现咸肉又干又硬，他根本咬不动。这扇猪肉就在农舍里一挂好几个月，他既舍不得丢掉它，又不知道该怎么处理，因为就连狗都没法吃这个东西。最后，老头突然有个主意，用它做皮子补鞋用。就这样，差不多他的一半顾客四处游走的时候穿的鞋子上都带着这块咸肉补的后跟。

据我观察，如今的农舍居民使用的草药植物品种不多。他们有时会用直立委陵菜煮茶喝，农田的垄沟里长着不少这种开小黄花的植物。这种方形根茎的玄参属植物的叶子，被人们称为“篝灯”，有时候也用来抹在溃疡处治病。还有一种蓍草——当地称之为“亚罗”——当时据说也作为做软膏或药膏用。

不管是谁，很有可能在村子里住了很长一段时间，却从来没听说这一类事情，也想不到还会有如此奇特、如此无知而又不乏智慧的稀奇古怪之事，这些倒是为小村落的生活增添了趣味。因为有很多在洛基特广场的厨房进进出出的男性雇工和女性雇工，我有幸从洛基特太太和西塞莉那里了解到了这些情况。很多年前，洛基特广场雇佣的劳动力更多，那时候还没有像现在这样大规模地使用机器：那时候一个打草场上竟然同时有二十四个女雇工，一列列排得像士兵一样，挥着手里的耙子把干草打成捆。西塞莉说“现在人们已经记不清了，以前她们总要从带刺的犬蔷薇枝条上掐一些花儿放口袋里带回去，用作预防风湿病用的药。”

农业生产多样化

农业生产是否有必要固守传统的种植方法？是不是农场就只能出产麦片和牧草？不管一块地的面积是多少，五英亩也好，十英亩、五十英亩也罢，大家都会在一片土地上播种单一品种的作物，这好像是千古不变的套路。如果有土地面积是五十英亩，那么要么播种五十英亩的牧草，要么播种五十英亩的小麦。这种非同寻常的整齐划一是英格兰农业的重要特征，当然也有其优势所在：以可耕地为例，大片的土地显然比小块的耕地更适合机械化耕种。不过大规模种植的优势是建立在粮食收成好、利润丰厚的预期的基础之上的，可是如今众所周知种小麦没什么利润可言。在传统的小麦种植地区，地主们往往发现很多农场被退还回来，要么是租下农场的承租人发现资不抵债、无法续租，要么就是农场主为了保留手中剩余的资金选择放弃了农业生产。虽然这个故事是老生常谈，但是令人震惊的是地主和租地的农场主似乎都没有关注过开发新的农业耕种体制，始终坚持早已被证明无法适应时代要求的、落后的耕作模式。我们都知道牧草有利可图，因为牲畜的价格高昂，奶牛养殖场近年来也有很大发展。不过就算农场主营牧草种植，如果在耕作方式上做些小规模的改进，就会发现能够得到更好的回报。可惜，人们根深蒂固地认为，农场只能种草或者小麦，在耕地或草场上开发点别的农作物的想法好像从来也没出现过。

然而，现代生活的发展趋势是朝着多样化精耕细作的方向发展的。大城市里住着上千万人（当然小城市也是如此），他们不可能自己动手种植供自己食用的任何作物，哪怕是一种蔬菜、一个苹果都不可能。他们要么干脆不吃这些可口而又富有营养的东西，要么就得去花钱买来吃。如果去买——我们且不说水果的价格昂贵——人们常常发现买的苹果不新鲜，不但口感折半，还失去了大部分的营养价值。买来的苹果不新鲜，是因为上市之前必须从数百里或数千里之外运来，为了能完好无损地出现在市场上，果实在成熟之前就得被采摘下来。还有什么比一颗熟透了的英格兰本地苹果更加美味可口、营养丰富呢？问题是，你到哪儿能吃到这样的苹果呢？如果你恰好有朋友住在乡下还有可能吃得上好苹果，否则只要问一问，就能知道你花高价买来做甜点的苹果都是从美国长途跋涉运过来的。就在同时，还有人告诉我们说因为小麦种植无利可图，大片土地都退租回到地主手中了。农业生产遵循着非常顽固的传统，无论在什么情况下农场都只能种植小麦（作为基本的粮食作物），才不管结果怎样。与此同时，我们又花费成千上万英镑去国外购买再普通不过的水果。问题是，我们不但多花了钱，还没有买到好水果——就这样水果仍然供不应求。只有在水果上市的旺季，才会出现短暂的供过于求，由于谁都想最先上市、抢占市场，因此暂时造成了库存过多。但是水果再往后可就越来越少了，如果在圣诞节或是春季再打听一下，市面上就只有美国产的苹果了。苹果供不应求的情况始终如此。所以英格兰的农场主应该积极地加入水果供应商的行列。虽说我们的气候条件的确不太好，应该鼓励农场主精心培育生产英格兰本地水果与那些气候条件好、阳光充足地区的产品竞争。这样英格兰的水果，特别是可以长期保存的水果，比如苹果，就能在圣诞节期间上市，节后还能一直满足市场的需求。我们的祖辈过去常常自豪自己种植的苹果能保存八个月不坏，只要方法得当，大量的苹果可以贮藏更长时间。过去的时候，祖辈都将储藏水果当成乐趣，这些乐趣放到今天就能产生高额的利润。

当然，我并不是说将五十英亩的麦田全部变成果园，不过如果能给经营大片土地的农场增加一种在市场上售价昂贵的副产品，又何乐而不为呢？比如说种植苹果，当然苹果只是个例子，市场上的各种水果无一例外售价都很高。农场主完全可以从偌大的一片土地里划出一个小角落，比如说五十英亩的土地可以圈出来五英亩，围上栅栏种植蔬菜或者水果，有何不可呢？没准儿后来农场主会发现这五英亩的副产品获利很高，甚至打算冒险扩大种植面积呢。如今水果蔬菜的运输也相当便捷。其实，农场主亲眼看见过雇工如何从小块土地获益。没受过什么教育的普通雇工都渴望得到一块面积不小的土地，除非有些人租住的农舍原本就附带了一块菜园，而这些农场雇工的小菜园里总是尽可能地栽满果树。他们心里非常清楚，收成好的话，光是一棵果树的收入就能支付他们的租金了，收成最好的时候他们家的小果园的收入不但足以支付房租，还能给全家人添置衣物。头脑简单的雇工之所以为自己的土地面积太小而叹息，是因为他从拥有果园的亲朋好友的经验中明白了一个道理，只要勤耕种，铁锹真的能从地里掘出财富来呢。农场主呢，明明拥有四百英亩的广袤田地，却在手里拿着粮食的市场价格表，看着大片金黄的小麦摇头叹息，最后痛心地告诉地主的代理人说，趁着如今手里的利润还能勉强维持生活，他必须放弃续租土地了。这一前一后，鲜明的对比还不足以说明问题吗？道理不言自明，事实就是铁证。但是，农业生产的传统和习惯太顽固了，就算多样化耕作的呼声再大，可能也完全没人注意。拥有四百英亩土地的农场主比起仅仅拥有四分之一英亩的雇工拥有更大的优势，完全可以如同开采一处银矿一样依靠果树或蔬菜获得更多的收入。想想吧，雇工的四分之一英亩地显然只能给哪儿是哪儿，很可能是旱地，也可能太过潮湿，有可能朝北也有可能向东，也不可能再扩大。但是，如果拥有四百英亩的土地，朝向四面八方，而且很可能土壤的性质也多种多样。可以在农场的一端选择土壤湿润、易于灌溉的地方，开辟出几英亩的土地；而在农场的另一端选择土壤质地较为干燥，即便下暴雨也不宜积水的地方再开辟几英亩的土地，两片土壤朝向完全不同的果园，也许能让农场主的果园完全不受季节的影响。不管遇到天气干旱或者潮湿多雨，这块地或那块地总会有收成。如此说来，英格兰的每一家农场都有丰富的矿藏，只要人们能够跳出陈旧传统的束缚，就能掘出宝藏。为了给农场主的头脑中播下反省的种子，让种子早日生根发芽，所有的农场主都应该扪心自问一个问题：为什么我们大片肥沃的良田只能出产一种价值摇摆不定的粮食作物？思考过这个问题之后，再让他们去参观附近雇工分配的小块自耕地，或者最好去靠近农舍果园的地方(因为公共用地分配的小块土地通常不允许栽种树木,果树也不例外),让他打听一下为什么那些头脑简单的雇工那么渴望得到一块土地，不管面积多么小都想要。这是因为小块耕地可以得到一百倍的回报,每一铲子泥土都闪烁着珍贵的、白银般的光芒。

本文首次发表于 1878 年 7 月 26 日的《牲畜杂志》

关于狩猎的绘画

绘画貌似轻而易举,可是想绘制一幅好画却又难上加难。画家有时候太过雄心勃勃,画上的人物往往太多。铅笔素描通常效果最佳,比精心绘制的油画作品好得多。对于熟悉当地乡土人情的人来说,最有意思的是关于当地的画作。逼真的图画能够让他们联想到真实的场景:比如他们曾经跨过的小溪,或者曾经亲自追随过的猎人。看到这些,他们不时地发出满足的赞叹"天哪,这幅画多了不起啊!"……还有一些美妙的图画,以及与现实相符的曼妙的风景,诸如此类。通过绘画,我们获得了很多关于猎人、风俗和社会历史的知识。可是,树木那种坚硬木料的质感不可能在绘画中呈现,画出来的都不过是明显的外在特征,诸如绿色的草地、灰色的马匹之类的东西。绘制狩猎的图画时,谁也不会画云雾蒙蒙的天、寒冷萧瑟的南风、天空落下的雨水、飘落一地的枯叶、湿漉漉的草丛,谁也不会去表现狩猎时真真切切的严寒天气和一片萧瑟荒凉的风景。为什么就没有人来描摹一下真实的狩猎场景呢?住在乡下农舍的居民手持长柄钩镰,抬头仰望天空,他们鲜红的猎装被雨水淋湿,或者被瀑布飞溅的水打湿,颜色变得暗沉;越过树篱时被撕破的外套，冬日午后结束狩猎时落满灰尘的树篱旁边站着四五个郁郁寡欢的人。为什么狩猎的画作当中那些全力冲刺、四蹄翻飞的马儿身上竟然没有一丝尘土的痕迹？为什么猎人驻足站立的地方没有升起氤氲的雾气？也没人去画一画狩猎开始前在瑟瑟寒风中等待的猎人。风雨交加自有其浪漫新奇的感觉，可是还没有画家能够捕捉住这种感觉，呈现这种情怀。只要他们能够传达幽默的情趣，就往往被称为最棒的画家。他们能够捕捉住当地的风情，却无法传达艺术的美感，没有捕捉到真正的自然之美。

本文选自杰弗里斯1878年4月记录的笔记

首次被收入于1957年出版的散文集《田地和农场》

偷猎者与流浪汉

有天晚上，夜色深沉，我正在僻静的大路上独自行走时，突然脚下踢到了什么东西，好不容易才稳住身子没有摔倒。仔细一看，原来是个醉汉，仰面朝天躺在那里。一般情况下，谁也无须理会这样的醉汉，就让他这样躺在路上便是。不过，我突然想到邮车马上就要从此经过，车辆由两匹马驾辕，马儿一前一后、全速向前飞驰，极有可能从他身上碾过。所以，我一把抓住这醉汉的衣领，使劲儿把他拖到了路边。后来，他坐起身来，凶巴巴地问我到底是谁，一副威胁的口气。我说了自己的名字，他哼哼了几声，朝后一仰，就倒在草地上。我把他留在那儿，便离开了。

这件小事很快就淡出了我的脑海。一天下午，有位雇工叫住了我，想和我聊聊，一副神秘兮兮的样子，好像不想让别人听到我们之间的谈话。我应允之后，他从大衣里面掏出一对野生雄雉鸡，野鸡尾巴上的羽毛被压得乱糟糟的，否则看上去一定非常漂亮。他把野鸡放在桌子上，说道，“我可忘不了那天晚上你把我从大道上拽到路边。”我好容易才让他明白，这种(偷猎而来的)礼物令人为难，收不得；不过他好像迫切地想要为我做些什么，于是我让他帮忙找一些蕨类和稀有植物。

从此他就一直帮我做这件事。久而久之,我们成了老相识,对他的一切事情我都了如指掌。人们经常叫他“奥比”(即奥巴代亚的昵称),他是附近地区最坚定的偷猎者——而且好勇斗狠、远近闻名,丝毫没有羞耻之心,是个公开蔑视权威的以实玛利(《圣经》中的人物,指被社会抛弃的人),不过他的心地还算善良。下面我就用他自己的话来讲一讲他的故事——若是把发音调子向下降一些,还真是一番相当充满智慧的谈话呢。

“我和奶奶住在索尼巷:房子在村外。我妈妈再婚了,你瞧,嫁了个铁匠,她有自己的房子住。我哥哥买了辆货车,在乡下到处跑运输,有时我和妻子也随他一起去跑。小时候去地里耕田的时候,我就学会了如何布设套索。可是那时候并不常偷猎,后来等我开始做挖土筑路工,才发现这件事是多么热闹好玩。

“偷猎的小伙子无处不在,因为他们在全英格兰各地挖土筑路:我的意思是,只要修铁路的地方就会有他们的身影。我记得有一次足有四十人一块儿在周日外出偷猎, 每人都带着一条狗,还有人甚至带着两条。有些狗的品种还挺不赖——当然大部分狗都不怎么样,谁也不会愿意花十镑去买条狗。他们经常这样成群外出,把田野里的东西一扫而光,光得就像你的帽子顶那样。猎场看守对此可是十分生气,再说了他们永远也预料不到我们到底要去什么地方打猎啊。有个小伙子给了我一只小狗,如今它已经长成一条漂亮的灰猎狗了,就算你在周围转上一天,也找不出比它更好的。我头一次因为偷猎遇上官司的时候,被判了入狱监禁,因为当时承包商破产了,只能停了工,我和伙伴们根本没钱交付罚款。

"我朋友帮忙把这条狗带回家,让我奶奶帮忙照料。可是,有位绅士在法庭上见过这条猎狗,就让他妻子跑到奶奶家里,给了老太太五英镑,就把狗给带走了。我奶奶心想,如果没了这条狗,以后也许我就不会再去偷猎了,然后她来付了罚款,我出狱了。当时我真是火冒三丈,真奇怪当时怎么没拧断她的脖子;当然,因为她是好人,一直对我挺好,我也下不去手。但是若是换了我,就算有人拿满满一夸特的金币来换, 我也不可能把这条猎狗给卖掉。后来, 我经常在报纸上的各类大奖赛名单上看见这条狗的名字——当然他们已经给它改了新名字。不过既然这位绅士已经把猎狗买下了,就让他好好把狗搂在怀里吧;我们就去折磨他的野鸡,把大多数野鸡都给猎杀了。

"自从我那次被释放出狱之后,就开始定期偷猎。要做你就得常做,三天打鱼两天晒网是不行的。若是有人只是偶尔跑到田野里去打猎,不但收获甚少,还极有可能被抓住——没准儿猎场看守就在什么地方等着常来此偷猎的人,没抓着那人,反而把你给抓了。我和别人一样,每天都出去干活,只不过我总是做些计件的工作,这样我就可以随心所欲,愿意来就来,还有理由在地里待到晚上。因为我会挖沟,主要干些给田地排水、挖渠灌溉之类的活,一年到头我的工钱也不少,也永远不缺活干。你知道吗?我可比那些只会耕地的伙伴们懂得多得多。

"我之所以在盗猎方面这么擅长,是因为除了跟着货车出去送货,别的时间总是在地里干活。劳动的时候我会仔细观察一切,标出野兔的出行踪迹和兔子的藏身之地,秋天的时候就记下那些离群走散的野鸡爱去的山丘土堆和小树林。我也把猎场看守和他的手下的情况摸得一清二楚，知道他们走哪条路，又会怎样突然折回来，如何故意现身等等。多数情况下都有人盯着我——他们一看见我在农场里干活，就会派个人专门负责盯着我的一举一动。其实，我从来不会在自己干活的农场附近偷猎，所以他盯着我也是浪费工夫。

“你知道吗？因为干计件的活儿，我去过教区里所有的农场。别人在一家农场一干就是两三年，没准儿还能干上二十年；我可是在附近周边的农场轮着干活——在这个农场做两礼拜，那个农场再做一礼拜，接下来没准又在另一家农场干上一个月。所以呀，我对教区的每一只兔子都了如指掌，知道它的出行轨迹和它出没的每一处山丘树林，也了解田野里每一处可供它藏身的地方。每当我在一个地方干活的时候，就会到距离当地半英里之外的另一家农场附近张网，因为我在一处工作的时间不会超过一个月，我不在的时候猎场看守也不会特别留心。因为我哪里都去过，所以也就了解所有的农场主的习惯，比如他们哪天出了门，夜晚在朋友家留宿；或者哪天他们早早上了床等等。所以，我非常清楚该走哪条小路，可以在哪块地里四处走动却不会碰到任何人。

“藏身之地总是在田地里，这样便于了解所有人的生活习惯。然后你就可以爱做什么做什么。农场主都知道我偷猎，可是这并不会影响我的工作。干起活来，我可不比乡下的任何人差，所以他们都愿意雇用我。那些自己经常打猎的农场主可比猎场看守精明得多，所以在他们那儿你也得不着什么好处；不过那些不怎么打猎的农场主就很少会在意我的行为。他们就算看见了我在草地上布的网，也会扭过头去假装视而不见。若是路过时发现了我放在沟渠里的猎枪，他们也会目不斜视地走过，绝不会朝那些荨麻丛里看上一眼。

“至于那些田地恰好位于树林边的农场主，倒是巴不得我日夜都待在地里呢。你瞧，野兔和野鸡总会跑到田地里去吃苜蓿和小麦；某天，他们去了市场，经过家禽商店的时候，看到店里挂着四五十只野鸡，长长的尾巴扫到了这些农场主的脸，他们的粮食和牧草可都被这些家伙糟蹋过；当然市场上也有野兔和家兔卖。所以啊，只要我一把这些野鸡、野兔搞到手，这些农场主立刻就会买下来，放上调料炖了吃，多解气啊。老天保佑！我如果晚上从他们的庭院经过，肩上扛着满满一口袋东西（你知道都是些什么），碰上这么一位农场主，他准会命令自家的狗别叫唤，然后转身进屋，假装没看见我。至于兔子，他们更是恨得要命。就连他们自己还时不时地、悄无声息地躲在一处狠砸兔子呢——老天哪！这样的人这样的事可多了去了，不过我可做不来这样的事。

“你瞧，除了遇到猎场看守和圣诞慈善团体，偷猎其实没有任何风险，人家都帮我呢，而且一旦用雪貂捉兔子或是伐木工作之后，总有两三个人讨好我，想要讨要几只兔子。猎场看守或是圣诞慈善团体真是令人讨厌。这个教区非常大，而且严格禁猎，不过我在这里能搞到的东西是那些不怎么严格禁猎的教区的三倍。所以，我就一直在这里打猎。

“他们当然总是想要把我从这个教区赶走，还想收回农舍。可是，奶奶一直保留着缴纳免租税的全部收据，所以无论地主还是律师都不能把我们赶走，这就是我们注定要住的地方。你看到树篱里长着的那一排橡树了吧，就在我家房子后面。其中一棵橡树朝着屋顶的方向弯,有根大树枝都快垂到房顶上了。但是,他们才不会把树枝砍了呢,就故意欺负我们,这样树枝上落下的雨水就会慢慢渗进茅草屋顶。我呢,就在有树枝的房顶那块多修了个烟囱,一直让烟囱的烟朝着那个方向吹,最后整棵橡树都干死了。就在那边橡树林里,我发现了很多野鸡,为了吸引它们,我在自家菜园附近的沟渠里铺了一张网,然后放了只野鸡进去,这样就可以诱捕到不少野鸡。

“一两年前,他们造谣说我偷羊羔,为此还向法院起诉我。可是,他们根本找不到任何这方面的证据。后来他们又起诉我,说我偷偷把院门卸下来扔到水里, 可是当他们想要判我有罪的时候,来了两个年轻的农场主,自称是他们醉酒之后做的。所以我就被无罪释放了。还有一次,他们造谣说我偷猎的时候下了毒,结果三条猎狗吃了毒药死了。这简直就是胡说八道!不管为什么,我都绝对不会伤害一条狗。其实我知道,那是猎场看守自己下的毒,因为他实在受不了总来骚扰野鸡的那群狗了。没错,他们来我住的地方检查过,但是我就在这里等着他们,从来不躲。所有的农场主都知道我从来没碰过小羊羔,更没做过不法的事情,他们根本就找不到证人或证据能证明我犯了法。

“我可抓到过猎场看守自己违法,也看到过警察违法。还有一个人也知道这类事,你知道是谁吗?他就是城里的那位拥有出售野味执照的人,我猎到的野兔之类的东西都进了他的手。猎场看守卖给这个人不少东西,可是得到的钱却从来没有进过我们地主老爷的口袋,管家根本就不了解这些。然后怎么着了呢!他只能对我睁只眼闭只眼,满腹牢骚地请我喝酒,还给了我一份工作,雇我到朗兰兹山丘上用雪貂猎兔。上帝保佑，我可不像他想得那么笨。

“以前，他们抓住我手里拿着套索，还挑动我反抗猎场看守、和他打一架，可是我知道打架犯法，于是就把双手插到口袋里，他们爱怎样便怎样。他们也知道走在大路上我可不会怕他们，‘他们’当中不止一个人被我打倒过，可是这种时候我绝对不会上他们的当，往‘那个’陷阱里跳。我因为非法进入私人领地被抓过很多次，都是不同的地方，但是都是交过罚款便一走了之了。最近的一次，法庭的主席对我说，‘奥比，你又来了。我们可听说了不少你的事。’我说，‘是啊，老爷，我又来了，可是人们从来没听说过你做的事儿啊。’我的话立刻就堵上了这个老家伙的嘴。除了审核租金，谁也没听说他做过别的事。

“不过，事到如今现在他们全都认识我——包括地主老爷、猎场看守、法警和农场主们；他们如今可不像以前那样总是盯着我的一举一动，而是对我不那么上心了。猎场看守不敢管我，那个警察也不敢，我不是给你讲过他们的勾当嘛。别的人也早就对我和我做事的那一套习以为常了。我总是这一礼拜和大家一起好好干活。这一礼拜我可能什么都没抓到，但是下一礼拜我就能有不小的收获，主要是野兔和家兔，因为我从来不会进到树林子里去，更不会去苗圃那里。那里一般得要八到十个人蒙上黑面纱才能进去干活。

“一般情况下，我布上四个套索，有时只架两个；如果布的太多，还得花精力去照看。我先把兔子逃跑的其他通道堵上，这样它就会沿着我设计的路线逃跑，而我的关卡就设在必经之路上：秘诀是在那些你想堵住的路线上搓手，或者朝路上吐口水，或者同时搓手、吐口水,因为兔子绝对不会从这样路上走。所以,它只能往回跑,来到我选好的那条路线上。如果它跑得速度快,就会一头撞在铁索上,发不出一丝声响就死了;如果它跑得太慢,还没被套索挂牢的时候就会发出尖叫声。这时,我就赶紧拉紧套索不让它尖叫。这就是我不用陷阱的原因——掉到陷阱里它们尖叫的声音很响。冬天月光明亮的晚上,我借助雪貂驱赶,能抓住很多兔子。

“至于野鸡,我多数是在橡子成熟的时候才抓,那时候它们会自己从林地里跑出来。我从来不踏足林地,因为那里除了有专人看守,还拴着好多狗,你要是不小心踩上了弹簧,信号枪就会响。有的人拉上一条长长的绳子绊你,你肯定一不小心就会被绊倒,“砰”的一声摔在那了,然后所有的狗就立刻就会齐声狂吠起来。这样一来,当然只能逃跑,可是还是会招来猎场看守的追赶。不过,一旦到了橡子成熟、浆果飘香的时候,野鸡就会自己顺着树篱一路找果子吃,它们会飞过山楂树篱,跑出来。野鸡常常一走就是几英里,我告诉过你,它们就算走出去很远也会回到自己栖息的小树林。它们每年都会来到相同的灌木林,说来也怪了,这一群野鸡里大多数都会被猎杀,可是下一群第二年还是会来同样的地方。

“如果我第一天的夜里没能抓它们,就在附近四周撒上一两把豌豆,这样它们肯定会待在这儿不动,而且很有可能再招来两三只。多数时候,我只往猎枪里装上一小点火药就能搞定,这样的话在田地那边的人就听不见枪声,刮大风的时候更是一点声音听不见。我有杆气枪,就是我身上这把,可惜射程不远:我喜欢射程远的枪,不过我只用枪打雄鸡,要不就是趁它们不动的时候直接用手抓，别的时候也用不上枪。

“我能告诉你关于偷猎的所有诀窍就是：你得观察所有人，还要总待在田地里，在了解每一只兔子的藏身之地和活动轨迹之前始终在一个教区干活，始终要一个人工作，不能有任何伙伴。”

我们常常还会看到一些行事古怪的各色人物。比如流浪汉，一年四季到处闲逛漫游，好像就住在树篱之中或是附近，和老鼠的习性差不多。这些人可能比最警觉的观察者见过更多物种现象，可是他们根本不把那些放在眼里。

一月，沟渠里的水冻成了冰，看上去黑乎乎一片，因为冰面下的水面上漂着一层褐色的枯叶，水流却是纹丝不动。从透明的冰层看得见枯叶的颜色，但是冰面的边缘附近还环绕着三条白色的带状裂痕。若是一不小心，冰面破裂或向上翻转，冰下的边缘向外凸出，这些白色的带子看起来几乎和置物架一模一样。这些翻转的冰块有时候相互连接，边缘平行，看上去就像小写的“h”，只是向下的两画无限地延长了。通往田地的通道上填满了从山丘上运来的白垩碎石，早晨的时候这些碎石闪闪发亮。每块碎石上都覆盖着一层薄薄的冰，若是轻轻地一敲，冰层脱落的时候还会带着一层石灰。待到冰层融化，上面附着的一层石灰随即化为粉末。在这平凡不过的通道上发生的事情，同样也发生在悬崖上，在这样的过程中，哪怕最雄伟壮丽的山崖也会逐渐走向分崩离析。

残留的麦茬上落满了红雀，四处游荡的流浪汉多会选择在晚秋时分猎鸟。到了一月底，不时会有阳光投射下来，带来一丝春天来临的希望，流浪汉沿着小路前来，手里往往提着黑漆漆的鸟笼，里面是一只做诱饵的鸟儿。他还会随身携带几根白蜡树枝，在上面密密麻麻地缀满黑色的浆果，为了便于操作，树枝上缠着一些灯芯草。

雌性黄鹀的羽毛不如雄性那样色彩斑斓，雌鸟到了冬天好像喜欢成群飞翔，在树篱和麦茬地附近徘徊。运送麦捆的车辆穿过大门时，灌木丛常常钩住一些麦子，而门柱的顶端风吹日晒之下逐渐遭到腐蚀，变得参差不平，也会挂住一部分麦秆。收割的时候，麦茬地、田芥菜和秋日蒲公英丛生的地方还残留着很多麦穗，所以灌木丛和门柱顶上的麦穗就被捡麦穗的人忽略了，尽管如此，地里还是会有他们没发现的麦穗。在没有阳光的冬日里，天寒地冻，鸟儿就到处搜寻零落的麦穗。

新年（一八七九年）来临的几天之前，我看见一只黄鹀正以非常巧妙的方式啄取悬挂在门柱上的一根麦穗朝下的麦秆。当时正值起风，它从地上拍打着翅膀向上飞起，紧紧叼住穗子，再向两侧伸展翅膀，保持那个动作不动。气流托着鸟儿的双翼，就像微风吹动纸风筝一样，就这样，它不费吹灰之力就折下了麦穗。在这个过程中，它偶尔也会失去平衡，不过这种鸟儿立刻就会再次向上飞起，仍然借用风力保持在原地不动。色彩斑斓的雄性黄鹀会在早春时候返回，至少看上去如此，因为鸟类的习性有时颇有地域特征，可能会因地区不同有所不同。

若是天气严寒，持续霜冻，就会冻死很多刺猬。一月十九日，当时正值严寒时节，有天夜里一只刺猬来到了朝着花园方向的大门外，人们把它弄进了屋里。尽管得到了精心照料，这个可怜的小家伙还是在第二天就死了：它当时太过虚弱，几乎没有力气缩成一团。随着刺猬身上的温度渐渐消失，跳蚤也离开了寄主，从那密密麻麻的刺针中跑掉了。二月份，除非恰好遇到温暖的天气，否则那些山丘土坡上都是一片光秃秃的。不过那时偶尔能在灌木丛下面的土地上发现一些裸露的球茎植物的根，显然那是野生风信子的根，密密麻麻、挤挤挨挨，几乎完全裸露在外。

此时流浪汉扛着大镰刀来了，他步履蹒跚、目光敏锐，一边沿着大路行走，一边寻找野蔷薇。如果他发现一棵，只要根不是太难拔，向上的茎杆颜色仍然碧绿——发黑就说明太老了——他就用镰刀把它刨出来，尽可能地多带根。再把那些细小的枝条全都劈掉，茎也修剪整齐，他就把这些野蔷薇卖给花匠，用来作为嫁接上等玫瑰花的母体。他四处溜达，几小时之后就能挖到一大捧这样的野蔷薇。他还会搜集苔藓地衣，这也能卖钱，人们买来放到花盆里遮盖泥土。最受欢迎的是生长在山脊之上和山脊四周的苔藓。

二月里，冰雪融化、雨水丰沛，沟渠里的水向外漫出来，在地势平坦的草地上形成了一些浅浅的水塘。偶尔会有白嘴鸦涉水而过，它们走啊走，一直来到水面几乎没腿的地方，色泽发黄的混浊泥水差点都要碰上它们的胸脯了。这个时节，流浪汉就要开始寻找小壳蜗牛，大批地卖给养鸟人给笼中的鸟儿做食物，这个工作不难，只需要把路边草地上小块的“草皮”割成几英寸的小方块即可找到蜗牛。小壳蜗牛是云雀急需的美食，特别是在一年之中的这段时间，正是它们开始拼尽全力放声歌唱的季节。

田野里到处是一大群一大群的斑鸠，此时芜菁和萝卜刚刚吐出幼嫩的叶芽，色泽碧绿、汁多味美。而这些芜菁嫩叶就是流浪汉偷偷收割的第一茬庄稼。因季节变化，芜菁叶萌发的时间也各不相同:若是冬季温暖,很可能一月初就能找到早发的幼芽;如果冰霜严寒,可能三月初了还未萌芽。流浪汉不敢明目张胆,只能悄悄地偷割蔓菁绿叶;他迅速地采满一袋子,转身就消失在距离最近的城镇,在那里把嫩叶卖掉了。现在,人们对芜菁叶子的需求量比以往增加了许多,偷芜菁嫩叶也就成了一桩相当严重的行为。这种交易往往要持续一段时间,一直到芜菁叶片长得太大,被菜园里的绿色蔬菜取代为止。

流浪汉在田野里来来往往,在河堤、土埂上到处寻找形状奇特的报春花和带着根的蕨类植物,挖出来之后就到镇上挨门挨户地叫卖。他还会采集紫罗兰之类的很多春天的花儿出售。今年春天,因为当年天气严寒,他显然什么花都不可能采得到。待到天气转暖,庭院里的鲜花争先绽放,倒是比树篱的花儿开得还要早。直到三月十日之前,竟然都看不到一处色彩斑斓的地方。大约就在此时,明亮的黄色花朵突然就占领了满是黏土的河堤和废弃的荒地,连那些虽已耕过、并未播种的田地里隆起的土块上也蒙上了一层鲜黄的颜色。

花儿鲜艳的黄色与土块暗淡的棕色形成了强烈的对比,因为其间没有绿色的叶子可以中和这两种极端的色彩。这些就是盛开的款冬,向上抽出高高的茎秆,外层环绕着层层鳞叶,呈现淡淡的玫瑰色。从一块泥土之中萌发出好几枝款冬茎秆:拿起一块沉甸甸的土块,你会发现六七朵花,整整一束花,却没有一片叶子。通常到这时,青草和种子萌发的嫩芽都已蓬勃生长,为大地增添了绿色;但是今年款冬未得绿叶点缀,便率先盛开,用一片金黄点缀了颜色暗沉的大地。

到了这时节，蛙声四起，一片喧嚣，蜥蜴也爬出来了。有时候流浪汉甚至也要抓青蛙、蜥蜴之类的东西来卖，真是大千世界无奇不有，竟然有人会养这类东西当宠物。三月里，发情的野兔肆无忌惮，大白天也敢在小麦地里到处乱窜，此时麦苗刚刚破土而出，叶片颜色浅绿、细长挺拔，离地面仅有寸许。野兔不再像往日那样从容不迫地躲在草丛掩映的洞穴里做白日梦，而是尽情地四处追逐羞怯的心上人。耕地的农夫已经完成了工作，在垄沟里行走查看，不时地停下来用小锄头整理一下田地。拉犁的马儿一听到他的指令立刻就稳稳当当地停住了脚步，累死累活地干了半天，巴不得能休息片刻。这时到处都有活儿干，诸如从田地里捡石头、锄草，还有很多别的事情必须完成。可是，流浪汉却懒洋洋地在大道上闲逛，引诱着苍头燕雀，或者帮牛贩子将牛群从交易会和市场上赶回家，挣上一个先令的小钱。

四月份，流浪汉就要收割第二茬丰收的作物——水芹。当然，水芹生长的时间也会因气候不同而有所差异，最初的时候量也很小。树篱迅速就蒙上了一层绿色的衣袍，逐渐遮住了去年的残枝败叶。枯萎的起绒草刺果儿，在雨水冲刷下变黑脱落，如今已消失不见。牛蒡粗壮的茎秆已然倒伏在地。尚且残留着汁液的茎秆原本粗壮坚硬，可是冬日潮湿阴冷，接近地面的茎秆逐渐腐烂，待到狂风呼啸之时，整棵牛蒡便被掀翻在地了。早已中空的臭蒿，前不久还高大挺拔、几可及肩，现在却横七竖八倒了一地，个别未倒的也是摇摇欲坠，侥幸被几根枝杈支撑而已。其实根、茎相连的地方早已腐烂中空，地面上只余细细的一条外皮连接着干枯的茎秆而已。流浪汉把鸟巢和鸟蛋卖给镇上的人，这些人自己不能在田野里漫游闲逛，却喜欢看一看那些能让他们想起绿色草原的东西。

随着季节转换，夏天到了。流浪汉在这时节有很多可以采集的东西，比如蒲公英叶子、欧芹、苦苣、苜蓿等等，卖给镇上养兔子的人家，喂食驯服的家兔。如果他栖身的地方距离小河不远，他就会花上几个小时捕捉鱼饵——蠕虫、蛴螬和苍蝇——卖给船夫，船夫又把这些东西卖给钓鱼的人。

这时候草场上也有不少活儿——到处都在翻晒干草，农场主急需干活的人手。可是流浪汉经过牧场，却只是来这里寻找凌风草，弄上一捆就能卖不少钱。羽翼未丰的燕雀、金翅雀和朱顶雀幼雏，以及小兔子、小松鼠，甚至一窝田鼠幼崽，偶尔还能抓条蛇，这些都能让他挣点小钱。他从溪流里采集一些勿忘我，再从麦田里采摘一些矢车菊——伦敦售卖的矢车菊价格昂贵，单是那一束的价格就足以令见过美丽的矢车菊漫山遍野盛开的人们咋舌，毕竟他们见过矢车菊的美丽色彩染遍大地的盛况。渐渐地，小麦成熟了，金黄色的麦田召唤着一支劳动的大军；可是流浪汉只是路过麦田，继续向前，他一路寻找的是野花千里光。

接下来又到了蘑菇争先恐后向外冒的季节：流浪汉知道采蘑菇最好的地方在何处，只要一大清早出门，他很快就把篮子装满小纽扣般的蘑菇。然后，零售店主再把这些小蘑菇放在圆形浅底的篮子里零售，售价可是不低。再往后，黑莓成熟了，这是他的第三茬大丰收的作物。他源源不断地送进城里的黑莓，数量多得令人吃惊，可是总能找到顾客。黑莓的收获季能持续几个星期之久，果实在这期间陆续成熟，一批批上市，中间还能补充一些接骨木果和黑刺李。流浪汉有时就在制革厂过夜，睡在成堆的鞣料废渣上，而制革厂一般都位于小河边。虽说他们躺在鞣料废渣堆上睡觉的时候无遮无盖，不过这些废渣也能为他们御寒保暖。

在每个城镇交易市场的外围，通常至少有一位类似的流浪汉，这种人相当“独特”，很难描述其到底身份为何，所以只能用否定的表达——即“他不是什么”来定义。他不是乞丐，因为他从未去过那些临时收容所，也从来不向人乞讨——从不向陌生人乞讨。当然，他偶尔也会敲开一些农场主的家门，讨要点面包、奶酪再加上一杯啤酒。有时，鸭子粗心大意将蛋产在了河边草丛里，他看到了就会捡起来送到农场住宅去；若是有哪只鹅四处游荡，在远处的柳树苗圃里做了窝，他也会把这消息通知主人。或者发生别的事，比如他发现有一只绵羊四脚朝天倒在一条狭窄的垄沟里爬不起来，如果没人及时帮忙很可能会丧命，他就会赶过去救助，直至羊儿恢复健康，接受主人的感激之情。

他也不是盗贼；苹果、李子之类的水果绝对安全，当然芜菁叶子并非如此：此处涉及如何细微地区分所有权和是非的问题——比如半野生的果实和果园出产的水果之间的区别。他也称不上是偷猎者，虽说他也曾进过树林的隐蔽处，甚至下套捕过一两只兔子。再说，野鸡数量太多、性子温顺，马车经过时车夫还要用鞭子把它们赶开，好给马儿让路，就算偶尔丢失那么一两只也不算什么稀罕事。他也不是“飞毛腿杰克”那类的人物，过去这种人和一群名贵的猎狐犬同吃同睡，负责开门、牵马这类的活儿，跑起路来足底生风，打猎时全凭脚力就能跟上狩猎的队伍。

虽说人们从没见他跑过，他也确实步子很快，如同脚下生风。他走起路来像动物一样打赤脚，啪嗒啪嗒，速度飞快，他的腿从来都不伸直，膝盖总是稍向前弯曲。拿根绳子把一篮子水芹往背上一拴，他就这么弯腿屈膝飞快地向前走；脚丫子“啪嗒啪嗒”地踩在厚厚的白色尘土上，不但轻易就能赶上一个步行速度很快的人，还能始终保持同样的速度，毫不费力地连续走上几英里。采摘水芹菜是他的一项大买卖，因为水芹能连续生长好几个月。采摘水芹的时候，他动作极为娴熟，迅速拨开河水中的水芹丛，把其中较粗的几丛斩断，再用剪去上面的根须，然后分类、清洗，一先令才算挣到手了。看看他那娴熟的动作，再想想这样大的工作量和那么少的报酬，人们肯定会联想到雇工们那慢慢悠悠、懒懒散散的生活方式，他们拿着固定的工资，过着悠闲的生活，着实更加令人羡慕。

靠近溪流的地方很可能会有泥炭：一簇簇野草之间往往会有些小片的黑色水洼，其中有些水洼表面浮着一道道红棕色或黄褐色的泥浆，黑色的水面上泛着油光。你要走上前去，如海绵般松软的泥土就会发出嘶嘶的声音，还会有小水柱向外喷水，一直喷到好几码之外。流浪汉会从这些地方取些略微干燥的泥土卖给人们，放到花园或花盆里作为腐殖土。

年复一年，流浪汉渐渐地上了年纪。但是即便身体已日渐衰弱、头脑也不大灵光了，他也绝不想去济贫院；他无法放弃自己的那些栖身之地。无论天上下的是雨还是雨夹雪，哪怕是狂风呼啸、将吹断树枝席卷而去，他依旧睡在破旧的小棚屋里或是稻草垛下面。有时候，人们也会以流浪的罪名将他投入监狱，不过，并非为了惩罚他，而是纯粹出于同情，希望能够挽救他的生命。不过这一切都是徒劳的：只要他一被释放出狱，立刻就会恢复流浪的老习惯。他所需要的一切就是一点啤酒——他并不是酒鬼——再来点儿烟叶,还有树篱。有天晚上格外寒冷,夜色深沉的时候,流浪汉步履蹒跚地离开城镇,来到耕田附近寻找一处石灰窑,当地的土质底层是石灰石,农场主将其烧制成熟石灰。靠近石灰窑顶部的地面很温暖,他就倒在那儿睡着了。

夜深了。石灰窑里燃烧的石块啪啪碎裂,不时冒出一簇簇的火苗,如同流星一样闪耀光芒,转瞬即逝。天空下起了雨。流浪汉在睡梦中不安地扭动着身体,他本能地滚向,也有可能爬向暖和的地方,睡到了石灰窑的窑顶上。水鸟经过此地,猛然扇动翅膀;苍鹭经过,发出高声鸣叫。

一大早,采石工来到这里照料窑火,突然发现此时烧得滚烫、通红的石头上方, 窑口的边缘处陈列着一具早已烧成白灰的骷髅——当时天刚破晓,晨色迷蒙,雾气升腾,红嘴鸥悲哀的叫声回荡在沼泽地上空,这是多么恐怖的一幅场景!

银莲花盛开的地方

距离高大繁茂的树林约一英里之外，孤零零生长着一小片幽静的白蜡幼苗树林，那是蔡斯附近仅有的一处长满风之花——银莲花的地方。白蜡树幼苗的植株之间相聚甚远，每到春天来临，树与树的间隙间就会密密麻麻覆满一层深绿色的植物，若想穿过此林，人们非得踏过蓝铃花、银莲花和别的林地植物的叶子不可。银莲花的美丽转瞬即逝，只有经常前去小树林探访，你才能领略到银莲花的完美丰姿。你若是忘了再次前去或是晚了两周才返回树林，极有可能发现美丽的花儿已然凋零。银莲花的花茎细长，颜色鲜红，只有几英寸高，周围环绕有三片叶子。银莲花的花朵呈杯状，花心颜色金黄，六片洁白的花瓣微微下垂，花瓣下有时隐约可见一抹淡淡的紫色。银莲花的叶子不但数量为三，每片叶子还裂为三瓣。叶片坚韧耐寒，花朵却娇嫩异常。

小树林与周围的草地之间有一道堤垄，垄上满是蓝色的野生紫罗兰，这种花没有香味，盛开时花瓣又宽又大，几乎能与三色堇媲美。不过，它们直到花期将近时才会完全盛开。小树林附近的草地面积较小，每块不过两三英亩。其中有一块泥泞潮湿的草地上长满了酢浆草，花开时白茫茫一片，长达数周。这些花的花瓣在有些地方是银白色，在有些地方则呈淡紫色。野花通常如此，生长地点各异，颜色也各有不同：在阴暗的树林里，云兰或蛋黄草类植物颜色苍白暗淡，类似硫黄的颜色；高地上的云兰则是美丽的深黄色。这片泥泞的草地上有条沟渠，里面生着一大簇车叶草，碧绿的轮生叶片上抽出一朵朵白色的小花。野生黑莓的枝条弯下来，叶子五片一簇，片片生着绒绒的毛刺。黑莓的枝条一旦着地，立刻就会扎根抽条，如果不及时修剪，很快就会长得漫山遍野。

松鸡十分喜欢造访这片小树林，它们从蔡斯沿着树篱一路来到这里，总要在林子里搭上几个窝。有只绿色的啄木鸟也把小树林当作必经之路，但是它很少久留，因为这里树木不多。啄木鸟好像都有自己固定的路线，有些小树林就极少能听到它们的动静。啄木鸟更喜欢造访古树参天的树林，只要林中生长着高大的朽木，就一定会吸引啄木鸟前往。与蔡斯这样更广袤的大片树林或是宽阔的牧场和大片的耕田相比，小树林附近的这些小块的草地才是花儿的世界、鸟儿的天堂。茂密的树篱吸引了大量的鸟儿，躲在树篱后面，人们可以观察鸟儿的活动。而且，相比之下这里的灌木丛和树木的种类也更丰富。

小树林之中就有这样一丛枫树，每到春天都缀满绿色的花朵，当然枫树仅在春天开花时才能被人发现，别的季节则隐身于橡树之类的树木之中，甚少被人察觉。接骨木开花时，白色的花朵缀满树丛，昼夜盛开，芳香四溢，弥漫数里。哪怕在伸手不见五指的黑夜，那一丛雪白也仍然清晰可见。树篱中有几棵沙果幼苗，沙果树发芽时很容易被误认作荆棘，因为小嫩枝的顶端通常很尖；

除了沙果幼苗外，这里还有棵缀满累累硕果的大沙果树。小伙子们常常用沙果来磨刀，刀刃插进果子中缓慢地来回移动，果酸就像硝酸一样腐蚀着钢铁，让刀刃变得更加锋利。他们还在干草堆上掏洞，把果子塞进去，以此来改善沙果的口感。他们也会从老果园里采摘大量的苹果藏在干草堆里，因为这些果园的水果通常硬邦邦的，口感酸涩，味道比沙果好不了多少。这些苹果在温暖的干草堆里存放几个月之后，自然会变得更加芳醇可口。

这里还生长着一种野生李子，也叫西洋李，果实的个头大约是黑刺李的两倍，果皮上有一层白霜，看上去很像人工栽培的李子，但口味没有那么甜美。虽说长相类似，李子的味道却和黑刺李截然不同，口感完全没有黑刺李的果子那般酸涩。有个角落里长满了山茱萸。夏天山茱萸的花开得赏心悦目，秋天则缀满深色的浆果，叶子变成了鲜艳的黄褐色。霜冻过后，有些叶子的边缘会变卷翘，颜色也会变成深红色。这里还有两三片绣球花树丛——野生的灌木——它们在六月开满白花；这种野生绣球花不像公园里培育的那样呈雪球状，而是呈扁平的环形，处在外圈的小花最为洁白，靠近中心的部位则略显淡绿。到了秋天，纤细的枝条被一串串紫色的浆果压得弯下腰来，这些浆果个头很大、异常饱满，好像随时会迸出红色的汁液来。不过，这些果子很快就会消失得无影无踪，显然都是被鸟儿吃掉了。

除了山楂树和石楠树，这里还有几种柳树——蛇皮柳，因树皮脱落而得名；“折柳树”则树如其名，异常脆弱，每次起大风都会折断它那孱弱的小树枝，变成没有树梢的半截砍头树。还有棵老柳树，树干中空，树顶成了一群寄生植物的天堂。一棵树莓扎根于此，在柳树一侧悬挂摇摆；这里还有棵低矮的小醋栗向四周随意地伸展枝叶——毫无疑问，树莓和醋栗都是鸟儿无意间播下的种子长成的；最后是有毒的南蛇藤或称龙葵的植株从腐烂的木头里钻出来，枝蔓倚靠着干枯的柳枝向上攀爬，到了秋天则挂满红彤彤的浆果，一树明媚灿烂。树林里还有白蜡树幼苗，树枝上春天才会萌发的嫩芽此刻还躲藏在黑色的叶鞘里；核桃树上挂着永远受欢迎，而又常会被偷的坚果，不过在高地，一大片核桃树果实累累挂在树上也没人采摘，直到最后熟透落地；还有小橡树从倒下的大树根部钻出来。在这些橡树枝上，不但能找到常见的圆形树瘤，还可能有更大的树瘤，绿色的鳞皮层层叠叠互相覆盖而成。

在这片人工设计的，在我看来也毫无品位、毫无乐趣的现代建筑耸立的大地上，哪里还能找到像这片古老的树篱一样美丽的灌木丛呢？这里也不乏常绿植物，常春藤长得郁郁葱葱，还有一片冬青树丛，不过仅此一片，因为此地土壤不适合冬青生长。高大的牛蒡在灌木丛中异军突起，农田和草地边缘还长着些茎秆粗大中空的当归，不过被树莓的枝条遮挡得严严实实。早春时节，这里还会有芦苇，细长的苇秆齐刷刷地向上伸展，顶端生着两片长矛一样的叶片。芦苇的高度因生长地点不同而有所差异。若是生在刚被修剪过的树篱之中，芦苇只能长到四五尺高；若是生在一处土地深深下陷的角落，或是长在灌木丛里，芦苇就会细长高大，人们哪怕举起手杖也很难碰到苇尖。黑泻根的蔓条从灌木丛的上方冒出来，因为无处可依附，便互相缠绕在一起。两根藤条相互缠绕便可以相互支撑，倘若只有一根藤条，就会因为无法支撑自身的重量而垂落下来。

在靠近水源的地方，也有各色植物相互竞艳。莎草抽出三棱形的花茎，狭长的叶子上有一道道的棱纹，深色花穗高高挺立，布满了浅黄色的花粉。苇雀或鸦鸟在水雾弥漫、苔藓遍布的沟渠旁停歇，这种鸟儿姿态优雅，头顶的黑色王冠闪闪发亮。啤酒花攀着楞木向上生长，一簇一簇地从树上垂挂下来，香气浓郁，让采摘的人手留余香。牛蒡的叶子宽大，常被人们采来盖在篮子上，保护新摘的水田芥免受阳光照射。水杨梅沿着地面匍匐生长，花有些类似毛茛，花茎细长，枝蔓攀爬得整条沟渠都是，到了秋天就长满带软刺的小绒球。薄荷散发着强烈而独特的气味，绝不会被认错；欧蓍草的花儿颜色洁白，偶或夹杂一丝淡淡的紫颜色，这几乎是蜜蜂最后造访的花儿。十月中旬，我曾见到一只野蜜蜂驻留在最后一株开花的欧蓍草上。

在地势更高也更加干旱的堤岸上长着一小丛茎秆扁平细长的水苏，叶子成对生长，如同一对翅膀向两边张开。随着夏日临近，水苏逐渐变得挺拔而坚硬，高高耸立在堤岸上。水苏的紫色唇形小花全都长在顶端，每朵花的末端都像钩子一样弯曲附着在花穗上。水苏的叶片和叶柄都比较粗糙，揉碎之后会发出刺鼻的气味。一大株蓟花上落了只飞蛾，蛾子宽大的翅膀下还隐藏着一只大黄蜂，它们相处愉快、互不干扰。有时，蜜蜂也会造访石楠丛里盛开的白色蔷薇花。

在入口附近，靠近人来人往的地方长着一株高大、粗壮而又繁茂的植物，有些像灌木，叶子的颜色绿色中带着一层浅灰，叶片裂成几瓣，彼此分得很开。到了八月，淡绿色的小花会挂满枝头，顶端略带棕色。如果把花放在手心轻捻，会闻到强烈而奇特的味道，好像带着一丝薰衣草的香气，但又与薰衣草大相径庭。这就是艾草。更晚些的时候，土丘的树荫下还会出现几株浅色的、开绿色唇形花的香草，散发出啤酒般的气味：这是鼠尾草，叶子的味道极苦。

秋日的早晨，被露水压弯的蛛网沿着树篱顶端张开，像是薄纱的吊床，从荆棘的一端挂到另一端。在山楂树篱驻足的篱雀发出“吱吱啾啾”的哀鸣声，篱笆下的草地上，沉甸甸的露珠在草叶的两侧边缘聚集成滴。从一年之初，耐寒的忍冬藤上冒出第一片绿叶，到鹧鸪鸟在蚁丘上找到蚂蚁卵，再到最后一朵风信子凋零，大树篱之中总会有些或是美丽可爱或是轻松有趣的东西。事实上，这些东西永远也列举不尽。我略掉了野生天竺葵那大片绿叶上肉眼几乎难以看见的红色小花瓣，也未提及苔藓和蕨类植物，甚至只字未提那些栖息在植物当中的生物。一个人如果在年少时就开始写一本有关树篱的书，等他上了年纪很有可能发现这书还是颇不完整。

一条人迹罕至的小路从公园延伸出来，穿过冷杉树林，一直通往鱼塘。狭窄的小径转过第一道弯之后，就会进入到茂密的冷杉针叶筑成的一道道密不透风的绿墙，整个世界都被彻底阻隔在墙外了。头顶可见的蓝天也是窄窄的一小条，只比小径略宽一些，因为这些杉树都有些倾斜，顶端的枝杈也不太长；不过，可视的范围依旧很小，斑鸠飞过的时候只能在视线中停留上一秒就消失不见了。我每向前多走一步，都会陷入更深的寂静之中——松鸦划破寂静的尖叫声着实吓了我一跳。这会儿路面终于变宽了，路上原先种植的密密麻麻的冷杉也变成了梧桐树、七叶树、桤木和山杨树。这些树之间的距离很远,树下还长着些灌木。这里还能找到一些在冷杉树下很难生长的山楂、树莓和接骨木等灌木丛。

就在此处,地面陡然下降形成了一个谷地,坡地上落满了无数干枯的落叶。在整个蔡斯,再也难以找到如此这般的景致,可能走上几个小时都见不到一处。不过,这样的风景在当地却比比皆是。有时,地面满是落叶,一层覆盖着一层。到了春天,紫罗兰和蓝铃草从厚厚的落叶中冒出头来,为这灰暗腐败的世界注入一丝甜蜜的希望。

再向更低处去,就是一个大池塘,几乎填满了整个谷地。池塘三面被树木和灌木丛环绕,另一面则与一片边缘不太规则的草地沼泽相连。水面上漂满了杂草,这些草自由生长、无人干涉已有好些年了,唯一的障碍恐怕就是过度繁殖导致它们彼此之间争夺营养和空气。池塘已经很久不再为人们的餐桌供应鱼类,因为铁路极大地缩短了海洋与陆地之间的距离。曾几何时,这些池塘大有用途。那时,几乎所有的食物都来自周边的产出:面包、牛肉、羊肉、鹿肉、猎物、鱼,这一切都是由附近的树林、田地或是水域提供的。过去,地主在自己的领地内猎鹿,用弩射杀或用网捕获猎物,在自家的小溪和池塘里钓鱼、捕鱼。这些宽广的园地和树林将一切包围在内,轻而易举便可在自己门口获得所有食物。有时候,地主也会陪同来访的客人外出散步,去看看张网捕鱼的鱼塘。

当地原本有许多个池塘,这只是其中之一。不过,别的池塘都已被抽干,变成了牧场草地的一部分。据说,过去为了防止非法张网捕鱼,塘底还曾经竖过木桩。果真如此的话,如今木桩极有可能已经腐烂或被深深地埋藏了,经年积累的枯草、落叶和树枝逐渐在塘底腐烂成泥，掩埋了一切。距离池塘边几码远的地方长着密密麻麻的一大片常春藤，透过藤蔓还能看得出一个小小的棕色茅草屋顶。再靠近一些，就会发现这低矮的茅草顶是用来隐藏一个山洞入口处的。这个山洞是个冰屋，通常在坡地或岸边凿出，早"在乔治三世在位期间"，池塘里的冰块就被储存起来，到了夏天专门为主人冰镇红酒。冰块在当时是只供富人享用的奢侈品，不过美国的冰块大量运到英国，同时冰柜也增加了冰块的供应量的时候，冰屋就变得无关紧要了。那扇曾招来很多艳羡眼光的、紧闭的大门，如今已消失不见了，去年落下的枯叶被风卷起，堆积在冰屋的角落里。

六月的温暖天气在谷地里似乎更显炎热。莎草纹丝不动，只是当我走近时，藏在草丛中的两三只黑水鸡受惊逃跑了。横在池塘水面上方的枝叶也纹丝不动。有一片没有杂草丛生的空地，那是河岸附近的一处更深的洞穴，一只野兔正躺在洞口晒太阳。山丘上耸立着一棵枯死的高大冷杉树，树皮不断地从树干上脱落，仅剩一根光秃秃的树枝伸向天空，异常醒目。这时隐约传来一阵轰鸣，像是远方的雷声，但视线内却没有乌云。我小心翼翼地拨开山楂树丛，穿过桦树林，来到池塘的另一端。在那儿，我看到一条湍急的小溪欢快地流过清澈的白垩河道，向更宽广的河流奔去。

越过小溪向远方眺望，是一处隆起的土堆和树篱，再向前就是一片牧场草地；从传来的喧闹声判断，好像是牛群不堪牛虻骚扰，正在不断地来回奔走驱赶。这些小小的黑色牛虻落在我的手上、脸上，叮得皮肤生疼，这是一种晒干草的人称之为"雷蝇"的昆虫。潺潺的流水声美妙动听，我坐在隆起的树根上——几乎悬在水面上——听画眉鸟唱歌。若是天气只是温暖和煦，画眉鸟就会保持沉默。它们不在炽热的阳光下唱歌，它们知道接下来将会发生什么，所以不会用自己的鸣叫增加晒干草人的反感。这些鸟儿不在冷杉林里驻足，而是在溪流两岸的桦木中栖息。

画眉的声音可以说是所有鸟类中最“文雅的”，因为它的颤音、流转和变奏，无穷无尽、反差鲜明，连夜莺也无法与之媲美。夜莺对音律远没有如此精通，而画眉似乎无所不知。我自己最喜爱的鸟儿是乌鸫，不过论到音乐造诣，画眉无疑要拔得头筹。除了那些特别擅长游泳的鸟类，很少有鸟儿会去静止的水塘。它们喜欢清澈、奔流的溪流，常要去啜饮甘甜的溪水或是在水中洗澡。沉浸在无尽的遐想中，倾听着耳畔传来汩汩溪流撞击石头的清脆响声，我一时忘了时间的流逝。突然耳边传来一声炸雷，声音近在咫尺，我猛然惊醒，才发现天空已布满乌云。几滴豆大的雨点落下来，我抬起头，看见山丘上那棵冷杉树向上伸展的枯枝，就像穿过黑色乌云的干枯手臂。

我急忙向冰屋赶过去，几乎刚刚踏进门口，瞬间外面已是电闪雷鸣，一道闪电带着耀眼的红光从天空划过，哪怕在正午时分也异常醒目。雷声在头顶炸响，大雨如同一道白色的水帘倾泻而下。闪电之中有两道释放出最强大的电流，同时伴随着震耳欲聋的轰鸣声和爆裂声。电流走势极快，顷刻之间，下一道闪电和惊雷就又在树林上空闪耀、咆哮了。雨势也更大了，滂沱大雨伴随着一道道划过天空的闪电而愈加狂暴，哪怕闪电相距甚远也不例外。风雨交加，树叶飘零，池塘上溅起了一团团水花。

无疑，割草工人早已把镰刀的刀片藏到了收割完毕的草地里，而翻晒干草的工人也把草叉放到了垄沟里：还有什么比肩上扛着明晃晃的、铁尖朝上的草叉更易被雷电击中的呢。农舍里，上了年纪的农夫就会把双筒镜盖上，免得里面的水银招致电流。晒干草的人会告诉你说，雷电交加的暴雨天，他们在树篱下面躲雨，有时候会看到闪电发出“嗖”的声响划过天空，湿漉漉的地面上立刻就腾起一片水汽，或者用他们的话说，地上冒烟了。

好像在暴风雨来临之前，斑鸠之类的鸟就回巢了，下雨的时候更是安全无虞地躲在树林和灌木丛的鸟巢中。斑鸠在鸟儿当中出了名的自由随性：它有时掠过最高的树梢，能径直飞出去几英里远。不过，尽管人们常常提起野生的鸟儿和它们自由的天性，实际上若是长久地观察它们的生活方式，就会发现再野性难驯的鸟儿也有自己独有的路线和习惯，我越来越觉得它们行事并非全凭一时冲动，而是遵循某种不成文的规则。马栗树枝下玩耍嬉戏的小虫是如何躲开重重砸下的雨点呢？每一滴雨似乎都大到足以淹没这些小家伙。昆虫多得数不胜数，语言难以描述，想想那些常在小溪上空飞舞的黑压压的蚊子吧。有一天，我无意中瞥见一个尖塔形状的东西，塔顶隐约冒出的好似一缕青烟。它一会儿从风标公鸡的镀金尖喙处冒出来，呈一条直线，一会儿又拐了弯，或者干脆离开风标无影无踪了。这其实是无数的昆虫聚集成群，数量多到即使在风标那样的高处仍然清晰可见。

有些昆虫比人们想象得更强大。有个花园的四周新修了篱笆，打桩用的是风干得很好的橡木条，木质坚硬（橡木条是木材当中最硬的），没有一种匍匐植物能附着在上面生长，因为若是不用锥钻，连根钉子都很难钉进木头里去。一天下午，我从小路穿过的时候听到了一阵刺耳的怪声，很像一把锯木头的小锯子发出的声音。原来是四只黄蜂正在啃橡木板，用这些木屑去筑巢。它们发出的噪音在四五码外都清晰可闻，我走上前去仔细观察，发现栅栏上到处都是又短又浅的沟槽。这些痕迹沿着栅栏向两侧延伸，一律出现在朝阳的一面，背阴处的木板上却一处痕迹都没有，这是因为黄蜂喜欢在阳光下工作。

不久云层渐渐散开，无数的雨滴反射着阳光，闪闪发亮。此时，我立刻起身回家。我知道，一场暴雨过后，还会有几场短暂的阵雨接连而至，彼此之间只是略有停歇罢了。这座荒废的冰屋鲜有人来，可能只有在人们想在夏日饮品中加些琉璃苣，才会来这里采摘。冰屋附近长着一大丛浓密的琉璃苣，可能这里曾被开垦成小片的菜园，因为附近还种着一棵梨树。琉璃苣长得十分健壮，味道清香扑鼻，类似黄瓜。你若是没见过琉璃苣的蓝花盛开时的样子，只看到花朵凋零后的情景，很有可能会以为花儿本来就是倒挂着依附在植株上呢。秋天，梨树的叶子渐渐变红，悬挂在冰屋入口处的常春藤吐蕊开花。接下来，在初春的寒冷月份里，不时会有鸟儿来啄食常春藤的浆果。

可爱的小溪轻轻地流

通往小桥处有两列低矮的木护栏，有一天我被护栏吸引，走过横跨溪流的小桥，来到对岸的白杨树下歇息。我背靠大树，举目四望，顺着溪流的方向有一片狭长的柳树苗圃，柳林的边缘处还种了些马栗树、山毛榉和赤杨树点缀。我的正前方，朝南的方向则是一片空旷的草场和宽广的麦田，温暖和煦的西风不时吹来一团团的白云，草场和麦田明暗交错，时而被阳光普照，时而被云影笼罩。

淙淙流水蜿蜒穿过草地，朝我的方向奔来。溪水微颤，似乎随时都会漫过溪岸，却像红酒般漫到杯口却未溢出。溪水与绿油油的草地等高，水流平缓处波澜不兴、闪着微光，如同打磨抛光的明镜，唯有柳树的倒影投在水面。靠近小桥处，微风骤起，吹过桥拱，霎时荡起粼粼波纹，水光潋滟、金光四射。溪岸处多有缺口，流水经过时顺势划出一道道流动的曲线，线条如水晶般清亮、硬朗，然后在岩石上撞得粉碎，浪花四溅，传来一片气泡噼啪破裂的声音。

视线越过长满谷物的绿色斜坡，可以看见轻薄的雾气在远处的林间缭绕，群山若隐若现。白杨树娇嫩的新叶色泽浅淡发白，在风中发出微弱的沙沙声,尚不能像大片叶子那样哗啦啦作响。马栗树的枝叶遭了霜打,无力地垂下了头,宽大的绿叶一时再也无力遮挡阳光。可以看见远处人行道上零星散布着白色的斑点,那是黑刺李树丛凋零的花瓣。

田野上空总有树鹨的歌声传来,因为田地中间零星地种着几棵橡树,鸟儿不停地飞来飞去,在麦田和枝头上下穿梭。一只柳莺在远处的树林里唱着悲伤的歌,更远处还时不时地传来一两声布谷鸟的啼鸣。阳光实在太美!就连脚下扬起的灰尘都似乎闪着白光,被阳光照亮,变得异乎寻常,不再是简单的一条路。从此之后,这里成了我的朝圣之地。

那天早晨我倚着桥上的护栏向下看,一根漂浮的枯枝牢牢地卡在了桥拱处,不少水草沿溪水漂流而来,缠在了枯枝上。还有更多水草向这边漂来,逐渐越积越多,最后引来了一只小水鼠。

这个棕色的小家伙跳上枯枝,身子朝着水面向前探出,两只前爪伸出去扯住细长的水草,就像人的手一样灵活。水鼠用前爪抓住水草啃食,把香甜细嫩的部位全都吃掉——它吃得肆无忌惮,毫不顾忌我就站在它的正上方,距离只有几英尺。

就在转瞬之间,水面波澜突起,不再平静。实际上,微风穿过桥拱,水面始终荡着一圈一圈的涟漪,可这次波纹突然变得汹涌了。因为恰在此时游来一只黑水鸡,开始在缠成一团的水草的边缘觅食。只要我完全静止不动,黑水鸡就不会注意到我的存在,但是哪怕我稍微活动一下,它就会立刻慌张地躲到桥拱底下。倒是水鼠胆子没那么小,它不过是暂时停下来,朝四周望一望,就继续享用美餐了。

我去往桥的另一端，朝溪流上游边走边望，湍急的水流已经将中央桥墩底部的泥沙冲掉了，露出了深埋在地下的砖墙——很多大河的桥墩也遭受着类似的流水的侵蚀。靠近溪岸的地方，泥沙淤塞，溪水变浅，防风根和别的水草纠缠混杂在一起，清晰地划出了一道溪水与草地的边界。阳光照射在水面上，反射出粼粼的波光。朝南的方向，桥拱之上的反射的光芒随着迅疾的水流不断地快速移动、微微颤抖。

溪水清澈见底，阳光之下一览无余，连最细小的石子也清晰可见。但这里没有鱼，没有水鼠，也没有黑水鸡。虽说拱桥尽头显然是最佳的观景点，但在那天早晨以及此后的许多个早晨，我都没有见过这些生命的踪影。若是朝那边放眼望去，仔细探查，可以看见跑掉的黑水鸡又回来了，只是水鼠已不见了踪影。那儿有鱼吗？阴影中溪水晦暗不明，很难看清水底的状况，而春天里最易产生的深褐色沉渣将水底分割成一块一块的，也让一切变得模糊不清。

由于持续盯着一块石头，我的双眼现在逐渐适应了水底的特殊光亮，随着瞳孔不断自我调整，那些褐色的沉渣也不再是模糊一团，而是逐渐分明了。接着，我的视线在水底一寸寸扫过，从一块石头到另一块石头，再到埋在淤泥中的一根腐烂木棍。如果你想要立刻将一切都尽收眼底，实际上反而什么都看不到。倒不如先找个参照物，以此开始，逐渐向四周扫视，那么水下的一切都不可能逃离你的视线。

如此，即便是最深、最暗的（当然不能是泥泞混浊的）水域，用不了多久也能被看得一清二楚。看的时候，眼睛要半睁，不要立刻将视线投过去，不妨先让注意力在眼角停留片刻。不知什么原因，用眼角的余光定睛细看时，眼睛会变得极其敏感，甚至都能察觉到细微的动作或是物体的厚度。此处说到的物体指的并非是可以清楚辨别的东西，而是那些平常很难看见的物体，此时依靠眼睛敏锐的余光，单凭厚度便可以推断它到底是何物。

鱼儿在水中悠闲地摆动尾巴，鱼尾轻卷，荡起一些细微的水波。如此这般，平时你可能无法看清，也无从辨认这是一条小鱼，只有当它靠近幽深的水域或是溪岸的时候，看到鱼身的深色线条才知道水中有鱼。观察水底世界的时候，你要像欣赏油画那样，根据光线的方向不断调整所处的位置。从一个角度看去，画布上看似有画，但呈现的只是模糊凌乱的色彩，换个角度，完整的画面就突显出来了。

若想看到最美的水面，有时要从上方俯视，有时要躺在草地上平视，而现在呢，若是后退几步或是到对岸去看效果最好。有时候站在一处你会发现，热烈的阳光照耀在水面上，水波荡漾，反射出炫目的光芒，完全看不清水里的世界。这时候，你只需换个位置，走到对面，就会发现彼时遮挡视线的阳光如今照亮了水底，就如同水底放了面镜子，把一切照得清清楚楚、一目了然。我相信那儿什么也没有，现在什么都看不见——就连条刺鱼都没有。

不过，溪水流淌，如往日般清澈甘甜，有些地方水位很深。水面很宽，无法一步跃过。下游的拐弯处长满了茂密的莎草，柔嫩的蒲草则占据了上游，一副此地非我莫属的神气。水面四周还能看到黑水鸡和水鼠出没，不过水中却没有鱼儿的踪影。沿着草地的一侧有条很宽的沟渠，径直通到小溪处。洪水暴发时，溪水一旦上涨就会流入沟渠，然后漫灌到位于平行位置的草地。

此时，沟渠中并没有水，沟里的野草颜色发黄，因为最近还在水下浸泡的缘故，带着一丝浅淡苍白，与四周一片生机蓬勃、芳香四溢的碧绿草地形成了鲜明的对比。草地上有棵湿地金盏花，长得十分粗壮，茎秆有四分之一英寸粗。在洪水漫灌时恰好够不到的草地边缘，草丛里还长着一棵小豆蔻，开着淡紫色小花。

这条沟渠还为旁边的一个池塘提供水源，池塘与小溪之间仅有一条不足二十码宽的狭长草地。池塘表面满是从水底升起的片片浮渣。池塘有些地方较浅，因为被风摧折裹挟而来的干枯榆树枝有一部分还露在水面上，吸引一只苇雀驻足停留了片刻。苇雀极喜欢莎草、芦苇和浓密的灌木丛，你可以听见它就在几码远的地方叽叽喳喳叫个不停，不过想要发现它的踪影却是很难。在这根光秃秃的树枝上，苇雀的身形姿态展示得一览无余，连羽毛上的条纹也清晰可见。不过，苇雀只在树枝上停留一两秒，就又飞回了莎草和柳树林中。

当我离开这里，沿着尘土飞扬的小路返家时，我确信此处是有鱼的，但是它们在哪儿呢？

路边草地上、荨麻丛里、灌木丛下，还有小土坡上到处长满了水芋，深绿色的叶子随处可见。有时，水芋连成一片，长得挤挤挨挨。不过这一片片的水芋也不尽相同，有些地方的水芋叶子布满了形状各异的黑斑，别处的叶子上却没有这些印记。每当水芋初次发芽，叶子向上抽出时通常会紧紧卷在一起，看上去像一把尖尖的长矛。

水芋从秋日落下的厚厚的枯叶中钻出来，时常会钻过层叠的落叶之间的空隙。紧紧卷在一起的水芋叶矛向上生长，有时会把枯叶顶起来，枯叶套在矛尖上，就像一枚戒指困住了叶矛，使得水芋叶难以舒展开来。只有当水芋的叶子长到一定的程度，力量才足以冲破枯叶的束缚。

每年早春时节，人们外出寻找春天到来的迹象时，总会听到喜鹊的叫声，但现在它们正忙着筑巢。不远处就有几只喜鹊——如果是在冬天，你一眼就能发现它们，但此时它们却藏到了新叶里。喜鹊在新家安顿下来以前，总要在榆树间飞来飞去，彼此追逐嬉戏，兴奋地叽叽喳喳叫个不停。

这时，同一片地方常能同时见到四五只喜鹊出没：有些在树上，有些在地面，它们黑白相间的身影，在刚刚耙过或是滚轧过的褐色土地上愈发明显。在这样的地面上，哪怕隔着老远，喜鹊的身影也能被人发现。不过，一旦谷物开始抽根拔节，这些喜鹊就会被叶片遮住，看不见了。在乡下很多荒芜偏僻的地方，喜鹊几乎灭绝了。人们偶尔也能瞧见一对喜鹊出没，当然只有熟悉喜鹊行踪的人才能发现它们的身影，但对于过路的游客来说，这里好像完全没有喜鹊的踪迹。不过，在此处，距离大都市如此近的地方，喜鹊却十分常见。步行走出去一小时，几乎一定能听见它们的叫声。当然，喜鹊也有自己钟爱的地点，在那些地方它们出没得更加频繁，也会更多地被人们看见。

每周我都会来到小桥边坐在白杨树下欣赏风景。路边的牛蒡叶子逐渐舒展开来，花儿也竞相绽放。蒲公英、白屈菜、金盏花和款冬的花开成了一片金黄色的花海，简直占尽了春色。紧紧簇拥着它们的还有些紫色的连钱草、红色的野荨麻和雏菊，这些迟一些也会在周边区域大放异彩。黑刺李、马栗树和山楂树也相继吐蕊开花，而整片草地因为长满了毛茛而变得一片金黄。

只有一次，我在小溪中发现了鱼儿游过的痕迹。那是一个温暖的周六午后，我看到一位工人沿着小溪走了很长的一段路，他手里拿着一根棍棒，弯着腰在水边走，姿势奇特。我确信，他当时想捉住一只正在产卵的狗鱼，只是没能成功。过了好几个星期，又来了一群垂钓的人（因为捕鱼季节就快接近尾声了），他们到那条支流旁的小池塘钓鱼，那里的水几乎凝滞不动。

打扮光鲜的小伙子们身背鱼竿，骑着自行车，带着精心制作的漂亮渔具来到这里。他们把车子举过大门，放到草地上斜靠着榆树，调整好鱼竿开始钓鱼。家境不够富裕的小男孩则拿着从树篱上砍下的细长嫩枝和粗糙的鱼线步行跋涉而来，他们一起坐在草地上，目不转睛地盯着软木浮子，一盯就是几个小时。还有些成年人，多数是工匠带着打好包的午餐，风尘仆仆地走上几英里来到这里，然后一声不响却又十分急切地开始钓鱼。

风和日丽的天气，总有十几个小伙子和四五个成年人在水塘边，或站、或坐、或跪在草地上，所有人都注视着自己的鱼漂，几乎不发一声。从公路上驾车经过的人们则会停下马车、推车或篷车，看上一两分钟；步行的旅人或倚靠在大门上、或干脆坐下来，满怀期待地等着，看着谁能钓上一两条鱼。

有时，会有个别胆子大的人卷起裤脚跑到浅水区，把鱼饵撒到靠近对面河岸的深水区去。于是，人们便在不远的地方发现了一艘搁浅的古旧破烂的撑船。把船拖进水塘之后，人们发现船的一头已经烂得很严重，但是如果站在另一头，使得烂掉的那头浮在水面上，两个、甚至三个人就能将就着乘船钓鱼。

垂钓者正襟危坐，一声不发，一动不动，将注意力完全放在鱼漂上，就连阴沉严肃的苍鹭也实在难以与这些人匹敌。日复一日，他们总是满怀耐心和希望。有时，一份小小的收获——哪怕只是用作"诱饵"的那种鱼，大家也会挨个儿传看。有一次，一个熟知各种钓鱼门道的精明渔夫，成功钓上了三条鲈鱼和一条细长的鳗鱼，每条鲈鱼差不多能有四分之一磅重。他大出风头，得意扬扬地秀了一场，获得了很多人的崇拜。不过，自此之后我再也没有见过那个人，他一定是心满意足了。

当我坐在白杨树下的白色轨道上，呼吸着旁边开花的大豆散发出的香气时，头脑中时常萦绕着一个问题，一个我永远也给不出答案的问题。水塘四周的人都背对着淙淙流淌的秀美溪流而站。而他们的面前是一片泥泞，池塘里的水流凝滞不动，水面上还漂浮着一片片脏兮兮的浮渣。

他们的身后就是甘美的小溪，清澈见底，岸边生长着莎草、柳树和菖蒲，还有树枝横在水面。池塘和小溪这两片水域间的草地不过二十码宽，中间没有树篱或是栏杆，显然也没什么保护区可言——总有无家可归的人来这儿洗水芹菜，这是他们从旁边的沟渠里采来的，也没人干涉或是阻止。

这里没有看守或法警，甚至连块告示牌都没有。那些步行或骑马的警察，每天从这里经过几次，也和其他人一样停下来看大家钓鱼，却并不说什么。很显然，什么都不能阻止人们从溪水中钓鱼。奇怪的是，大家却无一例外地都选择溪水积聚的池塘。对我来说，这实在令人匪夷所思。

不久之后，我又注意到了另一种情况：谁也不会朝小溪或是桥拱下面的水里看上一眼。人们都紧盯着浮在水塘浮渣中的鱼漂，片刻也舍不得转移视线，只有在蹚水而过的时候才会朝湍急的水流瞥上一眼。好像这个池塘就是以鱼著称的，小溪却没有获得这般名声。但凡在池塘边垂钓过的人都会推荐自己的朋友前来钓鱼，如此循环往复，口口相传：池塘里有鱼。

于是，总会有新人来这里垂钓，并且坚信池塘里有鱼。这个池塘也因此靠传统的方式赢得了美誉，这是人们口口相传、遍及四方的。我也无须在池塘这件事上找到更多的类比、详加阐释了。

好像池塘里有鱼就暗示了小溪中没有，大家显然都是这么理解的，也接受了这个虚拟的事实。所以，我在白杨树下闲坐的时候，想到了可以解释为什么人们都不朝小溪看上一眼的原因。但不知为何，我对这一泛泛的观点并不满意。在如此迷人的小溪流水中，一定生活着不少鱼类啊。堤岸上的莎草、浅水中的菖蒲，随着流水而左摇右摆，唱歌的苇雀、涉水的松鸡和水鼠，都说明这里是适合生物栖息定居之地。

一天早晨，我站在桥上，视线越过桥梁的栏杆，朝溪水幽深的下游望去。正当我的眼睛刚刚适应了光线，看清水底的瞬间，我看到一个又短又粗、黑色树枝样的东西歪斜着漂过了桥拱。它并没有顺水漂流，而是呈与水流平行的姿势穿过了桥拱。它迎着水流的一端最厚，另一端则微微晃动，就像流水撞击到一片柔韧的薄膜上，如同旗子一般摇摆。我定睛朝暗影中细看，鱼身两侧的颜色最初看起来并不完全一样，逐渐地我看清这些颜色其实是不规则的斑点。这是一条鳟鱼,大概有一磅半重。

它就在桥拱的一侧,躲开了流水的冲击,几乎躲到了桥墩后面。不过,从那里,它能看到涵洞里漂浮而来的一切东西。就在鳟鱼的正上方,有团水草乱糟糟缠结在一根枯枝上。因此,借助小桥的影子和水草的遮蔽,人们很难会注意到它的存在。当然,这条鳟鱼也十分警觉,哪怕有最轻微的动静,它都会立即躲到桥拱底下。它与遮蔽物相距只有一尺远,而一条鳟鱼纵身一跃,能有十二寸远。

随着夏季临近,干草被一车车运走了,小麦也渐渐成熟。庄稼地里随处可见一处处早熟的谷物被收割之后的痕迹。我每次在白杨树下坐着听溪水的浅唱,就常常不由自主地想,在被人无意发现之前,这条鳟鱼就一直孤零零地待在水中,真是件憾事。

我有很多办法可以避人耳目,把鳟鱼悄无声息地弄走。但是,我又想到,解救它所带来的短暂欢愉,又怎能比得上天天与它相见的快乐呢?有好几个星期,我每天都来看它,时刻保持着万分警惕,确保没人注意到我频繁地朝水中的某处观望。有时,我朝它瞥上一眼,马上就背靠小桥的墙壁而站,好像在观察另一边的什么东西。若是我身后有人,或是看起来想要透过栏杆朝水下看,我就用手杖漫不经心地敲打护栏, 这足以提醒鳟鱼游回桥拱下面去。又或者,我会假装很热的样子,举起帽子扇来扇去,这样也能起到提醒鳟鱼的作用。

当我静静看着它时,如果岸边溪水清澈,我会一直等它游回桥拱下再走,为的就是提高它的警觉性。后来我发现很多从这里经过的人都戴着高高的帽子,可当真松了一口气,戴着帽子可是什么也看不见。因为若是他们靠近栏杆探头看，帽子在水中的倒影就会比护栏的影子还要长，这样没等人们朝水里看，鳟鱼就已经逃走了。所以，尽管整个夏天我一直都在提心吊胆，却又十分欣慰，鳟鱼并未被人发现。

小溪中的鳟鱼

黄菖蒲如利剑般高举的叶片边缘处开始发黄枯萎,叶尖也弯了下来。莎草丛浓密如毯、纷乱如毡,到处散落着很多落叶。这些叶子都已枯萎,颜色暗淡,布满褐色、黄色的斑点。十月的秋风袭来,大量的叶子就从枝头被吹落四散,有的落在莎草丛中,有的落到水面上,顺水缓缓漂流而去。柳树苗颜色发灰,在微风吹拂中弯下了腰。很快,狂风就会将柳叶全部席卷而去,只留下光秃秃的、泛红的枝条,那时整片柳园苗圃就会染上淡淡的红晕。如今只有修剪过的粗壮赤杨仍然颜色葱绿,在树木的倒影中,小溪还是一片幽暗。秋风从白杨树的细枝间穿过,如同晃动了船上的索具,一阵摇晃呼啸,铮铮作响。除此之外,万籁俱寂。

画眉鸟还没忘记晨起时的严霜, 也不会在中午时分出来歌唱。夏日来访的候鸟都已迁徙,黑水鸡则在静静地觅食。溪边的树林也静悄悄的,莎草虽然已经垂下了头、纠缠在一起,但还远没有干枯,在风中瑟瑟无声。非要等到明年春天,苇雀(又叫苇鸟)飞来,莎草才会在风吹来时发出沙沙哗哗的脆响。沿着溪岸的那一排排柳树,更是苇雀常栖息的园林。据我所知,苇雀爱柳林,哪怕在偏远的乡村也不例外。

平常想要看到这些鸟儿实属不易。每当它们飞来时，都正值柳树萌发枝叶的时节，飞鸟入林便遁入了无尽的柳叶、柳条、柳枝的世界，落到地面则被茂密高大的莎草和菖蒲遮掩隐藏。不过，有一次例外。那次柳林被人工疏枝减叶，春天来临的时候，本该萌发的茂密枝叶又短又小。同时，当年的东风寒冷，莎草长势缓慢，高度尚不及往年的一半，本该茂密高大的黄菖蒲也是格外纤细、矮小。于是唯有这次，苇雀来到柳林之后，很难找到隐身之地，人们可以轻易地找到它们的行踪，样子也看得格外分明。

树林里至少有十五只苇雀，其中两只经常在近旁池塘边的灌木丛出没，还有的栖息在溪流下游稀稀落落种植的柳树上。它们总是片刻不停地唱歌，好像连觅食的工夫都没有。有时候你正悄声沿着路边的草地行走，或踩着厚厚的尘土，接近一只正在高歌的苇雀时，另一只苇雀突然在低矮的刺篱枝头唱起了歌，鸟儿离得很近，用一根手杖就能触碰到。虽然如此，你却不能完全看见它，因为它躲藏在树枝后，只露出一部分。这是苇雀的习性。它们胆子一点也不小，不过就算近在咫尺，在你的胳膊肘边叽叽喳喳，它们也总是要半隐半露，不让你完全窥见真面目。

如果停在柳树上，它们就栖息在枝叶交错的地方。如果落在莎草丛中，好像离你很近、触手可及，其实这鸟儿是躲在草茎后面。在自己和路人之间设置屏障是它们的天性。不过那年春天，树叶过于稀薄，你只要稍微花些心思，就能窥见苇雀的全貌。那只苇雀在一根倾斜的柳枝一侧驻足，头微微上扬，叽叽喳喳地叫着，嘴巴左右摇摆。这只鸟还很幼小，小眼睛上方有一道浅黄色的条纹，滴溜转着向外看。它唱起歌来还不成调，听起来只是叽叽喳喳的叫声。

侧耳倾听了一刻，我终于辨识出了其中的音阶——或者说音调的排列组合，如此一来，虽然听来仍是叽叽喳喳，却也别有了一番趣味。它不时会插入一声啁啾，和麻雀的声音一模一样，一声啁啾再带一声当当声。你若敲击一块金属，除了击打声之外，剩下的声音就是“当当”声，这便是苇雀幼鸟发出的第二种音符——当。麻雀的叫声当中有时就含有这个音符，苇雀也把这声音引了进来——当、当、当。因此，乡下人又称它溪麻雀，其实这称号贬低了它的歌声。苇雀常常刚在一处唱完，就又飞向另一棵柳树，还未飞到，半路上就开始叽叽喳喳，唱完时则刚好落在新的枝头。

不过，在这只鸟之前，另一只早就在邻近的灌木丛里歌唱了，第三只占据了刺篱高歌，第四只则在池塘对岸的灌木丛里放声吟唱，小溪下游的更远处也隐约传来叽喳声。七嘴八舌、争前恐后的鸣叫声从早上持续到夜晚，有时甚至彻夜不息。在一个温暖的春天清晨，阳光倾洒在柳树上，就连路上的白色尘土都异常明亮，影子投在上面轮廓清晰可辨。溪水沿着堤岸翻滚着向前，苇雀歌唱时声调灵动，掠过枝头时动作敏捷，成了潺潺流水发出的低沉轰鸣声的美妙注解，听来令人心情愉悦。

黑水鸡的叫声从溪口附近传来。金盏花在莎草的簇拥中高高举起了宽大的黄色花瓣，这里的土地颜色灰绿，上面覆盖着一层水草，因阳光炙烤、水分蒸发而变得干枯。这里随处可见淡紫色的杜鹃花，被高高的花茎托着，比开在草里的花高出许多。莎草黑色的花朵上沾染了星星点点的嫩黄色花粉，深绿色的黄菖蒲也逐渐打开扇状的叶片。就在马路的对面，桦树枝叶的最高处，燕子低声细语，和伴侣呢喃着最温柔的情话。草场的橡树上，一只云雀先是冲上最高的树枝，又一路飞翔，一路欢歌不休，最后落到草地上。

草场中央有一片环形的灌木丛，有只松鸦正在当中吱嘎乱叫，白嘴鸦则独自飞向在小山丘的榆树上筑的鸦巢，布谷鸟扑棱着翅膀四处乱飞，边飞边叫。斜靠在长满青苔的灰色栏杆上，看着溪水从不远处流过，潺潺的水流和汩汩的水声给这地方增添了一层慵懒的气息。阳光若隐若现，空气静止不动，四处却又传来鸟鸣欢歌。让我们也驻足停留吧，就那么静默无语地看着野苹果树的花瓣一片片落下，随溪水漂向远方。

不过此时已到秋季，树上的山楂红了，燕子像早春时分一样寥寥无几，苇雀已经飞走，红翼鸫不久将会到来。黄菖蒲的叶尖已开始弯曲下垂，叶片边缘也变成了锈迹斑斑的黄褐色，勿忘我也已过了花季。十月的秋风吹得寒冷刺骨，我们无法在溪边久留，但是从水边经过时，回想起夏日的好时光，小溪仍然使人备感愉悦。只要有那么一瞬间，我们还会想起五月惬意的阳光，记得六月采下的玫瑰，还有在绿色的麦浪中摘下的第一根麦穗，这一年就永远不会逝去。别的事情都随着时间的流逝而被遗忘了，甚至连我们自己生活中的细节，此时此刻无比珍重的东西，也会在时间的长河里、从我们的记忆中慢慢褪色。直到有一天，我们发现本以为会永远铭记的一切，已在记忆中无处可寻，只能到日记里寻找过往的痕迹。但是这一年会永远地陪伴我们，那些月份总是那么熟悉，它们永远不会逝去。

所以，红彤彤的山楂和沙沙作响的叶子，很容易让我们回想起那些盛开过的鲜花。夏天，柳树林鲜花遍地。鸢尾花喜欢夏日的雷阵雨，所以黄色的鸢尾花在仲夏六月盛开。黄菖蒲开花时向四面八方伸展，就像一把扇子从根部展开，边缘重重叠叠，接近地面，叶片宽阔如同刀剑。事实上，黄菖蒲也是个头最大的野生植物之一。黄菖蒲与当地溪流中常见的叶片上有三道凹槽、形似刺刀的普通菖蒲外形差异很大。黄鸢尾则是属于某地土生土长的植物，在很多乡村的溪水河流边都难见其踪影，所以能在这里见到开得如此娇艳美丽的鸢尾花，对我来说几乎算个大发现。

在一八七九年那个多雨之年里，鸢尾花开得最美。喜欢户外运动的人一定还对那个糟糕的年份记忆犹新。仲夏时节，鸢尾花盛开时，整片柳林都熠熠生辉。莎草丛中到处都是高高举起的硕大黄色花瓣，有的地方有十几朵相互簇拥，不远处却只有两三朵，再远处可能仅有一枝，然后就又出现一大丛。沼泽地的水位有一尺深，但是被莎草挡得严严实实，除非拨开草秆，否则很难发现。莎草和菖蒲长得十分浓密，除了草丛上面的黄色花朵，其余一切都被深深地掩藏了起来。

溪水涨满，形成滚滚洪流，一丛鸢尾花就生长在仅比水面高出寸许的堤岸上，我在花丛中漫步，花叶高可及肩，花茎上的金黄色花朵也几乎与叶子等高。这是一大片茂密的鸢尾丛，有史以来从未长到这样的高度，看起来就像生长在热带地区的沼泽植被，这一切都得益于持续不断的水分滋养。谁能料到那年夏天的暴雨会对花儿产生如此大的影响呢？多数人都以为，雨水泛滥也许会毁了这些花儿。然而，此后再也没有出现过像那年一样百花齐放、绚烂多彩的年份。草地红门兰、毛茛、黄鸢尾——春花齐聚，绽放出一个无比绚丽的世界。干草被泡烂了,农夫没了收成,他们的田地却成了一片辽阔的花海。

那年春季是有史以来雨水最多的季节之一,而今年春季却是最干旱的。所以,人们可以轻易穿越小径和溪流之间的小树林,莎草和菖蒲都长得低矮,苇雀的踪影很轻易就能被人发现。小树林里长了棵山毛榉,离溪流很近,树枝几乎垂到了水面上。这棵山毛榉的树干上长满了小枝杈——实际上,山毛榉的树干上通常不生枝杈,但也有些植株矮小、发育不良的树会有些小树枝点缀。树上高处的大树枝上的叶子纷纷落下,顺着溪水漂流而去。那些离地面很近的小树枝上却始终有叶子挂在上面,这些褐色的枯叶整个冬天都不会脱落,在风中沙沙作响,经久不息。

这棵山毛榉树下有一株菖蒲,顶端几乎碰到了低矮枝条上的树叶,靠着山毛榉枯叶的庇护,虽然今年冬天先是严霜酷寒,随后皑皑白雪、凛冽寒风相继来袭,这株菖蒲却始终鲜绿如初。早晨,山毛榉那长长的树影穿过溪水一直延伸到小桥上,我的鳟鱼就时常待在那片阴影下。在山毛榉树枝低垂的溪岸形成了一个约一英尺深的小悬崖,崖壁上长满了苔藓,有一次我在这里看见几只机灵的小老鼠在潜水、追逐。虽然我时常从这里路过,奇怪的是,从此之后再也没见过它们在这里活动。

山毛榉树投下的暗影中有一片松软泥泞的溪岸,在上面常常可以发现黑水鸡的足迹。大雨过后,柳林中的很多树就浸泡在水中了,秋天来临落叶缤纷,由于这里远离溪水,不可能顺水漂流,叶子便在积水中层层堆叠、浸泡。叶子的边缘相互交错叠加,颜色或红或棕,还有些淡黄色,叶片上漫出清澈的积水,投射出倾斜的树影，积水边缘则是干枯发白的野草，一时色彩缤纷，甚是诱人。路旁有棵马栗树，树梢上的叶子已染上了点点绯红，果实就落在了灰扑扑的小路上。

马栗树长在横跨小溪的桥拱的一头，那是我喜爱的鳟鱼常常出没的地方。有时候山毛榉的树影会一直延伸到鳟鱼出没的地方，不过那都是在清晨时分；别的时候，那一片幽暗则是小桥的影子。另一处护栏面向南方，站在那里向下看，通常都可以看清水底的状况——因为那一处光线较强。夏天的时候，水底会有一株绿色的植物随着溪水的流动而前后摇摆。这既不是野草也不是菖蒲，而是一种叶子浅绿的植物，看起来就像是偶然来到了这里。这种植物是水芹菜。

在小桥朝阳一侧的溪岸边，几株勿忘我正处在花季，水蒺藜也开花了，岸边的菖蒲缓缓地随风摇摆，就像水上漂浮的渡船。微风吹皱了水面，层层涟漪中阳光闪烁着耀眼的光芒，反射到桥墩附近跃动着折射而来的光影，活泼灵动。路上的行人很容易被这处阳光灿烂的护栏吸引，从这里可以看到充盈满溢的溪水蜿蜒流过碧绿的草地。这里的溪水澄澈，一眼就可以看清水底，你还能看到湍急的流水已在桥拱下冲刷出一条更深的河道。不过，无论你看上多久，都不会发现鱼儿的踪迹。

那条我观察了很久、给我带来无尽快乐的鳟鱼，总是在小溪另一侧、桥拱的一头，等待着任何可能漂到那里的东西。它就在桥拱一侧那永不消退的阴影中静静等待，极少改变位置，偶尔它会从桥下一跃而出，捕捉它喜欢的东西，接着便游回原地。人们若是从向阳的护栏附近向水底看，完全看不到它，因为有桥的影子在很难看清水底的东西。若是夏日正午，阳光又太过强烈刺眼，水面金光闪耀，人的视线完全无法穿透。生活中，有时候从某些角度看，哪怕墙上挂的画近在咫尺，也无法看清楚。所以，没人见过鳟鱼。若是有人好奇心重，倚靠着护栏附身向水中看，鳟鱼也会立即游到桥拱下面去。

人们在水塘里钓鱼，塘边几码外就有苇雀叽喳鸣叫。不过人们从来不会查看北边桥拱下的水域，那片地方幽深阴暗，潺潺溪水从一棵山毛榉树下流过。如此这般的情况持续了三年。三个夏天，日复一日，每当我从此处经过，都会心情愉悦地看一看那条鳟鱼。虽然垂钓的人几乎近在咫尺，这里也并非保护区，可它却从未被人发现。每次想到，东西明明就在眼前，人们却难以察觉，就觉得无比奇妙。实际上，成千上万的人从这里走过，都曾经过鳟鱼所在的正上方。

然而，在第三年夏天的一个早晨，我在路上看见路上有个人在垂钓，鱼竿越过小桥的护栏伸出去，鱼钩落入的正是那片幽暗的水域。不过，他选择的并非鳟鱼所在的桥拱，鱼饵也仅是普通的面团。正在这时来了两个筑路工人，他们自然会悄悄前去观看这个人钓鱼，突然，其中一人发出一声惊叹。他看见了那条鳟鱼。用面团做诱饵钓鱼的人，颇有耐心和定力，站在那里一动不动。经过几次试探之后，那条鳟鱼便从桥墩后面游了出来，于是那名工人便看到了它——筑路工人往往见多识广，能认出这是条鳟鱼。

工人知道怎样才能看穿水面，他告诉了渔夫有条鳟鱼，当时三人异常兴奋，忙着调整鱼钩、换鱼饵。我不忍看到最坏的结果，便匆匆离开了。不过那个人并未得逞，第二天、第三天、第四天，那机敏的鳟鱼依然还在。那个在此垂钓的人要么是不能再来，要么是灰心丧气，不管怎样，没有再做尝试。鳟鱼这次得以逃脱，无疑会比以往更加警觉。

下一年的春天，鳟鱼仍然在那里，一直到夏天，我还习惯路过时过去看它一眼。这已经是第四个年头了，它还在那里。我带着朋友去看这条奇妙的鳟鱼，它对一切无所事事的人和盗猎垂钓的人报之以蔑视，更重要的是，它不仅被小桥的阴影围绕，它自己还向路人的头脑中投掷了一片心理的暗影，因此他们永远也不会想到小溪里还生活着这样一条鳟鱼。但是，有天早上发生一件事。小桥向阳那一侧的溪流上筑起了大坝，溪水被引流到了旁边的沟渠里。小溪的河床上横着一些该死的管道或是别的什么可怕的东西，一直通往小溪下游很远的地方。

桥梁上方的溪水涨满，几乎要从宽阔的河道溢出来；桥梁下面却是干涸的河道，菖蒲丛倒在泥浆里，野草也已枯萎。一直到山毛榉生长的地方，溪水都是枯的。不过，在山毛榉树梢低垂的地方，尚留有一湾窄窄的、约两码长的浅滩——水是不流动的死水，深度不会超过三四英寸。我看见，那条鳟鱼就在浅滩中。待在浅水区的时候，它的背部都露出了水面（鱼鳍肯定不时地会接触到泥浆）。一旦它的身体露出水面，连斑点都能看得清清楚楚，就好像你把它拿在手中一样。鳟鱼游来游去，来回打转，试图找到生活空间突然变小的缘由。

它两次侧身从水底的一根枯枝上跃过，它的美丽身姿在空中和阳光照耀下一览无余。然后它又游到了阴影的另一边，躲藏在混浊的水中。现在，在它最爱的桥拱附近出现了一个很深的水塘，前面我提到过湍急的水流冲走了泥沙，冲出了一个坑洞。当小溪流水被上方的“堤坝”阻截时，水坑中积蓄了不少水。在这个水塘和山毛榉树下的浅滩之间有个小通道，积水也足以让鳟鱼游到桥拱下面的水塘中。

我唯一的希望就是鳟鱼能够游进去。几场阵雨过后，水塘和浅滩之间的通道积水深度也暂时有所增加，好像不管怎样都有理由相信，鳟鱼已经游进了桥拱下的水塘。如果那可恶的管道或者主体维修能加速完工，现在鳟鱼没准就能成功逃脱！我内心的不安与日俱增，因为小溪筑坝的消息不久就会传开，水道中留下的每个水塘都会吸引人们的注意。

周日到了，钟声刚刚响过，就有四个男人来到桥拱下开始侵扰水塘。他们脱下鞋袜，分别从拱桥的两头涉入水中。他们把捕鳝叉插到淤泥内，搅动泥浆，在水中踩踏、来回摸索，泥浆四散，水也变得混浊不堪。不管是谁都难以忍受这种野蛮的行为。

我的鳟鱼是否可能已经逃脱了搜捕？这是一条神奇的鱼，机警而敏捷。有没有可能他们根本没有注意到这里有条鳟鱼，而只希望捞到鲈鱼、鲤鱼，或鳗鱼呢？这个水塘很深，鳟鱼又机敏——他们一定抓不到它，或许它已经逃走了？他们是否有可能——万一真的抓到它——仁慈地把鳟鱼带到家附近的水域，让它继续活下去？有没有可能鳟鱼已经顺着溪流奇迹般地游到了别的水塘里呢？

有天夜里这里下了一场很大的雨，这也许给它创造了逃脱的机会。这些“也许”“如果”“是否有可能”至今还让我抱着微弱的希望，有一天也许还能再见到它。如今已是冬季，山毛榉树上已染上了点点棕斑。莎草颜色黄绿，状如蒲团、毡垫，互相纠结缠绕，叶子边缘枯黄暗淡，黄菖蒲的叶子也是锈迹斑斑。白嘴鸦落在橡果上，耕犁翻过只剩干草茬子的土地。自那以后，我再也没有见过鳟鱼。每次经过那里，我都会从护栏那里观察幽深阴暗的水面。不知为何，那里的水好像变得更加寒冷，更加黑暗，再也不如原先那样令人心情愉悦。那里只剩一片空荡荡，凄厉的寒风从白杨树林呼啸而过。

Elizabeth Blackwell, *Elderberry*, 1757

接骨木

接骨木开花时，白色的花朵缀满树丛，昼夜盛开，芳香四溢，弥漫数里。哪怕在伸手不见五指的黑夜，那一丛雪白也仍然清晰可见。

啤酒花

Kohler, *Hops,Humulus lupulus*,1898

啤酒花攀着桤木向上生长，一簇一簇地从树上垂挂下来，香气浓郁，让采摘的人手留余香。

冷杉

Maurice Pillard Verneuil, *Wild Rose*, 1896

狭窄的小径转过第一道弯之后，就会进入到茂密的冷杉针叶筑成的一道道密不透风的绿墙，整个世界都被彻底阻隔在墙外了。

画眉

John Gould, *Turdus Atrogularis-Black-throated Thrush*, *Ladybug*,1862

潺潺的流水声美妙动听，我坐在隆起的树根上——几乎悬在水面上——听画眉鸟唱歌。若是天气只是温暖和煦，画眉鸟就会保持沉默。它们不在炽热的阳光下唱歌，它们知道接下来将会发生什么，所以不会用自己的鸣叫增加晒干草人的反感。这些鸟儿不在冷杉林里驻足，而是在溪流两岸的桤木中栖息。

琉璃苣

James Sowerby, *Borage*, 1791

琉璃苣长得十分健壮，味道清香扑鼻，类似黄瓜。你若是没见过琉璃苣的蓝花盛开时的样子，只看到花朵凋零后的情景，很有可能会以为花儿本来就是倒挂着依附在植株上呢。

水鼠

Edward Donovan, *Water Rat*, 1820

这个棕色的小家伙跳上枯枝，身子朝着水面向前探出，两只前爪伸出去扯住细长的水草，就像人的手一样灵活。水鼠用前爪抓住水草啃食，把香甜细嫩的部位全都吃掉——它吃得肆无忌惮，毫不顾忌我就站在它的正上方，距离只有几英尺。

黑水鸡

John Gould, *Moorhen*, 1862

只要我完全静止不动，黑水鸡就不会注意到我的存在，但是哪怕我稍微活动一下，它就会立刻慌张地躲到桥拱底下。

小溪

David Murray (1849–1933), *The Gentle Streamlet, Willow Wood*

不过，溪水流淌，如往日般清澈甘甜，有些地方水位很深。水面很宽，无法一步跃过。下游的拐弯处长满了茂密的莎草，柔嫩的蒲草则占据了上游，一副此地非我莫属的神气。

水底的智慧

马蹄的嗒嗒声从不会惊动水底的鱼儿。不管周围的声音多大,浮在水面沐浴阳光的梭鱼也是一动不动。实际上,声音的振动可以通过多种途径传递给梭鱼。一种是通过空气传递,这也就是我们所说的噪音,考虑到此时梭鱼实则浮在水面,这种振动应该会直接传过去。另一种是振动通过水来传递,一般认为水是很好的媒介。最后一种,则是溪水整体的波动。当溪流两岸的泥土干燥坚硬时,通过水体的波动传来的振动较为轻微,但是溪岸或池岸柔软湿润时,来回传递的振动就频繁得多,并且会在水下给溪岸重重一击。有时沉重的撞击甚至会将河岸边缘的泥土撞入水中,多少会使小溪扭曲变形。这种情形和牛群在水边走动,长满草的溪岸泥土向下塌陷类似,可以看到溪流好像收缩了一些。不过,这变化的程度实在太小,不至于对水面产生什么明显的影响。可是,这变化对鱼儿来说就完全不同了。有理由相信,水体的波动虽然细微,所产生的声响却足以让梭鱼捕捉到。灌木丛周围和公园里常见的铁丝网就是声音传播的极佳例证。用扳手把这些铁丝网拧紧之后,这一股股扭曲的金属丝与弦乐器并无二致。你如果把手放在其中一根金属丝上，让朋友用棍子敲击它——比方说，在三四十码之外——你一定能感觉到明显的振动。如果把耳朵贴近铁丝网，你还能听到声音。换句话说振动和声音实际上是一回事，可以相互转换。对于晒太阳的梭鱼来说，就有三条这样的传导线（空气、水和水波），当拉车的马在草地上落下沉重的马蹄时，就等于同时撞击了三条线。鱼类对声音十分敏感，尽管梭鱼并非最警觉的鱼，却毫无疑问知道那是什么发出的声响。一大群牛在溪岸附近四散吃草，完全不会惊扰到梭鱼，但如果是人类的脚步声接近，哪怕只是发出很细微的声音，梭鱼便会游走。因此，虽然偷猎的人无论怎样蹑手蹑脚、缓缓前进，他们还是难以隐藏自己的脚步声，振动通过他们脚下的土地传导到溪水，进而惊动了鱼儿们。

在盗猎行动中，人类与鱼或其他的动物斗智斗勇，盗猎者努力地熟悉自己想要捕获动物的生活习性。我们作为旁观者，亲眼所见也的确如此。对于盗猎的人自己来说，绝大多数情况下他们不过是通过观察别人的行动习得本领，再通过实践日益完善提高。不过，身为旁观者，我们会看到这样的事情：盗猎者一旦适应了动物的生活方式，假以时日，动物的方式就会与人的方式产生冲突。北美的印第安人，在野外狩猎、追踪动物的白人猎手就是如此，他们打猎时更多地仰仗自己对皮毛类动物生活习性的了解，而不是使用来复枪的能力。有的人可能是用手枪或来复枪的射击好手，却可能根本无法猎捕到任何野生动物。这样的人可能擅长户外运动，却要依赖技巧、敏锐的眼力和完善的准备——但他却不是个猎人。因此，当他孤身一人、无人协助的时候，与野外盗猎活动最接近的，大概就是合法的英格兰户外活动——使用飞蝇钓的技巧从溪流中钓鲑鱼。追踪鹿的时候，山谷和圆石间的风诡异多变、风向一波三折，若是这个人需要察看风向，且孤身逐鹿，就与盗猎活动极为类似了。但所有这些工作通常都由助手——土生土长的高地人替他完成了，而这个高地人才当真是用自己的智慧去对付一只雄鹿。这个高地土著才是我刚才说过的北美印第安人或猎人，因为他要与野生动物斗智斗勇。盗猎者就是拥有特殊技能的非法猎手，本不该受雇于人。

若从这个角度上来察看一条鱼到底能有多聪明，是件十分有趣的事儿。经过深思熟虑，我认为鱼和被追猎的动物一样智慧非凡。我完全不能认同冷血鱼类愚蠢、迟钝或学习能力低下的观点，显然鱼类的智力水平常遭人类蔑视。我觉得，恰恰相反，鱼类显然异常机敏——不但在自然状态下灵活机敏如此，它们还能快速适应自己未能预见的突发状况，这种适应能力显然无法通过遗传获得。这条在阳光中沐浴的梭鱼没有受到马蹄声的惊吓，仍然安安静静地浮在水面，任由马匹踏着沉重的步伐缓缓经过。它已然了解到这些振动从未给它带来任何伤害。从早到晚，它一直听到这种声音，要么是长久的沉寂，要么是马蹄嗒嗒带来的各种震颤。这些声响之后，梭鱼从来没有受到伤害，安宁的生活也未被扰乱。白嘴鸦也一样，它们注意到驶过的列车完全无害，落在一路咆哮的火车头冒出的蒸汽笼罩的电报线或电线杆上，也毫无恐惧。观察的结果让它们充满自信。车轮的巨响、行进的巨大重量、敞开的炉膛和耀眼的红光、一长列车窗边闪现的无数面孔——这些看似恐怖的东西连白嘴鸦的一根羽毛都无法惊动。可是，一个拿着木质响板的小男孩儿，可以立时吓走一大群飞鸟。这些自信不可能随着白嘴鸦的代代繁衍而传承:自信怎能遗传呢,我们只能将其理解为纯粹的智慧。为什么白嘴鸦会害怕手拿响板的小男孩儿呢?因为它们感受到了他的敌意。为什么沐浴阳光的梭鱼一听到人类微弱的脚步声,就会立即潜入水中游走呢?

因为,梭鱼发现这种脚步声通常会带来伤害它的企图:要么有石头朝它丢过来,要么会有长竿插入水中,它曾经被石头击中,或者曾经被鱼线伤害过。它记得这些,也不会等待历史重演,而是要确保自身的安全无虞。如果没有意识到这是人类——很可能是仇敌——它便不会如此劳神费力。盗猎者的招数最终都是为了隐藏行迹。若是你的行动不会让鱼儿警觉,若是你的行为不能将你视为敌人,你就可以与它快乐共处,与动物相处时也是同样的道理。可以想一想鱼儿是怎样辨识人类的,有何标志?首先,与动物相比,人类的步伐更为轻快、迅速,毕竟人类走起路来是两步一组而非四步一组,是两脚而非四蹄。如此,前进时人类步履的节奏就与动物相差甚远。四蹄绝不可能发出相同的声音或是连续的声响,而这种声音哪怕是四只脚,也就是两个人走路的声音,也可以辨别出来。四足动物走路的节拍就完全不同。其次是通过人类的动作,特别是双臂的快速摆动辨识。第三是通过敏捷的特点,因为除人类以外,大多数动物往往行动缓慢,哪怕它们正在快速前行也不例外(这一点看似自相矛盾)。第四,也是相当奇特的一点,似乎有经验证明鱼类可以通过礼帽或棒球帽识别人类,动物和鸟类也不例外,它们对帽子有一种异乎寻常的厌恶。

通常来说帽子的颜色与衣服颜色不会相同,一个世纪以前就有人发现野生动物特别反感黑色的帽子。若是头顶的覆盖物与其他部分相比太过迥异，便会引发鱼类的怀疑，我们必须牢记，动物实则把人类的衣服视为人类的皮肤。无论怎样，头发之上还有一片黑色的皮肤实在太过古怪。鱼类看到这些标志，立即就能辨别出人类，陆地上活的动物也都如此。对人类的恐惧其实并非全是动物的本能，也非遗传的天性，而是通过观察产生的（数以千计的事实已展示无遗）。因此，我们很有理由相信，鱼儿当真能注意到敌人的部分或全部特征。盗猎者或野外狩猎者所需要做的，就是尽可能地隐藏这些特征。为了掩饰一组两步的特征，他尽量放缓脚步，不让脚掌重重落下，而是先用脚尖轻点地面，再缓缓踩下去。这样向前走就不会产生振动，地面不会摇晃，声音也不会被传到水里。如此一来，他就可以慢慢接近溪岸或池边正在晒太阳的梭鱼。

除了鱼类，极有可能动物和某些鸟类也听得到地面振动传来的声音，正如它们听得到空气中传来的声音一样。而且，它们对于地面上哪怕最轻微振动的瞬间感知能力，就像我们的耳朵辨别声音的灵敏程度一样。比如说，兔子外出到草地上觅食时，你若是步履缓慢地前进，轻轻地落脚，常常就可以靠得很近。这种情况下，地面只是承受到了体重的压力，而不是被踩踏上去，所以不会产生振动。以前有好多次，我都是这样在没有任何掩护的情况下把兔子纳入了射程之中。有时候，我穿过一片田地径直走向它们。但是偶尔还要考虑气味的问题，这通常要看风向如何。说起来，猎捕野兔的情况也相差不多。鸟类当然也是如此。比方说斑鸠，你若站在树篱的对面，一大群斑鸠仍然会在那边觅食，但你要是跺一跺脚，它们就会立刻飞起来。白嘴鸦也是如此，如果不带武器靠近它们，它们也不会飞远。鹧鸪自然也会通过留意地面微弱的振动来保护自己。山鸡也是如此，不等人类的身影出现，它们就穿过灌木匆匆跑开了。最敏感的还要数秧鸡，因此它们也很难接近。虽然高高的牧草能掩护悄悄接近的人，就像掩护秧鸡不被猎人发现一样，但是无论脚步多么轻快，秧鸡都会不断地变换位置。就算接近秧鸡的人极尽狡猾，从角落斜插进去，越过草场围栏的隐秘处进入草地，十有八九也会被发现。鸟儿很有可能是通过地面的振动发现追踪者的方位。别的鸟儿留在原处，一动不动，希望能逃过一劫，直到它们察觉那振动径直朝着自己而来，便会起身飞走。

或晴或雨都会影响到察觉地表振动的敏感度，这也许可以解释为什么鸟类和动物有时会野性难驯，有时却又相当温顺。若是有谁不相信这种震颤的存在，他只需躺在地上，将耳朵贴近地面聆听。不过，起初他也许不太熟悉震颤和声响的状况，只能听到较为沉重的声音，比如货车或马车声。最近的科学实验中开始利用最精密的仪器，呈现地球天体的震动、潮汐运动产生的运动，或者日月的引力“拉伸”地球的运动。但是这一目标几乎无法实现，因为这些运动总是被坚实的地球表面上永不停息、难以解释的各种振动混在一起，很难分辨清楚。所以我们有理由假设，果真能造成这种仪器展示各种各样的振动，那么动物和鸟类的耳朵——这些活生生的器官，而非钢铁所造的机器——当然也可以发现地表的振动。

猎人用双手和膝盖匍匐前进时，全身的重量得以分散到各处，就能更有效地防止被动物发觉。如果他想要捕捉的是鱼，他就要尽力悄悄移动到水边，潜伏在鱼的身后，因为鱼眼在前，常能将前方的东西一览无余。当他到达水边以后，就要从匍匐的状态直起身子，如果他已经站直了，开始行动时就一定要努力把胳膊隐藏起来，要么就紧贴在身体两侧。这时候，假设你从鱼的角度来观察盗猎者，就会发现其中的端倪。对鱼类或是别的野生动物而言，人类的胳膊实在可疑。它们所知的其他生物都没有这种奇怪的附属物，可以朝任何方向活动，却又对人类的行动毫无影响。你大概可以知道，当所有野生动物出于自身安全的原因被迫观察人类的时候，其骨骼结构的这一极特殊之处便被注意到了。人类的胳膊和其他各种动物的肢体都不相同。

你若是想象一下自己是这些生物当中的一种——移动的时候不用胳膊，而是用四肢、翅膀或是借助膜状的尾巴和鳍，想象一下，人类的手臂在你眼中该是多么奇怪？假设你的双臂紧贴在身体两侧，然后裹上动物的毛皮，你也许会觉得这就像身披一件没有袖子或袖口的斗篷。不过这样一来，立刻就能看出，动物与人类相比是多么无助。当然，猿猴属于例外，不过它们的手臂同时也是腿，拇指也缺乏人类所有的力量。人类也可以被定义为拥有手臂的动物。假如不观察人类，田地或水里的生物其实没什么理由惧怕人类，可一旦得知人类一心想要毁灭自己，后者就会密切注意前者的一举一动，而手臂则是人类最让其心怀警惕的部位。对它们而言，这些“肢体”是人类的武器——他的“长牙”，而这些“长牙”隔着很远就能造成伤害。“长牙”能产生一种无形的力量，把敌人摧毁在看似安全的距离上。锐利的子弹、锋利的钩子、穿透身体的铁丝、长矛，甚至石头和原始的圆头棒——每一件带来杀戮和伤害的武器，都是手臂以这样或那样的方式带来的。逐渐地，不仅在我们当地，就连生活在最偏僻地区的动物、鸟类和鱼类都明白了要注意人类的手臂，并心怀畏惧。人类一抬手，就会有一道明亮的火光射了出来，鹧鸪还没来得及再扇动一下翅膀，就落到了地上。

因此，只要双臂紧贴身体两侧，猎枪夹在手臂下，猎人就可以靠近鸟儿。兔子也一样。猎兔有个优势(大概只有这一个)：兔子数量众多且在白天觅食，你可以进行各种尝试。不过，野兔可不太容易操控。假如兔子正在吃草，有人带着猎枪蹑手蹑脚地爬到树篱附近，如果他双臂下垂，枪口向下，兔子便动也不动；可一旦这人抬起手臂举枪瞄准，兔子就会立即警惕地挺直身体或迅速逃窜。白嘴鸦呢，哪怕你不拿枪，只是伸出胳膊对着它，它也会被吓到。养鸟的人为了吓唬它们，大声呼喊的同时会本能地把双臂举过头顶。每一个观察过人类的生物都知道他的双臂是危险的。因此，为了隐藏手臂，盗猎者会尽可能减少手臂的运动，非用不可的时候也会尽可能放慢动作。

人们只要想想澳大利亚密林劫匪广为人知的小伎俩，就能彻底明白为什么所有的动物都那么重视人类的上肢运动，就会完全站在动物的立场上。突然拔出左轮手枪之际，澳大利亚密林劫匪会大喊一声“举手投降！”他们抢劫银行的时候对银行职员大喊“举手投降”，入室抢劫的时候对居民这样喊，拦路抢劫时对行人这样喊。这句话的意思就是“把双臂举过头顶”，如果对方没有立即服从命令，他们就开火。他们知道每个人都有一把手枪，放在口袋里或别在腰带上，若是被迫将手臂高高举过头顶，谁也不可能再用枪反抗。只要有一个或几个劫匪紧盯着高举的手臂，别的人就可以大肆洗劫财物。如果谁敢将手臂稍微放下一点，就“砰！”地一枪撂倒。这些劫匪和动物一样，知道一旦人的手臂移动就会带来极大的危险。只要人类的双臂处在“投降状态”（当然，与劫匪要求向上举手相反，此处必须垂直向下），动物就不会害怕。如果能让我们“投降”，它们就不会受到伤害。盗猎者轻轻移动双臂，肘部夹在身体两侧，把鱼竿和线环缓缓推向正在晒太阳的梭鱼。他若想开枪射击栖息在地上的鹧鸪，也必须以同样缓慢而小心的方式举枪。因为鹧鸪体形很小，价值不高，也就一先令左右，所以猎人不想将火药浪费在一只鸟身上，希望一枪就能打到好几只。这在春天很容易实现，春天的鸟儿总是出双入对，彼此挨得很近。夏末也有这样的机会，那时鸟群的规模还很大，尚未被猎人打散。一群一群的鸟儿在整个夏天都未受打扰，常在苜蓿草和谷物之间漫步，很容易接近，从树篱的缝隙朝它们开上一枪，就可以击中四五只。再往后，盗猎的人便只能在它们在地面上休憩的时候行动了。一群鹧鸪落在地上，头部朝外围成一圈，很像秧鸡下蛋摆成的形状。盗猎者会在这些地方做好标记，入夜之后带着装好适量火药的猎枪，匍匐爬到附近，冲着做好标记的地方而非鸟群开枪。他们会连续不断地射击，子弹向四面迸开，能打中很多鸟。若是夜色很好，光线适度，如此猎鸟往往会收获颇丰。举枪瞄准的时候比较容易将鸟儿惊飞，白天猎杀蹲在草丛中的野兔时也是如此。你若是突然举起手臂，它会立即逃走；但若是双臂不动，紧贴身体两侧，你都能一直爬到它身边，你要是愿意，扑上去也能抓住它。

若是某处水域的鱼儿从未受到盗猎者的骚扰，也没有人会随手向水中扔石头，它们根本不会留意过路的人，不管是轻快行走还是悠闲漫步都不会惊吓到鱼儿，尤其是过路人边走边看着水里的鱼，前进的速度却始终不变，鱼儿更不会受惊。野生动物能立刻察觉任何人的行为举止的变化以及随之而来的情绪波动，就像追随主人左右的小狗，能够通过他把书放在桌上的方式，得知他的心情——如果书是“砰”的一声摔在桌上，狗就会趴到桌子下躲起来。野生动物也能觉察出人类的情绪。若是把双手插在口袋里走过小路，你会看到两倍于平时的鸟类和动物，因为此时它们用不着目不转睛地盯着你。行人走得快，鸟儿也快速拍打翅膀。我注意到，就连马厩里的马，也不喜欢忽快忽慢、匆忙经过的客人。对于安静而轻松地走进来的陌生人，它们并不反感，但如果有人好像城里人一般急匆匆地走来，那么至少有一匹马会朝他翻白眼，这种行走方式显然惹恼了它们。城镇里常见的拖着脚、装腔作势的走路方式尤其令所有野生动物生厌。这样走起来就会搅得四邻不安。事实上我常认为，一个优秀而成功的猎人——就像生活在荒蛮地区的人，或非洲、印度丛林里的冒险家——对双脚的使用也和双眼或双手一样精通。他们本能地用脚去感知——双脚知道移动的确切时间，适合迈大步还是小步，应该在哪里落地而不会发出声响，根据地面的坡度调整步伐，像双手一样接触地面并抓住它。很多人看上去就好像没长脚——他们有靴子，但没有脚。他们走起路来要么跺脚，要么步履沉重，要么穿着靴子大摇大摆，每一步都重重敲打着地面。这样走路对大多数职业来说并不要紧，但是谁要是想成为我所说的猎人，就必须训练如何使用自己的脚。他必须学会，走路的时候靴子里如同放的是双手而非双脚。不时会看到有人这样自然地走过，这样的人会告诉你他看到了阳光下的梭鱼、一只鹧鸪、一只野兔，或者什么都没有。而不会用这种方式走路的人，则无法靠近任何东西。在这里，鱼和动物还没有过多地受到闲逛者的打扰，可是这些人往往比盗猎者更糟糕。

通常说来，盗猎者的狩猎行动都要间隔进行，他们并不想打扰猎物，因为那样反倒会使动物更疯狂，从而影响自己的收益。可是闲逛者的行动却没什么规律——他们总是成群结队、四处乱撞，不但自己无所事事，还会搅了他人的狩猎活动。在一些大型城镇附近的地方，人们不得不沿着溪水圈起围栏，把鱼儿保护起来，否则路过的无赖就会把石头和碎砖块砸进水中，严重影响鱼儿的生活。他们的行径比乡下的盗猎者还要恶劣得多。频繁受到骚扰的鱼和始终安安静静的鱼儿的表现之间有天壤之别。你若靠近一条被激怒的鱼，它立刻就会拍打水面，溅起水花，尾巴用力在水中摇摆，水面上马上就会出现快速旋转的漩涡。在别的地方，如果一条鱼发现了你，它会轻轻地摇摆，产生的动力不会再水面产生任何明显的漩涡，你可以看见它朝着更深更昏暗的水域缓缓游去。如果受到了惊吓，它会快速游走，你几乎看不见它。在鱼儿频繁受到骚扰的地方，盗猎者或是任何想要观察它们生活习性的人，都只能像钟表的指针一样慢慢行动。可是，即便如此人们也很难见到它们，有时甚至完全看不到鱼儿的踪影。哪怕最轻微的一点动静都会让鱼儿躲到视线不能及的水底深处。鱼儿对牛群的步伐十分熟悉，它们总是走得很慢；马在水边的草地上行走时也是如此。可能因为步子小，所以哪怕走路最慢的人也比牛和马的步伐要快一些，就算身体被灌木丛遮挡，完全看不到身影，人类独特的走路方式也会出卖他。

大多数人认为鱼类的智力平平，常将智力有限与冷血的特性联系起来，深信鱼头那么小，就像个罗盘一般，脑容量也一定很小。因此，要说梭鱼的智力可以与狗匹敌，当然是言过其实，不过我可不想承认鱼类就一定如上所说的那样缺乏智力。不久之前有人曾用梭鱼做实验，还发表了文章来阐述相关的结果。梭鱼被放进水箱中，片刻之后，将一块玻璃插入其中，将水箱分成两部分。梭鱼在水箱中被四处驱赶，有人记录下梭鱼撞上玻璃的次数及其意识到路上有障碍物所需的时间。实验人员对数据进行了进一步记录，以便获知在梭鱼确认玻璃的存在之后，这段记忆的长度——也就是说，看看几天后梭鱼能否把这事再回忆起来。一段时间之后，梭鱼记住了玻璃的位置，但是若是受到严重的惊吓，它就会忘了玻璃的存在而再次撞上去。但是鱼儿真的记住了，并将记忆保存了一段时间。在我看来，这个实验对梭鱼来说太过艰难也太不公平。梭鱼不得不构建出某种透明的、却又如木头般坚硬的物体的概念。想一想就会知道，玻璃这种物质与这条梭鱼或它的祖先曾经遇到的东西是多么的不同，仅凭这一点，梭鱼在这个实验中无法得到哪怕最微小的遗传智慧或经验的帮助。

终其一生，梭鱼早已习惯了水是透明的，习惯了水是液体，可以轻易被分开。突然被放到透明的材料面前，每次都被迫后退，它会怎么想？对你我来说也是如此，我们的一生早已习惯了空气的流动性，习惯对其视而不见，若是周围的空气突然变成了透明的固体挡在我们面前，会怎样呢。想象一下有个人正在追火车，他使出全部的力气奔跑，却一头撞向了固体的空气。他还会站起来，重整旗鼓，为了完成自己的旅行而继续全力追逐，结果是再一次被撞倒。在能够认定空气之中确有什么东西阻挡他之前，他可能还会尝试第三次。这之后他会用伸出手杖向前摸索，越来越吃惊，几乎无法相信自己的感觉。接下来的这一天，他只要一闲下来，就会试图说服自己，觉得自己一定弄错了，还会下决心再试一次，只是会更加小心谨慎而已。然而，习惯总是那么根深蒂固，若是他突然被什么东西惊吓到，他就会试图逃跑，这时候很可能会用尽全力冲向透明的固体气块，结果就是像梭鱼撞上玻璃挡板一样被撞回来。

以上所言可不只是假设，最近我听说的这件事就与梭鱼的行为极其相似。一个邮差乘火车去商店拿东西，必须在特定时间之内赶回去。包裹刚刚准备好，他刚一拿起来就听到了火车头引擎的笛声，他转身就跑，猛然间撞向了朝街的一扇玻璃窗，就这么径直穿了过去。巨大的玻璃如断头台的刀片一样掉落下来，若有毫厘之差他就要遭遇被斩首的厄运，躲过了真是万幸。走路时撞上玻璃板伤到自己的情况绝不罕见，心事重重的时候，人们就和在水中不断撞到玻璃的梭鱼没什么差别。神话学方面的专家提到，东方有些国家还没有得出天空是流动的自由空间这样的概念，他们认为天空就像天花板一样是固体。鱼儿的情况几乎完全一样。它们在水箱中游来游去，不会撞上玻璃墙，显然是因为能看到水的尽头。水与外面的空气的差别十分明显，但如果把玻璃板插入水箱中，梭鱼能看到玻璃后面的水，或者说能透过玻璃看见水。我看到水箱里的鱼，总会想起这个实验，想起这个实验引发的一系列思考。把鱼从它自小生长的河流中取出，放入对它来说从未想象过的环境中，几乎称得上是个观察思维是如何产生的实验。为了适应这一新情况，鱼儿的头脑需要不断更新，它最终成功地适应了环境则说明，即便是鱼类——智力低下的冷血动物——知识也并非仅限于遗传天性，而是可以在更宽广的领域做出新的尝试。我认为这条梭鱼在实验中表现得非常好，我之所以提及这件事，是不希望人们认为我对鱼类的智力水平评价过高。

不只是鱼类，别的生物也会被玻璃迷惑。一天，我看到一只知更鸟试图从礼堂大门的楣窗飞进去。它不停地向前冲撞，用翅膀拍打窗子，竭力想要从玻璃穿过去。也许窗子里面有只蜘蛛，诱使它不断地用翅膀拍打，但是即便考虑到这一点，知更鸟在徒劳无功的情况下还想要努力冲进去也实在令人震惊。知更鸟常在房子周围活动，它一定对玻璃早有概念，可这么快就忘记了。许多代以来，它的祖先也一定对玻璃有所了解，但这并未阻止它屡屡尝试。梭鱼虽然花上很久才能弄清玻璃的位置，并得知自己无法穿过玻璃，但这不一定是智力低下的表现。日常生活中，我们常能看到人们做明知对自己有害的事，虽然他们心知肚明，却还是一如既往。

在我看来，玻璃的实验证明了梭鱼和别的生物一样，其智力水平尚有很大的潜在发展空间，而不是仅在通常的生存环境中所表现出来的那样智力有限。想一想这条梭鱼——我们如此细心进行了考察的梭鱼——的生活环境。它的活动范围局限在觅食的小溪、水塘和与之连通的沟渠。溯溪而上它只能游出去一小段距离，因为上游有个高高的水闸；向下它也不可能游太远，因为下游有个磨坊。即便它能游得远些，周边的状况也相差不远，事实就是，无论如何它能支配的空间并不大。流淌的溪水、绿色的菖蒲、小鱼、水鼠、岸上的马匹和牛群——这些可能就是梭鱼感兴趣的一切。而在这些东西当中，只有流水、小鱼、菖蒲、溪流的底部和两侧，是它能够接触也能完全理解的。至于溪岸边的马，梭鱼虽然常在马匹的暗影中徜徉，可是鱼儿离不开水，马就算和它有关系，那关系也隔着一英里的距离。它根本不可能有机会了解或发现马的任何特性。对梭鱼来说，除非马踩进浅滩、泥水四溅，否则不过是个影子而已。鱼知道昼夜变化，知道夜晚凉爽，也知道沐浴阳光，但它无法了解任何溪水之外东西的性质。在这样的环境中生活上几个世纪，也不会让它们的经验增加多少。

它能听见小溪从身边潺潺流过吗？微小的水分子在拂过它的身体两侧和鱼鳍时，会像风从我们身边吹过时那样发出声音吗？水塘十分安静，它潜伏在水草下，旁边突然游过一条斜齿鳊，发出的声音就像群鸟的翅膀拍打空气一样。在水平如镜的水面下，水底好像完全沉寂无声，但是对鱼类来说，可能声音就从未停息过。水鸟在杂草丛生的角落里觅食，它们的腿踏进水中，搅扰了水底的平静；水鼠潜入水底，四处游走；水甲虫爬来爬去；鳝鱼在泥浆中游走；微风从菖蒲和水草的顶端吹过，底部的茎秆也随风摇摆；还有嘚嘚的马蹄声，和满载干草的马车渐行渐远的声音。还有隆隆的雷声，雷声在水下听来是怎样的呢？考虑到鱼类其他感觉器官的功能多少有所减弱，似乎有理由认为它们的听觉范围应该更广。此外，鱼类对振动敏感得出奇，这一定是因为炸药在水下爆炸产生的巨大杀伤力。即便在深海中，一枚鱼雷爆炸也能杀死上千条鲱鱼。可以说它们是被噪声杀死的。因此很有可能，我的梭鱼安静地待在水塘中、堤岸下，正是靠着聆听水里和外面发生的一切而机警地活着，最重要的无疑是聆听、了解水中所发生的一切。尽管鱼类有着异乎寻常的听力，却始终被限制在溪水之中。鸟儿能穿过一片片田野，掠过山谷，越过高山，飞过大海。它们的经验因此来自整个国家，有更多的拓展空间，且总会有更多的新机会。在这方面，鸟儿和梭鱼相比，该是多么幸运啊！因此，只要鱼类展示出一点小小的智慧，就足以与表现出很多智慧的鸟类相媲美了。

若是梭鱼经常被人打搅，那么无论人们如何费尽心机地隐藏自己，也就只能看它一眼而已。再想进一步行动，哪怕是最微小的一点动作也会把梭鱼吓跑，有时候光是看见一点人影就足以引起它的警觉了。若是鱼儿很少受到惊扰，它对人疑虑不深，你就算把鱼竿挂上线——或者如果你试验一下，单用不挂线的鱼竿——投进水里，随意摆动，鱼儿也不会四处逃窜。

现代的泰晤士河

野生红鹿再也无法像从前一样,在黄昏时分趁着暮色幽暗来到泰晤士河边饮水。随着现代文明的不断发展,大型动物的活动区域只能限于公园或设有明显标识的保护区。正因如此,生活在森林、田野、河流中的小型生物才应该得到更多的保护。若是远离尘嚣的偏僻乡村都该如此,伦敦周边地区就更应该采取保护措施。从猎人的角度,或从自然主义者的角度来看,如今河流的状态混乱不堪,毫无秩序可言,泰晤士河上甚至都没有那些普通公路上都会强制实施的法则。任何人都不允许在公路周边的特定范围之内开枪射击,否则就会受到严惩——这条法律的颁布是为了保障行人的安全,以往曾有人沿着路边的树篱开枪猎杀小鸟而威胁到了行人。而且,没有持枪执照的人压根儿就不能开枪(最近,大都市的警察公开声明要限制左轮手枪的使用)。但是人们在泰晤士河随心所欲,就像压根儿不存在什么法律条文——倘若真有相关条文,至少当局也从未执行过。从船上或纤道里开枪射击的事屡有发生,不但无视枪支许可条例、违反狩猎法(狩猎法适用于野生鸟类),还危及过路行人的安全。他们猎杀黑水鸡,而有些地方的翠鸟要么濒临灭绝，要么纷纷逃亡，连曾经颇为常见的黑头鸥如今也是数量寥寥。倘若找不到可以猎杀的对象，这些人连燕子都不放过。有人甚至用小口径的步枪朝着泰晤士河边的树林或田野中栖息的白嘴鸦开枪，这可谓是最危险不过的事情。结果就是，河洲上种植的柳园或是河流回水地带的灌木丛里几乎完全没有了生命的迹象。仅存的寥寥数只黑水鸡悄悄地在水草下潜行，躲在灌木丛里；水鼠躲避在茂密的菖蒲里；而一度品种繁多、成群结队的水鸟和河流中的生命的数量已降到了最低限。水鸟们无法继续繁衍后代，它们还未离鸟巢就被射杀了，连鸟蛋也被人们拿走了。至于原本数量就更少的珍稀鸟类，当然丝毫没有继续生存的希望。受益于休渔期禁令，鱼类的生存状况稍好一些，河流沿岸多少还会有人来回巡视。鱼类还受到一些行业条例的规定，若是不按正规的捕鱼方式行事，就会被视为非法渔猎，比如说，不分大小野蛮捕鱼就是非法的。河流附近的产业主会限制一部分人，渔业协会则约束另外一部分人，的确常有人抱怨说公众利益受到了侵犯。对鱼类的过分保护也在一定程度上导致了水鸟的覆灭，在保护渔猎的地方，为了防止水鸟吞食鱼苗或鱼卵，就把附近的水鸟清除了。此外，渔业协会可能宣称保护了河流部分河段的鱼类免于灭绝，因为就在不久之前，有些溪流的鱼看起来就快被捕捞殆尽了。他们还从池塘、湖泊当中捕捞了大量的鱼投放到泰晤士河的支流当中。因此，整体来看，近几年鱼类的确得到了很好的保护。

水生植物当中较为突出、醒目的品种，比如白睡莲，因为总是不断遭人采摘，数量已经大为减少，据说来往的船只转向时的粗暴行径也给白睡莲造成了严重损害。这类事情层出不穷,往往寥寥几人就能造成巨大的破坏。两三个携枪的人,对运动精神毫不在意,对自然史更没兴趣,只是整天带着枪四处射猎,就算没有把河流附近很长一段水域的水鸟猎杀殆尽,也能吓得它们不敢现身。试想一下,若是允许三四个这样的"绅士"在一大片禁猎区随意乱逛,不出一周他们就能彻底摧毁这片保护区。更何况,河流只是一条狭窄的水带,只用一支猎枪就能轻易控制这片水域。对于非法渔猎的人也一样,寥寥数人张开渔网,很快便能清空一大片水域。非但如此,在这些地方生长的睡莲也会遭遇灭顶之灾,不是被信手采摘,就是被随意糟蹋了。当局在制定规则的时候,应该谨记这一点——为数不多的人就能造成极为严重的破坏。给河流带来破坏的确是少数人所为,就是常来河边的各阶层当中极少一部分。蓄意伤害鱼类和水鸟、随意攀折花朵,这样的事情在一千个人当中都难以找出一个能做得出来的人。

河流首先是,也应当是休闲放松的去处,因此对那些妨碍休闲娱乐的恶意渔猎行为,必须采取特别措施加以应对。我们不能让第一千个无赖的恶意行为,妨碍前九百九十九个人的合理享受。在这一点上,汽艇也存在同样的问题。汽艇可以安静、平稳地驶过河面,仿佛一叶扁舟顺水而下,不会影响到他人。但是反面的例子也有很多,因为渔夫行事的方式总是那样扎眼,那样异于众人。你若是细想他们捕鱼时连小鱼都不放过,就会发现这可算不上什么高尚的活动。一条像泰晤士河这样的河流,隶属于——或应该隶属于——伦敦这样的大城市,那么若是管理起来也该采取更广阔的视角。它应该给所有人带来快乐,实际想要达到这个目的也不存在什么真正的困难。泰晤士河应该像一个巨大的水族馆，必须保持生命的和谐共处，维持生态平衡。水族馆开始吸引人们的注意，受到欢迎的时候，诸如蜗牛、杂草之类的东西，一方面有碍观瞻，另一方面可能有害，于是被彻底清理掉了。可不久之后人们就会发现，原来那些不入眼、遭践踏的蜗牛和杂草实则不可或缺，水族馆的健康发展离不了它们，最完美的水族馆应该是与自然状态的水域最相似的。根据这一原则，过分的保护措施显然对河流有害无益。比方说，狂热的鱼类保护者希望水鸟能够彻底灭绝，因为在他们眼中，所有的水鸟——不管是白鹭还是鹧鹛，都是破坏鱼苗、吞吃鱼卵或伤害成鱼的罪魁祸首。这些人对动物一律心怀恶意，连水鼠都难免遭人憎恨甚至被射杀的命运。有人也许仅仅看到水鼠在啃食水草便朝它开枪，没什么特别的原因，就因为看到了它。在类似这样的行径当中，水獭所遭受的敌意无疑是最恶劣、最狠毒的，它们遭遇了最无情的射杀。那情形就好像水獭是一只恶狼，就好像它与上古黑暗时代里被墨勒阿革洛斯和同伴日夜追赶的雄壮的野猪一样危险。可是，水獭到底犯下了什么恶行呢？它糟蹋庄稼了吗？它威胁家宅了吗？它现身圣殿酒吧了吗？见到水獭，我们要像古老的歌谣里唱的逃离恶龙那样逃跑吗？事实上，所谓带来“破坏”的水獭是当地的土生物种。它们犯下的罪行是吃鱼，而它们生活的水域如今都已被圈起来了。你若是将羊圈建在与狼毗邻的地方，羊群自然要受损，狼只要愿意就可以越过畜栏伤害羊群。在一片狭窄的水域，若是鱼群的数量远超正常比例，水獭自然很轻易便能捕食鱼类，给自己招来无谓的憎恨。也就是说，给予水獭可乘之机的，恰恰是那些贪心的人，他们总想得到远超正常数量的鱼。

对泰晤士河这样的大河来说，除了个别河段的水域，几只水獭根本不可能造成巨大的或是持续的破坏。事实上，水獭就是河流的装饰，比任何别的生物都更值得保护。曾经有无数动物在伦敦周围的森林、树林和沼泽中自由漫步，如今沼泽虽已干涸，地面上高楼林立，十九世纪的城市依然笼罩在弥漫的浓雾之中。水獭是敢于在伦敦周边活动的最大的、也是最后一种野生动物。红鹿不见了，野猪不见了，狼群也不可避免地销声匿迹了。只要我们的文明尚存，红鹿就再也不可能趁着苍茫的暮色来泰晤士河边饮水。留下的只有水獭这种所有物种中最野性、最擅长自给自足的生物，水獭在生物链中的存在可以追溯到公元前。伦敦应该采取最大限度的措施，维护生活在河里的水獭的利益。每个热爱探险、心怀自然的人都有应该痛恨残害水獭的无耻行径，这些年来几乎每一只敢于现身的水獭都被不断遭遇猎枪、陷阱的围堵，遭受痛击或干脆被打死。已故的、可敬的约翰·罗素是一位真正的探险家——人们以后会认可这一点，为了见到水獭，他曾徒步行走三千英里，只为亲眼看见水獭的踪影。这难道算不上一种异乎寻常的精神吗？

对待泰晤士河里的水獭，就理应具有这种独特的精神。那些为残杀水獭的行径提供酬劳的人，应该和那些为毒杀莱斯特郡的狐狸提供酬劳的人一样，受到人们的谴责。我想，我们可能再也看不到鱼鹰了，不过我真心希望能见到。在边界另一边，人们同样贪婪地毁灭着随着潮水涌现的一切生物。不久前，有只海豚来到了莫特雷克湖。现在试想一下，一条海豚自大海而来，从伦敦市民人人热爱奔向的海洋而来，一路经过格雷夫森德、经过格林威治、经过伦敦塔、穿过伦敦桥、再经过西敏寺和议会大厦，正好来到莫特雷克。来自海洋的居民，像海豚这样体形庞大而又可爱有趣的物种，竟然穿越了偌大的伦敦城来到这里，真是一件美妙的事。若是在水族馆中，人们就会去看它、称赞它，还会带着孩子们也来看这条神奇的海豚。但是，事实如何呢？有人急匆匆地登船，带上手枪或来复枪就去打海豚去了。海豚虽然没有被打死，但也受了伤。这和约翰·罗素的精神大不相同。如果让我说两句的话，我认为，这条美丽的河上的任何一种生物，从沙貂、黑头鸥到宽翼苍鹭，从水鼠到水獭，从潮汐边的小鱼到另一边的海豚——不论大小，不分鸟兽（无论是否猎物）——都应受到欢迎和保护，泰晤士河是伦敦这个世上最伟大城市的道德财富。

萨默赛特的水鸫

在萨默塞特，当我穿过草地去往河边时，青草上沾满了露水。也许是因为短暂的生命将近，布谷鸟的歌唱得更加欢快。令人愉悦的事物在生命即将画上句号的时候，曲调好像都格外深情动人。高地上，漫山遍野的石楠已被骄阳晒得枯萎，一丛丛干硬细瘦，将芳香的青草和晶莹的露珠衬托得更加美丽。河畔的草地，缀满露珠的绿草和波光粼粼的流水仿佛干旱沙漠中的一片绿洲。只需看上一眼，心情立刻变得舒畅，好像流水将疲倦冲刷得干干净净。随着日头的推进，影子变得越来越清晰，花儿的色彩更加鲜亮，即将消失的露珠变得暗淡，花儿就像是画家笔下未干的画迹。大黄蜂小心翼翼地飞进高高的草丛，不想被露水打湿翅膀。炎热的夏日清晨，蝴蝶和色彩斑斓的飞蛾落到干燥灼热的人行道上，直到露珠消失才离开。河边的草地里突兀地冒出一块巨大的石头，看起来甚是荒凉，石头的表面虽已被太阳炙烤得发烫，却也投出一片清凉的阴影。灌木丛旁边有两只兔子——在夜间活动的动物当中，兔子通常现身最晚——直到我走到附近，它们才悄无声息地跑到欧洲蕨和毛地黄丛中去了。

在树篱和小河之间有片小树林，有只秧鸡躲在林地最狭窄的地方，高声地“嘎嘎”叫，一刻不停。见到一只秧鸡是极不容易的事情，它总是藏在高大茂密的草丛深处，而叫声又反复地四处回响，欺骗那些试图找到它踪迹的人。不过，若是那个人极有耐心、为人机敏、技艺高超，有时候也能徒手抓住一只秧鸡。若是追踪时，能看到秧鸡的身影(这是追踪过程中最困难的部分)，你便能伸手擒住它。有时候秧鸡还卧在地面上的窝里，就被人以同样的方式徒手擒获了。不过文字读起来虽然简单，抓秧鸡的过程可要艰难得多。在草地上穿行的时候，想着露珠和美丽的晨光，我几乎没有注意那一簇簇的杜鹃花。现在刚一看到这些花，我才想起来杜鹃花在这个时节很快就要凋谢了。我弯下腰摘了一朵，才发现这是朵兰花——颜色是初绽的淡紫色。草地五颜六色，兰花开得繁盛，淡粉色的花瓣上点缀着星星点点的红斑，窄小的叶片上有时会带着黑色的斑点。兰花在牧场各处盛开，从河边幽深的山谷一直蔓延到树林边的小山丘的坡顶上。

河面刚一映入眼帘，我便停下脚步向水中张望，然而水平如镜，没有一丝涟漪，也没有细碎的小波浪，鳟鱼并没有在此觅食。这条小河的水位很低，几乎算是几个水塘彼此相连而成，沿石壁倾泻而下、漫过碎石乱滩的急流将它们连接在一起。河水清澈，光线明亮，一眼便可以看到河底，能清清楚楚地看见河里的每一条鳟鱼，连那些躲在树根下和河岸坑洼中的鱼也不例外。挂着飞蝇的钓具在这里完全没用，没有粼粼波纹的掩护，钓线就会被鱼儿发现。因为水塘里也有鳟鱼，我们大概可以得出结论，值得捕捉的大鱼已经进食完毕，涡流中只能找到体形较小的鱼——大鱼捕食结束后才允许它们觅食。虽然经验与理性都证明此时不宜钓鱼，当鱼线轻触水面的一刻，我还是兴奋不已。细长的木质鱼竿来回摆动，钓线"嗖"的一声从空中划过，假蝇被甩进了流过岩石的湍急河水中，比正常情况高了几英寸——我本希望它落得更远些，落进瀑布脚下更为幽暗的回水中。奔腾的河水立刻将假蝇冲了下去，却也没能摆脱小鳟鱼的追赶，它刚一咬住假蝇，就被钓了上来。不过，伤害个头不够的鱼苗实在算不上什么运动。正在此时，一只水鸫从眼前飞过，于是我决定放弃钓鱼，去观察水鸫的活动。

水鸫是鸫科鸟类——在北方被称为河乌。在水鸫不常出没的地方，有时它们会被人用枪射下来，被当成白乌鸫制成标本保存。不过，水鸫不管是飞行的时候，还是总体外形，看上去都更像白颈的画眉鸟。水鸫的颜色不是黑色或棕色，而是铁锈一般、很难描述的棕色，若是远处看来，就像画眉鸟幼雏的颜色。水鸫沿直线飞行，但有点笨拙，这一点也和画眉的幼雏相似。水鸫的叫声也像画眉幼鸟那样稚嫩、浮躁、未经琢磨，好像它们的喉咙难以发出饱满的音符。它们通常成对出现，钓鱼的时候就在你眼前来回飞行穿梭。不过，哪怕你的视线始终紧跟着水鸫，若是不够细心，你也无法看清它们的样子。我初次看清水鸫那次完全事出突然，那是河流的转弯处，一只水鸫在我对面的河岸附近，头冲着我的方向，却从我脚下飞了起来。在它飞起来之前，我完全没注意到它的存在。它沿着蜿蜒的溪流边飞边叫，渐行渐远，就像一只刚离巢的小鸟。这会儿，我看到它飞过我栖身的赤杨树林，停落在对面河岸的赤杨的树根上。由于流水不断冲击，那里的泥土逐渐被冲刷掉了，树根也就裸露在外。水鸫就落在那里的一截树根上。转眼间，它又从一处洼地飞上来，停在河岸裸露的树根上，被生满苔藓的树干遮挡住了。它出来时发现了我，于是停止了觅食。

它在树根上驻足的时候，忽而矮身忽而挺直，姿态甚是奇怪——它先是把腿弯曲，待到身体几乎要碰到栖身的树根时，又迅速直起身子，就这样一连重复了好几次，就像在行屈膝礼。它做出这样的动作是出于不安——说明它心怀疑虑。它冲着我如此这般缩身、挺直，重复了十次之后便飞走了。后来，我发现它落到了小河中间的一块石头上，就站在连接两个水塘激流处。就像鳟鱼总是从一个瀑布游到另一个瀑布一样，水鹎也常在水花飞溅的激流中觅食，从一处飞到另一处。它弯曲着双腿，红棕色的身体上下摆动，由于我躲在一片树篱后，它好像恢复了安全感，不再重复行礼一般的动作，开始觅食。它先环顾了一下岩石四周，接着跳到激流中另一块相似的石头小岛上，头从小岛的边缘伸向水中。然后信步走进流水中，虽然溪流清浅，可是看上去也相当湍急，好像足以把它冲走。河水没到了它脖子上的白斑处。它在急流中艰难地跋涉，偶尔把头完全扎进水里。有的地方水没过它的脖子，有的地方水位又很浅，它时不时跳到石头上，一边溯流而上一边东张西望。流水湍急，不断形成漩涡，冲击着水鹎修长的双腿，但它轻松地逆流而行，很快便爬到了瀑布上。在最高处，第二只水鹎从瀑布前飞过，它便趁势起飞与朋友结伴而去。

在岩架上我再次见到了那只水鹎，但这次没有树篱让我藏身，它也就不再觅食。它就站在那里，不断地行屈膝礼。水鹎的身体上下晃动时，翅膀的一部分也会低垂，尾巴同时也耷拉下来。然后，它如同受了伤害般地叫着，怒气冲冲地飞离了这里。它先掠过草地，又掠过我身后的小河，接着它的同伴也跟了过去。刚一到达河水下游的安全地带，它便如翠鸟般在水面飞掠。它们在瀑布所在的石缝间发现了许多昆虫，浅水里到处都是昆虫。有人指责是水鸫吞吃鳟鱼的鱼卵，于是但凡培育鳟鱼的河段，水鸫就遭到了可怕的猎杀。但是真能全怪它们吗？即使鱼卵真是被水鸫吞食了，这些水鸟的数量不多，根本也不可能在一大片开放的水域造成什么严重的损失。飞蝇钓鱼之所以令人愉悦，很大程度上还有水鸟和别的水生物的功劳。若是把别的生命屠杀殆尽，水里只剩下了鱼，从河流中钓鱼与从牛槽里钓鱼有何区别呢。我希望，所有真正爱好钓鱼运动的人都能为保护这些生物施以援手，而不是对它们横加屠戮。

伦敦市郊的树木

伦敦城外的郊区四周有一栋栋漂亮的大房子，几乎全部被人租住了，房子内部设施齐全、应有尽有，总之金钱所至，一无所缺。每栋房子周围都有一片空地，栽满了各种树木。若是有人要查看在这些房屋周围种植的乔木和灌木，随机挑选一些树种列个清单，那么他可能得绕着整个大伦敦区走上一圈。就那么一英里、一英里地走下来，这一趟得花上好多天，不过他恐怕会失望地发现单子上所列的树木一直不停地重复出现。

这些树种包括金合欢、漆树、雪松、南洋杉、月桂树、悬铃木，还有一片片的杜鹃花苗圃等等。当然，还有各种连名字都不太能叫得上来的异国品种的灌木丛和树种。接下来再看，另一片土地上的植物也完全相同，只是规划布局略有差异。哪怕这些树全都是根据国会法令栽种的，也很难做到如此这般整齐划一。

若是再对这些林木环绕的区域进行一番考察探究，人们便会发现，这里基本没有引进英格兰本地的树木和灌木丛。英格兰树木和用材树种都是建造房屋之前原本就长在此地的，而在重新规划房屋周围的园林之时，本土林木和树篱都被刻意排除在外了。

若是此处的规划有法可依，那么这条法规肯定是:“栽种悬铃木、月桂树和杜鹃花,彻底铲除当地自然生长的一切植物。”

对于热爱本土林地的人来说,这一景象不但令人遗憾,还要额外花费大量的金钱。怎么就没有人打破惯例,尝试在园林规划中使用英格兰树种呢？在园林的视觉效果方面,英格兰树种绝对不可或缺,其美丽和庄严远超迄今为止引进的任何品种。

虽说伦敦郊区的住宅模仿古时乡间住宅的遗世独立、林中隐居的状态,房屋四周都是园林,可是却完全没有古时房屋的鲜明特征——没有大片英格兰树种才能造就的蓊郁茂密的树林,而这才是园林景观的实质。有谁曾在这些常被描述为公园般的土地上看到过橡树幼苗的踪影？有时出于习俗的影响,在打地基之前,盖房子的人都会仔细斟酌,不轻易砍掉地上生长的任何一棵大树。

幸运的是,如今受到更高雅趣味的影响,人们买下一片产业的时候,选择保存当时就已经种植在土地上的原生树种。这些原本就有的树木得以留存,但是却不会再有别的本土树种被栽种到此处。人们看不到幼小的橡树。纵然橡树上不断有橡果落到地上,那也是枉然。只要橡果生根发芽,立刻就会被砍掉,以免影响月桂的生长。榆树的命运也是如此,老榆树逐渐衰败,却再也没有新生力量作为后续补充。

至于榉树也不例外,很难在这里看到榉树幼苗的踪影,即便看到一棵,也只能说纯属偶然。榉树甚至比别的本土树种更为稀少。原先长着榉树的地方,如今都种上了月桂、雪松、各种常青树、杜鹃花和悬铃木。和橡树相比,这些树是多么柔弱温顺而又平淡乏味啊！一年当中,橡树会展示三种各具风情的美。

春天，蓓蕾幼芽给树木涂上一抹浅淡的红晕；夏天，硕大茂密的墨绿伞盖无可匹敌；秋天，随着树叶飘零、橡果落地，橡树的颜色变成了暗黄、棕褐。与橡树的高贵优雅相比，可怜的月桂树显得格外平淡乏味。榆树一样也有自己独特的美。春天榆树早早就发芽、开花，蓓蕾的一树红晕与新叶的一抹嫩绿相映生辉；而秋日降临时，整片榆树林有时看上去就如同一团金黄的烟云。

梣树一年四季，先从近乎墨黑变为浅绿颜色，然后淡绿变墨绿，接着又变回淡绿，添了金黄。试问那些异国的常青树种如何与之相比呢？如果把这些树放在一起，孰优孰劣便立刻显现。你只需找来一位画家，把橡树的三个阶段画出来，优劣一目了然。当然，和别的树种相比，雪松倒是没有令人苛责之处，这是一种秀美高雅的树。可是再怎么说，雪松也不是英格兰的本土树种。

问题是，外国树种将英格兰树种整体排挤在外了。完全可以将雪松、月桂树和别的大片的外来常青树分开种植、独立成林，以展示异国植物的奇特风貌。不要让这些树挤占优美的英格兰树木的生长空间。如今到处大量种植悬铃木，效果实在不佳。这种树树皮成块脱落，树干看起来污迹斑斑，草地上的落叶就像棕色的皮革，枝杈宽大稀疏，鸟儿无处容身、无法躲藏——总之，悬铃木整体上就不适合在我们的国家种植。

悬铃木被选为在伦敦广泛种植的树种，作为泰晤士河的堤防植物，因为据说悬铃木树皮不断脱落，可以免受煤烟颗粒沉积的危害，同时悬铃木生长迅速，便于成林。悬铃木种在伦敦市区也许是合适的，可是对于市郊乡村——在现代样式的房屋四周的土地园林中种植悬铃木则有碍观瞻。谁也没见过在树篱、树林，或灌木从里种悬铃木的。英国历史上也没有任何片段提到过悬铃木，而关于橡树的记载却是无处不在。

若是想要种植悬铃木属的树木，不妨种上一些桑树，因为它们多少已适应了当地的环境。若是需要快速成材的树木，可以种些椴树和马栗树。论到优美，椴树不会输给任何树种。椴树也开淡黄色的小花，常常吸引蜜蜂成群结队而来，它们发出悦耳的嗡嗡声，就像夏日阳光的天然伴奏。椴树的叶子萌发得也很早。

马栗树总是在不经意间就会快速生长起来，它的花很常见，美丽则是大家公认的。到了秋天，马栗树宽大的叶子会变为橙黄色，甚至会染上绯红的颜色。若是将悬铃木与椴树或者马栗树种在一起，悬铃木会黯然失色、不值一提。泰晤士河岸空气新鲜湿润，若是种上其他树木，肯定也和悬铃木一样长势良好。想象一下，生长着两列橡树、榆树或山毛榉的河岸，或者哪怕是两排椴树或马栗树的河岸，该是多么美好啊！鸟儿一定乐于在此栖息，筑巢出没于此的很可能是不怕城市的白嘴鸦。在这样的地方，实在值得一试。

如果在市郊乡野需要栽种生长迅速的树种，据我观察所知，可以选择椴树和马栗树；如果想要品种更多一些，还可以栽种西班牙板栗树和核桃树。西班牙板栗树种优良、十分优美，核桃树则的确生长较为缓慢。若是在这些地方栽种的山毛榉与雪松、月桂、悬铃木一样多的话，到时候一定能听见啄木鸟发出的笃笃敲击声：这声音的价值堪比一万棵月桂树。皇家植物园比现在很多市郊乡野更靠近市区，那里所有的英格兰本土品种树木都保存完好、生机勃勃。

坚韧的白桦树也可以在贫瘠的土壤中生长。不妨将纤细低垂的白桦树枝与悬铃木相互比较，若是用铅笔素描画出桦树的轮廓，那娇弱纤细的美感一览无余，相比之下悬铃木的枝条是多么枯瘦干硬啊！

尽管海岸上种植着许多外来灌木，可没有什么景致比得上在五月里鲜花盛开的平凡而又古老的山楂树丛。山楂树繁花似锦、清香怡人，一树羽状深裂的叶片美丽优雅，任何外来树种都无法与之相比。除了外形优美之外，五月节的传统和集会也赋予了山楂树一种人文气息。

山楂树是英格兰自然生活——乡村生活的一部分。它与英格兰人并肩而立、不可拆分，就好像画中的阿拉伯人身边总会有棵棕榈树一样。你若是选择在古代英格兰的全盛时期创作的一出古老戏剧或是一本书，几乎没有不提到山楂树丛的。相比之下，提到月桂树的则寥寥无几，更别提其他灌木了，若是不查看树上所挂的名牌，根本说不出这些植物的名字。我想，之所以在树上挂名牌，是因为这树没什么吸引力，否则你早就认识它们了。

就实用性而言，山楂树也是无与伦比的。山楂树可以密植，修剪成厚厚的茂密树篱，保护作物或宅院，以免有人随意闯入，还可以抵挡寒风。山楂树也可以单独生长，长成一棵大树。还有，那古老的沙果树篱，果子普普通通、遭人轻贱，可是到了春天，盛开一树似锦的繁花，远在一英里之外都能看得见。有谁曾见过悬铃木或月桂树有过如此美丽的时刻吗？

再者，在寒冷刺骨的东风中看到黑刺李绽放晶莹、洁白的花朵，心情该是多么愉快！那一树花朵就像迎风飞舞的洁白手帕，呼

喜鹊

John Wright, *Mushrooms,* 1890

每年早春时节，人们外出寻找春天到来的迹象时，总会听到喜鹊的叫声，但现在它们正忙着筑巢。不远处就有几只喜鹊——如果是在冬天，你一眼就能发现它们，但此时它们却藏到了新叶里。喜鹊在新家安顿下来以前，总要在榆树间飞来飞去，彼此追逐嬉戏，兴奋地叽叽喳喳叫个不停。

钓鱼

François Bocion (1828–1890), *Fishing*

打扮光鲜的小伙子们身背鱼竿，骑着自行车，带着精心制作的漂亮渔具来到这里。他们把车子举过大门，放到草地上斜靠着榆树，调整好鱼竿开始钓鱼。

鳟鱼

A.F. Lydon, *Black-Finned Trout*, 1879

我定睛朝暗影中细看，鱼身两侧的颜色最初看起来并不完全一样，逐渐地我看清这些颜色其实是不规则的斑点。这是一条鳟鱼，大概有一磅半重。

黄菖蒲

William Curtis, *Iris Lusitanica. Portuguese Flag*,1787

黄菖蒲如利剑般高举的叶片边缘处开始发黄枯萎，叶尖也弯了下来。

鸢尾花

William Rickatson Dykes, *Iris Forrestii* ,1913

仲夏时节，鸢尾花盛开时，整片柳林都熠熠生辉。莎草丛中到处都是高高举起的硕大黄色花瓣，有的地方有十几朵相互簇拥，不远处却只有两三朵，再远处可能仅有一枝，然后就又出现一大丛。

山毛榉

James Duffield Harding, *Beech Trees*,1841

这棵山毛榉的树干上长满了小枝杈——实际上，山毛榉的树干上通常不生枝杈，但也有些植株矮小、发育不良的树会有些小树枝点缀。树上高处的大树枝上的叶子纷纷落下，顺着溪水漂流而去。那些离地面很近的小树枝上却始终有叶子挂在上面，这些褐色的枯叶整个冬天都不会脱落，在风中沙沙作响，经久不息。

水獭

Edward Donovan, *Otter*, 1820

事实上，水獭就是河流的装饰，比任何别的生物都更值得保护。曾经有无数动物在伦敦周围的森林、树林和沼泽中自由漫步，如今沼泽虽已干涸，地面上高楼林立，十九世纪的城市依然笼罩在弥漫的浓雾之中。水獭是敢于在伦敦周边活动的最大的、也是最后一种野生动物。

橡树

Jacob George Strutt, *The Chandos Oak*, 1826

一年当中，橡树会展示三种各具风情的美。春天，蓓蕾幼芽给树木涂上一抹浅淡的红晕；夏天，硕大茂密的墨绿伞盖无可匹敌；秋天，随着树叶飘零、橡果落地，橡树的颜色变成了暗黄、棕褐。与橡树的高贵优雅相比，可怜的月桂树显得格外平淡乏味。

唤着太阳的到来。只要有阳光,霜冻就不会太严重,如果今日寒风凛冽,那么太阳就会迅速积聚能量。可现在若是市郊乡野的公园或围场碰巧生长着一处黑刺李灌木丛,很可能马上就会被当成不吉利的东西被铲除掉。树莓也是无与伦比的灌木:先是盛开美丽的鲜花,然后缀满甜蜜的浆果,最后叶子变为深红色,三种美丽相互衔接、先后而至。

在这世间还有什么能与六月的玫瑰相媲美呢?随处可见的野蔷薇是最平常的植物,可是它所能给予的,无论是一朵花儿,还是花儿在甜美夏日绽放的那一瞬间,抑或是关于蔷薇的历史与想象,都是百万富翁花钱买到的任何东西都无法企及的。在前往田地耕作的路上,雇工随手便能摘得一朵野蔷薇,可是那些富可敌国的家族即使遍地搜寻,也无法得到同样美丽之物。

然后,在每个沟坎角落里都种满榛子树吧,把道路变成榛子树荫笼罩的道路。古时人们曾腰挎轻剑,在这样的道路上来来回回地行军,那时候我们的海军将领正在指挥士兵用长炮和中型炮轰炸西班牙海军,他们盯着日晷,休战时刻一到便去玩上一局滚球游戏,希望有机会一击全中而非成绩平平。在角角落落里都种满坚果树吧,把道路变成榛子树荫笼罩的道路。这一切就像是古老的故事书里所讲的,而古老的故事总是最棒的。

不止这些,我们还有品种繁多的其他植物。结果时枝头缀满沉甸甸的红色浆果的野生绣球花;霜降过后叶子颜色会加深的山茱萸;果子酸甜可口的伏牛花和绵毛荚蒾,等等。千万不能忘了接骨木,不过最好把它们种在外围,因为接骨木虽然也会繁花似锦,香气却过于浓重;还有一种原因,古时接骨木被视为有解毒功效的植物,香气可以化解瘴气的毒性,只是这种功效如今被蓝桉胶取代了。

若要色彩更斑斓,就再种些野生金雀花和荆豆。无论是谁,只要见过繁花盛开的金雀花,见过那些缀满金灿灿花朵的纤细枝条,无不被其吸引。花期正盛的荆豆花异常美好,每当天色阴沉、暴雨过境时,花朵上会出现星星点点黄色的斑点,那时也别具风情。让野生铁线莲尽情地攀爬生长吧。种完这些植物之后,才能轮到月桂树,就让月桂单独栽种到一处吧,那厚厚的叶子始终如一,摸上去令人不快。谁也不曾摘下过树上的一束枝叶。

杜鹃花开得花团锦簇,所以若是诋毁杜鹃实在显得刻薄。错不在杜鹃花本身,而在到处栽种杜鹃的行为。人们不管土质适合与否,将杜鹃枝条插得遍地都是,实际上大多数地方并不适合种植这种植物。你只需要在杜鹃丛中走上一遭,站到花朵背面,便可观察到它细长弯曲的花茎、蔓生的姿态,还会注意到杜鹃下面的土地上寸草不生。若是将杜鹃花种在合适的地方,其美丽姿态的确妙不可言,可惜它常被过度种植,效果也适得其反。再说,杜鹃也没有权利把那些更适合生长的灌木排除在外。在市郊野外,大多数异国品种的灌木丛看上去都很僵硬呆板,就像是专门卖给孩子们做玩具的、涂漆上色的木质假树。而且,这些灌木的确也和玩具一样,一年四季颜色不变。

如今,你若在春天走进灌木丛,一定会欣喜地看到洒满阳光的河岸上开满了报春花和蓝铃花,再早些时候还会有紫罗兰,过一段时间蕨类植物也会冒出头来。可是一旦进入位于市郊的那些人工设计的公园里,这些植物就不见了踪影,据说因为它们太过土气，不受欢迎。事实上，蕨类是被刻意拔除的。想想吧！故意拔掉的！或许有人会想，反正它们在杜鹃花和月桂树下也无法生长——冷血的月桂树。可是它们还能在山楂和梣树下，或是树莓从旁边生长啊。

如果市郊公园碰巧有个小水塘或“喷泉”，那么一定没有诸如芦苇、菖蒲或灯芯草之类的水生植物。灯心草肯定立刻被骂骂咧咧地拔出来扔掉。

英国的乔木、灌木和花卉不仅美丽，还会吸引很多鸟儿驻足，若是没有飞鸟，广袤壮观的树林只不过是一片空荡荡的林地。另外，观察树木的成长和季节更替也是一件有趣的事。我们英格兰乔木和灌木的生长节奏与北方天空上闪烁的群星运动的步调完全一致。我们甚至可以据此编纂一部天文花卉年鉴，呈现出星群如何在夜晚运动，而蓓蕾、新叶和鲜花如何在白天现身。

冬季过后，曾在西方的天空中发号施令的明亮的天狼星不断下降，红色的大角星不断升高，花蕾也随之变厚、张开、绽放。当昴星团开始在傍晚时分升起，叶子的颜色也开始发生变化，花种的导管开始取代花瓣。花期与鸟类生活的一致性，二者与天体运动的一致性，使得观察植物和鸟儿的活动具有了一种更广阔的意义。

我们的世界里不只有紫罗兰和银莲花，还有鸟儿从很远的地方飞来与我们共享夏日，还有群星陆续闪现，如此与我们相距最遥远的事物好像便与和我们相距最近的事物联系在了一起，整个世界合为一体。物与物之间鲜明的差异，以及所有人为划定的界限，就在它们相互关联时彻底消失了。

鸟儿，正如刚刚提到过的，都是被我们本国的树林灌木吸引而来。白嘴鸦和鹁鸪最爱橡树；乌鸫春日里会到橡树林歌唱；如果附近有野鸡，秋天时它们一定会来到橡树下逡巡；松鸦也经常光顾橡树。大多体型较大的鸟儿都选择在榆树上逗留，鹁鸪和斑鸠则偏爱榜树。画眉也喜欢椤树，时常飞上枝头歌唱。山毛榉一旦长到有些年头，便会成为啄木鸟的最爱，老桦树则是槲鸫的天下。

长尾山雀在黑刺李树丛筑建人见人爱的圆顶鸟巢。白喉莺则将鸟巢搭建在树莓丛下面。夜莺喜爱山楂树，所有的鸟儿也都一样喜欢山楂树。只要种下一棵山楂树，从鹁鸪到鹪鹩，几乎所有鸟儿都会飞来。所以，不要清理掉落的枝杈和棕黄的枯叶，不要像打扫舞厅的地板一样清扫林地，正是这种杂乱无章吸引了鸟儿，它们就爱这种无序、混乱的感觉。

若是需要种植常青树，可以选择紫杉、黄杨和冬青，这三种植物都是古老的习俗所首肯和喜爱的。紫杉的浆果会吸引画眉前来，而黄杨树篱高大茂密，鸟儿们争相在其掩护下筑巢。冬青树的叶子尽管长了小刺，鸟儿们也能轻易飞进飞出。池塘岸边生长着几丛灯芯草和莎草，再加上一些野草和水草，就会时常引来黑水鸡。摆上几块光秃秃的石头——有可能是水泥墩子——则什么都不能引来。

如果有根大树枝掉到了水里，那么便任其漂浮吧——麻雀饮水时会在上面驻足。若是此处铺设一片可供群鸟饮水的沙地，一天之内来来往往的鸟儿数目一定十分惊人。

冬季临近时，心地善良的人们应该在土里插两个木桩，上面再铺一块木板，造就一个高高的、两边向外伸展的喂鸟平台。这样的高度很合适，捕鸟的猫儿既无法爬到平台上，也难以跳上去。撒在木板上的面包屑会引来成群的鸟儿，它们在这里无拘无束，每个春天都会回来筑巢歌唱。

高空盘旋的红隼

最近有些针对红隼的盘旋巡弋能力的讨论，这些话题的核心是在不依靠气流辅助的情况下，红隼能否凭一己之力停在半空不动。红隼是英格兰南部最常见的鹰，人们有很多机会观察它的生活习性，对于红隼在空中盘旋的能力本该毫无疑问。有人甚至断言，这个问题是关乎空中飞行或制造飞行机器是否可能的关键。不过，我们还是略过这个话题，对红隼的飞翔习性来做一番考察吧。

红隼飞翔时动作轻盈，通常保持一定的高度，略低于最高的榆树，但又高出大部分的树木。它可以连续数小时展翅飞翔，一口气掠过几英里的田野，始终保持同样的飞行高度，只是偶尔有所变化——当然，俯冲到地面上抓田鼠算是例外情况。尽管红隼显然有能力飞得更高，却通常始终在这样的高度盘旋。它在划过天际的时候，会突然向上飞冲一下（升高大约两三英尺），然后静止停留片刻。红隼的尾巴比看上去要宽很多，此时略微向下弯曲，它仍然挥动双翅，乍看上去好像仍然在向前飞行。有时看上去红隼的身体在空中略微倾斜，时而朝这边侧身，时而朝那边侧身，不过这些偏移都不会导致位置的明显变化。风力很小或是无风的时候（请注意这一点），红隼就会不断扇打翅膀，至少在肉眼看来当时完全停在半空，这样大概能持续半分钟或更长时间。接下来，仿佛积聚的力量得以释放，红隼好像向前滑出半码远，随即便恢复了正常，再度振翅翱翔。如此这般的盘旋翱飞和向前滑翔的动作会交替重复两三次，好像要根据红隼判断是否有猎食的机会而定。如果它觉得没有可捕食的田鼠，滑翔之后就会继续前进；如果那处地点可能有猎物，或者距离它曾捕获到猎物的地点很近（这对它来说更具诱惑力）它就会多次在空中停下、向前滑动。有时候，红隼盘旋到一半就失去了平衡或是失去了动力，便只能返回原地重新起飞。不过这种情况并不常见，一般来说，滑翔两三次之后，它就会继续向前，完成自己的旅程。日复一日，红隼飞行的路线始终重复不变。如果无人打扰，而某处又有大批田鼠出没的话，它就会一天来上三四次。因此，你一旦发现了红隼的飞行路线，就经常有机会见到它。它一旦发现了猎物，就会俯冲下降，动作迅疾却平稳，几乎朝田鼠的方向直坠而下。但是，红隼并不总是直接落到其视线之内的猎物身上。如果我没看错，它时常落在相距不远的地方，像猫看老鼠或甲虫那样，先花上一两分钟盯着猎物看上一阵子。休息的时候，红隼总会选择树木作为落脚之处。

对红隼的飞行情况进行概述之后，我们再回来探讨一下具体的细节。首先，红隼盘旋时通常缓缓升高，不过它的双翅充分伸展，在起飞的那一刻看起来就好像要一飞冲天似的。接下来，它的双翅形成的平面向一侧倾斜，迎着气流向高处飞去。在停下来的一瞬间，它的尾巴往回收缩。红隼猛然起飞的那一瞬间的动作好像是为了便于尾翼检查前进的路线，同时要维持身体的平衡，这样的推测应该不错。紧接着，红隼快速扇动翅膀，动作与平常飞行时大致相似，只是向前的趋势更为明显，看起来很像有些鸟儿试图在形状奇特的岩架上驻足时的动作，又像燕子待在屋檐下尚未筑成的巢里的样子。此时，它的翅膀看起来比平时要靠前很多，就好像与脖颈相连一样。鸭子夸张地用力扇动着翅膀的样子就如红隼一般，不过它完全没有想要振翅高飞的念头，只是想要舒展双翼——站在地上，身体竭力向上伸展，并且水平拍打翅膀。红隼猛力向下扇动翅膀，同时又有些许向前的趋势，因为向前飞是它的天性，而扇动翅膀时方向略有反转的目的就是克制这种冲动并支撑自己的身体。它的形状天生如此，若是直挺挺地张开翅膀，整体就会向前滑行，就好比一艘船被绳索牵引向前拉动，在惯性的作用下船体就会顺势缓慢前进，这是船的流线形状决定的。在半空中停止飞行时，红隼势必要阻止自己继续向前滑行，仅靠收缩尾翼显然无法做到这一点。于是，它必须始终不断“击打”空气才能保持自己在半空的位置不变，因为在停下来的那一刻，它所承受的重力远比滑翔时要大得多。

在盘旋时，红隼要平衡好几种力量：首先是向前飞的原始冲动，其次是收缩下垂的尾翼减缓甚至阻止身体继续前行的力量，然后是向下扇动翅膀时产生的力量，最后则是略带反向拍打翅膀的力量——类似用短桨反向划水。在通常情况下，翅膀的形状会使红隼产生一种向下和向后的压力。因此，红隼失去平衡时就会向前滑翔——这是失去平衡的最明显的标志。在这种情况下，它的身体就会剧烈晃动。我时常见到红隼无法保持身体的平衡，不得不向前滑翔一段距离之后才再次盘旋高飞。向前滑翔时,它飞行的高度有时会下降一英尺左右,但也并不尽然。在真正盘旋的时候,它的飞行高度的变化不会超过一英寸。红隼的所有动作以及这些动作引发的思考都表明，盘旋飞翔实则就是力量的平衡，一旦身体获得了平衡,它便会展开双翼休息片刻。它控制翅膀时用力恰到好处,保持身体既不上升,也不下降,同时轻轻拍打空气,阻止自己向前滑动。

下一个问题是,红隼在何处盘旋呢?答案是盘旋地点,它完全不加以选择,任何地方都可以。它在草地、麦田上空盘旋,在丘陵山顶和悬崖边上盘旋。它有时在花园,有时在荒野,有时在白垩矿区,有时在公路上空盘旋;有时也在夏日的干草垛(别的季节也一样)和茅草棚顶盘旋,在那里它时常可以获取猎物;有时在马厩上空盘旋,在那里通常老鼠成群出没。它对树篱或林子的两边同样喜爱,没有偏好,也不关心风朝哪个方向吹。只要哪里能捕食猎物,它就选择在那里盘旋。我曾见过一只红隼盘旋之地全部是干燥的地面上空,各种场所无一遗漏。

接下来我们说说风。如果读者先前阅读过相关内容,知道对红隼来说保持平衡是重中之重,他就会明白,在无风时盘旋的红隼倘若遇到起风,只能立刻迎风而上,否则就会失去平衡。即使在地面上，起风之后几乎所有的鸟儿都可以选择是否要迎风飞翔，但是盘旋的红隼毫无选择。它只能迎风盘旋,否则就会被风挫败落地:就像你可能时常见到白嘴鸦飞到半路被一阵骤起的狂风卷回去一样。正因为红隼有风时也在空中盘旋,才有人推测无风时红隼就无法待在空中盘旋翻飞。事实却是,红隼完全可以在空气凝滞无风的时候盘旋，无疑也能在一间屋子里盘旋——只要房间足够大。它不需要任何气流，无论是水平吹来的微风也好，垂直向上的旋风也好，都不需要。在一丝风都没有的死寂夏日，红隼依然可以常常在高空盘旋。微风轻柔的初秋时节，阵阵细雨从天空飘落，雨丝如轻薄蛛网，如柔滑丝绸，这时红隼也可以在空中盘旋。你若朝着大蓟花的花冠吹上一口气，花絮就会在你的气息中四散飘落，最后掉落到草地上。麦田里的收割者挥汗如雨，林地里的守林人胸闷气短，驾着马车的车夫躲在车载谷物投下的阴影中行走，乡村中四处焦干，土地开裂，空气近乎窒息，无不等待着细雨的滋润。红隼却一如既往地盘旋在空中。它无法停止盘旋，长久的平静让它感到饥饿，因为这是它猎捕食物的方式。为了更好地观察动物和鸟类，我常在树林里一待就是几个小时，因此我可以确定向上升的气流并不频繁，甚至罕见，除非狂风大作，否则几乎没有什么上升气流。在微风习习或是静止无风的时候完全没有上升的气流，或者有也微不可察，不可能对红隼有所助益。这种上升的气流，即便真的有，也是区域性的，可是红隼的盘旋并不限定于某个区域，它可以在任何地方盘旋——不论那时是狂风肆虐还是静默无风。红隼不喜欢的天气是雷声滚滚的雨天或是冰雹天，这时候它就会在树上栖身。不过，如果雨势不算大，它还是能够在空中盘旋——仅凭力量和敏捷的翅膀，红隼就能做到。所以，如果说确有影响飞行的因素，气流很可能完全不在其中。正如前面所提到的，迎风盘旋只是它保持身体平衡的一个佐证罢了。

红隼并不是唯一能够在空中盘旋的鸟类。雀鹰也会盘旋。所有的雀类或多或少都能在空中盘旋片刻，比如从无法承受它们重量的植株上衔取种子的时候，或是它们够不到种子的时候，或是它们用羽翼承载捕获的昆虫的时候。麻雀也不例外。云雀也会盘旋，在交配的季节，云雀一边婉转啼鸣，一边盘旋飞舞，完全不似往常那样一飞冲天。很多昆虫也会盘旋：大个儿的蜻蜓在快速飞行时可以突然刹住，悬停在空中，一直停留到可以再次飞行前进为止。这些都不需要任何风吹或是气流的帮助。我认为和向空中垂直爬升相比，盘旋并不需要鸟儿的翅膀有多大力量。沙锥鸟可以，丘鹬也可以，松鸡虽然要竭力才能飞向空中，却也可以盘旋片刻。狭窄院落里的麻雀也一样，起飞时几乎径直冲向屋顶的石板。显然，这需要极大的力量。盘旋的确十分有趣，却未见得多么神秘，不过是鸟儿拥有的另一种力量。

二月的自由旷野

二月里传来一阵阵白嘴鸦嘎嘎的鸣叫声，这意味着它们又要归巢了。白嘴鸦返回树林，落在旧日的鸦巢上，宣示自己的所有权。在鸦群的栖息地，占有就是法律，这一点绝对不容置疑。在漫长无趣的冬日严寒中，就连平时吵闹不休的鸟儿也安安静静的，一大群鸟儿清晨飞走，夜晚复归林地，却几乎没有一丝声响。一片清冷中，寒鸦变得异常沉默，扇动着黑色的翅膀悄无声息地在薄雾中穿梭前进，除非你恰好抬头发现了群鸦，否则很难发现它们飞过天空。不过，随着解冻的小河在二月流淌，河水在渠道里欢快奔涌，撞在石头上溅起水花，白嘴鸦也要开始发声交谈，絮语喋喋、饶舌不断，一直持续到深秋时节。

人们一般认为，白嘴鸦在二月便已出双入对，但我们也有理由相信，它们在夏末才真正开始选择伴侣。那时白嘴鸦都是成群结队飞行，若只是不经意地看上一眼，会觉得它们完全没有秩序、也没什么排列，只是随意混作一群而已。无论是在地面前进，还是在空中飞行，它们总是挤挤挨挨，乍看上去都无从辨别哪只是哪只，只看到呼啦啦一群。然而，在橡果纷纷坠落、树叶沙沙飘飞的温暖而晴朗的秋季午后，你如果沿着田野旁边的小路散步，注意观察林木之间或是新翻过的犁沟之中的白嘴鸦，你便会看见白嘴鸦都是成对儿出没的。在地上落脚时，两只白嘴鸦总会彼此靠近，栖息在枝头时相互依偎，在空中时则比翼而飞——就好像每一位士兵都有自己的伙伴一样。挤在队伍当中，好像每只鸟儿彼此都是亲密伙伴，将它们紧密联结在一起的似乎并非什么关系，只是共同的纪律。如果你熟识军营或集体生活，就会了解人人都有自己的密友。当然在白嘴鸦群当中也会有小集团，每年这个时候都会有六只、十二只或更多的白嘴鸦成群结伴。筑巢时节一旦结束，它们便会结伴而行，每个家庭的三四个成员在一起行动。再过一段时间，它们显然就会各自寻找同伴出行，当然外出找朋友结伴的都是幼鸟。十月以后的整个冬天，白嘴鸦都会出双入对、结伴而行，虽说在路人看来它们混在鸟群之中看不出分别。你若是在冬天惊扰在地上觅食的白嘴鸦，如果你没带枪，它们就只是飞到附近的树上，这时候你就会发现，它们都是两只一起飞走的。其中一只先飞落到树枝上，另一只则飞过来跟上。二月来临时，这对鸟儿就会一起回巢守护自己的财产。虽说历书规定情人节才是求爱的日子，事实上它们早已结成一对伴侣了。

二月里常会有一段温暖的日子，虽说来得或早或晚，但风和日丽的天气总会持续一周左右。那时涓涓细流挣脱了冰冻的束缚，流过田野、涌入溪道，因此当你走在小路上，耳畔便总会响起流水的低声絮语。事实上，诗人在二月的低吟远比在更惬意的夏日里响亮，因为夏季生长迅速的水草阻碍了溪流的奔涌、减缓了流水的速度，小溪变得安静了。在二月，每一块石头——也许是燧石，也许是白垩——都将水流一分为二，引起一阵阵的震颤轰鸣。温暖和煦的日子里，在潺潺的流水声的伴奏下，白嘴鸦不停地嘎嘎大叫，长篇累牍地肆意表达着对太阳的欢迎之情。阳光照进湿润的犁沟，晦暗的土地便闪闪发亮。在薄雾弥漫的远方，阳光似乎停了下来，光芒四散在水汽中。在光亮的雾气里，云雀追逐嬉闹、欢唱啼鸣，它们在空中急速转身，羽毛雪白的前胸一闪而过。站在池塘边，鱼儿就会进入视线，它们四处悠游的时候便从藏身的深水暗影中显露出来，因此云雀总在池塘边盘旋低飞，穿过薄雾而来，飞过你的面前，又在你的面前消失。突然间，云雀发现了自己追求的伴侣，便忘记了近在眼前的目标，猛然冲上天空，边飞边唱。音符在空中响起，落在阴暗潮湿的土地上，落在湿漉漉的枯草上，落在篱笆旁边衰败枯萎的蕨类植物上，歌声响彻四周。听着云雀的歌声，有那么一瞬间感觉就像是春天来临了。歌声中闪耀着阳光，云雀与光芒融为一体，给寒冷的二月带来了片刻夏日的温暖。五月的时候，日出之前云雀就已在空中飞舞盘旋，太阳升起时的光芒穿透它的歌声倾洒到我们身上。日出东山的那一刻，第一缕阳光便落在飞翔的云雀胸前。云雀似乎与阳光合而为一，它从潮湿的垄沟掠过时，太阳的光辉也会追随而来。不久之后，云雀再次落到地面，在一行行嫩绿的麦苗之间疾走奔忙。赤日炎炎的夏季，当明亮的阳光无情地灼烧开阔的山坡草地时，云雀还是一边高飞一边歌唱。它吃力地飞上山丘，沐浴在阳光中，突然开始放声高歌，一连串轻快的音符从空中倾泻而下。在我的脑海中，云雀总是与明亮的光线、灿烂的阳光、东升的太阳以及碧蓝的天空相连，因此即便见到它的时候仍是霜雪漫天的严冬，我们也可以确信，夏天一定会归来。

在寓言中，冬天总是象征着寒冷、残忍和绝望，可它为何不能与代表希望的东西联系在一起呢？冬天为何就是枯叶、飞雪和用来砍伐、破坏的长柄镰刀，而非可爱的云雀呢？它们成群结队飞过被白雪覆盖的田野大地（这是南方），寻觅着一块块积雪被风卷走、枯草裸露在外的草地的时候，人们可以听到它们轻松愉悦的呢喃絮语或是此起彼伏的呼唤啼鸣。云雀是光明之鸟，寒冬的白昼虽然短暂而严酷，它们却依旧在天空飞舞高歌。还是让云雀来代表冬天吧，它是希望的象征，预示着夏天必将到来。让包裹在叶鞘中的嫩芽代表冬天吧，因为你若在树篱中细细搜索，便会发现灌木和乔木的嫩芽，它们被叶鞘层层包裹、保护，就像披着厚厚的斗篷。让如针般细长尖锐的麦苗的嫩穗代表冬天吧，让风吹走覆盖在它们身上的白雪，以此昭示纵然土壤寒冷、冰雪严寒，绿意却在白雪覆盖下萌发，可以确认夏日必将到来。万物之中，唯有人类才会绝望。白色的新月弯弯地挂在天空，月色皎洁如霜，只有逐渐变圆时才染上一丝淡淡的黄晕。就让新月作为万物增长的象征吧。让放在角落里的牧羊人拐杖作为羊群数量已大为增加的象征吧。牧羊人是生活在酷寒严冬时节的人类的代表，他们的工作在冬季远比别的季节更加重要。那些只在五月才会出门、惬意地在郊野漫步的人们，看到羊羔在草地上嬉戏玩耍，自然就把小羊与五月的鲜花联系在一起，却不知道羊羔出生在风雪交加的严冬。或者，你也可以把晨星当作冬天的象征，因为它在冬日黎明时分的天空中燃烧、闪耀，投射出明亮的光束，如同金属在氧气中燃烧时发出的耀眼光芒。在我看来，没有什么能与晨星的光辉灿烂相媲美，而那时正值黑夜沉沉、万物隐匿于虚空之中。小羊在围栏里出生，晨星在天空中闪耀。嫩芽在叶鞘保护中生命鲜活，谷物在白雪覆盖下酝酿生长，云雀在飞过天际时放声歌唱。这些对我来说才是冬日的寓言。

二月里，这些温柔和煦的日子将冬季所占有的一切逐渐剥夺，终于将大地从寒冬的魔爪中解救出来。若不是之前的天气如此寒冷，当海湾的洋流或温暖的气流到达这片广阔的区域时，很可能早已有飞舞的蝴蝶向第一朵绽放的紫罗兰温柔地示爱求欢了。不过，这一切要取决于之前的气候而定，要求天气寒冷而不刺骨。当然，花开与否还取决于地表层的土质是坚硬的泥土还是松散的沙砾。春天来临的日期也因地区差异而有所不同，当一处的紫罗兰已经盛开时，另一处的忍冬或许还未发新叶。这种区域之间的界限可以轻易分辨，有时候二者的边界异常狭窄，几乎一步就可以跨过去。有时候看起来，好像生长在比较温暖的土壤中的坚果树，果子长得更大、品质更好，成熟得也快些。对任何事物出于好奇而第一次发现的东西，不管那是一片叶子、一朵小花还是一只鸟，都应该铭记在心，不要因为听说别人早已发现了这一点或是听到他人的不良评价而心怀沮丧。

我现在写下的这一小段文字，记录了土地一片荒芜的时刻，也许有助于更好地了解这片区域。这是一片已被犁翻耕过的平地，有野兔在地里打洞，把泥土刨了出来，小溪旁边有棵大树被狂风吹倒在地，那里的堤岸已经塌陷了，也有可能是泥沙沉积的低洼处。在牧草和野草占领田野之前，在谷物和鲜花覆盖地面之前，不用铁锹翻地，也能看出这些地段的土壤的性质。沿着小路缓缓前行——事实上二月的土地潮湿，也不可能走得太快——这个时间很适合拿出地图，在上面画出植物和花朵最早现身的可能地点。去年秋天枯萎的植物如今全都俯身倒在地上。到处是颜色灰暗的枯枝败叶，有的叶子只剩下了叶脉骨架，有些短短的灰色茎秆支棱着，还有些果子腐烂得只剩下外壳，孤零零挂在树篱丛中。实际上，这一片枯败之中，有些植物并未死亡，而是倒在地上等待时机。这里很快就会长满高大粗壮的毛刺果，而金钱薄荷草也即将为山丘土坡点缀上一星星蓝紫色的斑点。但如果想发现树莓丛覆盖下的金钱薄荷的蓝紫色小花，你必须缓步慢行。乌鸫可能会在这些灌木丛中筑巢，浓密的山楂树篱则属于红腹灰雀的领地，黑莓丛里落满荨麻零落的枯枝，不时会吸引白喉雀前来。树篱这会儿还只是个一眼就能看透的空荡荡的架子，但是很快上面就会挂满浓密的碧绿枝叶。这时我们可以洞悉一切，这也正是为将来的新发现做准备的时候。到了五月，所有的地方都会被遮挡隐藏，除非提前就已经选好最佳地点，若想事后再去搜寻可并非易事。宽阔的垄沟上面被一丛丛植物的拱形枝条遮挡，土坡上的植物长得高大茂密，与树上垂下的绿色枝条相连，所有的空隙都会被填满。但是，你若在冬天察看过这些地点，到了春天还可以很确定能找到它们。

常在此处出没的人们，大部分时间在田地中劳作的人们，或是照料林地的人们都是经验丰富，早有这种先见之明。他们带着新来的人到树篱那里，或是灌木丛生的角落，或是溪流拐弯处，嘴里说着他们觉得肯定能在这里有所发现，事实也正如他们所说，果真就能有所收获。这也是为什么，选择固定地点观察的人常比那些长途跋涉、四处漫游，踏遍广袤田野的人发现更多的东西。如果选择固定的地点，离家的距离几乎不会超出一英里，他就像是在摩肩接踵的人群附近稳坐钓鱼台的人，很快那些迷路的同伴就会一个个回到他的身边。众所周知，要想找人，在人群中往来穿梭地寻找是最糟的办法。不如坐着不动，他们反而可能会从你身边经过。要想观察鸟儿和动物，情况更是如此。它们去了还会归来。在一年十二个月的轮回当中，很可能所有的生物都会经过某个特定的地点，这里说的是活动范围不局限在特定区域的生物。在这十二个月内，栖身于树林和树篱当中的大批的动物、鸟类都会从同一家农场经过、落脚。单是孤零零的一棵树——尤其是老树——就可能会吸引大多数在同一时段活动的鸟儿，差不多五分之四那么多。每年当然还会有些新东西，有新的访客加入名单之中。在内陆地区甚至还能看到来自远方的海鸟，有些鸟儿几乎不怎么会飞，却被狂风吹到了遥远的海滨地区。如果将旅程延长，自然会有更多见闻；不过经验证明，对单一地点的研究时间越长，你的发现也会越多。温暖的夏日，人人都被鸟语欢歌、绿树浓荫和斑斓色彩所吸引而来到野外散步，但你也该像熟悉夏季那样去了解这里的冬季。你应当直面泥沼水潭与湿滑的小路。大自然不会给耽于逸乐的人任何回报。春天，草地上的毛茛闪闪发亮，树篱披上绿装，树林可爱动人。可是，你如果从未在光秃荒芜的草地上穿行漫步，没有目睹花儿缓慢绽放的过程，也就很难完全体会真正的美妙之处。

小土丘上的潮湿叶片不会发出沙沙的声响，画眉就在其中穿行，却没人听得见声音。有阳光的时候兔子可能会出来活动，就在土丘的斜坡上沿着小径一路觅食。兔子不喜欢被露水打湿，因此前行的时候格外谨慎。虽然兔子出没的草地上夏夜挂满露珠，冬日积满雨水，居住的洞口附近也经常湿气弥漫，它也终生都在这片土地上生活，但无论繁衍多少代、无论什么时候，兔子都不会喜欢潮湿。它只是尽力忍耐，选择从覆盖着干枯的蕨类植物和腐败落叶的地方行走。它蹲在茂密的草丛中，却不喜欢草叶上的露珠落到自己身上。因为水珠落到它的身上不会径直滚落，也不会让它的皮毛润滑，而是弄得皮毛缠结、失去光泽。有时候它在土丘上跳跃着前进时的路线几乎和我们在二月外出时的选择一样，都要避开泥浆和水洼。垄沟的两边还挺立着一些枯死的酸模茎秆，上面零星地挂着一些干燥的红褐色种子。除了酸模，这里还残留着几株干巴巴的褐色荨麻茎秆，支离破碎的灰色蓟花和倒在灌木丛上的毛刺果。如今寒冬的威力已发挥到极致，接下来天气就要转暖了。这时，大旋花的藤蔓还挂在灌木丛上，可是再过一个月左右，鸟儿们就会纷纷前来衔走这些弯弯曲曲、适合筑巢的藤蔓。野生铁线莲的花茎颜色灰暗，弯曲下垂，看上去已经干枯到极致了。茎秆的纤维都裸露在外，指尖刚一碰上去，立刻就脱落了。几片棕色的羽毛挂在曾经开满鲜花的地方，只是在风吹雨打之下褪了颜色，变得脏兮兮的。铁线莲其实并未枯死，不久之后就会再次充满蓬勃的生机。它是攀爬植物当中生命力最强的，只要能在适宜的土壤中扎根，它便能面对山上吹来的肆虐狂风、海上刮来的倾盆大雨，对抗冰冷严酷的霜冻。有的地方，铁线莲甚至完全占据了树篱的位置，自身就生长成一片茂密的树篱。冬天的时候，很多榆树的树干上密密麻麻地缠绕着细小的绿色植物，长得就像夏日的铁线莲一样繁茂。在所有的植物当中,最耐寒的是树莓。只要得到一丝庇护,不管是长在树篱的角落里、大树下还是灌木丛中,它的枝头始终挂着绿叶,一直等到再次萌发新芽才会脱落。秋天的霜冻为树莓的叶子染上了深红的色泽,但是并非所有的叶子都会变色或脱落。树莓是鸟儿的庇护所,因为这里仍然枝繁叶茂,鸟儿躲在这里像春天那样求爱寻欢。而树莓丛下面的土地上都开始冒出了海芋、八仙草和水杨梅的嫩芽。四周生长的白荨麻开始绽放了,如今还不算久,因为白荨麻的花季一直延续到深秋。白荨麻有时花开得很早(根据地域而定),有时又开得很晚,以至于看上去花期间隔很短,就好像它一年四季都在开花。冬青树上的浆果也一样,若是无人采摘,果子就在枝头挂到第二年夏天,那时树上又将缀满新的果实,所以冬青看起来就好像一年四季都在结果一样。常春藤的浆果也是如此,一直到来年夏天还挂在藤上。如果把乡村的区域扩大一些,或许无论何时,总会有这样那样的花儿绽放——不是在这个南边的角落里,就是在那个向阳的地方。只要太阳永不落山,花儿也就永远不会凋零。哪里都有生命的气息,哪怕是干枯的冷杉球果,虽然看起来黯淡枯萎,里面却隐藏着生命的活力。

小路穿过高地,那里的土地刚刚翻耕过,田凫站在一行行整齐的田埂上,就像正在接受训练的队伍。田凫起飞时动作整齐划一,它们在暮色中成群飞过田野,贴着地面低飞,很难被人察觉,只有飞越树林和篱笆的时候,在天空的映衬下它们的身影才能被人看到。斜坡上生着一片冷杉和桦木,有一条狭窄的车道蜿蜒而上、通往树林,最后好像迷失在林木之中,隐而不见了。每次接近这片林地，我都会放慢脚步、悄然前行。因为无论在林木中有些什么动物，它们都有可能在不经意间来到小径的开阔处。斑鸠、野鸡、松鼠、喜鹊、野兔、鼹鼠——凡是长着毛皮或羽毛的动物，都一定会来寻找这条开阔的小路。夏天，蝴蝶穿过灌木丛经过这里，就像你我可能会取道林间小径一样。夜幕降临的时候，鹧鸪也可能匆匆从小路穿过，加入同伴的行列，准备在地面成群栖息。你也有可能时不时地看见一群鸟，缩头驼背缓慢潜行，远远看去就像一群移动中的刺猬。所以，接近此地的时候必须小心翼翼，就算只有一只画眉鸟飞出来活动，我们也可以欣赏它轻松惬意的样子。因为只有画眉以为周围无人时，才能那样无拘无束。鸟儿和动物若是察觉到有人关注它们，就不会再怎样活动了，一些鸟儿一旦觉察到有人在观看，便会瞬间停止歌唱。白天已经明显变长了。在这个月份，夕阳西下的时候，西方的天空总是呈现出一种淡雅美丽的青色，吸引人们驻足欣赏，以至于忘记了归家的路是多么漆黑、泥泞。我想，忘记世界上还有泥沼困境的那些时刻，才是我们人生中最宝贵的时光。不久之后，田野里的麦苗就会破土而出，节节拔高了。

纯净的颜色总能让人想到火焰，或者说颜色本身就像一道闪亮的带色光线。麦苗鲜绿的叶片就是这样，如此透明、清澈、纯净，就好像闪耀着绿色的光芒。这种光并不灿烂夺目——也不是表面反光或釉彩般的光泽，而是由内向外的、如光线透过染色玻璃投射出的色彩。潮湿的土块旁边冒出了菖蒲，细长的叶子带着泥土的清香。在犁头给大地撕开一道道裂缝之前，黑漆漆的地下始终暗无天日，如今菖蒲终于突破了黑暗，得见光明。它们又为光明增加了色彩，从此之后这油油绿意将始终引来太阳的光芒，直到收获季节才会消散。落在麦苗上的光线则更加柔和宜人，小麦好像被光芒晕染了一层淡淡的光泽，光线与色彩融为一体。对我们而言，世界的厚度并不比我们留在道路上的脚印深多少，可惜人类很少认识到这一点。我们就在大地表面行走，表演着生活的喜剧，地下的世界于我们而言几乎毫无意义。不过，正是从这个地下的世界、从死亡和未知当中、从阴冷潮湿的土壤中冒出了这些绿色的叶片。远处，汽犁突突地喷着气，正在费力地往小丘上爬。然而，轮子使出浑身解数、拼尽全部力量，再加上活塞和铰链的帮助，也无法从泥土下面拖出一片这样的绿叶。生命不是外力所能造就的，植物必须生长，生长这个词虽然说起来容易、写起来简单，却充满了超凡的能量。正是这种源于土壤的、关于成长和生命的奥秘，正是这种关于美丽、甜蜜和色彩的奥秘赋予了谷物远超人类的生命力。不知为何，我觉得自己与谷物是一样的，看到绿油油的麦苗，我就会重新充满活力。年复一年，麦田依旧，每次看到它，我便如获新生。在我看来，对于这片古老的大地，春天与属于它的麦苗、紫罗兰、山楂树叶以及鸟儿此起彼伏的歌声，都变得越来越宝贵了。时间已过去了多少个世纪！世界始终如此运转，自然界的一切都是最小的颗粒聚集而成。没人看得见最细小的沙砾如何落进了裂隙，很快又有另一颗落入同样的缝隙。天长日久，沙砾汇聚成堆，再过上一个世纪，沙堆便聚集成丘，到那时人人都能看到这座山丘，对它评头论足。时间也是如此流逝，年复一年地沉积，先是随风飘荡的尘土，再成一个个土堆，最后变成了庞大的山丘，山脉逐渐升高，最终将我们掩埋。在广袤浩瀚时间面前，连绵的群山就是一个个矮小的土坡。时光飞逝如斯，不舍昼夜，世界改变了模样。古老永恒的大地终于在漫长的飘荡、沉积和忧愁过后迎来了欢欣喜悦，迎来了第一批鲜嫩的绿叶。

今日雨后出了太阳，云雀在阳光中齐声放歌。一大团云影飘过丘陵，沿着山坡下降，消失在空荡荡的山谷中。这会儿，它突然又悄无声息地顺着谷底边缘溜了上来，迅速地从绿色的麦田上方掠过。随后，阳光便照射进来，因为有那么片刻阳光曾被乌云遮挡，此时显得格外温暖宜人。远处一个绿草如茵的狭谷里孤零零立着一间草房，屋顶是圆锥形的，房子在草地上投下孤单的暗影。正因仅此一栋，草屋才异常显眼。草屋后面有个缓坡，长着一片褐色的灌木林，叶子都已退尽。在阳光的照耀下，光秃秃的枝干闪着棕色的光泽。坡顶上长着些荆豆灌木丛，放眼远望，可以看得见天际一道道连绵起伏的丘陵的轮廓。灌木丛的拐角处是几棵颜色暗沉的松树，若是眼睛一直朝松树的尖顶看，就能发现几只雀鸟正在阳光下取暖。在厚厚的松针庇护下，不但它们免遭了冬日寒冷气流的侵袭，连松树上方的天空也好似更加蔚蓝。此时雀鸟心中已经充满了对即将到来的欢乐时光的想象，只等着山毛榉旁边的苔藓、冷杉树干上的青苔和枯枝分杈处的松散纤维多到足够它们取来筑造宽大的鸟巢，抚养成群的幼鸟。又有一大片云朵飘来投下暗影，然后山谷再次被温暖的阳光拥抱入怀。一阵风袭来，田地里一垄长得十分茂密的青色麦苗好像服从风儿的命令一般，齐刷刷地弯下了腰。

这里无处不是广阔与自由。你的思想可以在河谷中狭窄的屋顶上空漫游，宽广如丘陵，自由如清风。自然并没有为思想设定界限。站在山顶放眼四望，远处的一切边界，栅栏、墙壁和歪歪扭扭的篱笆都是人类的造物。如湿冷的泥土一般压抑精神活力的羁绊和传统、成规和迂回婉转，在自然的浩瀚面前都是那么微不足道。站在这里，你的视线轻而易举便能越过最高的屋顶，看到远方的风景。心灵的眼睛一旦充满了自然造物之美，自由和宽广的视野就会随之而来。离开人类用个体经验踏出的小径吧，抛开因希望破灭产生的悲观狭隘之情，向麦田旁边的广阔丘陵迈开脚步，让谷物的蓬勃生机也成为你的生命中的一部分。

清风吹过，麦苗弯下了腰——也让那微风吹过你的灵魂吧。阳光穿过云影洒下光明——也让你的心灵走出屋顶的遮盖，来到广阔明亮的天空之中吧。云雀的歌声从高空响起，如雨丝飘落——请张开的双手接纳这歌声吧。菖蒲丛颜色碧绿纯净，叶片细长锐利——让我们的思想如这绿色中闪耀的光泽般纯净吧。丘陵地宽广无边、四周一览无余——让我们不断增加视野的广度和宽度吧。希望我们的视野永不会有尽头，总有空间容纳更高更远的目标。既然山丘之上空气清新净化血液，那就让这些美好事物的存在丰富我们的内心感受吧。关于阳光下、清风中鲜嫩的青葱麦苗的记忆，一定能够摆脱束缚、释放心灵。

寻找麦鸡的踪迹

骤雨突降，如一道白墙向我涌来，顷刻间十码之外的一切都变得模糊不清了。狭窄的山路在暴雨中变成了一道模糊的深色线条，路边湍急地流淌着两道水流，待到满是白垩石的水流干涸之后，河道中的燧石碎片就会暴露在外。有那么一刻，空气好像被强大的压力排空了，我屏住呼吸，站在原地，侧身向前，用一个肩膀迎接风雨的袭击。嘶嘶嘶，大地在寒冷中战栗不已；嘶嘶嘶，狂风呼啸，暴雨倾盆，瞬间淹没了一切声响。眼前的一切都变得模糊，看不到一只活物。粗壮低矮的树篱上一片叶子都没有，也什么都无法隐藏，大雨就那么径直倾泻到地面上。灌木丛歪歪斜斜地缠结在一起，好像只有这样才能抵御狂风的侵袭。土丘上仅有的寥寥几株野草更是矮小稀疏，连一只老鼠都藏不住。这里也没有燕雀、麻雀、画眉和乌鸫。雨水哗啦啦地流过，冲刷出一道沟，这道沟将来会消失，但下雨时又会出现。道路两边犁过的农田看上去都是同样一无所有。犁沟中满是积水，野兔没办法蹲伏，鹧鸪也不能在其中奔跑，就连沉着冷静、几乎可以忍受一切的云雀也飞走了。犁沟纵横交错，犁沟的坡面上散落着星星点点的燧石，不时还有个白垩石块,除此之外便什么都没有了。如此冰冷的土地上长不出绽放着美丽花瓣的鲜花,就连脑海中也无法绽出思维的蓓蕾和想象的花朵。我顶风冒雨,沿着山路一步一步前行,在山脊上四望的时候发现下一个山谷里有一片低矮、结实的灌木丛。这与其说是灌木丛,毋宁说是一道宽阔的树篱——就位于路边一处田地的角落里。树篱的枝干都光秃秃的,但仍然可以遮风挡雨,能在此处歇脚,真是让人松了一口气。约略一分钟之后,我的眼睛就适应了环境,逐渐看清了这些树枝,透过灌木丛较为稀疏的一段看到了对面的风景。灌木丛外面的犁沟里散落着几只麦鸡,距离我只有大约二十码远。一只向前跑了几英尺,从地上啄起了点儿什么;另一只以同样的姿态跑到一边;第三只又冲向第三个方向。虽然下着倾盆大雨,它们的鸡冠、泛着绿幽幽光泽的翅膀和白色的胸脯都没有一丝凌乱。麦鸡的姿态有些类似鹌鸽,只是它们的体形要比鹌鸽大得多。除了这几只麦鸡,地里还散落着大约六七只,还有一些麦鸡排着歪歪斜斜的队伍朝田野深处走去。麦鸡在此处找到了庇护之处,聊以遮风避雨,便无须完全暴露在风雨的侵袭之中。它们细致地搜寻每一寸土地、每一个土块,从泥土中搜寻常人无法觉察的细小种子作食物。

湿透的叶子落在灌木旁边的犁沟中,枯萎的牛蒡虽已残缺,锯齿状的茎秆却仍然坚挺着,不过它也终将被雨水浸泡、腐烂殆尽。湿漉漉的草丛垂头丧气、几乎扑倒在地。各种莓子和浆果都只留下了果实末端的红色种子,那是秋季的种子和粮食。灌木丛之中和树篱一样空无一物。我仔细察看,却没有发现任何动静。树枝湿漉漉的,颜色也变深了,摸上去一定相当冰冷。在这样的天气里，不管是野草还是树枝，你肯定不想触碰任何东西，我虽然要靠灌木丛遮风挡雨，却只是站在边上不愿靠近。绿色的千鸟是此时仅存的生命，大地也因此免于彻底的孤寂。雨点重重落下，寒风呼啸而过，千鸟却在此时提醒我们想到形体之美、色彩之美和生命的动态之美。它们看上去那么纤细瘦弱，实在难以抵挡风雨的侵袭——它们本该和燕子一同迁徙——在这持续数小时的恶劣天气而言，千鸟太过纤弱，可是它们却选择独自面对风雨。

席卷一切的暴雨终于停了，远处的小山露出了真面目——这些不过是一片连绵起伏的高地而已。当中离得最近、也最高的地方有一座绿色的壁垒，在阴沉的天空映衬下显现了那么一瞬间，接着又被朦胧的云雾裹进了长袍里。古老的年代里，某个冻得瑟瑟发抖的罗马人站在那里，也是这样用长袍将自己裹起来，心怀忧愁地望着南方，脑海中想着家乡意大利吧。附近的鸟儿注意到了我不小心发出的窸窣微动，它们立刻飞走了，动作齐刷刷得仿佛拥有同一双翅膀。这些鸟儿忽而向右飞，忽而向左飞，忽而又返了回来，最后终于消失在即将到来的阵雨中。在这般来回了多次之后，它们就像钟摆一样终于停了下来，落到后面山脊处的开阔田野上。它们像训练队形一样排成紧密的队列，全都面朝一个方向，有时会在那里站立几个小时之久。我们也走吧，就让阵雨将它们的身影隐藏吧。

还有一次，我在山丘上的道路上行走。那是下午，放到冬天就该是傍晚了。山丘上，脚下的草地又干又硬，不像夏天那样落脚抬脚时有弹簧般柔韧的触感。天空消失了，天上并没有什么云团，却始终阴沉压抑。越向山上走，空气就越沉闷、凝滞，而天穹却仍不可见。天空无形而混沌，就像巨大的阴影沉沉地压下来。太阳不见了，天空中却仍可见一丝丝光亮从阴霾的笼罩中透出来，就像潮水退去后留下的一汪汪的池塘。随着无形的阴影慢慢逼近，眼前可见的土地越来越少。小路变得模糊不清，在开阔的丘陵地，也根本无法判断前进的方向是对是错——直到我看见一块巨石（这是个地标），才解了围困。从此处开始，路沿斜坡而下，那里也是小山的尽头。这道斜坡坑坑洼洼，路都被绵羊踩得到处是坑洞，一不小心就会摔跤。山脚下就是一条供马车道通行的道路，环绕着一片上好的耕地，道旁是低矮的灌木丛。灌木丛就像个向导，只是车辙很深，仍需缓慢小心地前行。喂—啊—喂！从昏暗的耕地里飞出一只千鸟，另一只鸟也随即发出同样的音符。它们从我的头顶飞过，飞向灰蒙蒙的天空，看上去就像黑色的剪影一样。喂—啊—喂！在灰蒙蒙的阴霾中，它们的叫声拖得很长，逐渐变得微弱，几不可闻。

在冬季，山谷中还有一处千鸟的栖息地，那里一片荒芜，好几年前曾被人耕种过。如今在树篱环绕的地方仍然长着几丛荆豆灌木，角落里则长满了灯芯草。不是所有的地方都能像旁边那块地一样，把荆豆和灌木丛砍掉，再进行深耕灌溉、挖上排水沟就能让土地变得肥沃丰产。这片区域还有些沼泽的性质。一旦播种了农作物，麦鸡就会离开，可是等到秋天、地面被犁翻过后，它们马上就会回来。这里地势较低，地平面与池塘和小溪的水面持平。夜晚的时候，池塘和小溪上方总是雾气缭绕；即便不下雾，你从这里经过也能感觉到空气的明显不同。麦鸡世代生活在这里，不可能被彻底驱赶，雾气中不时传来它们的哀鸣。麦鸡在哪里躲着，很难发现它们的确切位置。冬季时最严寒之处，白日时最阴暗之处，都还有纤细的千鸟在不畏严寒地坚守。

乡村风景随笔

土地以自己的方式吸纳收容大地上的一切，带走它们崭新、僵硬的个性，再为其蒙上一层自己独有的古朴色彩。田地里的犁沟将耕地的犁头磨平、打亮，薄雾雨水则销蚀了钢铁的锋利棱角，因此从更广泛的意义上来说，试图征服泥土的机器反而被土地征服了，成为大地的一部分，就如同远古就有的长柄大镰刀和钩状收割镰刀一样，成为自然而然的存在。新型农业就是以这种方式变得不再新鲜。

现代农具当中最古老的当属打谷机，这机器颇有历史意义，曾在乡村引发过争斗。如今还有些在世的自耕农对当时策马夜追闹事暴徒的经历记忆犹新。那些家伙举着燃烧的火把，想把那些怪异的新鲜玩意儿通通烧毁。在这场战役里，约翰·巴里康（此处指啤酒）可没少抛洒热血。不少农场主当时仍然身体健壮，他们记得把很多啤酒桶滚到干草堆积场上，当场就在桶上开孔打眼，盛到瓶瓶罐罐里供这些人畅饮。这些闹事的暴徒狂饮美酒之后心满意足，大概也就忘了火烧草垛或是洗劫农场了。这样的记忆在当今的年轻人看来实属不可思议，这也说明打谷机如今也不再是什么稀罕物了，早就被广泛接受了。田地里要是没有打谷机，人们总会觉得少了点儿什么。它就和干草垛一样成为合乎自然、理所应当的存在：田野上的一切东西都会迅速变得古旧自然。

随着秋风一阵阵地吹来，树篱中的褐色树叶飞快地旋转，灰绿野草也沙沙作响，群山被云雾笼罩、几不可见，只听得见从远方传来的飞轮运转般的嗡嗡声响。有时候，干草垛还堆在刚收割过的田地里，突然在小山坡的方向起了风，狂风一阵嘶吼长啸，如潮水般涌来，裹挟着烟囱里冒出的浓烟在空中一扫而过。棕色的帆布，被风吹得如同一道屏风平整地展开，不停地被风拍打、撕扯，发出轰隆的巨响，田间劳作的人们很难听得见对方的声音，就好像置身于惊涛拍岸的海边。这气团有如巨大的天幕——你还能用别的词汇形容吗？云团翻滚而去的瞬间，群山终于在瞬间露出一隅，随即再次闭合，天空与大地完全被笼罩其中。妇女们在山坳里拾麦穗的时候，天空越来越黑，云团压得越来越低，好像在酝酿着滚滚雷电。不过，那并不是雷声，而是狂风变得尖利、呼啸着冲撞群山发出的声响，就好像一个男人抡起攥紧的拳头一样砸向山坡。一阵狂风的扫荡袭击之后，云雾天幕的平面好像倾斜了，反射出一道灰色的光芒，一缕阳光透了出来。你看到的先是一束很长的光芒，因为那时光是斜着穿透云层，到了头顶之后光变短了，等到光线越过头顶又开始逐渐变长，看上去很像车轮缓缓驶过天空。就在阳光出现的瞬间，草垛上一位妇女戴的红头巾呈现出来，打谷机引擎上的黄铜闪闪发亮，水桶里的水微波荡漾，男人的脸色变得明亮了，拉车的马背上油光水滑，麦秆的颜色也变成了宜人的嫩黄。风暴过去了，可以看得见远处的羊群正在欢实地向山坡上攀爬，速度比野兔还要快。没等片刻，嗖！一阵北风又给天空染上了墨黑的颜色，呼啸的风声好似飞驰的车轮在黑暗中呼号。斑鸠顺风飞翔，不用扇动翅膀一分钟就能飞出一英里远。地面上的褐色树林簇拥在一起，在狂风中靠紧了彼此的肩膀。空中出现了一片巨大的阴影，那不是雾气，而是一片浓厚的阴影，在山谷里的一家屋顶后面若隐若现。这道巨大的阴影里面满是奔涌疾驰的气流。

这些都是秋日里的天气。而在那之前，成熟的小麦正当收割，收割机先从树篱旁边的麦田开始，在田地里一圈圈地来回奔忙。红色机械臂就像一台台移动的小型旋转风车，收割时扫过麦田，身后留下一片片散落的麦子。颜色鲜红的扬谷扇、操纵机器的人的白色外套、褐色或铁灰色的马匹、金黄色的麦子都被温暖的阳光染了色、融为一体。收割机在麦浪中消失了，在这里除了色彩，一切东西都是不可见的，实际上这几千年来唯有庄稼成熟、再迎丰收之际才是最宝贵的时刻！可是这又是多么寻常，如同周围的群山一样古老。麦秆纷纷倒在收割机的刀刃之下，覆盖在大地上；车轮的边缘将紫繁缕、旋花、牵牛花、婆婆纳深深地碾入泥土之中，接着飞扬的尘土覆盖了这一片缤纷，一切都被隐藏不见了。阳光（和不时出现的树影）给这一切披上了一件斗篷，就像魔法师的大手轻轻一挥，给它罩上了一层迷人的光环。然后，这些手柄啊、车轮啊、刀啊，还有机械装置通通不存在了——若是在车间里收割机还称得上是机器，在麦田里就不再是机器了。因为你所看到的麦田非常非常古老，连空气都是旧时的味道，而阴影、鲜花、阳光，以及在它们周围活动的一切都变成了其中的一部分。只有收割的人孤独地在广袤无垠的麦田里来来去去，红色的扬谷扇在他身旁击打轰鸣，独自与阳光、蓝天、远处的山丘为伴。收麦人和他的收割机就是麦田的一部分，就如同那久已被遗忘的长柄大镰刀和小镰刀一样。

割草机发出的尖锐的咔嚓声惊扰了草地上躲藏的秧鸡，它们发出嘎嘎的叫声。嘎！嘎！从四月里青草刚刚开始发力生长一直到九轮草开花、白色的欧芹像小灌木丛一样繁茂、蓝色的轮峰菊开始萌芽、远处的苹果树上缀满繁花，秧鸡的嘎嘎叫声在多少个漫长的白日里回荡。嘎！嘎！几乎日夜不停。但是如今割草机的咔嚓声响起来了，秧鸡肯定到就去麦田里寻找藏身之处了。割草机也和收割机一样，淹没在自己正在收割的草地之中，机器上挂满了割掉的花儿——大朵的牛眼菊、红色的酸模。树篱上的夏日蔷薇正在绽放，乌鸫在橡树上放声歌唱，远处不时地传来布谷鸟悦耳的轻啼声。角铁和车轮、曲柄和齿轮，它们都去哪儿了？它们都消失在草地之中了，我们看到的不是这些东西，而是鲜花和草叶上的花粉。空气中弥漫着刚收割的干草散发的独特味道，耳边响起鸟儿的歌声，眼前的树木多么美丽。

至于春播则是由来已久的传统，古人也历来如此——上了年纪的人们脚踩在土地上一步一步地前进，他们看着泥土的样子就像看着有生命的东西，就好像粮食会从每一个指定的地方掉下来一样。播种时，他们满脸认真的样子，迈着稳健的步子，哦不，他们厚重的鞋子一步一步坚实地落在地上，显示出播种本身的重要性。接下来的一年就全要仰仗于此，播种决定着来年的丰收，也决定着人们的生计，必须规规矩矩、按部就班地完成。因此他们态度

椴树

Kohler, *Linden, Tilia ulmifolia*, 1898

论到优美，椴树不会输给任何树种。椴树也开淡黄色的小花，常常吸引蜜蜂成群结队而来，它们发出悦耳的嗡嗡声，就像夏日阳光的天然伴奏。椴树的叶子萌发得也很早。

马栗树

Jacob George Strutt, *Horse-Chestnut at Burleigh*, 1826

马栗树总是在不经意间就会快速生长起来，它的花很常见，美丽则是大家公认的。到了秋天，马栗树宽大的叶子会变为橙黄色，甚至会染上绯红的颜色。若是将悬铃木与椴树或者马栗树种在一起，悬铃木会黯然失色、不值一提。

Mary Morris Vaux Walcott, *Western Green Alder*, 1925

尽管海岸上种植着许多外来灌木，可没有什么景致比得上在五月里鲜花盛开的平凡而又古老的山楂树丛。山楂树繁花似锦、清香怡人，一树羽状深裂的叶片美丽优雅，任何外来树种都无法与之相比。除了外形优美之外，五月节的传统和集会也赋予了山楂树一种人文气息。

黑刺李

William Stewart MacGeorge(1861–1931), *Sloe Blossom*

在寒冷刺骨的东风中看到黑刺李绽放晶莹、洁白的花朵，心情该是多么愉快！那一树花朵就像迎风飞舞的洁白手帕，呼唤着太阳的到来。

Charles Lemaire, *Raspberry*,1845

树莓

树莓也是无与伦比的灌木，先是盛开美丽的鲜花，然后缀满甜蜜的浆果，最后叶子变为深红色，三种美丽相互衔接、先后而至。

蝴蝶

Edward Donovan, *Pylades Butterfly*, 1823

蝴蝶受了惊，从小径旁边的花丛中起飞，在过路的收割工人面前扇着翅膀飞舞盘旋，最后又回到了刚才的花丛中。

麻雀

Rex Brasher, *Field Sparrow and Western Field Sparrow*, 1930

成百只麻雀呼啦啦冲进树篱，大大小小的枝头瞬间结满了棕色的果实。麻雀啁啾声交错起落，听到收割工的脚步声临近，它们马上又飞回了麦田。树枝上的那些长翅膀的棕色浆果立刻也随之消失了，来得飞快，去也飞快。

旋花

J. Zorn, *Convolvulus sepium*, 1779

麦田深处，带花纹的旋花顺着麦秆攀缘而上，虽说被挤挤挨挨的麦子围得密不透风，却还没有因为缺少空气窒息。

专注，不会东张西望，不会盯着陌生人看，这些人对他们而言根本无关紧要。播种是件严肃庄重的事情，需要人们日复一日地劳作，少说多做，积累经验。沉重的播种机带着悬挂在上面的一条条漏斗，在精心管理的田地上往来穿梭，谁也不会去留意三月里榆树上方碧空如洗的天空的蔚蓝颜色。

在春播之前还有另一件事要做，得把蒸汽犁运到田边地头。每当田地边的斑点白星海竽的叶片开始舒展，紫罗兰或第一批白屈菜冒出地面之前，榛树上还挂着毛茸茸的柔荑花穗的时候，这些机器就要开进麦田，在土地上轧出一道道车辙。无数的车轮留下印迹，后面还拖着一条条的蒸汽尾巴。这些机器就列在树篱旁边，一台挨着一台，铁链子紧紧抓住彼此之间的地面。犁头就像史前怪兽的利爪将泥土翻起，坚实的地面在它们面前毫无反抗之力，瞬间被利爪撕扯得粉碎。黑黢黢的橡树下面就有台机器，只见一股黑烟穿过枝叶尚未萌发的枝条冲天而起；而另一台机器则从低矮的灌木丛中现了身，露出了全貌。机器的滚筒链带旋转时发出的噗噗、砰砰、叮当声，宁静的天空中弥漫的烟雾，庞大的怪物猛力拖拽时的震动，热气、作用力和蒸汽机里咕嘟咕嘟被抑制而又努力想要从裂隙中冲出来的能量，机器开动时拉直绷紧的绳索和震动颠簸的犁头，这一切都让你明白这是多么强大的威力啊，可以在狭小的空间里对土地任意妄为。机器宽大的侧面安装着它的四肢——那些巨大的轮子狠狠地轧着地面，就像摔跤运动员全力压制着不愿屈服的对手一样。机器发出嗡嗡、噗噗的声响，震颤着，这个铁家伙竭力伸展着不可抗拒的肌肉征服了土地，犁头又向前近了一步。在那一刻，好像全部田野都被这个庞然大物的力量掌控了。方圆数英亩、几十英亩的土地，都只是个平面。问题的关键是，机器什么都不是，只是物质而已。这就是力量——以另一种形式现身的雷神。如果你在机器附近，你几乎无法将视线从这个东西上移开，它就像是有意识的钢铁、竭尽全力的摔跤运动员吸引人们的注意力。不过，这会儿蒸汽犁机耕到了头，发出调头的信号，这头的滚筒链带松弛了，发出懒洋洋的、单调的叮当声；铁链从土块上被拖拽着发出哗啦的声响；飞轮开始无声地旋转——随着飞轮排出大量蒸汽，这些声响终于可以让人们紧张的精神放松下来。搏斗结束了，机器停止了工作，你也可以环顾四周了。

二月里会有一段温暖宜人的日子，就在一月的冰霜过去、狂烈的东风尚未吹过荆棘丛的时候，温暖的天气大约会持续一个星期。你可以看见田边的土埂上一些新绿的幼芽正在跃跃欲出。阳光温暖，微风和煦，天空晴朗，只有几朵白云飘浮着。斑鸠在榆树林里忙忙碌碌，林子里的常春藤上密密麻麻地缀满了成熟的浆果。到处给人一种春天来临、万物生长的感觉。不出一两天，我们就能发现紫罗兰的身影了。听，云雀的歌声多么甜美动听！几只鸟儿相互追逐，拍翅振翼，在树篱上空盘旋。麦茬因为风吹雨打颜色有些发白，在阳光照耀下更显浅淡，而远处的田野则是薄雾笼罩、朦朦胧胧。水罐车来了，马儿拉着车，骄傲地迈着坚定有力的步伐。赶车的小伙儿跑过去瞧了瞧蒸汽犁机，很好奇那个测压仪到底是干什么用的。机器的黄铜部件都在阳光下闪闪发亮，小伙子捡起地上的废物用力擦拭正在慢慢恢复工作的活塞，擦得它就像抛光的银器一样锃亮。他一脸认真，打开了蒸汽机的炉门，炉子里的红光映红了他的脸，就好像是落日的余光一般。橡树的一根枝条上还残留着几片褐色的叶子，白嘴鸦飞过，在这难得的暖意之中嘎嘎地欢叫。机器发出低沉的嗡嗡声，单调的叮当声，缆绳之间的摩擦声，这些反而给人一种安静祥和的感觉。我们还是沿着树篱走一走，寻找春天来临的迹象吧。非得今天去找不可。我们如果明天再来，蒸汽犁就是在冰冷的冻雨或雨夹雪之中行驶了，那时狂风卷着雪花在田野中四处飘落，从远处看去机器变得一团模糊。天气严寒，不过机器仍然毫无怨言地埋头苦干。要想第三次看到农业机械的身影，就要到九月或阳光明媚的十月了，那时橡树上不时地落下橡子，远处传来猎枪声，也许还能看见野鸡从角落里跑出来觅食。若是赶上满月，月光明亮，人们还会趁着月光继续工作一两个钟头，而蒸汽机的庞大身影就被月光投射在麦茬地里。

麦田漫步遐思

你若是仔细观察，就会发现麦穗儿好像都是蜷曲的：双臂交叉环抱，在斗篷里蜷缩成一团，弓背弯腰，就这样沉沉地入睡。你若是再多看上一阵，就像古时相信魔法的人们看镜子或魔法墨水那样，一直看到最后能从里面发现活动的东西，你差不多也能从这几乎弯成椭圆形的穗子里看到一个迷你的人类形象。这穗子顶部稍窄，大概就是小人儿的头，然后是宽阔的肩膀，再往下一直到脚又变细了。一个小小的男人或女人将自己紧紧地裹在斗篷里安心地酣睡。这让我不禁想起在遥远的北方，终年被冰川覆盖的地方，我们的北极探险者为了保存身体的热量、对抗黑夜的严寒，就像这麦穗儿一样把身体蜷缩在睡袋里；而在遥远的南方，滚烫的沙子从未有过一刻凉爽的埃及，岩石凿成的墓穴里就埋葬着用数百码亚麻布层层叠叠缠绕包裹的木乃伊，大概是希望亚麻布、香料和软膏能让人类机体的一部分能永远保留在这石棺里，直至生命的下一个轮回吧。这些木乃伊也和麦穗一样蜷曲着躺在裹尸布里。说实话，我不知道是不是不能断言在这些小小的英格兰麦穗之内并不存在真正的人类的血和肉。毕竟有圣餐这样的事实存在。

有些麦粒儿干瘪皱巴，和子弹一样硬；有些麦粒儿颗粒硕大饱满、非常湿润；有些颜色带着些微的红，有些颜色金黄，也有很多颜色发白。市场上出售的麦子都是用麻袋装着，敞着口儿，你可以把手伸进去一英尺深，或是抓上一把麦粒儿，再让它哗哗地像流水一样落下去，要么就抓一把拿在手里掂掂分量。麦子放在手掌上并不沉，可是这些小小的麦粒儿却有着举足轻重的地位，统治着人类的世界。哪里有粮食，哪里就有帝国。当年，倘若罗马帝国在意大利种了足够的小麦供给它在外作战的军团，凯撒大帝可能还是这个世界上四分之三的土地上的霸主呢。在罗马帝国后期太看重那些死了之后颜色就变的东西了，什么葡萄啊、牡蛎啊、胭脂鱼啊，还有歌女、长笛演奏，以及贺拉斯写下的愤世嫉俗的诗句——总之，什么都喜欢，却不看重粮食。所以罗马盛世不再，只有掌握了粮食的人才可能主宰世界。如今我们掌握的是黄金和枪炮的力量，然而正是黄金和枪炮告诉我们的农场主放弃小麦，改种烟草、水果，以及一切能想到的可以带来丰厚收益的东西。于是金黄的粮食就这样悄悄地流失了。我们再把手伸进市场里那些敞着口儿的麻袋里的时候，摸到的不再是麦粒儿，而是金币，面值一英镑、半英镑的新圣乔治和龙的金币，老乔治和龙的金币，悉尼铸币厂铸的金币，面值二十法郎、十法郎的拿破仑头像金币，还有比利时、德国、意大利的金币等等。铸币的金子都是到处搜刮积攒起来的，就和挨家挨户收破烂儿差不多。

我敢说，一袋袋的金子都倾倒在澳大利亚的农田里了。这些金子先是一钱钱地积攒起来，最后成百上千吨地漂洋过海运到印度、澳大利亚、南非、埃及，更多地被运到美国，用来购买那里生产的小麦。据说庞培和儿子们的尸骨覆盖了世界的全部土地，因为他们每个人都葬身于世界的不同角落；但是放到现在，他肯定还想要再多生两个儿子，分别去征服新大陆澳大利亚和美国，并葬身于此。澳大利亚和美国这两个新世界的角落正在种植粮食作物，耕地、播种、收割，周而复始、不间断地为我们生产小麦。你在面包房买一袋面就要在柜台上支付五便士现钱，这是一笔再简单不过的交易。当然，你也不能指望分文不花就买上一小袋面粉，不过你那五便士确确实实通过柜台进了别人的口袋。假设海洋就是面包房的柜台，而你代表三千五百万英国普通百姓，用一船又一船的黄金从大洋彼岸的国家购买一千六百万、一千七百万，甚至一千八百万夸特的小麦，这就是黄金换粮食的交易。

所以说，市场上待售的那一麻袋一麻袋的粮食其实就是黄金。从一开始这些农场主的手就没离开过金沙，如今却总是抱怨自己贫穷，真是太不可思议了！乡下有句谚语说"离教堂越近，距上帝越远"，根据如今的状况套用一下这句谚语，大概可以说"距小麦越近，离财富越远"。最近，有位绅士告诉我，以前他那一千英亩的土地上都种的是小麦，平均每年每英亩损失一英镑，全算下来就是一年损失一千英镑。他说幸好他没那么傻，如果继续坚持种植小麦，他估计就已经在济贫院大吃大嚼那种搀着油灰的面包了。

那些破衣烂衫、骨瘦如柴的人们拿着破袋子挨家挨户收废品、旧布头，而数不清的银行家、从事金融的代理商和吸血鬼一样四处敛财、吸金，不择手段地把每一枚金币都搜刮到手，然后源源不断地运往海外。而那些没有流失到海外的黄金则被牢牢地锁在伦敦的保险柜里作为货币的储备，没法用到商号里流通或用于工业生产，致使贸易停滞、工厂关闭、船厂停工，成百上千的漂亮货船在港坞里成了摆设，一座座的煤矿闲置积水、锅炉也都熄火停工了。这些直接导致了严重的经济萧条和大饥荒，人们开始呼吁对穷人实施救济，而寄宿学校的孩子每天只能吃一顿饭。这一切都是小小的麦粒儿引起的。

大家情绪激昂地谈论着要把大炮拉来朝特拉法尔加广场发射榴霰弹，有人说为什么不用格特林机枪扫射？大炮杀人不会产生羞耻感，可是卫兵就不一样了，后面还有大批的步兵军团手持明晃晃的刺刀驱散人群。说到底，这一切都是小小的麦粒儿引起的。

这些都是我在冬日的午后时分伫立在一片广袤的麦田边想到的，右手边是黄铜尖顶的乡村教堂，左手边缓缓下沉的落日。教堂尖顶在落日余晖下没有反光，黄铜光泽黯淡，棕黑的颜色看上去和褪色的木头差不多，上面还有近期修补过的痕迹，更显得尖顶色泽呆滞、暗沉。我希望这些教堂的塔尖或乡村的屋顶都能金光闪闪，这样就能衬托出红褐色榆树和被苔藓地衣覆盖的银灰色橡树的美丽色泽。白嘴鸦是黑色的，而燕八哥、冬日活动的北欧田鸫和红翼鸫远远看去都说不上是什么颜色。据说俄罗斯的金属屋顶和穹顶都是闪闪发亮的，就连法国也如此，为什么不能让我们的金属屋顶在罕见的明媚阳光中闪亮呢？有时候你能看见一个镀金的风标如晨星一般熠熠生辉，那时正值太阳在三英里外的地方缓缓落下，余晖映照在深褐色的土地上，时光缓慢流转，耕犁在田地里来来回回地忙碌。我能清晰地看见三英里外的耕犁、马匹，也非常清楚它们正在辛勤耕作。

我真希望树木繁茂，希望榆树能够长得高大茂密，将那些尖顶和塔楼通通遮挡住。这些尖塔都是直冲天空，呆板而突兀地耸立着，看上去光秃秃、冷冰冰的。有些塔楼又矮又胖、敦敦实实，有些形状细长尖锐、恨不得刺破天空，活脱脱就是一根根头上套了金属箍的手杖。这些塔楼不管哪一座，看上去都是比例失调、令人异常不快。如果你有幸能找到一处没有浅浅的屋顶或教堂塔楼的地方，从那里看到的只是田野和树林，你就会发现大自然打造的秀丽多姿的景色是多么完美无瑕。茫茫大海之所以总是景色如此优美，是因为从未被任何建筑物遮挡。人们住在船上，住在林木环绕的房子里，而这些尖塔和塔楼里空空如也，谁也不会在这样不成比例的建筑里驻足。在绘制乡村风景的图画时，也极少有人能画一张没有这种令人反感的、直插云霄的建筑的画作。肯特郡和苏塞克斯郡有很多烘干房，这些建筑的红色的锥形房顶就有完全不同的视觉效果。这些建筑的屋顶颜色鲜艳，给人一种新奇的快乐富足之感，同时建筑的比例协调、形状令人愉悦，而且这些建筑最起码对这个世界而言是有些用途的。

遥看西方，太阳正从海面上缓缓地向下沉去。一阵猛烈的西风吹过海面，夕阳的余晖给浪涛镀上了一层红色，巨浪滔天，如同怒火在熊熊燃烧，远远传来惊涛拍岸的响声。前面长着一排深色的西班牙橡树，尖尖的橡果正啪啪地落在地上，海滨的景象被这些深绿色的橡树挡住了。几千只燕八哥扇动着翅膀，从橡树林里飞向天空，好像是谁不耐烦地大手一挥将它们驱赶到了空中。它们很快又转了回来，叽叽喳喳聒噪不停。这些鸟儿飞上飞下，不一会儿便消失在深绿色的茫茫林海之中。

平坦的麦田广袤无际，从我脚下一直延伸到远处的山丘高地，地势如此平坦，好像被远处的第一道树篱挡住去路一般。这些树篱的上空不时地出现海鸥的白色身影，它们正在榆树林中飞行穿梭，起起落落。白色的海鸥——你也可以说它是先知鸟——是好的时代来临的象征，如今我们开始耕耘海洋了。贫瘠的大海！你可以从希腊诗人笔下找到很多诗句，都在感叹海洋的不可播种或不可收割。为了证明自己的确发了疯，尤利西斯扛着犁来到海边，在沙滩上耕出一道道犁沟——而这样的地方，就连伟大的女神德米忒尔都无法播种，更无法带来任何收获。可是，如今海洋已经成为我们的麦田，而船只就是我们的粮仓。所以，乡村客栈的标志牌应该绘制海鸥的形象，而不是金黄色的麦捆。

再也找不到比这里更加平坦也更加无趣乏味的地方了：潮湿的褐色土壤，水从垄沟里慢慢地向外渗漏，放眼望去连一只飞鸟也看不见。当然也没有野兔或是鹧鸪的踪影，甚至连家兔也看不到一只，总之没有任何会坐或能蹲的动物。这里的地面寒冷，就像一本书的褐色封面一样平坦而又乏味。动物们喜欢更舒服、更人性化的处所，就像人们喜欢待在房间的隐蔽处或角落里，或坐在舒适的扶手椅上，动物喜欢栖息在植物茂密或有什么东西生长可以提供隐蔽空间的地方，或者是树篱之间的干燥土堆上，方便找到食物的地方。在这片刚刚被大雨冲刷过的土地上，我寻不到任何生命的痕迹。这会儿要是把猎兔狗带过来，猎狗凭借敏感的嗅觉立刻就能搜寻到前一天晚上或者次日凌晨曾从这里经过的野兔的踪迹，猎狗欢快敏捷地奔跑就好像提着一根丝线一样。对猎犬来说，这片乏味的土地上就好像书写着大片的象形文字，它们欢快地吐着舌头为我们阅读和翻译着这一切信息。猎狐犬在一个树篱和另一个树篱之间往来穿梭，跑直线抄近路在地上仔细地搜寻猎物，翻飞的马蹄紧紧跟随它的脚步，践踏着麦田草地，将幼嫩的麦苗连根掀起、践踏成泥。不过很快这些麦苗就会长得更加新鲜、更加坚韧，因为麦子里有些和人类相似的因素，越是被践踏得厉害，长势就会越好。人类暴君统治压迫着全世界人类的半数，比暴君更厉害的瘟疫、鼠疫、饥荒等等天灾则压迫着全世界的人。尽管如此，人口还是在不断地增长，世界变得更加庞大，因为人类内心的绿色小麦是永远不会被摧残殆尽的。

墨绿色的西班牙橡树林里，燕八哥变得越来越忙碌了，就好像投了颗炸弹一样四处乱飞。突然，它们吱吱嘎嘎的鸣叫声瞬间停了下来，争吵的喧闹声消失了，就好像它们的政府最终投票通过了一项秘密提案，议院大厦一下子安静下来。公园猎场的大群野鸡扇着翅膀嘎嘎叫着涌往树林栖息了，沟渠里的水也不再反射光亮，本就暗沉的大地变得越来越黑、越来越潮湿，榆树的红褐色光泽也渐渐褪去，高地山脊背后的天空变成了浅灰色，夜晚的暗影已降临到这片田野上。

二十五年前，我看过一次相机的暗箱，从那里能看到男男女女的小人像，彩色的照片都是鲜活的、生动的形象，树在摇曳，不时地还能看到小狗在阳光下欢快奔跑的画面。我只在暗箱里待了一小会儿，此后再也没进任何的相机暗箱去看过，然而记忆是如此地令人费解，这幅画面始终历历在目、清晰可见，就好像已被描绘出来、可以触摸一样。眼前闪过无数张照片，我立刻就能挑出那一幅画面，就像轻而易举地从书架上挑出自己的书一样。随着时间的推移，这些年来，在我的脑海里记忆了数百万张彩色版画，可是它们所占的空间却极其有限。它们既没有长度，也没有宽度或厚度，那些从数理角度计算物体的度量一个都没有。但是这些图像在某种程度上，确实应该属于某个种类的物质。这说明世间还有更加微妙复杂的存在，其中自有奥妙。这会儿我真希望能向你展示一幅彩色的、生动鲜活的图画，就像通过相机暗箱看到的一样，为你呈现阳光更加灿烂时的另一幅麦田的画面。如果可以，将它们绘制在一块白板上，周围以连绵起伏的绿色高地为边界。画面要足够大，足以呈现朦胧的美感，向四周无限绵延，而一切却又都清晰可见。大片的绿色麦田在阳光照射下逐渐变黄，小块的田地像棋盘一样被棕色的沟渠横七竖八地分割开来，看上去不那么规则；别的地方则长满了深红的紫叶酢浆草、鲜红的红豆草、蓝莹莹的紫花苜蓿，还有东一片西一片绽放的红艳艳的虞美人。这些花草其实不是同时开放，不过因为夏日温暖，它们一个接一个相继迅速绽放，给人一种同时盛开的感觉。如果你将这些花同时画在一块画布上，再画上一些成熟的小麦，也不会显得突兀。这些色彩搭配真是绝妙极了：到处是白垩石，而在白垩的衬托下所有的颜色都变得更加清晰鲜亮，虞美人花的色彩加深了，黄色的芥末和田芥菜的颜色更加鲜亮迷人，连天空都变得清澈透明了。运货马车在车道上行驶，人们在田地里挥着锄头干活儿；去年打好的干草垛还堆在树丛里，透过树丛农舍的烟囱和山墙依稀可见，远处是铺着红瓦的谷仓；牧羊人正在移动他的活动栅栏；再往远处看，可以看到一台闲置的蒸汽机的黑烟囱，越过低矮的山楂树丛还能看清机器上的飞轮——这些景象真是太清晰了,就好像近在咫尺,看的时候你可能会屏息凝神,担心呼气会模糊了镜面,破坏了这清晰的画面。天空飘着的几朵白云似乎也属于这片田野,云影投在地上,一会儿变长、一会儿变短,就好像它们与地里生长的庄稼一样就是田野的一部分;碧蓝的天空离地面很近,看上去就像房子的屋顶,而不是什么独立存在的东西。太阳就像一盏灯,你几乎都能用手顺着它的运行轨迹推上一把,让它走得再快一些。太阳充满关爱、令人兴趣盎然,它想让小麦早日成熟,所以一到夏日就在天空缓缓运行,划出一道圆弧,从而向麦子提供一臂之力。太阳、天空和白云就在此相聚,近在咫尺,它们并未划过任何行星空间,而是和我们一样现身同一片田野,和人类肩并肩地一起劳作。然后你可能会看到,从远处农场旁边的树林里,突然飞出一群白色的鸽子,扇动翅膀飞向天空,就像星星点点的白云。整个平原静谧无声,没有任何的叮当声或刺耳的声音打破这种寂静的美,真是美妙异常。你若是站在高高的山丘上,周围是茂密的麝香草丛,可以长时间地看着这幅美景,数小时也不会受到打扰,没有任何声响打破这宁静的氛围。这里就像古老的宽幅对开本的插图手稿,用金色、红色、蓝色、绿色的油墨绘制,编号的卷轴绘制着人类的形象,拿起来有些粗陋、厚重,但是绘制得古雅别致,大胆地采用了现实主义手法。

我散步时常走的那条路旁边是另一片麦田,有时我会在傍晚时分出门散步,那时车里装的麦子都已经压得结结实实。麦田旁的小路长一英里,一英里之内都是麦田,那密密麻麻成千上万的麦秆都是一样的高度,每辆车上装的麦捆数量都一样多,都是在同一时间成熟的小麦。你边走边看，麦田的颜色不断地闪烁变化，金黄的色泽在远处闪耀，就像阳光照在水面上折射出来的光色，不同的是整片麦田都是同一种颜色。这就好像是文明栽培在这片空间的胜利，如此整齐划一，如此完美无缺，无数的植物同时呈现自己真实的线条，方圆一英里的麦田，每一株麦穗都这样饱满紧实。在这样广阔的地方，只有在犁地、播种、耙地的每一个环节都做得完美到位才能取得今天这样的成果。散步的时候，请你边走边用手轻轻地抚摸麦穗，就像把手伸进船舷旁边的水中一样，把手伸进麦穗的海洋里，感觉一下这黄澄澄的穗头麦浪。前方不时有麻雀从麦田里飞出来，有些鸟儿喜欢啄食坚实成熟的麦粒，有些鸟儿偏爱柔软的、浆汁饱满的麦粒。田地里还有野兔，以及一群群的小鹧鸪，这些小家伙还不会使用翅膀，无法飞翔。这些长羽毛的小家伙和种子一样密密麻麻，从小麦刚刚在地里播种的时候，它们就已经栖身于此了。燕雀、金翅雀比树篱上结的浆果还要多，麻雀、燕雀、金翅雀、朱顶雀、白嘴鸦成群聚集在一起就像树上的叶子一样多，斑鸠的嗉囊长得像个大箩筐，能装很多粮食。随着小麦的逐渐成熟，雀鸟的数量也在成倍增长，到了收获的时节，还会飞来一大群在粮仓那边筑巢的麻雀，它们飞来的时候像一大片棕色云团缓缓地飘过来，鸟群足有一百码那么长。除了鸟儿，还有专吃嫩叶的兔子；在麦捆里钻来钻去、忙得不亦乐乎的老鼠；春天就来到粮仓的、数不胜数的昆虫。简直全世界的动物、鸟兽都来麦田里啃食、消耗、糟蹋小麦了，但是它还是足以征服全世界。你看到的这大片土地上密密麻麻都是金黄的、高达四英尺的小麦，就像一个大水桶装满了水，几乎要溢出来。在古罗马著作中提到，以前富人们以拥有多少小麦来衡量自己有多少钱;所以,你可以以拥有多少英亩的土地来衡量自己有多少钱。阳光越来越深地照射进麦穗里,光线一层又一层地覆上去,麦穗的颜色也一天一天地加深了。没有公告板向村民公示小麦的生长情况,也没有像尼罗河水位测量仪之类的东西测量何时不断上涨的麦浪会冲破堤防溢出来。整个村子都洋溢在美好的期盼中,人们彼此交谈,说着"丰收的日子马上就到啦"之类的话。不过谁也不知道到底哪一天是这个金色种族的末日,只不过人人都知道这一天就快到了。一天傍晚,人们收割了一小块地的麦子,留出一个凹口,两大垛麦秸就耸立在暮色中。第二天,村庄派出了它的军队——全村人都出动了,人们带着弯弯的镰刀作武器,开始砍杀、屠戮小麦这个种族。过去那些年,这可是个重大的日子,需要一位上了年纪的农场主向大家发出信号,然后人们才会齐刷刷地开始挥镰收割。全村上下,无论男女老少,人人都在讨论收割庄稼之类的事情。经济宽裕的人乘车前来,停在麦田前,走进新割的麦茬地里。女士们来了,农场主来了,社会阶层更低的人也来了,所有的人都来到了麦田里,都会向在地里劳动的人打个招呼。最开始的时候,他们如此激动如此热诚地劳作,哪怕地主亲自来到田地里他们也几乎注意不到。他们觉得自己如此重要,他们精神饱满、满腔热情,全心全意地沉浸在自己的劳动中,就算全世界的人都来到麦田里像麻雀那样飞来飞去,他们也完全不会关心。日复一日,越来越多的男人加入收割麦子的大军,女人们负责打麦捆,浩瀚的麦田占据了全村人的身心,人们好像深陷在金矿的坑道之中,像兔子一样迷失在麦田里,然而小麦倒下的时候,你才吃惊地发现低矮的麦捆后面露出他们的身影。你我的皮肤可受不了田地里这些坚硬锐利的麦秆的刮擦，也受不了灼热得如烙铁一样的阳光的暴晒。如果不是在乡下出生长大的人，儿时就曾不戴帽子在七月的骄阳下奔跑、在一月的白雪下玩耍，谁都不可能像那些割麦子的人那样承受麦收时节的辛苦。我特别喜欢户外运动，不过我还是时常好奇这些男男女女的雇工怎么能够承受如此严酷的天气的考验。夏季时白日十分漫长，我还没起床，他们就已经在地里劳动了好几个小时。收割麦子的时候，必须非常用力挥动镰刀才能将粗壮的麦秆割断，和用剑的方式一样，一下一下地用力挥镰，就这样数小时、数小时地无休止劳作，他们弯着腰干着活儿，火辣辣的大太阳毫不留情地将愤怒的光线照射在他们的头上、脖子上。有些人习惯把手帕折叠起来垫在帽子里做隔热垫，就像东方人把长长的头巾缠在头上隔热一样，不过我觉得如果他们能像南方人那样把长长的围巾缠在腰上可能会更好，就能防止因为天气太热可能给身体带来的不适感。他们的脖子晒得黢黑，和老宅院里的黑黢黢的橡树一个色。他们总是敞着怀，裸露的胸膛肌肉平坦而坚实，就像希腊运动员的半身雕像那样健壮。

他们的胸膛晒得黝黑，胳膊就像外面裹了一层皮的硬邦邦的梣木。在收获的季节里，这些雇工身体瘦削、皮肤缩水，全身只剩下筋骨和肌肉，没有一丝多余的脂肪、赘肉。这样辛苦的工作非常少见。那时候工钱很低，虽然说不上距离现在很久之前，我的意思是这种工作全年的收入相当微薄。收割庄稼的工作是计件付酬，通常以英亩计算，对于没有什么技能的而又一贫如洗的人们来说，这份钱可是实实在在的收入，有了钱才能过冬。所以，他们像奴隶一样埋头干活儿，玩命地割着麦子。酷热、疼痛、疾病、中暑随时都可能发生在他们身上，相比之下吃了上顿没下顿，饿得胃疼就算不上什么了。从早到晚，没有歌声，没有笑声，没有停歇，他们就只是拼命地干活儿，因为麦子割得越多，钱就挣得越多。比起以前来，人类的心啊、头脑啊有什么用？你看，人类生存的压力是多么严酷，这些不幸的人就这么心甘情愿地俯下身子跪下来祈求上帝恩准，恨不能把自己的胳膊扯下来，他们在烈日下灼烧、炙烤自己的身体，在太阳的大熔炉中镌刻上人类的印记。

比起人类本该享受的生活，这一切对他们而言难道不是太过艰辛了吗？这就是小麦，无论怎样努力，我都难以向你描绘在鲜花盛开的夏季出于生存的需要而必须收割的小麦。这就是小麦，赋予生命的同时又剥夺生命，只要生命还在延续，收割小麦的雇工就要横遭践踏，地位还不如牛群重要。毫无疑问，教堂墓地里的很多低矮的小土坡——以前看得见，如今已被夷为平地——就是在那些无名的死者身上堆起来的，持续几周的小麦收割季耗尽了他们的生命。这就是人类生活，真实的人类生活——无法休息，也无法没有静心欣赏风景，也无法尽情享受上帝慷慨赐予的美酒佳肴——生存的必需品就像一记铁拳，始终不停地击打着人类，将他们打得稀巴烂，最终倒在墓地里。

整个村子的人都居住在田地里。若是村子周围有麦田，这里通常都是人口最密集的地方，从某种意义上来说，每一块田地都养活着人。有人负责收割，有人负责打捆，有人负责装车，有人负责运输，有人负责堆垛，还有人负责拾麦穗，麦收季节人人都有活儿干。从小村里像托马斯·帕尔那样“年纪很大、很大的老人”，一直到年龄很小的幼童，只要睁开小眼睛能看得见麦穗，伸开小手能抓起麦秆，都会跑到地里干活儿。拾麦穗的人打麦捆都有特殊的手法，一大堆麦秆可以结结实实地打成很小的一束麦捆，他们打的草捆就像女孩子的发髻，先把头发编起来然后在脑后打个结。打麦捆的方法是麦田里世代相传的传统技艺，如果你没有亲眼看到如何打麦捆，是绝不可能学会这门技艺的——就像水手打的缆绳结一样，这也是一门人类艺术。麦秆一头粗，所以打成的麦捆那一头就会比较沉也更结实，不管怎样捆绑或堆积，打好的麦捆总是一头圆滚滚的，树在那里就像九柱球戏的木柱。堆起来的麦草垛也是中间密实，麦草越往上越松，越向外越少。黄色的麦草垛在天空阴霾密布的冬季看上去温暖舒适，令人心情十分愉悦。毛色各异的牛群踏着脚下厚厚的一层黄色的麦草，看上去也令人觉得美好、温馨而舒适。

即使麦田里的活儿结束了，村民们回到家里，和麦子相关的事儿却还远远没有结束。这时就要开始用去年打下的麦草修屋顶了，去年的麦草经过一年的风吹日晒颜色发白，而当年新打下的麦子则是鲜艳的黄色。接下来就是要给麦子脱粒，同时开始耕地，过不了多久村子里就开始谈论播种的时间了。

小时候，我常常去看一座巨大的收什一税的谷仓，心总是里好奇为何谷仓的墙修得那么长，谷仓的屋顶又是那么高大。谷仓有些类似西班牙女修道院，墙上极少有窗、甚至根本没有窗户，看上去单调乏味：女修道院是一栋建筑，看上去却并不是供人类居住的家，因为它太大、太一致了。这座谷仓也一样，上面只有寥寥几扇窗户，看起来太过庞大，根本不属于任何个人。什一税谷仓与现代生活完全脱节，最好只是简单地说说它的基本用途：用来装教区的每个产麦地区缴纳的占总收成的十分之一的麦捆。教区牧师所收的什一税是实实在在的、这个地区的每块麦田收成的十分之一，是眼睁睁看得见的十分之一，是实实在在的真东西。想象一下，这些麦捆得堆成多么庞大的一堆，想象一下这些麦捆脱粒之后装满成千上万麻袋的粮食。我常想，如果将人们向教区牧师贡献的这实实在在的十分之一的粮食收回来，用作其他用途也许能成就一桩好事。假如现在能把谷仓填满粮食，发放给村里的穷人、老人、残疾人，我们就极有可能取消堪称现代文明之耻的济贫院。在最新出版的关于资本的小说《普遍的孩子们》当中，贝赞特先生说如今漠然对待同胞的苦难在民间已然成风，这话说得再真实不过了。在古罗马时代，犯罪的人常常被处以钉十字架之酷刑，发展到最后每次行刑都成了一场演出，人们纷纷前来观看、欣赏，受刑的人忍受残酷折磨的时候，士兵们就在底下掷骰子赌钱，农家妇女就走上前去指指点点说着风凉话，大声哄笑，甚至唱起歌来。我们生活的这个时代人命也曾遭轻贱，当时几乎每个十字路口都有几具尸体挂在绞刑架上荡来荡去，正如一首歌谣中所唱：

那时偷三十先令就得挂到绞刑架上，
嗜血杀人的欲望变得越来越强，
人的性命低贱只能抵得上一头羊——
感谢上帝这些日子总算一去不再复返。

传统和习俗很难短时间内挥之而去，还有人难以忘怀当时的情景，我曾听一些上了年纪、神色抑郁的老雇工谈论过，他们提到这些事情时一脸惊恐、唏嘘不断，他们捋着胡子，喃喃低语说道：谁知道偷羊还能上绞刑架呢，真是没有天理。那时和现在一样，每个乡村的教区都有教区牧师布道，向人们宣讲所谓的福音。这些人为什么就不能挺身而出，谴责动辄实施绞刑这样的罪恶行径，要求取消绞刑呢？牧师职责所在的事儿一件没做，他们只是美滋滋抽着烟斗、舒舒服服地喝着小酒。

如今十字路口的绞刑架都已经拆除了，可是济贫院却还在，还有风俗，残忍的风俗，这些挥之不去的风俗习惯统治着思想，已经在人们当中打下了深深的烙印。“济贫院真是进步！”我也曾听见一些上了年纪、家境良好、胡子花白的老人大声说着这样的话：“济贫院！有这样的地方可去，他们应该心怀感激！”

抛开肉体的折磨不提，我们就想一想一贫如洗的割麦人和他们头发花白、弯腰驼背的妻子在济贫院承受的漫长而痛苦的精神折磨吧，上了年纪的割麦人只能想着自己强壮臂膀失去了力量，妻子们感觉自己就像漂泊的小船暂时停靠在岸边冷冰冰的等候室里。济贫院对他们而言的确只是一间等候室，一直等到坟墓最终接纳了他们的生命。哪怕从经济学的角度来看，济贫院也只是社会的严重损失和负累。

那么本着人道主义救助的目的，假如我们能看到金色的小麦再次填满庞大的什一税粮仓，没准还会成就一件伟大而美妙的善行。这十分之一的粮食就能喂饱那些食不果腹、衣不蔽体的穷人；这十分之一的粮食就能为寄宿学校的孩子们提供一份午餐——中午进食本是一件再正常不过的事情。随着时间的推移，土地政策的松动，人们可以得到他们所居住的地方的土地所有权，这样的事情很可能真的会发生。若真如此，也算是几百年之后正义终于得到了伸张——单走到这一步，就花费了人类好几百年的时间啊。

村子里的人全都到麦田里去了，有人手持割麦子的镰刀，有人驾着马车，人们全部的精力都投入到麦收之中了；田地里到处是挥动的手，褐色小手和褐色大手，蓝眼睛和黑眼睛都在四处环顾、寻找麦穗；人类的全部智慧都用上了，即便如此，麦茬地里也没有变得空空如也。远处的天空又飘来一团黑云——数量不断增加的一大群麻雀；一团云刚刚升起，另一团云就在旁边降落，无穷无尽的鸟雀扇动着翅膀，看起来就像朦胧的迷雾和升腾的蒸汽。鸟群数量之多令人疑惑，这些鸟儿到底在哪里栖身啊？不可能有那么多的洞穴和谷仓能容纳、养育这么多的鸟雀吧？成群的麻雀当中，每一只都瞪着一双渴望的眼睛、张开饥饿的嘴喙，每一只鸟儿都能在麦茬地里找到东西吃。这些东西并非专门为它们准备的，只不过是浩瀚的麦田这张大餐桌上遗落的面包屑，它们成群结队地飞过来，每一天甚至好几个星期都能找到食物。你想想，得有多少张小嘴巴在田地里不辞劳苦、长久地觅食，然后你就能想象有多少麦粒从人们的指缝间溜走，你可要知道，鸟儿每次啄食的都是整个的麦粒儿啊。从远处飞来一群灰蓝色的斑尾林鸽和野生斑鸠，也落到了麦田里。成群结队的朱顶雀唱着歌儿飞来了，快乐的燕雀、金翅雀也来了，还来了一群斑纹鲜亮的金翼啄木鸟，好像有人在它们身上精心绘制了一道道鲜明的条纹，用的还是水洗不脱色的颜料。棕色白颊鸟、苍头燕雀也来了，它们都是从榛树林飞来的，林子里的坚果正在啪啪地落地，树篱上的浆果也正在慢慢变红，不管是什么鸟儿，谁都能找到自己的美味佳肴。它们还能找到很多田芥菜和蓟草的种子，还有好几百种别的种子、昆虫，以及更微小的、只有鸟儿的眼睛能发现的食物。鸟儿可是一会儿也不停歇，一会儿呼啦一声成群钻进树篱或成排站在树枝上，叽叽喳喳、呼朋唤友，一会儿又突然走了，飞到另一块麦茬地毫无秩序、毫无计划地一通乱翻乱找，就像被风吹的种子那样任意飘撒在田地里。它们整日飞上飞下、永远情绪饱满。如果你在橡树下停住脚步，头上就是一根硕果累累的大树枝，静静聆听鸟儿叽叽喳喳的叫声，看着它们欢快的飞翔、跳跃，感觉一定非常美妙。橡树投下的阴影中，几只蜻蜓正在飞快地冲来撞去，好像害怕炽热的阳光把它们漂亮的翅膀灼伤，所以只在有阴凉的地方飞来飞去。朱顶雀突然成群飞到树枝上，就在你的头顶之上甜蜜地絮语不断。当秋天给泻根宽大蓬松的叶子打上黄色的印记，天空流连不去的阳光逐渐变得温柔起来，饱满的橡子也开始装满了花萼的叶杯。鸟儿真的很快乐，可是没多少人耐心地倾听鸟儿的歌唱。我常常环顾四周，不明白为什么没人留心鸟儿的歌声。也许，生活在英格兰的鸟儿比生活在别的地方要更安全一些。我们并不猎杀鸟类，捕鸟者虽然令人不齿，他们造成的破坏也非常有限，鸟类的天敌也很少。实际上，这里也没有造成热带雨林的恐怖氛围的令人毛骨悚然的杀戮。虽然雨林从外表看来光彩夺目，里面却有凶恶的鹰隼枭鹫、蟒蛇毒虫以及食肉的野兽，生活其中的鸟儿一生都要忍受无休止的恐惧。生活在英格兰的鸟儿虽然始终保持警觉，却还不至于日夜焦虑不安地遭受骚扰，也不会提前预知到底哪一天会遭到猎杀捕食。这里的土地得到了精心的开垦耕种，越是开发良好的地方，鸟儿的食物就越多。它们最大的敌人是冰霜雪冻，不过即便真的出现霜冻严寒，也不会持续太长时间。这里毕竟是林木茂密的地方，到处是树林、树篱，比起森林，鸟儿更喜欢在有树林和树篱的地方栖息。所以，鸟儿在英格兰的生存状况比其他国家和地区都要好得多。从播种季节到收获季节，广袤的麦田就像一座座古老的寺庙，持续不断地向它们施舍着食物，只不过提供的不是面包皮，而是无偿的、数量巨大的慷慨赏赐。接下来，犁头翻开麦茬地，鸟儿们又能得到新鲜的蛴螬甲虫作食物。那时，棕色的鹧鸪、黑色的白嘴鸦、黄色的啄木鸟，色彩缤纷、大小各异的鸟儿们又要纷纷降临广袤的麦田之中。

大自然和书籍

蒲公英是什么颜色的？蒲公英到处都有，我指的是五月里蒲公英绽放的花朵，此时草地上的牧草新发，野兔一直忙碌到破晓时分。一年当中最早绽放的蒲公英的颜色最深，但是没什么稀奇之处，而一旦秋天来临，蒲公英的颜色就会变得越来越淡。问题的答案是五月绽放的蒲公英才是最美的、真正的蒲公英，花盘非常宽大，也开得茂密，铺天盖地覆满了整片草地。我曾经原来非常喜欢在瑟比顿的田野里（土壤是坚硬的黏土）观赏蒲公英，也喜欢在泰晤士河的牵船道的宽阔草地上观赏蒲公英，河对岸是长迪顿。没错，阳光明媚的早晨，我常常沿着牵船道散步，为的就是去看蒲公英，那时候除了宫殿旁边的树篱里传来夜莺的歌声，别的地方都一片寂静。我敢说，如今这一切都已不复存在了。不过，每当我回想看到的一切美好的东西，就会感到心情愉悦。那么，这种美丽的蒲公英究竟是什么颜色呢？不是黄色，不是橙色，也不是黄澄澄的金色，只要把一枚金币放上去，立刻就能看出差别。听说吉卜赛人把蒲公英称为女王长毛绒狗花——这些词的长度可不比蒲公英的花梗短，如果要给真正的蒲公英花的颜色一个长度，也许可以这样说:黄一金一橙色。冬天的时候,我曾在灰暗的树下看到一块橙子皮,当时树上滴滴答答不断向下滴着水,黑乎乎的泥巴正中里躺着一片新丢的橙子皮,色彩橙红、鲜艳夺目。它看上去是那么美,一时间竟令我想起了夏日阳光下绽放的大朵的蒲公英。当然,蒲公英的颜色并不是橙红色。如果向十个人提问同样的问题,蒲公英是什么颜色的,大概每个人给出的答案都不尽相同。再说了,天空到底是晴朗还是阴云密布,是否弥漫着朦胧的薄雾,或者周围是否有别的颜色作对比等等,都可能影响到蒲公英的颜色。因为蒲公英花朵的颜色并不醒目,看上去有些像金凤花,只是颜色更细腻敏感,它就像海绵,不管什么蒲公英旁边经过,它都会吸收这种东西的颜色。

树林里的树木投下的影子为什么是蓝色的?难道树影不该是黑色的吗?或者说,树影真的是蓝色吗?或者不过是错觉?当高大的树干投下像倾斜的柱子一样的影子时,你看到的树影又是什么颜色的?落在地上、沾满露水的湿漉漉的褐色叶子与那些干燥的落叶的颜色并不相同,长在树上的绿叶正面和背面的颜色也不相同。十月份的时候,你如果恰好看到一只黄色的蝴蝶,会发现在春季时嫩黄的颜色已经褪去了,你可能差点把它当成路边飘飞的一片淡绿色的叶子。成群的蝴蝶,有的闪闪发亮、有的微微颤动、有的反射光芒、有的正在蜕变、有的扇动翅膀、有的交替移动,各种各样的翅膀混合在一起、彼此交错,富有光泽的翅膀、透明的翅膀、缀满斑点和花纹的翅膀,全都在紫色的石楠上面玩耍嬉戏,构成了一幅光影交错、色调丰富的画面。接下来是苹果。如果你站在高处的窗前俯视外面,视线正好与外面苹果树上的果实平行,可以看到一道道娇美的鲜红色带，恰似日出之前东方地平线上浮现的一道道红晕。细看这园里的苹果，有的颜色棕红，有的颜色青绿，果子上都泛着点点金光，有的果实已被黄蜂蛀空，闪耀着美丽的光泽，比别的果实还要娇艳。叶子的颜色暗沉、燕子的颜色黑白斑驳。你要想看到这一切，必须爬到高处，苹果好像洒落在叶片铺就的大片草地上。我就这么迈了三个台阶，从五月的蒲公英转到了九月的苹果。这是一个浩瀚的空间，只能用美丽的事物加以衡量，这里满是美好，就算十卷对开本的大部头的图书都无法将它们描摹净尽，其中还不包括草原、溪流和山丘。每当我开始描写这些美好的时候，常常深切地感觉到自己的无能为力，根本无法将它们的光泽和多面的颜色描绘出来。我的表达能力实在太有限，使用的词汇不能达意，写下的文字不能描摹所看到的万分之一。最终我只能说我必须扩展自己的词汇，我还得找到更多的表达方式，我得买一本关于色彩的书，我还得找到并且学会运用每一种可爱的色彩的恰当的专业术语。有人告诉我说，谢弗勒尔那本关于色彩的著作就是这方面最好的图书，里面有很多色彩的插图，还有各种颜色的色谱，以及一切人们渴望了解的东西。

没错，谢弗勒尔的书应有尽有。可是对我来说，里面一无所有。他在书里用很大篇幅记录了各色的羊毛，却丝毫没有提及树叶的颜色。我从他的书里找不到任何方法来区分浅洋红的罂粟花和深紫红的罂粟花。他根本没对蒲公英做出丝毫的解读，更别提那些数不胜数的其他种类的鲜花、空中飞翔的翅膀和天空的颜色了，他完全没有提及这些自然色彩之美。总之，这本书写的人造之物，而非自然之工。下面，我就要谈论科学了，关于光学问题的研究著作数量可真多！有些著作我以前读过了，现在又重新拾起来；有些资料是我第一次阅读；有些资料是从德语翻译过来的。这些科学家好像先是对物理颜色、可触摸的实体颜色做了实验，发现红、黄、蓝是三种基本色；后来他们又对光线本身开展了实验，非实体、不可触摸的颜色，他们发现红、绿、紫是光的三个基本色。可是，这些研究都无法解释蒲公英的色彩问题。很久之前，我对光谱分析非常感兴趣，也相当熟悉极光的理论，读了很多这方面的书。可是，书虽然多，却没有我想要了解的内容。我突然有了个主意，买来绘画用的所有颜料，然后将每一种颜色分别涂抹在一张纸上，再和花瓣、翅膀、牧草、三叶草进行比较，尽管这样，也没有找到什么答案。我绘画手法不熟练，在画纸上涂抹得一塌糊涂，但是涂满黄色的画纸和黄色的花瓣还是不一致。至今我也没有找到关于蒲公英颜色的科学解释。再说了，普通读者对很多颜料的名称并不是太熟悉，例如黄褐色、利奇氏蓝、氧化铬色等等，听起来可能让人莫名其妙。这些词汇可能源于古希腊，所以从颜料的名称入手根本无法描绘石楠丛的色彩或是山丘的颜色。而石楠或山丘都具有独特的光色特征，很难用某一种色调形容。那该怎么表达所有的这些阴影或色调呢？是不是可以用画室里的专门用语来形容呢，显然如果能找到一位专业画家，向他出示这些颜料，他一定能很快地为我指出那些颜色在绘画方面的专业术语。可是那有什么用呢？仍然是专业术语，偏重技术、过于专业了。另外又出现了难以解决的问题，我在欣赏这些绘画的时候，发现画家们在绘画时好像遇到了和我类似的困难，我感觉用语言难以表达自然外物色彩的丰富性和独特性，他们在画作中也难以用颜料描绘——也就是说，写作和绘画都存在缺憾。油画作品非但难以传达自然的极致之美，绘画的规则甚至严禁画家如实描摹自然。因此，我只能“砰”地一声扔掉书本，转身来到室外，坐在一棵倒伏的大树上陷入了沉思。

有没有可能以自然中的万物为参照系建立一种全新的关于颜色表达的语言体系呢？我们能不能将颜色命名为松树绿、落叶松绿、云杉木绿、大黄蜂黄、野蜂琥珀色呢？拉丁语给各种蘑菇的名称就不太好听，实际上它们各有独特的色泽。蝴蝶蓝好像不太合适，毕竟蝴蝶的颜色千变万化。当然，这种命名方式还要受到两种因素的制约。其一，自然界之中万事万物，不管多么微小，都有属于自身的独特色彩，如此可能导致色彩词典当中的词汇数量极为庞大；其二，自然界的万事万物总有一部分是鲜为人知的，那么以其名字来命名某种颜色，很可能起不到描述的作用。随着时间的推移，语言所起到的作用越来越大。我敢说，如今英语这门语言比起以往的任何时代都更加富有表达力，不但变得比以往更加细致微妙、灵活多变，同时也更加富有活力。每当有人和我谈到学习梵语、希腊语、拉丁语、德语，还有更荒谬的，学习法语，我简直无法忍受，真想拿起大木槌狠狠地朝他们砸过去。我回答说，还是学英语吧，你会在英语中找到发现自己想要的一切。我充分相信，不出几年英语在表达思想和感受方面就能取得了不起的进展，能够如实地、传神地表达出如今的所思所感。多少人曾对大海赞叹说，“大海让我感受到了一些我难以言说的东西。”很显然，在思想的深处还有一间智慧之屋大门紧闭，需要一把钥匙才能开启，这把钥匙就是英语中的全新的词汇。一旦这些全新的词汇产生，就能化为推动人类进步的动力。这人世间虽然已有书本上百万，读了之后我却仍然无法向你描绘五月盛开的蒲公英到底是什么颜色。此时此刻我的脑海中有三种绿色：鸢尾花的叶子之绿、黄色蝴蝶花的叶子之绿、常见的菖蒲像刺刀一样挺立的叶子之绿。就算我已经查阅了全部一百万种书籍，我又该怎样向你解释这些绿色之间的细微差别呢？茫茫书海、浩浩荡荡，大自然在其中又是多么罕见！尽管人类已在这个地球上生活了几千年几万年，我们也只不过始终踩着别人的足迹前进，再无新的建树。有时候很多人的脑海里好像永远装着人工设计的东西，与太阳、树木、山川完全不同的东西。总之，这些人不过是些永远待在家里闭门不出的人，他们的神祇一定也被安放在四四方方的建筑里。书籍当中没有任何内容谈及了我的蒲公英。

蒲公英在生长，没错，蒲公英在生长！到底如何生长？蒲公英先是慢慢积累自身的糖分和淀粉，然后将湿漉漉的泥巴转化为鲜亮的色彩，将死气沉沉的泥土转化为蜜蜂的美食，某天这美食没准也会进入你的口腹。蒲公英知道何时闭合花瓣，知道如何打造棕色的种子，以便它们随风飘扬，知道如何取悦孩子们，知道如何让我迷惑不解。多么灵巧的蒲公英啊！你会发现，蒲公英在植物学上的正确名称是 Leontodon taraxacum 或 Leontodon dens-leonis，植物学志上记载的就是这些名字。肯特郡有个地方叫唐德林城堡（蒲公英城堡），还有一口大钟上面镌刻着以下铭文——

约翰·德·唐德林和他的大狗

将这口钟带到此处安放于磨坊齿轮上

这些铭文与蒲公英的相关性大概与 Leontodon taraxacum 与真正的蒲公英的关系差不多,都没什么联系。植物学志对植物的定义和植物的知识都有所记载。因此,当我开始考虑不能仅仅通过在田野中漫步欣赏花草来获取相关的知识，还得对它们加深了解,很自然地就向植物学志伸出了求助之手。这事再简单不过了。先去买本植物学的书,书里首先会告诉你如何辨认各种花、如何给它们分类，然后又告诉你这些花草的医学用途或商业价值,再接下来会给你讲讲关于这些花草的民间传说或稀奇古怪的联系；再往下就是给出一些植物生理学的简明扼要的阐释,解释某种植物与别的生物的属类关系;最后,当然也是最重要的部分,给你讲一些每一种花在伦理情感上、理想愿望方面的含义。一本中等厚度的植物学志大概就只能为你提供以上的内容。

天啊！赫拉克勒斯为了将冥府守门的三头神犬刻耳柏洛斯带走所付出的辛苦,阿波罗碾磨小麦所耗费的多年光阴,都比不上想要掌握植物学知识的艰辛。伟大的智者两千多年来一直从事着植物学的研究,可是如今我们对植物仍是一知半解、浅尝辄止,只不过在叶子边缘啃了一小口,和春天扶犁的小伙子咬了一口没熟的山楂果没什么区别。在瑞典人、伟大的生物学家林奈之前,植物学界连植物的分类都没弄清,待到林奈确认以植物的雌雄为依据进行分类,各种植物才终于有了一定之规,得以各归其所。林奈多么伟大！我觉得这样应该没错,是林奈让世界以新的方式思考问题,朝着与黄道垂直的方向撬动了我们思维的地球,开启了新的时代。其实林奈只是采集了蒲公英标本,像孩子做科学实验一样把它撕成了碎片,他用自己的手指触摸大自然,而不是坐在窗前往外看大自然——他可能是一千七百余年来第一个这样做的人，迷信阻挡了异教信仰统治下的罗马的进步。林奈的工作多么伟大！可是，现在没有人读林奈的书了。不过，即便那些大部头的对开本的书籍布满尘埃、虫蛀腐坏，也不会对世界造成什么损失，因为他的精神已经进入了人类的思想，把文字抛掉又何妨？如果现在要读林奈的书，最棒的就是那本读起来轻松愉悦的《拉普兰游记》，书里附有很多精美古雅的钢笔素描，图画相当逼真、生动形象，就好像把这些东西直接压在纸上，留下了线条印记。这本书我已经读过三遍了，如今还是非常珍视那些古旧泛黄的纸张，这是最伟大的植物学家创作的最棒的植物学书籍，他为此还专门开启了一场植物学探究之旅，然而却没有提到任何植物学的内容。书里讲了独木舟、硬奶酪，讲了拉普兰人将仓库像鸽房一样安在柱子顶上，讲了少女如何天真单纯地帮助游客洗浴，讲了上了年纪的人如何飞快奔跑躲过死神的魔爪。最棒的就是，林奈在书里抨击了现代的伪科学，用拉普兰人的生活实例狠狠打了伪善的现代医学的脸。他向我们展示了拉普兰人如何打破人类和神灵设定的法律，根本不考虑什么通风、洗浴、饮食方面的种种规定。正因如此，拉普兰人个个身体健康，寿命极长。不过，到目前位置我还没能成功地向读者描述根据林奈的分类体系分辨植物所花费的巨大劳动。接下来出现了按照时间的顺序、地理分布对自然体系进行分类。后来又出现了地质体系，即地质学的上新时期的植物以及自然选择和进化论学说。我们还是不要赘述了，进化论这条狗实在已经累坏了，就让沉睡的狗在那边躺着休息吧。不过最有意思是，自然学家的最新研究成果发现了花朵与昆虫之间的相互依赖关系，所以蒲公英又多了一件工作——啊，无穷无尽的植物学！植物到底最早是如何产生的？它们是不是从大海的入海口附近逐渐蔓延到陆地上的？之后它们的根慢慢在扎根大地，最终染绿了整个世界？人类是不是如希腊人所想，也来自于大海汪洋之中？植物当中蕴藏着无穷无尽的思想。植物群落全力将知识和花朵散播到世界各地，一切甜美芳香之物好像都来源于鲜花，直达灵魂深处的思想，带着这些美好我们每天都会迈进另一个世界的大门。接下来，你可以试试显微镜以及相关的文献，在大黄的叶柄中发现闪闪发亮的水晶。

记得很小的时候，我曾经偷偷打开过一本非常老的《卡尔佩博植物志》，那本书的封面是皮革的，又厚又沉，插图倒是异常生动有趣。看到书里写的毒药，有一种邪恶的感觉，可是又颇具诱惑，令人欲罢不能。以前我总是以为，这可能就是女魔法师们常用的莎草书卷之类的书，她们就是按照古书在古罗马精心炮制毒蘑菇的。年少时候人们的想象力很丰富，总能把那些几乎毫不相干的事情联系在一起。良知告诉我，我没有必要阅读和毒药相关的东西，可是毒芹之类的植物固然令人畏惧，却又充满了不可抗拒的魔力，我记得曾经尝过一点点，味道真的非常恶心。不过无论如何，如果有人想要开启一段了解英格兰植被的学习之旅，要求轻松愉悦、趣味横生，而又无须过于科学、过于严谨，那他可真有必要好好研读一下《卡尔佩博植物志》。随着岁月流逝，多年之后我的须发已悄悄地染上了白霜的时候，我更希望买一本更老的书，尚未受到林奈植物分类学影响的英格兰人杰拉尔德写的书。几百年前，杰拉尔德漫步在我们英格兰的小路上，他看到的景象该是多么美好啊！漫山遍野都是一丛丛绽放的野花，如今成为珍稀物种的植物当时还很常见，还有老式的手扶耕犁、稀奇古怪的风俗习惯、野生的红鹿，这一切该是一幅多么引人入胜的图画！真的，这真是一幅罕见的美景，杰拉尔德还研究了英格兰的兰花！多么棒的一部书！足足有好几百页，纸张自然已经泛黄，字句排列紧密，印刷精美得令人惊奇。当年印刷这么一部不管内容还是外表都无与伦比的图书时，印刷商一定花费了不少心思。当时据我所知，市场上售卖的唯一的一部原书已经破损得很厉害，精明的古董书商说他可以先去修补一下，可是我对修补过的书没有兴趣，因为那样就不再是真正的原版书，我倒更想保存一部已经残损的书，这样的书永远有其价值，所以当时我并未购买此书。古董书市上有一麻袋一麻袋的旧版书，谈论植物的民间传说以及医用价值和植物的历史及与别的植物之间的联系。还有一些专题著作，也许是作者花费了若干年的时间潜心研究当地的某种植物。这些书有的很厚重，有些则印成了四开本的册子，里面配着最精美的整幅插图，你见到这些图说不定会产生一种把它们撕下来偷走的欲望。这些印刷精美的图书像是失事的沉船，悄无声息地埋藏在沙底，都是一摞摞的关于植物的专题著作。伦敦有很多旧书仓库，里面的图书堆得满满当当，一直堆到房梁高。每一次进去翻书，都得在别的书架上放满整整一架书才能找到目标。几年之前人们对尼罗河的资料还知之甚少，时至今日，我确信尼罗河流域盛开的各种植物鲜花都已经有了数十本专著。的确，还有什么地面上生长的植物不能写成一部专著呢？作者大概要用二十年的时间搜集资料，在此期间他肯定会发现许许多多有趣的信息，然后再花上十

Ellen Willmott, *Rosa Multiflora*, 1914

随处可见的野蔷薇，是最平常的植物，可是它所能给予的，无论是一朵花儿，还是花儿在甜美夏日绽放的那一瞬间，抑或是关于蔷薇的历史与想象，都是百万富翁花钱买到的任何东西都无法企及的。

榛子树

Elizabeth Blackwell, *Hazel Nut*,1757

在角角落落里都种满榛子树吧，把道路变成榛子树荫笼罩的道路。这一切就像是古老的故事书里所讲的，而古老的故事总是最棒的。

William Curtis, *Rhododendron morii*, 1787

你只需要在杜鹃丛中走上一遭，站到花朵背面，便可观察到它细长弯曲的花茎、蔓生的姿态，还会注意到杜鹃下面的土地上寸草不生。若是将杜鹃花种在合适的地方，其美丽姿态的确妙不可言，可惜它常被过度种植，效果也适得其反。

红隼

Engraver William, *Kestrel*, 1838

红隼飞翔时动作轻盈，通常保持一定的高度，略低于最高的榆树，但又高出大部分的树木。它可以连续数小时展翅飞翔，一口气掠过几英里的田野，始终保持同样的飞行高度，只是偶尔有所变化——当然，俯冲到地面上抓田鼠算是例外情况。

Carl Axel Magnus Lindman, *Juncus arcticus*, 1901-1905

灯芯草

如果市郊公园碰巧有个小水塘或“喷泉”，那么一定没有诸如芦苇、菖蒲或灯芯草之类的水生植物。灯芯草肯定立刻被骂骂咧咧地拔出来扔掉。

白嘴鸦

William Lewin, *Rook*,1795

二月里传来一阵阵白嘴鸦嘎嘎的鸣叫声，这意味着它们又要归巢了。白嘴鸦返回树林，落在旧日的鸦巢上，宣示自己的所有权。在鸦群的栖息地，占有就是法律，这一点绝对不容置疑。

John Gould, *Alauda Arborea Wood Lark*,1862

云雀

云雀追逐嬉闹，欢唱啼鸣，它们在空中急速转身，羽毛雪白的前胸一闪而过。

牧羊人

Abraham B. van Worrell (1787–1860), *Cow, Sheep, Shepherd*

牧羊人是生活在酷寒严冬时节的人类的代表，他们的工作在冬季远比别的季节更加重要。那些只在五月才会出门、惬意地在郊野漫步的人们，看到羊羔在草地上嬉戏玩耍，自然就把小羊与五月的鲜花联系在一起，却不知道羊羔出生在风雪交加的严冬。

年的工夫把自己积累的材料撰写成一本书。后来，他可能对著作的内容不太满意，又开始调整语句段落的顺序，把开头的一段挪到结尾，再把中间的一部分内容挪到前言里，作者终于觉得大功告成了。可是，他可能又觉得内容太多，还得更加精炼浓缩。科学界可能会认为，他写的内容过多，应该让人读起来轻松一点，只为读者提供事实本身，要略去多余的、费时费力的内容。所以，他又开始删减多余部分——删去观察过程中产生的个人感受，删去在调查过程中遇到的有趣的冒险经历，最后删去了将科学发现联系起来的有趣的过渡，只留下了一块块干巴巴的骨头。然后他招来雕版技师，又花费了三年的时间绘制插图。可是，在此期间国外的某位植物观察家已经有了新的发现，势必需要对这部分的内容进行修订。所以他又投入到内容部分的修改当中去了，最后连他自己都搞不清哪是开头、哪是结尾了，最后他把经过多次删减修改的稿子锁进了抽屉。再见了，这本书再也不会面世了，而他则会安稳地度过时间为数不多的余生。几个月以后，德国的莱比锡有人宣布要出版一本书，“涉及的就是我最喜爱的科目，花费了我一生的时间写作的内容，这可真令人难以忍受。”此时，他缩进抽屉的手稿字迹已经有些模糊，连他自己都很难看清楚，于是他在绝望中找到一位女性打字员，打字员非常耐心地把这份乱七八糟的手稿整理成一份清晰的文稿。啊，他的著作终于送去印刷，马上就要开始校订了。真是令人欣慰！只要你开始动手去做，就会发现这事是多么轻而易举就能完成的啊！可是慢慢地，问题就出现了。第一小节的内容本该放在脚注里，而植物科属的第二部分尚有疑问。于是乎，薄薄的一本小册子每页的边边角角都多了些修改补充的内容，比送印的书增加了三倍，最后这本书几乎恢复了原有的大部头的面貌——当然也给印刷商带来一笔丰厚的利润。终于，在作者启动观察研究植物之旅之后的第四十年，这本专著出版了——耗费作者毕生劳动的著作终于彻底完成了。五十本著作赠送给各个公共图书馆和学术团体，其余的部分就放在书架上，渐渐地落满了灰尘，最终又有蜘蛛在上面结了网。但是，这的确是本好书。即便今天用现代思想来解读这些专著，也常常会发现满满一柜子的珍宝。仓库里还有那些期刊、历史已经达上百年的杂志、日报、评论、笔记，都是过去几百年出版的著作，如今都像枯死的树叶一样散落在地上，无人问津。当然旧书仓库还堆积着一些艺术类的书籍——谈论形态、颜色和装饰的著作，近年来有位博物学家一直在研究将这棵树上的树叶放到别的树的枝条上会产生什么效果。植物群落蕴藏着无穷无尽的财富，多少年来人类的心灵一直在用植物编织美丽的花环，创作了无数的著作。不过，这些千百年来产生的书籍还没有探究到植物界的最深层的奥秘。同样，我们对蒲公英也没有产生更深入的了解。因为当我坐在倒伏在地的树干上沉思的时候，我想知道更多东西：我想探究到花儿的灵魂深处。

蜜蜂和蝴蝶在花儿之间往来穿梭，忙着采集花蜜和花粉。说不上名字的飞蛾颜色奇特亮丽，就像毛色怪异的猫头鹰，蛾子也是夜间出没，晚上才飞到花丛之中，它们平时躲开太阳，白天很少出现。然后，蜜蜂、蝴蝶和飞蛾驻足的花瓣片片凋零了，花儿的躯体消亡的时候，灵魂又去往何处呢？我想探究花儿内在的深层意义，想要理解草原上绽放的野花的灵魂。它们因何而存在，因何而终结？它们存在有何目的？植物能够知晓、看到和感觉，那么花瓣片片凋落的时候，它们的思想将去往何方？是被宇宙的无穷动力还是别的世界吸收了？这些美丽的花儿没有丝毫伪装，它们的美丽是为我而呈现，甜美的蜜汁为我而贮存吗？总之，我们与花儿之间好像并没有真正的联系，可是像我刚才说过的，语言所能表达出来的那些无声的思想远不及花朵所能表达的多。我想了解到花朵的灵魂，可是词汇的苍白灵魂无法表达我所希望传达的含义。我的词汇太贫乏，实在希望你能从我极力想要表达的内容中获得一知半解。所有这些耗尽毕生精力的专著、这些对植物进行分类的书籍、林奈的著作、达尔文的经典之作、显微镜、生理学，以及还没有向我们传达关于自己信息的花儿。世上已有百万种书籍，却仍有未书写和出版的更多的书。这是多么浩瀚的领域！还有整整一百万本书籍等待书写。如此看来，如今完成的著作多么稀少，这些还只是为人们了解植物提供的入门书籍。人类的思维就像有孔虫，它们用自己微小的外壳筑起了坚实的白垩山丘，在平坦的茫茫平原上铺了无穷尽的沙砾。有孔虫是如此渺小细微，如果不放到高倍放大镜下面，你永远也无法想象手指尖上的灰尘并非灰尘那么简单。人类的思维就是这样：在他有生之年每一样东西都很重要，随着年龄的增长，他们的思想逐渐缩水、碾压，最终变成了粉末。你用手一摸，可能光在大拇指上就沾了千千万万的人类智慧。但是，人类的思想并非无形的粉尘，它们是有机体，它们共生共存、相互联结、一起成长，随着时间的推移最终能够塑造一个新的地球和新的生命。所以，我觉得可以这样说：世间并没有书，真正的书籍仍然有待我们去完成。

让我们从蒲公英里获得些魔力吧。身穿长袍、字体飘逸的阿拉伯圣贤们的作品并不那么精确，他们的手写原稿里还有很多空白，很多内容都是想象而来。如果从专业著作的角度来衡量，这些著作不能算太成功，可是仍然为人类提供了一些精神的食粮。我还从这些阿拉伯圣贤的著作中发现了可以为我们当今伟大的科学家和思想家的著作提供灵感的东西——小小的魔力。整个印刷世界正在渐渐地发生变化，不管是哪里从事书籍印刷和报纸出版的人都能感受到翻天覆地的巨大变化。也许中国人在这方面是例外，亚洲的其他国家和很多南部岛国或非洲国家并不在这个印刷世界的版图之中。变化是稳步发生的，然而却始终在进步，只要有印刷厂、出版社的地方就能发现这种变化。上自罗马的教皇、德国的皇帝、俄国的沙皇、土耳其的皇帝，下至狂热的宗教僧侣、伊斯兰教清真寺的宣礼员，包括伦敦的狂热叫嚣，都无法阻止印刷业的发展，他们的反对声在印刷出版的书籍纸张面前无济于事、毫无威力可言。印刷的纸张绝对不会服从任何命令的指挥，谁也无法对印刷品说："后退，你不能进入这片领地。"印刷品就像蒲公英一样，只待夏日的旋风卷起路边的尘土，蒲公英便会随之飘舞，越过最高的墙，降落到精心修剪过的草坪上——寺院、监狱、宫殿——什么地方的堡垒都无法阻挡薄薄几张印刷纸张的进入。他们能渗透到连达娜厄的黄金都无法进入的地方。我们的达尔文们、莱尔们、赫谢耳们、法拉第们组成浩浩荡荡的军队，他们深入自然，观察和探究自然，正在逐渐地削弱和消灭充满迷信的历史，最终将其埋葬在日积月累发现的无数事实之下。印刷出版业就像希腊神话中的很多艘阿尔戈号帆船，装载着这些事实遨游世界。它们越过神殿、清真寺的尖塔、教堂，停留在自己想要驻足的地方，哪怕是空空的贝壳里、被画眉鸟的尖喙啄空了的蜗牛壳里。它们停在卡纳克神庙那样的地方，所居之处没有芳香气息，就像我们英格兰山丘上的石阵，只是那里不再以人类作为牺牲祭祀。就是这样，人类的思想通过印刷出版的世界抛弃和忘却将他们束缚已久的虚妄和谎言，而抛弃和忘却就是开启学习之旅的第一步。人们正在走进大自然，亲手捧起一块块泥土，触摸到真实存在的东西。如今我们尚且停留在了解现实的阶段，渐渐地我们就会找到炼金术的魔法，发现自然的奥秘，发现滋润我们的思想和灵魂的香甜蜜汁。我就是从观察、研究蒲公英开始才发现世上没有书，这种想法突然浮上了我的心头，令我惊喜万分。相信我，因为我过去一直非常坚信这世间有无数的书籍可供我阅读。现在呢，我发现必须把这些书全部遗忘，还有五千册书等待被你遗忘和抛弃。

那么就遗忘和抛却关于历史、科学、社会体系的观念，遗忘和抛却自己的生活和目的，遗忘和抛却陈旧的思维方式和获得事实的方法途径，一层又一层地将这些剥离，我们就会慢慢地接近真理。所以说，写作的确就是思想中漂浮的书籍，几乎可以重新塑造我们的灵魂。好像书籍的主要价值就是让我们学会遗忘和抛却书中的内容。有时我感到气愤，因为错误的观点早已通过早年我阅读过的书籍深深地镌刻在我的思想中；不过后来我明白，正是这种愤怒让我明辨是非，拥有了精神生活。我希望未来那些更深刻的思想家也会遗忘和抛却我们时代的观点，探究更深邃的思想、发现无限的美好。人类社会拥有印刷技术，同时坚信自己比蚂蚁拥有更多的聪明智慧，却刻意地坚决拒绝投票接受免费图书馆，多么不可思议?！这个时代的人类鄙视封锁知识的中世纪，当时的书卷都只能关在大学的图书馆,或固定在教堂的桌子上。多么无知的年代!如果每个桌子固定三本书,整个王国的每个教区全都向公众免费开放,那倒还是好事一桩。但愿这种敢于创新的思维能够在多数人仍然沉睡不醒的思想中掀起波涛。到目前为止,我仍然能够继续阅读、也不必全部遗忘和抛却的书籍几乎都是我最早拥有的那些书——希腊和罗马的经典著作,好像用刻刀深深地雕刻在书版上,难以磨灭。极少数专门研究的著作或植物分类学的著作试图对自然界进行大量的事实分析,它们没有细致入微地剖析自然,也没有试图像手持手术刀一样剖析自然的灵魂。与自然无关的思想势必是机械的,就像化学家给自己装着树脂、香料和泥土的标本盒上贴标签一样机械。我想知道,雅典的人是不是也曾收集过甲虫?可是,在某种程度上雅典人的确触摸到了大地和海洋的精神,触摸到了太阳的灵魂。这种感觉永远不会消亡,我不希望人们遗忘和抛却这些,希望这种感觉就像夏日的早晨永远清新、美丽——

金黄的番红花多么美丽
在早春绽放花朵;洁白的美洲香槐,
芳香的麝香草,一切自然赋予的美丽
都在土地潮湿、葱葱郁郁的青草地上绽放;
牛眼花,甜蜜芳香的爱之花,
广被人们传唱的风信子
紧贴地面生长的紫罗兰,
普洛塞尔皮娜为它们镀上更深的色彩。

这些古典诗句能够立刻让我们想起英格兰的紫罗兰和黄花九轮草——我们的草地上绽放的自然之美——这些诗句能让我们想起山楂树的叶子和高大的松树林。我很轻易地把自己读过的一切书籍通通抛却和遗忘,对于古希腊罗马的经典著作即便是刻意遗忘却也始终难以忘怀。读古希腊和古罗马经典的时候,我读的是英文版本。我学习过拉丁语和希腊语的课程,但是还坚持要读英文的版本。因为我不关心元音的曲折变化,我更看重的是书中的思想。学者们对我嗤之以鼻。我同样也会对他们嗤之以鼻。我认为对于英格兰人的思想来说,伟大的经典著作的英文表达比其他任何语言都要重要和伟大,也更符合我们的生活和时代的需要。我从一开始就阅读的英文版本,也打算以后坚持到底。我不知道最初到底是什么吸引我去阅读这些古典著作,不过我的确从十八岁就开始接触这些作品了。我读的第一本书是第欧根尼·拉尔修的《名哲言行录》。这本书选得很好,读起来很愉快。天哪,我想,因为那时候我已经相当广泛地涉猎了现代科学的书籍,而这些古代希腊哲学让我回想过去,抛却束缚、遗忘现代科学的思维方式,进入了我们时代那机械刻板的天堂中难以发现的理想状态。我现在还时常阅读第欧根尼的书,而且还能发现新奇的东西,非常新奇的东西,因为这些东西是如此的古老,而又如此地真实。在他的帮助下,我好像能够静下心来反思我们世代的思想,就好像在时空中跨越了一千年。批评家们认为这本著作不够完善。我不这么看,也许第欧根尼的著作的确不完美,可是他用短小的段落和章节表达了新奇的思想,比现代学者们推崇的那些大部头的、苦心孤诣撰写的古代哲学思想的著作传达了更多的新东西。我更喜欢阅读不完美的原著。我也读不下那些关于现代历史的卷帙浩繁的著作，在我看来那些书不过就是单词堆砌起来的。我更喜欢阅读那些不完整的、支离破碎的编年史，里面闪耀着刀光剑影、回荡着盔甲叮当声，尽管支离破碎，却全都是鲜活的生命。第欧根尼之后我读的是柏拉图（我花了很长时间阅读柏拉图的著作，不得不主动忘却其中相当多的内容）和色诺芬。苏格拉底谈话录的方法教会了我如何写作，或者说如何将思想连成一体。我还读了索福克勒斯的著作，最后就是阿忒纳乌斯那本了不起的百科全书。所以我发现，若要选取一百本最好的著作，几乎有七十或八十本是我小时候阅读的著作，剩下的二三十本则主要是神学著作或者欧洲大陆出版的著作。若干年前在还没有谈到这所谓的一百本最优秀的著作的时候，我就曾想到编写一本售价十英镑的书目。在《帕尔街公报》上发表的一篇名为"大英博物馆里的鸽子"的文章中，我谈到"好像世界上所有的书——真称得上书的书——都只需十英镑既可以到手。只需要很少的钱就可以买到人类的全部思想——只需花上购买一块手表或是一条好狗的价钱。编制一本售价十英镑的书目的想法早就有——我的确还用铅笔大致列了一个目录——即使到现在我还在考虑是否编一本，十英镑的文库值得出版界的注意。当然，我粗略地列下的单子里的图书并没有达到一百种。这些关于自然和自然思想的古老著作都应该包含在内，供所有教区的人免费阅读。这些书我可不希望人们读了就忘，不过其中有一项内容例外，我就不在这里多说了。令人惊奇的是，希腊哲学家们以更加严谨的科学思维早已预测了很多现代的思想潮流。原封不动印刷出来的亚里士多德著作中的两章内容几乎完全可以看作是对我们现代自然科学的总结。当然对于自然界的事实现象，无论是一百本本书还是售价十英镑的图书文库都不值一提。就算读上五千本书，读完这些书之后再去伦敦西郊的皇家植物园待上一年，研究一下那里收藏的各种树木标本，就会发现五千本书比起自然界的知识也不过九牛一毛而已。那时候你就会相信我说的话是什么意思了，世间还没有真正的可以解释自然万象的书，这些书尚待后人书写；如果我们再深入探究、进一步追求真相，就会发现这些书都是关乎粗粝的泥土和生命的——我时常感到自己就是天然的、粗糙的土块儿。地球只是成千上万颗行星中小小的一份子，那么关于那里的一切，我们究竟要如何书写呢？只能以思想或灵魂去书写，也就是我那么努力追求，想要发现的我称之为自然的魔法的东西。我们还是不要太过机械、太过归纳，或太重实验吧。让我们的心灵充满希望，充满梦想，畅游在事实的海洋里，怀着比冰河时期之前燧石取火还要强烈的渴望，去探索这个世界吧。人类有头脑，可以思维，即是迄今为止我们认识到的最重要的事实。我们不能抛弃人类的头脑，不要用那么多的黄铜仪器否认人类思想的存在，请记住：这些仪器不过是手段而已，就像巨大的加利福尼亚折射镜只是一片玻璃镜片而已——太阳的光线照射的地方呈现的是无数的灰尘，这是宇宙中的了不起的事实。希腊人没有使用任何仪器，他们用人类的头脑预测了今天几乎所有的思想；我们已经逐渐地积累起无数的事实了，我们应该开始去理解更伟大的东西了。为此，我们必须不再俯视脚下隆起的土坡，而是抬头观看繁星万点的天空。

自然无需设计

外边的天气很热，我便回到了客厅。客厅里有一把椅子和一张桌子，墙上挂着一幅画。人们造椅子有目的和用途，那就是供人坐上去休息；造桌子也有用途，就是方便人们在上面书写；而绘画的用途则是令人精神愉悦。可是，房子外面的世界里，草地、树篱、山丘、溪水，或者放眼眺望更远处，太阳、月亮和群星，自然万物之中根本没有椅子、桌子或绘画之类的东西。

我沉思良久，思考着植物和一切有生命的东西(包括我自己，也是一个有实体的生命)：我想到基本元素，想到堪称神迹的水和阳光，想到地球、空气，最后我得出了一个必然的结论——大自然里根本没有任何目的，也没有终结、没有用途、没有设计、没有规划，实际上什么都没有。想到这些的时候，我的心中曾一度感到悲伤。

长期以来，我努力地强迫自己从精神的层面去观察世界：以心灵去感受这个世界，因为思维原本也是很抽象的。我将自己从世界万物中抽离，就会发现世界原本就没有目的、没有计划、没有规律，也没有任何章法。

童年时代我们就为自己建立起了一套百科全书式的知识体系，用来解释我们对这个世界的所有疑惑：提到白天，答案是阳光；说到晚上，答案是黑暗。人们很难摆脱思维定式，也很难抛弃关于白天与黑夜的定义。可是事实上，哪有白天和黑夜这种划分呢，太阳永远高挂在天空闪耀着光芒。所谓目的、结束、计划、规律和章法都是人为设定的，由是我们人类的头脑设定的。这些都是为了适应现实生活的需要，就好像约定俗成的协议。不过，假如你真的想要弄明白事实，就会发现其实这些规则都不存在。当你刚刚意识到这一点的时候，思想的天穹就会彻底地倒塌，大脑的结构就好像被倒转的齿轮碾碎，或者说很多思维方式都开始向后转，最终原有的全部思想变成了一片废墟，几乎一丝也不剩。最初意识到实际上大自然之中从来就没有椅子、桌子、绘画这样的东西的时候，我几乎崩溃了（我使用“自然”一词是从非常广义的角度而言的，甚至可以说是整个宇宙空间。）自然界里的一切从来没有一样专门为人类设计，没有专门让人们坐下休息的东西，也没有专门让人们伏在上面写作的东西，也没有什么东西专门是供人们欣赏的，就连金凤花的颜色或是我用手从岩石缝里接的一捧清水，在阳光的照射下闪耀的美丽光芒也不存在。

远古时代我们的祖先用来磨碎麦子使用的最粗糙不过的手推石磨可不是从天上掉下来的；就连那些最简陋无比的工具，哪怕是一块空心的石头，都不是自然扔给人类、立刻就能使用的，人类必须自己动手制作工具。当然也没有椅子、桌子、绘画或手推磨，这些东西在宇宙空间中不但过去没有，现在没有，将来也不会有。当然金凤花也不是事先按照什么模型打造出来的，既不是按照几何学，也不是按照数学公式设计的，它们也不是精准的圆形，也不是任何合乎规范的东西。有人可能会说它们有一定的模式，比如说常见的颜色等等，但是符合模式的通常是人工培养、后天修正的结果。若是完全认可这一点，就好比说水就是水一样没有意义，就如同说一块水晶是正八面体，另一块是十二面体；一种元素是氧原子，另一种是氢原子；地球就是地球；太阳就是太阳等等。这只不过是指出事实的最简单的语言表述方式：什么是什么，所有东西都可以这样指称。

如果金凤花有一种大致的模式，只是为了说它不是风铃草，也不是紫罗兰，而是金凤花。也许金凤花常见的形状与它的存在压根儿没有什么关系，就像很多鸟失去了尾巴或是翅膀被剪掉一大块也照样飞得很好。甚至还有些鸟根本就不会飞，但照样能够生存。要是想举例，还能举出更多相似的例子来进一步论证这个问题，只有提供别的东西做参考才可能深入考察某一种东西。我又想起客厅里的桌椅旁边还铺着一块地毯。这块地毯就有模式可循：地毯是编织而成的；可以清楚地看到毛线的纹路，若是更仔细地研究一下就知道，地毯显然是人工精心设计、织就而成。这块地毯当然非常漂亮别致。可是，我那金黄草地上生长的草却没有任何设计，也没有任何用途：这些草很美丽，甚至更美，草是自然形成的，不乏神圣意味。

当我终于从脑海里彻底抛弃了所谓设计、目的、结尾、用途或体系的蒙蔽，开始模模糊糊地感觉到在自然而神圣的无序之中蕴含着比模式化的世界更多的辉煌、美丽和希望——当然，这种无序并非杂乱无章或令人困惑，而是单纯的没有刻意排列的自然状态。以前在我的脑海里宇宙就如同棋子排列严整有序的西洋棋盘,以为这个世界是由机械打造的,属于某种庞大机制的一部分。当时多么狭隘,我竟然把渺小的、卑微的微观宇宙当成了现实。

从理性上讲,任何东西一旦具有一定成规的设计或用途,也就有了局限性。后来我就相当排斥设计规划或目的用途之类的想法,因为这些实在无关紧要。有时候,我甚至不再试图为某个被彻底放弃的计划做出一番解释。我只是刻意地否认规划,或者说我已经进入了不可能再去讨论用途之类的话题的阶段。我看着阳光,感觉到根本没有狭隘秩序的束缚:只有自然纷繁万象的无序,饱含着无限的希望和不尽的可能性。

数不胜数的金凤花开满草地:既不是这里一株那里一株,也不是零星几株只能作为草地的点缀,而是密密麻麻地在草地上绽放。若是解释金凤花到底作何用途,实在过于浅陋:它们的数量难以计数,只是毫无顾忌地、毫无用途地肆意释放着美丽。再说那一树苹果花(随着时间的推移此时开始凋谢飘落),谁又能数清楚果园里绽放的花朵数目到底有几何呢?草地的三面都被树篱环绕(另一面小溪作了边界),要想数清楚树篱上的叶子恐怕要耗费一个夏天的时间,还没等你数到一半,叶子就该枯萎落地了。不过那一半倒是足以成荫,也算是有所用途。

雨季的一半雨量对果园就足够了。秋天橡树上的橡子数量只需有一半也就足够了。丰收时候小麦也常常用来喂猪。饥荒或干旱常常发生,但是只要没有灾害就会丰收——播种一粒小麦,长出一株麦秆,就能收获四十倍的麦子。

大自然里没有“足够”这个词,只有无限的丰富与慷慨,只有一场盛宴。大自然里没有节约,只有无限的奢华与铺张。大自然只会不断地给予、给予、再给予:没有节省、没有短缺,美好的东西一旦降临,就会永远持续下去。我在沉思时,想得最多的就是自然界这种难以描述的慷慨赐予,我希望这些可以引入到我们人类的生活之中。就我的亲身经历,我深知目前这种事情是不可能实现的,为了生存,每个人都被迫努力工作、精打细算、勤俭节约。我当然也知道,所有读过书的人都知道:那些试图向他人分配财产,那些试图共同生活、共享财富的行为无一不是遭受了失败的命运。可是,如果我的判断力没错的话,人类大概还需要一百年的发展才有可能接近物质无限丰富的社会状态。我完全相信这一切会发生,或者至少未来会产生类似的结果。尽管如此,这种无限丰富的感觉仍在,无法拒绝。我不喜欢节俭这样的词汇,我厌恶节约之类的字眼,我憎恨节省这样的想法。也许未来会出现更好的策略改变目前的一切,终结人们致力于勤俭节约的努力。我敢肯定的是,大自然里没有节约、节俭、节省这样的说法,只有无限的丰富。正是这种丰富成就了大自然的美丽,让人们难以抵制自然的诱惑!大自然并非人类制造的东西,却比人类所能装饰的一切都要更加美丽。地摊上的每一根丝线都是为了织就美丽的图案,可是我出门来到这片金色草地上,哪怕剪下一万片草叶,也无法损害草地的完整与丰富。

也许地球表面从没有像现在这样有那么多的房子:布置得如此奢华,设计得如此舒适,装潢得如此美丽。然而,即便拥有如此多的财富、如此宏伟富丽的设施和建筑工程,即便每次晚餐都有很多道主菜和大批红酒可供选择,我却始终感觉这是一个寒酸吝啬、物资匮乏的年代。一切都规规矩矩、井然有序,只是缺少核心、没有灵魂。食物本该是输送四方、无限敞开地免费供应:葡萄酒就应该装在大肚酒瓶里,而不是倒进纤细的高脚玻璃杯。总之,一切都应该是顺其自然、令人愉悦地敞开供应。就让面包屑掉得遍地都是吧,毕竟有足够多的鸟儿,可以将掉在地上的食物全部吃光。

要证明这是个极端匮乏的时代,最好的例子就是人们因为发生饥荒而捐款或为一家新兴的慈善机构捐款时所列的长长的胆子。尽管慈善捐款的行为的确值得敬重,但同时捐款人在支票上写下的更是自己十足的卑鄙和吝啬。这些富人的仓库、营业所和大片田地里有多少人在辛苦地劳动,为他们兢兢业业服务了多少年,可是这些劳动者的微薄工资仅能满足基本的生活需要而已。他们可从来没拿到过雇主大笔一挥、潇洒签名的支票。

说起来,整个雇工阶层——不包括某些技能型的行业,因为那算不上真正的体力劳动——的工资确实过于微薄,难以糊口。报酬过低的现象并非由于社会压力、经济萧条或遭遇事故,抑或是发生了饥荒,而是纯粹因为人性的自私自利。这种自私并非有意为之,更多是出自下意识的行为;至于那些雇主个人并不会因此而产生负疚感,因为他们认为这是他们的权利。比如有人拥有十万英镑,那么他可以随便吃喝,随心所欲地满足自己的各种怪念头——很可能是非常幼稚无害的任性妄为,可是他从来没有资助过亲戚朋友,也从来没有帮助过陌生人,没有用自己手中的钱做过其他有益的事情。从商业角度看,这没有什么不对,可是这种行为就与金黄色的草地上绽放的金凤花不一样,与撒上麦种就能长出四十倍的小麦也不一样,人类的行径与大自然所提供的例证完全不同。因此，我觉得尽管从古至今改变财产所有权的一切企图都最终遭遇了失败，我仍然还是觉得应该改变现状。节俭、节约和积累财富都是人类的发明，这些都是非自然的行为。就好像一片草地上盛开的金凤花就足以让整个小村庄的孩子们欢天喜地一样，世界上生产的食物也足以让所有的孩子们吃饱饭，这是无可否认的事实。一八八〇年，人们曾做过一次严格、精确的统计，完全出于商业目的，结果发现粮食生产过剩。也就是说，如果这片草地上的每一朵金凤花代表一蒲式耳的小麦，那么小麦的产量早就超过了人们需要的数量。这是一个多么异乎寻常的现象！可是，无疑土地上还要继续播种小麦，收获之后还要流通出售；同时世界上还会有成千上万复杂的社会问题要处理，这也是不容置疑的。粮食产量还会过剩，一担担的金黄谷物就像金黄色的金凤花那样多得数不清。

但是，这并不代表整个地球的生产能力，地球生产力根本就无法估量，可以说是取之不尽用之不竭的。

个人生活中的节俭、节约和积累与大自然的慷慨富足完全相反，而这些损害了生活和自然之美。没有消费就没有快乐；举行宴会若是不能供应丰盛的佳肴和无尽的美酒，宴会就只能是一种形式，美酒也会索然无味。赐予我金色草地的无限奢华与丰美吧！

乡村的新选民

一

乡村八月的清晨，若是有人在五点半左右起床，透过朝东的窗户向外看去，一定会发现远方的树木消失在一片迷蒙的白雾中。不过那片更大的榆树林却越过迷雾露出了头，沿着榆树林的方向就可以发现一道道树篱的轮廓。树篱层层叠叠，不断向远方伸展，沿着一道缓坡渐次升高，树篱环绕之处，薄雾弥漫。很难辨别在白雾笼罩下的土地到底是麦田还是草地——浓白的云雾好似从天而降，天空反倒呈现一片蔚蓝。这样的晨雾意味着白天将会酷热无比。现在就开始热起来了，非常热，因为此时便已骄阳似火、光芒炫目，如果你希望屋里凉爽一些，就该马上放下百叶窗。

收割工人罗杰在牛棚里睡了一夜，就躺在狭窄的厚木板搭的台子上，这样就算有牛群也能保持干净。昨晚半夜他踉踉跄跄进来睡觉的时候，就把木质的窗户全都敞开了，门也只是虚掩着，并未关住。他回来得太晚，那时就连最晚归巢的燕子也早已在房梁上的巢中安歇，而蝙蝠也厌烦了捕捉飞蛾。他进来的时候，有只燕子叽叽喳喳地叫了几声，好像在轻声安慰伴侣，“亲爱的，不用担心，只是个收割工人。”然后，牛棚便遁入了寂静和黑暗之中。罗杰连靴子都没脱，一头倒在床上，像刺猬一样缩成一团，身上盖了几个旧麻袋，立马就呼呼睡着了。他之所以入睡这么快，首先是因为他劳动了一天，肌肉酸痛、疲惫不堪；再有就是他喝了不少酒，胀得要命。不过，他喝的可不是令人开心的“质量上佳的陈酿麦芽酒”，而是那种酒味最淡、价钱最低、掺了不少水的劣质啤酒。用他自己的话讲，啤酒灌得太多，“把他吹得又鼓又胀，都快爆炸了”。那些脾胃不和的有钱乡绅非常热衷于研究消化不良，这方面的权威人士告诉我们说，哪怕有一丁点儿胃胀气都会导致心律不齐，引发令人痛不欲生的病症。

有人可能说罗杰至少喝下了一加仑劣质啤酒，那种用化学方法配制的液体简直就是专门为引发严重的身体机能紊乱酿造的。丰收啤酒大概是这世界上最劣质的饮品。人们说，先往回收来的空桶里倒入酸腐发酵、混浊不堪的水，再用长把扫帚在桶里一圈一圈地来回搅，就制成了丰收啤酒。喝下这样的酒，舌头上会留下一层黏糊糊的东西，嗓子也会有粗拉拉的感觉，喝完之后很快就会觉得口渴；所以只要喝下一品脱，就还想继续不停地喝。这种啤酒引发的干渴不是寻常的喉咙干渴，特别不好受，比尘土飞扬或是天气酷热或是干活后引发的口渴厉害得多。这东西在啤酒桶里和细菌一起持续发酸、发酵，接下来是二次发酵；发酵的细菌可不是制作啤酒所用的酵素，而是导致啤酒败坏变质的细菌。灌下的啤酒就在喝酒人的肚子里腐败变质，常常会引发严重的腹泻，腹泻导致全身乏力，为了完成自己的工作，那些人就还想再多喝点啤酒恢复体力。夏天太阳晒得火辣辣的,他们从事的体力劳动繁重、紧张,常常挥汗如雨,消耗体力,身体的消化能力也随之下降。只要喝下半加仑这种使人肠胃饱胀的液体,一旦这液体在体内迅速发酵,几乎就是对人最有杀伤力的东西了——之所以说有杀伤力,是因为它极易导致工人中暑。这堪称世界上最劣质的饮品,烧酒、土豆酒以及酿酒厂提炼出来一切害人的酒精都不能与之匹敌。英格兰麦田的金色丰收季之所以常有不幸发生,就因为这种可恶至极的东西。

因此,有些人致力于劝诫收割工人接受现金而非啤酒作为报酬,这种做法在一定程度上也确实奏效了。可是,不管怎么说,他们还是必须喝点什么维持体力。不少农场主给工人煮茶喝,可是对戒酒的人来说,淡茶就起不到什么作用了。另有一些人给在地里劳作的雇工冲泡稀奇古怪、糟糕至极的东西,一般是麦片糊糊,喝水的时候往里兑上一点儿。可是英格兰的雇工是绝对不肯喝燕麦水的,除非有人倒贴钱让他们喝。如果雇主已经支付了额外的啤酒钱,又免费为他们提供了燕麦水,尤其是他们觉得如果顺了主人的意,没准能从他那里得到点什么特别的好处的时候,有些人就会喝,当然只是小口尝点就算了。喝几口这种古怪的饮料,没准儿偶尔还能得到件礼物,比如给他们点吃的东西,再送给他们家人几件旧衣服等等。改变他人的欲望是人类在自然史的发展中呈现的显著特征。若是一位约翰牛——天性快活的英格兰人——出乎意料地给手下干活的人送了一桶燕麦片酒,可不会令人开心。这样的英格兰人应该为自己的行为感到羞愧才是。

事实上,英格兰农场主手下的人喜欢喝的是啤酒,过去如此,现在如此,未来也不会变。不管是茶、燕麦,还是醋和水(从事室内工作的人理智地推荐醋和水)都不适合他们,都无法代替啤酒。他们的体质天生不服那些别别扭扭的饮品。冬天,他们需要喝啤酒抵御寒冷、冰霜和弥漫在山谷里的浓雾;春秋时节,他们需要啤酒抵御风雨;夏天,他们需要啤酒缓解额外的工作和超长的工作时间带来的巨大压力。对于雇工来说,真心期望的不过就是能看到自己有啤酒喝——真正的啤酒,真正的麦芽和啤酒花酿制的啤酒,好酒无须多,只要少量好啤酒就能为他酸痛的筋骨和肌肉补充能量,而且还不会让他醉酒或伤身。若是雇主给他点小钱代替大量的劣质啤酒,而且又能劝说他接受这笔本该花在啤酒上的钱,那就最好不过了。如果雇主既能按照上面所说,把劣质啤酒换成小钱支付给雇工,还能每天适量地为他提供一两次优质的啤酒作为奖励,他一定会尽其所能,不但把手里的活儿干好,还会善意对待主人,在别的事情上真诚地予以协助。一杯好啤酒换来全心全意的工作,自然是值得的。

牛棚里,罗杰在睡梦中发出粗重的喘息声,因为他喝下的劣质啤酒胀得他难受,根本没法好好呼吸。睡觉的时候他张着嘴,舌头肿胀,喉咙干裂;他的确是睡着了,可是却没能好好休息。他不断地呻吟、沉重地喘息,在木板上辗转反侧。中间还被呛醒了一次——因为他的舌头干硬肿胀,无法吞咽口水;他坐起身来,骂骂咧咧,然后又躺下了。猪圈里的老鼠早就发现牛棚里睡着一个人,这个地方没有什么东西可吃,平日里它们很少来。天知道它们是怎么发现这里住了人的。老鼠生性狡猾,但是也令人厌恶。它们半夜悄悄溜到牛棚里,躲在床下四处观望,还以为罗杰在这里吃的晚饭——面包加奶酪，势必会在板子之间掉点碎渣。可是，底下一无所有。然后，它们爬到木板上，在罗杰身旁嗅来嗅去，如果罗杰口袋里有什么吃的，肯定当场就会被老鼠偷走。就连那条手帕里也什么都没有，否则它们早就飞快地把手帕咬烂了。它们闻了半天都没闻到一丝食物的味道，只好离开了罗杰。罗杰的确没吃晚饭，和平常一样，他的晚饭就只喝了酒，没吃东西。这是他自己的错，他本该自我约束、适当节制的。好了，其实我也不知道详情，评论他人之前，我们还是再多思考一番吧。

大宅子里的令人犯难的常常是早晨如何让仆人起床，若是别人都睡得很香很沉，你也很难睡醒——说起来都差不多，好在他们有钟表和闹钟。可是收割麦子的工人们可从来不会睡过头。这会儿，罗杰已经翻身下了厚板床，抖一抖身子，走到棚舍外面，就着明亮的光线系好鞋带。他把蓬乱的头发往脑门后一捋，就算是完成了洗漱。他的喉咙很干，所以跑到压水泵跟前，不过他也没有大口喝水——只是在嘴里含了一口水，漱了漱口，这对他来说足够了。就这样，他连早饭都没吃就去地里干活了。站在高处的阶梯上俯视，山谷上方好像飘浮着一团白云，远处树林里高大的树冠穿透白云冒了出来。再往下还有一排一排的树篱，只是隐藏在云雾之中，只有透过高高冒出来的榆树枝条，才能发现蜿蜒曲折的树篱的踪迹。云雾缭绕之下，麦田也变得模糊难辨，田野里好像什么都没有，没有小麦，也没有牧草，既没有供工人收割的谷物也没有喂养动物的食物。当然，麦田里此时一片沉寂，工作的确尚未开始。在这个八月的寂静清晨，连鸟儿的歌声也听不到，高悬在云雾之上、光芒耀眼夺目的太阳，就好像是唯一的生命，拥有广袤大地、绝对和平，是世界的唯一主宰。收获季节的清晨真是一副奇妙的景象——万事万物在炎炎烈日下全都悄然无声，你明知道这是充满生机和意义的早晨，可是却又如此安静沉寂，就好像人类从未涉足这片大地，唯有太阳高悬天空，永不停歇地东升西落。

罗杰的头上缠着黄铜色的布带子，如果不是这样，他就根本看不清地里的任何东西。再说，前额紧紧地缠上这么一条黄铜带子，他看上去也就不那么呆了。他的眼睛酸涩，在刺目的阳光下不停眨动；他的脚步踉跄，不时就要停下来以免摔跤；他的头脑不清醒，完全无法思考。不过，头脑不清醒就不清醒吧，反正对他也没什么影响，什么大地、天空和太阳，对他来说有什么意义呢？他知道脚下的路怎么走，明白今天又是一个大晴天、大热天，这就足够了。因为他也从来没有开过眼（没受过教育），也从没思考过。

收割工罗杰早早起来去干活了，可是鸟儿比他起身更早。太阳还未升起，燕子就已离开牛棚的顶梁，叽叽喳喳地欢叫着飞到外面。白嘴鸦、斑鸠和鸽子也已飞到麦田里，乌鸫飞到了小溪边，燕雀、金翅雀则成群飞向树篱；蜜蜂在山上的石楠丛中忙碌，大黄蜂则在平原上的三叶草上盘旋。蝴蝶受了惊，从小径旁边的花丛中起飞，在过路的收割工人面前扇着翅膀飞舞盘旋，最后又回到了刚才的花丛中。有个角落里大蓟草长得十分茂密，金翅雀正在啄食最早结实的蓟花种子，此时也匆匆起飞离去。成百只麻雀呼啦啦冲进树篱，大大小小的枝头瞬间结满了棕色的果实。麻雀啁啾声交错起落，听到收割工的脚步声临近，它们马上又飞回了麦田。树枝上的那些长翅膀的棕色浆果立刻也随之消失了，来得飞快，去也飞快。奶牛正在咀嚼新生的嫩草，燕八哥却在它们前方飞舞，距离牛嘴太近，好像随时会被宽大的牛舌卷进嘴里去。虽然云雾弥漫、热气升腾，所有的生物，包括个头最小的昆虫在内，早已开始忙碌不休了。远看，雾霭纹丝不动，四周一片寂静；可是一旦穿越迷雾，步入田野，就会发现但凡有生命的生物都已开始行动，开启这漫长的一天。罗杰对这些全然没有兴趣，他走近大门口时，黄蜂受惊飞走了——它们正在从门柱上啃木头准备用来筑巢——可是，他对黄蜂没有兴趣；他对色彩艳丽的罂粟花不感兴趣，虽说他穿着土黄色的笨重靴子从中蹚过；他对金黄的小麦、洁白的旋花的色彩同样不感兴趣；对这一切，他视若无物，这里的一切对他来说都没有意义。

再说了，为什么非得有意义？他的生活就是干活儿，不用什么技术，也不用动什么脑子，都是体力活，都是骡马、吊车干的活儿，搬石头、运木材，如此而已。他吃的东西很粗糙，喝的东西更随便，睡的床就是些厚木板子。他看的书——完全没有；他所能看到的“美术馆”画作就是啤酒馆的一张彩色版画——画上是一条狗，死了，躺在酒桶旁，上面写着“信任已死！欠债不还的人要了他的命。”有什么想法？他从来没想到过。有什么希望？他想的就是每星期能挣上一先令，工钱再多给点儿就好了；关于将来？他只求自己能有一间条件不错的小屋。除此之外？那就再来上一匹能拉车的马，最多也就这些了。他的生活如此简单，简直和动物没什么区别，可是如果你说他的生活像动物那样简单，虽说好几个世纪就有这种说法，但是现在你恐怕要被人误解。不过，请想一想，他为什么非要注意蝴蝶的颜色，太阳的明亮光芒，小麦的金黄色泽呢？这种美好不能为他提供早餐的奶酪；至于美本身，他根本不理解到底何为美，美到底有何意义。他怎么可能理解这些？对我们很多人来说，丰收——夏季——是一段愉悦的时光，是享受阳光与色彩的时光；可是，丰收时节对他来说，只不过是往原本就粗糙的手上再增加一层老茧罢了。

尽管雾霭看上去很像湿漉漉的雾气，其实完全没有水分。麦子和正午时分一样干燥，连一滴晨露都没有，烈日下紫繁缕的花儿已朵朵盛开。罗杰走过来的时候，收割机已经发动了，正在嗒嗒地响，他马上就要开始工作了。到了吃早餐的时间，同伴们分给了他一小块面包、一些小洋葱头，还给他倒了点茶水。不过，他几乎没怎么吃，他的舌头肿胀发烫，茶水喝下去，就像水从滚烫的壁炉栅栏流下去一样。他的舌头就像被女仆熨衣服之前烧热的熨斗烫过一样。收割机在麦田里来回跑，麦子也越来越少，机器每跑一趟，麦秆就少一大片，整整齐齐地躺在了低矮的麦茬上。罗杰弯下腰，先把麦子拢在一起，再拿起几根麦秸搓一搓打个结（把两根线拧成绳子的方式差不多），然后再用这麦秸绳往拢好的麦子上缠几圈，就打成了麦捆。他就这样先弯腰收拢麦子，再蹲下打麦捆；弯腰，打捆——弯腰，打捆——在地里忙忙碌碌，往来穿梭。八月的天，火辣辣的太阳肆无忌惮、无休无止地将滚烫的光芒照射在他的额头和后背上。他的脸膛越来越红，脖子越来越黑；土地干燥，尘土飞扬，不断钻进他的嘴里和鼻孔里，一股热气从地上升腾而起，注入了他的胸腔。劣质啤酒在体内发酵膨胀，使他感觉浑身疼痛；因为始终弯腰干活，他的后背酸痛不已；前额紧紧绑着一条黄色的带子，勒得他生疼。后来，终于有人送啤酒来了，啤酒对他来说就如沙漠中的甘泉。这害人的酒精——“像馋虫一样勾引着他”——顺着嗓子下了肚，对他久已失去知觉的上颚来说真是舒适、清爽，就如同饮下了碧绿枝条投下的清凉树影。就在那一刻，没准优质的麦芽啤酒都会让他作呕，他的味觉和肠胃早已被他灌下的那些劣质啤酒彻底败坏了。啤酒让他的身体机能“恢复了工作”，干起活来也觉得轻松多了。时间过得真慢，好容易到了午饭时间。本来他能从同伴那里再拿点吃的东西，可是他却往烟斗里放了一撮烟叶抽起来，再把属于他的那份啤酒喝掉，有这些他就心满意足了。

大家坐在田地的一角。四周没有可以遮阳的树木，因为不利于庄稼生长，早就被砍掉了。不过，幸好还有些矮小的枫树灌木丛，几棵枝丫稀疏的细小梣木，虽说没什么阴凉，总比空旷的大太阳地儿好多了。灌木丛根本不可能提供阴凉，太阳几乎就悬在头顶之上。不过，这些灌木形成了一圈围栏，就像个露天的家，因为男人只要能忍，一般都不会在这一马平川的荒地上找地儿坐，他们要坐下休息，得去找个灌木丛，找个小角落，甚至找处洼地。其实这样没什么好处，不过这是习惯使然，或者也许我们可说这是人类的本性？这样空旷的原野就好像远古时代的原始生活状态，唤醒了他们的本能，与古代便已控制人类行动的本能无异。古代人们都要寻找树林和堤岸、岩洞与山谷作为庇护所，这些雇工的行为不知为何与古代人相似，也要寻找灌木丛生的角落作为休息之所。他们脱下外套铺在地上，把装午餐的包袱挂在树枝上；孩子们在灌木丛里游戏玩耍，照料婴儿；女人在这里垒灶生火，把锅灶架在篝火上烧水做饭。

二

八月，如果晴空万里而又没起风，照射在收割季节的麦田的炽热阳光丝毫不亚于西班牙。不过，值得怀疑的是西班牙人是否能与我们的收割工人一样感受到夏季的热浪；他们习惯午睡，他们的生活习惯早已适应了太阳的运转。在印度，我们的军队面对酷热的天气时得到精心照料，一切都要尽可能地让他们感觉舒适；若是没有精心照顾、没有特制的服装和戴在头上遮阳罩，他们根本无法坚持下去。英格兰西蒙风的热气突然落到了收割工人的头上，发现他们竟然毫无准备；他们甚至没有准备冷饮之类的东西；他们就这么赤手空拳地直面了阳光的暴晒。阳光却毫不留情，从晨曦微露到夜晚来临，它始终都是一团烈焰。在离田野很远的城镇里，家家户户的百叶窗早早地就拉下来了，人们在阴凉处的草坪上搭起帐篷，喝着加冰的混合冷饮。可是，在正在收割的麦田里是永远见不到冰的。人们待在室内却说他们要热死了，为了躲避酷热拉上窗帘遮挡光线，躺在沙发上消暑。可是，太阳从天上抛下一团团火球，砸在收割工人的头顶上——男人、女人、孩子都不例外——炽热的阳光照射在干枯的麦秸、坚硬的地面上，温度又骤然升高了。

娇嫩的鲜花也在忍受着暑热。罂粟花摘下来在手里立刻就枯萎了，宽大的花瓣在空中飞舞就像睡莲漂浮在水面上一样，在蒸腾的热气中失去了分量。一大早，红色的紫繁缕就挺直了腰杆伸向空中，直到下午花瓣才合拢。浅蓝色的婆婆纳也没有凋谢，因为浅蓝与和深红一样能够承受高温。麦田深处，带花纹的旋花顺着麦秆攀缘而上，虽说被挤挤挨挨的麦子围得密不透风，却还没有因为缺少空气窒息。这些花儿虽然都很漂亮，却是冷血无情的，无法感知人类的情感；虽说我们施之以满腔的热情，它们却无法分担我们的痛苦或快乐。热气已经进入空空的麦秆，顺着黄色的麦秆直达根部，于是深埋土中的根也干枯了。热气也把树篱上的叶子烤干了，摸上去非常粗糙——落满灰尘、干硬粗糙，就像很久没有用过的书本的触感。河岸的植物都开始枯萎了，颜色由绿变白；高温已经使地面龟裂，热气深入地下；阶梯上的扶手干得裂开了，裂缝处碎成了粉末，如果有哪个收割工人不小心在上面掉一根火柴，很有可能就会引起火灾。无风、静寂的空气中充斥着热浪，因为两侧都是灌木丛，田野的角落里热气滞留，氤氲不散。

收割工罗杰吸着烟，吞云吐雾；孩子们在周围玩耍，寻找一星半点儿的食物；女人们抱怨天气炎热；男人们则一言不发。雇工们很少会抱怨天气，除非耽误了他们干活儿。热就热吧，越热越好，天上下火就意味着地上有钱挣。人们又开始干活儿了；现在罗杰必须到另一片田地去干活儿了——也就是去帮着装车；因为他年轻力壮，这活就轮到了他身上。装车与收麦捆完全不同。他用不着弯腰了，但是得使劲向上把麦捆举过头顶。他只喝了一小点啤酒，什么都没有吃，腹中空空，所以这份工作对肚子来说并不比扎麦捆对后背的伤害小多少，同样难受；不过，纯粹为了挣口饭吃的人是从来不会抱怨工作好坏的。辛辛苦苦的一天还在继续着，多喝点啤酒好干活儿，再多喝点，因为农场主希望那天晚上把地里的活儿全干完。罗杰不厌其烦地抱起一捆捆麦子，在车旁一直干到最后一捆装上了车——这时，月亮都已经高悬在天了。他把系在头上的黄色带子解下来，虽然喝了啤酒，但是劳动和汗水已把身体的疼痛驱散了；他累坏了，但是感觉还好。白天他也不是只顾闷头干活，他和同伴们有说有笑——虽说是以雇工们那种粗俗的方式——互相玩笑捉弄。身体的疼痛、空空如也的肚子、沉重的劳动，再加上酷热的天气都被能压垮他的精神和活力。这时，有几个伙伴聚在一起，走出了大门，一天的辛苦劳动后，他们仍然还能有点体力再去玩闹一会儿。罗杰也一样，还有精力跟伙伴们一起去酒吧喝几杯。就不要说教了，如果你是罗杰，你还能有别的选择吗？记住，这可不是想象出来的田园诗歌、散文小品，而是真正的乡村生活，是收割工人的真实写照。

罗杰头顶烈日，甚至没有戴防护帽，在麦田里已经劳动了十四个小时；他甩开膀子，单靠血肉之躯干了整整一天；他只吃了一点儿干面包和几颗洋葱，喝了几口淡茶，灌了不少淡啤酒。落日的余晖还未散去，高悬的月亮已在天空闪耀。十四个小时的阳光曝晒，十四个小时的辛苦劳作，还有那么粗陋的伙食！现在他还能做什么呢？直接回到牛棚里，坐到他的木板床上；再吃点干面包，找人要点奶酪或油乎乎的培根吃，大口嚼完，坐着想想一天的事情，然后上床睡觉——其实，他根本没什么好想的。要想给他设计点消遣以度过劳动之后的夜晚，我觉得这个人非得聪明透顶才行。读书啊！建议白天冒着炎炎烈日劳动了十四个小时的人临睡前读书消遣，那也太滑稽了吧，还不如建议他趁这个时间补补破袜子呢。就算世界上最聪明最善良的人也很难为罗杰这样的劳动者想出什么好办法。想要将那些出于悲悯或充满善意的建议付诸实施，首先必须改变的是他的生存条件——要缩短劳动的时间、改善劳动的条件，各方面都要变。能做到吗？世界已经如此这般运转了几千年，至今没有发生任何变化；虽然今日产生了蒸汽机、电灯、印刷机，可是磨坊、采石场和田地里的粗活儿、累活儿还是需要人工去完成。只要疲惫不堪的收割工人还在如此劳作，任何企图提议他们以读书为消遣的建议都是徒劳无功的。因为人毕竟不是马：马在完成一天的劳作之后，只要能回到马厩里，它就心满意足了，即便它会思考，思想的深度也不可能比马槽更深，只要它把鼻子伸进马槽闻到的不是木头的味道，只要它能吃上麦子和干草，它就会高兴地迎接未来的劳动。可是收割工人罗杰并不是一匹马。

正如罗杰的身体需要食物和饮品一样，他的头脑也需要休闲、放松，当然主要是聊聊天。在雇工们消遣的酒吧里，大家晚上去那里的确主要是喝酒、吸烟。不过罗杰去那里的真正目的是聊天，这和有口袋里有钱的人去俱乐部或是朋友家聚会聊天一样。独自一人也能喝酒、吸烟，但是要想聊天就得几个人聚在一起才行。夏日的夜晚，你如果路过一家酒吧——收割工人之家，就会看到好多雇工聚在室外的一个桌台前，还有一些人坐在窗前，窗子敞开着，屋里飘出烟草的味道，传出啤酒杯、玻璃杯的碰撞声。你能闻到烟味，也能看到啤酒，可是你却看不到将这帮男人凝聚于此的无限强大的力量——那就是陪伴和聊天的吸引力。这是"他们"的谈话，内容与"你们"所聊的完全不同，不是新出版的一本书，不是新推出的一幕戏剧，也不是沙龙里的谈话，而是他们自己关心的话题——是你或任何一位身处你这样地位的人所无法加入的聊天。在我们看来，他们的话题好像漫无边际、不知所云，可是他们却津津乐道，乐在其中。因为我们从未体验过他们的生活环境：我们度过一天的方式完全不同，因此同样的词汇却拥有完全不同的意义。所以说，吸引这些人来酒吧的当然是轻松愉快的聊天。如果罗杰是匹马，那么他肯定迫不及待去找点吃的，吃完之后立刻倒在那张简陋的木板床上，蒙头大睡就行了。可是虽说他的生活条件和劳动强度与动物相差无几，可他毕竟不是一匹马，他需要出去和朋友聊聊天、说说话。所以谁也不能贬低他，说他是个粗鄙之人，这样说未免太不公平。不，绝不能这样说他，就算有人曾亲眼看到他在夜里十点钟才跌跌撞撞地返回居住的牛棚，还要不时地伸手扶住东西以免摔跤，也不能说他粗鄙无知。他一脚踢开屋门，响声惊动了房梁上的燕子，惹得它们发出喋喋絮语。他走到床前，坐下来想把鞋带解开，可是竟然解不开，他干脆翻身上床，倒在破麻袋上睡着了。这就是罗杰在小麦丰收季度过的二十四小时。

第二天、第三天，接下来的好几星期里几乎每天的程序都相差无几。只不过是今儿少喝了点啤酒，明儿多喝了点啤酒，这会儿在麦田里打捆，那会儿在装车，这会儿在一小块麦田里动手割麦子，那会儿在地头上用耙子聚拢散落的麦子。隔三岔五，在农场吃上一顿大餐。还有一次他与同伴一言不合、拳脚相向，两个人打了起来；不过，当时罗杰喝了太多啤酒，对手也没少喝威士忌，他俩你一拳我一拳也都用不上劲儿，伤不到人。最后两个人摔倒在地——也就是说，他俩脚下不稳——后来别人把他们拽了起来，接下来又喝了很多啤酒这事就算解决了。一天下午，罗杰突然感到眼前发晕，病得太厉害甚至没法下地干活，第二天也没好多少。

他的症状有点像中暑,幸好不算太严重,第三天他就回到地里继续劳作了。连续不断地在烈日下劳作,几乎不吃任何东西,狂饮大量劣质啤酒,脾胃严重失调,这一切就是他生病的原因。虽然他很快就归了位,继续工作,可是从那之后他的身体总是不大对劲,干起活儿来开始觉得费力,原本圆润的脸颊开始瘦得脱了形,下巴慢慢变尖了。不过,他还是继续劳作,绝不会浪费一个小时,因为丰收时节即将过去,很快就没机会挣到更多的工钱了。因为每逢晾晒干草或是收割小麦季的第一个星期,雇工们总会喝得酩酊大醉,为了美好的前景,为了自己即将拿到的丰厚报酬兴奋不已,再往后他们就沉下心来,拼命劳动了。而一旦收割季或晾晒干草季即将结束的时候,他们又会拼命地劳动一番,想把浪费掉的时间和花在啤酒上的钱再挣回来。

到了收割季的最后一星期,罗杰去了一趟村里,找鞋匠定做一双好靴子。他当时只能支付一部分鞋钱,其余的要等到下次发工资之后再付。为此他得付出多么惊人的努力啊。通常雇工每次能拿到一个先令的报酬,但是罗杰高估了自己。收割季基本上已经结束了,这么艰苦的劳动,这么漫长的工作时间,这么酷热的阳光暴晒,这么简陋的住宿条件,他发现自己竟然才挣了不到三十个先令。若是他能尽力精打细算,其实本能存下一大笔钱。罗杰是个单身汉,实际的日常开销很少。很多已婚的雇工因为生活必需品的开销很大,必须精打细算、勤俭节约,才能攒下点钱给家人添置些衣物。作为单身汉,虽说罗杰拿到手的还不到三十个先令,也比那些成家的雇工强多了,即便如此,他行事还是足够谨慎、节俭,能提前想到为自己购买一双冬天穿的靴子。和他出身类似的单身雇工,很少有人能像他这般深谋远虑,临到头来没准他们也能弄到冬天的靴子,但是却不会事先想到这一点。这种出卖劳动力的生活很少能培育出勤俭节约的精神。这一点不仅体现在农业劳动方面,修筑铁路以及在工厂和矿山从事更艰苦劳动的工人也不例外。这些出卖劳动力为生的人们,这些干着骡马、吊车所干的体力活的人们,都不是会节省度日的人,因为他们的辛苦不是为了自己,而是为了他人。如果只需要养活自己,那么不管工作多么辛苦,工钱多么少,还都是可以存下钱的。罗杰终于回到了自己远方的家,四周都是茫茫的草地;这时,他的口袋里还剩下一个十先令的金币,这十先令再加上那双还没有完工的新靴子,就是金黄的麦收季节给他留下的一切。回家以后,他和父母住在一起。对他来说,最值得庆幸的大概就是有一张自己的床,就这一点来说,他在雇工阶层里还不算是最糟糕的。但是,如果我们仔细考虑一下他的处境和他自己的生活,一定要说他的生活状况其实非常糟糕,因为他花费了多少大好时光,耗掉了多少年轻人的体力才换来如此贫穷的生活啊。

人们常说,虽说雇工阶层一年当中每周的收入十分低微,但是收割季节的丰厚报酬足以做出弥补了,毕竟这些钱写出来可不是个小数目。可是用笔墨写下来的数字并不能表现真实的情况;雇工的确得到了这笔额外的收入,但是他们为此付出的代价未免太大了。为了挣到这十先令和一双靴子,罗杰付出了多么沉重的代价啊。他那消瘦的面孔看上去可没有从这笔收入获益多少。他的老父亲谨小慎微,勤俭持家,辛苦劳作四十年,日子过得相当不错;相比之下,这个年轻人就差远了。老父亲拥有一栋农舍,多少也算是自给自足；罗杰呢，除了自己用不着考虑别人，用了一身力气、花了大把时间却没挣到什么钱。他为了得到那么点报酬所付出的风险真的等价吗？看一看那些在麦田里劳作的女人的胳膊吧——瘦长、肌肉有力、青筋暴起、颜色黢黑，这是长时间过度用力的表现啊。长此以往，她的身体就会变形，脖子的线条不再圆润，暴露出青筋，胸部也逐渐变得平坦。天长日久，艰苦劳动就会在这些女人身上留下残酷的印记。我并非想在这里证明乡村劳动格外艰辛，那些在城里工作的男人、女人和孩子可能承受着更多的苦难，我只是想简单地记录一下充满诗情画意的乡村美景之后隐藏的现实。这些美景之中的第一幅就是金色丰收：夏日骄阳下光辉灿烂的金黄色麦田。麦田深处盛开的罂粟花色彩艳丽，牵牛花沿着攀缘而上。蝴蝶悠闲地在麦田上空徘徊，就好像在流光溢彩的湖泊上飞舞。每天到麦田附近转一转，或者在麦田附近看夕阳，看着光芒变化之中色彩越来越浅淡的麦田，都会给善于思考的人带来巨大的喜悦。麦田之中隐藏着太多东西，隐藏着很多本可供沉思遐想的书本，是对人类心灵无比珍贵的慰藉。不过，在这些美丽的景象背后则是人类辛苦劳作的现实——无休无止地辛勤劳作，酷暑难消、汗流浃背。在这些美丽的景象背后还有一种原始生活的现实，付出的辛劳和汗水难以得到相应回报。麦田的景色的确迷人，但是辛勤劳作却是人类的生活。

推行普选权之后

自从选举权在各郡县普遍推行之后，我最担心的一件事就是放贷的人可能出现在乡下村庄里。无论于公还是于私，如今放贷人的势力范围强大无边，已经用债务控制了大多数小城镇。单从借贷的角度而言，这些小城镇可谓已合为一体，沦为放贷人的天下。放贷人就像莎翁笔下的夏洛克，但凡在债务合同条款之中的，他都要竭力索取：他向借贷之人收取利息，这就意味着他控制着所有人的钱包，无论贫富贵贱，只要在他的控制范围之内，都在劫难逃。在很多这样的小城镇，借贷不啻于一场灾难，摧毁了人们的生活。因为借贷的利率经常上调，几乎与大城市一样高，人们往往要竭尽全力，才可能摆脱债务和利息的控制。借贷正在成为破坏现代生活的祸害之一，若是有一天蔓延到村子里，必定将是令人痛心疾首的时刻。这些放贷的机构名目多变，一会儿是地方委员会，一会儿是特派专员，有时候可能叫城镇议会，但是不管叫什么名字，所作所为都如出一辙。这些机构的存在目的只有一个，那就是放贷。放贷的手段多样，就像是用来打狗的棒子，管它是哪种，目的都是把狗放倒。放贷也一样，不管以什么名目，目的就是不遗余力将居民手中积攒的钱财全部掠夺一空。这些借贷董事会的成员个个都是雁过拔毛,除了律师、公证员、走运的建筑师和那些在郡县法庭里耍手段的卑鄙小人,谁也别想从他们那里得到任何好处。大多数人就是一刻不停地在还债、还债、还债,屈服于这些唯利是图、工于心计的家伙,却没多少人发声抗议这种勒索行为。假如说人类有种莫名其妙的消极状态,恐怕用这事儿来形容再好不过了吧。放贷的机构已经渗透到了各郡县,连那些最小的城镇也都在负债的重压之下痛苦不堪了。就让我们祈祷,采取行动吧,希望这些现代生活的祸害能够及时停步,不要侵入乡下的村庄之中。

一旦选举权不断扩大成为既定的事实,那我们完全有理由相信某种类型的当地政府就会快速产生。现如今,乡下的各地区要么根本没有真正的地方政府机构——我说的是真正履行职能的政府机构,不是理论上的——要么就是在那些没有任何真正民意代表的机构的管理之下。人们一旦拥有了选举权,并且逐渐认识到这种权利的真正意义和效力,他们可能很快会要求自行管理自己的事务。他们一定会对诸如济贫法之类的行政事务提出自己的意见(只不过目前他们对这样的法律条例没有任何发言权),甚至很有可能在每个独立的村庄都成立自我管理的政府机构。简而言之,我认为将来一旦那些为了维护济贫法而建立的人为的行政区域解体之后,很可能以教区为单位建立管理机构。以往的区域划分把很多具体状况天壤之别、相距又极为遥远的教区强行放到一起,就像花匠不分三七二十一把野草都扔进篮子里一样,在过去造成了极坏的影响。这种做法伤害了个人的责任感,只是打造了一种毫无情感的官僚机构,目的是为了推诿责任,让问题和麻烦从视线中消失。这种把穷人转移——其实相距不远——的手段极其恶劣，严重伤害了人们的情感。就只是把那些可怜的穷人送到几英里以外的济贫院里集中收容，然后回过头来大肆庆祝自己终于克服了困难！其实，这实际上没有解决任何问题。

既然拥有了选举权，选民就一定会被告知他们对自己国家的重要事务都有参与权和决定权，那么他很可能会扪心自问，为何他无权管理自己所在社区的小事呢？一旦选民追问这一类的问题，这必将成为废除那些不人道的济贫法的第一步。接下来，他就会更进一步，追问道“为什么我不能解决这些近在咫尺的问题呢？为什么我就不能穿过乡村的小巷，从我家直接走到村子里处理和我自己切身相关的事情呢？为什么未经过我的同意，这些事就在我眼前发生了呢？这些制定济贫法的人代表的不是我，他们代表的是财产，我可不信任他们。”

一旦有了选举权，这些选民很有可能会在探讨各自村庄的学校事宜，觉得应该建设一座自己的学校；如果建立校董会的话，没准儿他还能多少掌握点学校的控制权。如果这些涉及切身利益的事儿，特别是孩子们能在家门口读书上学的事儿他们都能参与，为什么他们不能参与决定那些不太重要的事情呢？这样就有可能产生一系列的思考，一步一步地采取行动，最终把那些所谓的监管部门和董事会之类的整个机构连根拔起，把那些所谓乡村卫生部门之类的机构扫地出门。然后，村子里就会顺理成章地成立自己的政府。

接下来就轮到放贷机构了。一旦那些选民拥有了管理村庄事务的真正的自由权利，那么他们一定会迅速地、不惜采取任何措施防止放贷人进入村庄。不管未来村庄建立了何种的管理机构，我们都要不遗余力地限制地方议会在借贷方面的权力。最好是完全没有放贷的权力，因为没有贷款的政府肯定是最理想的政府。如果做不到无贷款，我们就要建立严格的规章制度，划出明确的、不可逾越的界限。假如每个人都和我的想法一样，那我们就有必要强制规定政府不能借贷。只有非做不可，才能真正实施，哪怕多忍受一些艰难困苦，也比负债贷款更可取。

总之，我极其担忧，害怕那些已经深入城镇的高利贷灾祸侵入乡下的村庄当中，在尚且来得及的时候提醒大家防备放贷之人。想象一下，如果我们为了修一条全新的行车道，去借了贷款，然后利率就会一分一分地增加，年复一年贷款的利息便越积越多，最后都赶上了贷款的金额。如果为了修路得借五百镑或六百镑，然后还得还贷款和接下来的利滚利，那还不如等上几年，多走半英里的路呢。只要能想到别的办法，就不要贷款。

在讨论农业人口的选举权时，大家通常都认为变革的迹象会在重要的国家事务和涉及原则方针的问题中表现出来。但是，恐怕在地区和家庭事务方面的变化在各种变化中最突出、最明显。新获得投票权的农业雇工和无数从事与农业相关工作的选民，虽然关心外交部的相关政策，可是更倾向于关注自己教区的政策。逐渐地，教区——也就是村庄——必然会成为人们关注的核心，因为他们最终会认识到自己才是教区的真正主人。不管采取怎样的方式，最终他们都会将教区置于自己的掌控之中，坚持在家门口处理自己的事务。这样一来，自然而然地就会出现类似村庄议会之类的机构。

那些精明的选民肯定会出现在选举现场，向村民们指出如果他们想要在自己的村庄当家做主，就必须坚持最重要的一点，那就是坚决杜绝以财产数量为标准。在决定重要事项的权力方面，地主决不能因为有财产就拥有绝对的发言权，哪怕是拥有最多家产的地主在村庄议会中的地位也绝不能超过住在路边农舍的农场雇工。若是农场主或地主在村庄议会中占有一席之地，那么他也只能占一票，和别的成员完全一样。如果村庄议会想要保证独立，就必须代表人而不是财产，不能代表地主所拥有的土地或租种土地的农场主所赚的金钱。有头脑的选民很容易将这一点解释清楚，说服村里的选民，因为关于这一点他们可以拿出很多实例来证明。有一项教育法案之所以被否决，很大一部分原因就是因为议会中的代表都是有钱有产业的地主和农场主，他们出钱否决了成立校董会的决议——这个计划短期对他们虽然有利，可从长远来看，恐怕会损害整个教区的利益。暂且把这个问题放到一边不谈，显而易见的是农场雇工在自己的学校管理方面没有任何话语权，因为土地和金钱联合在一起，控制了一切。这样也许会管理得挺好，但却不是“他们”自己的管理机构，只是完成表面的工作而已。虽说有个监管董事会，在名义上也是选举产生的，而且也确实选举了，可是差不多都是内定的。监管董事会所看重的唯有土地和金钱，绝非代表普通老百姓的利益。如今有一条广受欢迎的原则说得很清楚，直接相关的当事人应该拥有管理权。可是实际上，那些关心贫困人口救助问题的社会等级比较低的人群，却在相关事务方面完全没有管理权。除了这些监管人员，再往上还有更高的社会阶层，他们掌控一切，丝毫没有表现出任何能够代表民众之处，因为这些地方长官可不是选举产生的，而是他们身为地方长官，自然就拥有了监管的权力。统治机器之形成摧毁的是广泛的代表性，目的是对那些涉及切身利益的民众实行专制统治，而民众原本无论如何都该在事关自身的机构中拥有主要的管理权的。我们曾亲眼看见那些劳动阶层的代表坐在众议院当中，可是有谁见过有农场雇工在董事会当中占有一席之地，作为管理人员之一，要知道济贫法处理的可是他自己社区的贫苦民众的切身利益和救济措施啊。

可能有人会问，难道村庄议会不能由小业主构成吗？这些人难道不能坐下来投票，不使用农场主或地主的资金，从而避免他们过多干涉村里的事务吗？当然不可能。关于村庄自治政府的概念，就是要成立各不相同的、独立存在的机构。村庄脱离农场主或地主的掌控，后者也必须脱离村庄事务。目前，从农场主或地主那里征集的资金主要用于和济贫法相关的事宜上。可是从目前的状况来看，村庄的自治政府势必会提议彻底废除整个济贫体制，这样反而可以节省农场主和地主的资金，至少减轻大部分的负担。既然不牵涉到资金问题，就算他们在村庄议会当中没有一席之地，对农场主或土地拥有者而言也完全没有损失。

可以设想一下，打个比方，我们的村庄就像古代的城镇，四周高墙环绕，几乎完全与周围的庞大田产、地产隔绝开来。一方面便于村庄自给自足、自我管理；另一方面那些庞大的产业也能保持相对独立。

如此一来，很可能就会在很大程度上削减贫困人口给乡村造成的负担。自给自足、自我管理、品德良好的人口是解决乡村贫困问题的第一步,极大地有利于农业生产。

在实践层面上,一定会遇到或多或少的问题,比如道路问题、治安问题等等,好在有些问题通过郡县政府的管理已经解决了,有些仍尚待解决。因为这些问题对农场主和地主而言影响比农业雇工更大,他们当然愿意为此支付相关费用,从而得以在管理方面占有一席之地。

随着村庄议会机制的逐渐完善,村民们能够管理自己的事宜之后,接下来就议会中可能会出现这样的问题:如今我们自己管理村庄,为什么村庄不是归我们所有?我们为什么不能住在自家的房子里?为什么我们不能获得一小块土地,或者说我们要付出多少钱才能买到属于自己的一片土地呢?目前,比方说一个村庄由一百栋农舍住宅构成,在教区四周可能还散落着另外一百栋房屋。其中四分之三的农舍均为两三个大地主所有,而那些居住在农舍当中的人们,不管如何受到法律条款的保护,都不可能获得一种独立自主的意识。我们必须把这些农舍住宅购买下来,这样租住其中的居民有朝一日才能拥有这些房屋,为自己支付租金。所以,我们必须先从地主手中购买这些农舍,居民就可以再从我们手中把自己居住的房子买下来,成为业主。但是,有求购房屋之人就必须得有出售房屋之人,未来肯定会面临这样的问题:那么拥有这些产业的业主是否有权利拒绝出售农舍呢?是否有必要强行要求他们出售?

显而易见,如果村里的选民想要彻底拥有属于自己的房产,很可能会出现一些突出的问题。资金短缺,难道不就是招来放贷人的原因吗?不正是令人担心的事情吗?

我们刚才说的教区，几百英亩的土地全都属于一人所有，而我们所提到的村庄议会所拥有的土地不超过四分之一英亩，而那些普通选民更是一丁点土地都没有。按说，我们应该也有一定比例的土地份额，不过我们当然不会挑动分配地主的土地。那么，我们能不能要求每位地主对外出售一定比例的土地呢？只需要很小的比例就足够了，将这些土地提供给那些打算将来定居其上的人们。比如说，一千英亩土地之中需要强制出售十或二十英亩，并且售价必须相对合理。如今到处大肆修建铁路，铁路所到之处，当地的土地必然被占用，比起那种令人不堪重负的占用，出售这么一点土地根本算不上什么，再说这种方式也不算强制。强制的手段太愚蠢了，很多城镇的本地董事会可没少犯这种愚蠢的错误。不久前，报纸报道了一则消息，据说当地政府竟然将一条排污管道穿过了一位绅士家的园林，因为管道定期要通风，完全损害了一栋古老宅院的价值，彻底破坏了这片风景优美的地区。这简直就是自毁长城，给自家带来了祸害。他们原本应该珍视这片园林，将其视为当地的荣耀，最值得自豪的景观。园林和树林对国家而言都是无价之宝，毁坏这些自然界的最后一处家园，简直是疯子所为。比起提议强制出让百分之二的土地以供农场雇工安居乐业，这种破坏景观的行为才是真正愚蠢。其实，就算出让百分之五的土地，对于一大片产业来说也不会有什么严重的影响，虽说最终这百分之五的一片土地还是会被占用。

要想让这样的提议生效，必须大力简化地产的转让手续，售价也不能过高。以前每当论及这个问题，就会出现这样的迹象，政府如同推行冰山运动一样迅速导致公众一片哗然，然后再由某个知名的律师站出来向大家解释说，这样的交易再简单不过啦，没有什么比这样的交易更划算啦。大家所希望的事宜无论哪方面都已做了妥善安置，绝对无须焦虑，一切障碍都已被清除，整个机制运行完善等等。他还引用一段很长的法律条文，证明目前工作所取得的进展，以此结束他那颇见成效的演讲。可是，事实却并非像他说的富丽堂皇的大话一样好。这里就有个现成的例子。最近，某个村庄的一栋农舍卖了七十英镑，可是光是律师费、文书费等等之类的手续费就占去三十二英镑，再加上三英镑就是全部房产价格的一半了。你还能不说这种体制明显不合理吗？

在简化程序的过程中，我们遇到的困难完全都是人为的，纯粹是法律上的手段太多的问题。又有多少这样的问题被提出，而又从未得到答案呢？为什么我们出售自己拥有所有权的东西，花费的手续费比买卖一百英镑的股票所用掉的手续费还要多呢？

一旦村庄议会遇到相关问题，就会不断地推动解决手续费过高、过于烦琐的问题，否则收购农舍和土地的运动就会遭遇严重的阻碍。如果他们能成功地将这些半封建的残余废除掉，一定会为社区带来极大的利益。那么授予各郡县选举权的行为才会比单纯获得选举权更有价值和意义。

我们以当今的雇工生活为例，从他的角度来探讨一下这个问题。一位雇工所能面临的前景是什么样子呢？他所拥有的不过就是勉强糊口的生活，居无定所，最后必然会进入济贫院忍受挨饿受冻的痛苦生活。一旦有了选举权，享有了政治权利，人们肯定不会再长期忍受这样的生活，当然我们也希望他们不要忍受。一位雇工可能工作起来格外勤劳，他平日里细心谨慎，从不醉酒生事，总是保持头脑清醒，可是无论他如何努力，到了老年却一样会穷困潦倒、生活无助。我敢肯定，哪个阶层的人都不会像雇工阶层那样勤劳肯干、生活艰辛、从不酗酒生事，然而他们的饮食却节俭到只能维持温饱的程度。他们的儿女们亲眼见到父辈的生活艰辛，便抛弃了这种没有希望的生活方式，去了城里讨生活。可是他们在城里却失去了父辈在悲惨的生活中仍然保持的令人敬仰的美德。如果，真像我所希望的，推广选举权能够成为吸引越来越多的乡下人留在乡村生活的诱因就好了。我有意使用“乡下人”这个词，是想将小农场主和他们的儿子囊括在内，随着时间流逝，越来越多的小农场主的后代和年轻的雇工阶层一样，逐渐离开乡村，离开土地。这对乡村来说是一项巨大的损失。假如有可能购买农舍或购买一片面积不大的土地，雇工的后代就很有可能愿意留在乡村，或是回到乡村，而雇工阶层的女儿们也会愿意回到村子里嫁人。我们听说过不少这样的故事，一贫如洗的意大利人和瑞士人宁愿背井离乡来到比家乡气候更恶劣的英格兰，他们在这里拼命工作、努力存钱，后来就带着攒下的钱财回到自己家乡的村庄，买上一小方属于自己的土地。这个目标听上去合情合理而又值得努力。可是我们却没有听说哪个勤劳能干的雇工，带着满满一袋子钱回到自己的村庄买下了一小块土地或是一栋农舍。他们根本连试一下也不肯，因为他们清楚在目前的情况下，这种事能实现的可能性微乎其微，甚至绝无可能。他们根本无地可买。这是为什么呢？乡村什么时候缺少过土地？因为那些地主虽然坐拥上万英亩的大片土地，却连无足轻重的一小片土地都不愿意出售。就算万幸有那么一小条的土地出售，可是那些高昂的费用，法律费用、各种文书证件和陈旧、烦琐形式、带着封建社会特征的程序，都会耗费漫长的时间，甚至会导致无法完成土地的转让。若是有途径购买土地，转让农舍住宅的费用能降低到合理的程度，就肯定对我们农业雇工产生巨大的诱惑力，绝对为年轻时代荒废时光、饮酒作乐感到后悔。城里比较高的薪酬也只会对他们具有短期的吸引力，他们心中有了期盼，就能把多余的工钱积攒下来，最后带着钱回乡购买田地和住宅。就连那些已经成家立业的雇工也会更加卖力劳动、积攒钱财，因为这么美好的希望就在眼前。

可是，现实情况却使他彻底丧失了希望。他们没有希望买到土地，也不可能拥有自己的住房，一方面是没人出售；另一方面转让交易的成本又太高。得不到土地使用权和所有权的保障，雇工们只得继续流动，他们从一家农场转到另一家农场，始终无法安顿下来。有些地方，为了一栋房屋人们争得鱼死网破，有多少人再渴望拥有自己的家啊。前些日子我在苏塞克斯的山区漫游时，遇到了一位白发苍苍的牧羊人，他虽然年事已高，腰板却挺得很直。我向他询问周围这些小山的名字，他却回答说不知道，他不是当地人，最近才搬到这里来的。这难道还不够奇怪吗？一位头发花白的牧羊人竟然不知道他所生活的群山的名字！以他的年纪，本该舒适地寻找一处地方安顿下来，他却还在四处流动、无以为家。

情感有时候比事实还要难以改变。人们即使面对最残酷的事实、最悲惨的事实、最难以应对的事实，也能坚持留下来；可是一旦人们的情感发生变化，他们就会成群结队地离去。所以，我认为凡是厌恶农场工作的人都是因为情感的变化，因为多年劳作一无所获，情感受到了伤害，失去了希望。人们世代劳作都要经历风吹日晒，可是近年来，他们的情感受到了伤害，内心产生了反感，而拥有属于自己的一个家的希望也无情地破灭了。所以现在尽管在农场工作收入也比较丰厚，他们也不愿意再继续干下去了。同样的道理，除了现实中存在的一些客观因素导致雇工离开村庄、不再返回乡村定居之外，更坚决地促使他们离开的是情感因素。人们接受了不少教育——倒不仅仅来自书本，长年累月的社会进步思想使他们无意中受到了教育——雇工、雇工的儿女们都产生了独立自主的思想。这种面对身份地位比他们高的人都要言听计从、卑躬屈膝的生活对他们失去了吸引力。他们不但服从雇主，还要在所有但凡拥有点权力的人面前都要如此卑下。换句话说，这些年来他们烦透了牧师和乡绅的规矩，烦透了农场主和监管人员的指挥了，宁愿一走了之，也不愿意再受制于人。就算他们在城里存下了一些钱，也不会愿意回村子里安家，再受制于从前的老雇主。因此，要想吸引农业工人和小农场主的下一代人回到村庄定居，除了提供更有吸引力的条件之外，还得满足他们想要获得独立的情感需要。只有当村庄居民组成委员会，实行自治，不再受制于牧师、地主乡绅、农场主或和监管人，才会培育这种独立自主的意识。而选举权的力量必然最终会推动这一天的到来。

对于一群天生勤劳能干的人来说，还有什么能比得上知道自己作为一个群体遭到蔑视，被视为将来必然要吃救济的“贫民”更残酷的伤害呢？我对这个词厌恶至极，以至于根本连提都不愿提。我只能把它放在引号里以示抗议，只有这样才能表明这是一个可恶的入侵者，而不是本文中应有的。实际上，现在的乡村行政机构就是这样认为的，他们觉得所有的雇工最终都会成为“贫民”，早晚有一天要进济贫院。所以农舍住宅都归济贫院和济贫院的董事会管理，济贫院就是核心、官僚机构、村子里的“旅店”。一旦雇工有了独立自主的意识，这种地方行政机构的管辖方式就会发生改变；一旦雇工意识到自己获得的选举的权力到底意味着什么，原有的管理体制毫无疑问必将发生变化。济贫院所造成的痛苦是否会最终云消雾散呢？让我们拭目以待，如果选举权的普及能够最终推翻济贫院残忍的院墙，我们一定会对此心怀感激。那么，这冷漠高墙的残忍于这种“制度”的残忍又意味着什么呢？乡村的济贫院几乎全都建在联合王国的中心地区，距离偏远的教区有时候多达几十英里。疲惫不堪的农业雇工被迫远离田地、远离亲朋好友，人到老年，本该坐在角落里晒晒太阳、和朋友聊聊天，从中得到一些快乐和慰藉，可他却只能背井离乡、形体消瘦，直至死在济贫院里。济贫院的官僚机构无情地干涉乡村生活的方方面面。难怪雇工们从不否认攒钱的目的就是为了找个没有济贫院的地方安家。如果有一天济贫院关门大吉、房屋也拍卖出让了，倒真是件值得庆祝的好事呢。不久前，有位绅士给我写信为他开设的济贫院辩护。当时我没时间着手处理他寄给我的这些数据，不过从他的观点看这些都足够准确，也有其价值，他的管理方式看上也没有问题。可是这并非我的用意所在。数据就是数据，无法体现人道和情感。济贫院和济贫法制度是缺乏人性的、非人道的体系，正在贬低整个乡村的价值、损害乡村的利益；他们越是标榜管理得多么良好，造成的伤害就越大，因为这就为济贫院体系的继续存在提供了貌似合理的借口。这就像船长向乘客保证说，这条船有足够的资金保障，煤箱里有足够的煤，发动机也上了润滑油，燃料充足、运转良好，可是如果乘客们根本不想去船长所要驶向的港口，这些又有何用呢？这就好像给人下毒，事先告诉受害者所用剂量丝毫不差，这难道能给他提供慰藉吗？同样，如果有人告诉我济贫院"贫民"都得到了良好的照顾，可是我根本不愿意看到任何人沦为"贫民"，你所谓的照顾又有什么意义呢？

也许会有人问，如果取缔了这套济贫法体系，又该如何处理相关问题呢？我认为有以下几种方式可供参考：有一种很保险的方法，不过本文篇幅有限，无法对这个问题展开讨论。虽然无法展开论述，有个事例也许能间接说明这方面的很多内容。在乡村中存在两大社团，一个是"秘密共济会之家"；另一个是"兄弟会之家"，这两个社团各自拥有的会员达百万之众，不仅帮助会员处理本地的事宜，而且协助他们处理世界各地的事宜(这可是任何济贫法案都无法做到的)。这些社团按照自己的章程管理社团事务，正在蓬勃发展、相当成功——实在是我们国家的荣耀，因为他们自己解决了困难。

一旦村庄开始实行自治，实现自给自足，人们自然会逐渐产生独立自主的意识，就会开始专心劳动、努力攒钱，这样也就会安心在乡下安居乐业。如果人们能够重拾定居乡村、安居乐业的真正的英格兰家庭生活的热情，那将是一件多么崇高和美好的事情！我在这里所说的家庭生活，指是在自家土地上修建的一栋属于自己的房子里生活，再小也不怕，只要属于自己所有就好。住在自家的房子会对人们的心境产生影响，温情弥漫、景随心变，周围的一切如同蒙上了一层温暖的色彩，墙上的青苔甚至烟囱上渐渐生出的烟熏痕迹看上去都是那么温馨动人。这就是家，出生在这个家里的人们，无论男女都永远不会失去家所赋予他们的特殊心境。这样的家就是乡村的力量所在。有人移民远方，希望在尚未开垦的偏僻之地开疆拓土、建立自己的家园，他们的志向和雄心着实令人钦佩。但是，我更希望有那么一天，我们的人民之中有一部分人能够在自己的家乡开拓家园、安居乐业。今天，如果他们想要生活下去，要么漂洋过海移民海外，要么涌入城市，居住在肮脏不堪的城市街区。可他们宁愿忍受城市的肮脏，甚至宁愿背井离乡、远渡美国，也不愿意继续留在人人都可以做他们的主人的乡村里，因为在这里他们阶层之中的人无一能够获得独立自主的生活。村庄要想得人心，必须让这里的人们当家做主。郡县的行政机构可能已经开展不少有益的改革，可是那样远远不够，远水解不了近渴。乡村的居民住得相当分散，人们各居一方也就只关心和自己密切相关的那些事儿。在郡县的城镇设立的行政中心距离乡下太远，很可能沦为监管董事会和如今的权力机构，只代表土地和金钱，根本无法不代表广大的普通民众。只有在每个村庄的核心地区成立委员会，真正代表村民的利益，不会受到那些住在豪宅大院的地主乡绅、住在牧师住宅的牧师和生活在农场里的农场主们的影响，才算是真正取得了进步。接下来，我们就希望看到传统的英格兰生活方式的复苏，希望看到促使人们逃离乡村、前往城市讨生活的压抑而不安定的乡村生活逐渐被珍视家庭的英格兰乡村生活所取代。

如此，人们每天早晨醒来时元气满满，工作起来则会劲头十足，因为他们心中有了希望、生活有了盼头。雇工阶层那种行动迟缓、步履沉重的生活方式也将大为改观，代之以朝气蓬勃、锐意进取的精神，今时今日就连很多勤劳能干的雇工每日也都这般沉闷压抑。为什么律师工作起来比筑路工人还要努力呢？为什么内阁部长像矿工那样长年累月辛苦工作呢？这是因为他们心中有目标。所以，只要我们的雇工内心有了希望和寄托——想要拥有一个属于自己的家园，那么他们便会更加朝气蓬勃地投入工作。

一旦这样的家庭越来越多，乡村就会开启全新的生活，人们交通往来、川流不息。这时，人们必然会要求废除当初设立的禁止在公共道路上使用蒸汽机车的陈旧法律。虽说这些法律条款是现代社会制定的，却充斥着中世纪的陈旧味道，其荒谬之处不异于下令禁止蒸汽机船在海上航行。假如有一条法令强行要求所有船只出海时才能扬帆，或虽然可以使用蒸汽机引擎，航行速度却限定为每小时不超过四英里，这该多么荒谬！农业生产的最大劣势之一就是运输方面成本高昂、困难重重。将小麦、面粉和其他食品从美国运到伦敦，所花费的运输成本竟然比用马车将这些从乡村运到伦敦还要低得很多。运输成本的问题最终将会成为联合王国当今最棘手的问题之一，因为这关系到每个人的切身利益。运输问题严重制约大规模的农业生产，对小规模的农业生产来说运输成本也过高。假设有人在两英亩的土地上种植蔬菜和水果，而又无法将产品运往伦敦(或别的大城市)出售，那就很难获得收益，因为当地往往需求不足，价格也相对较低。随着定居乡村的人数逐渐增加，雇工阶层在村庄当家做主的时候，人们每天都会花一定时间在自家的田地里劳作耕种，那时候运输困难就会成为非常严重的问题。他们必须运送农产品，蒸汽机可以满足运输的需要。实际上，建造蒸汽引擎的汽车在公共道路上通行和修建铁路、通行火车一样便捷；那些提出抗议、以安全为名反对机动车上路的人只不过是从事马匹交易的当事人罢了。其实哪有什么危险，乡下到处都是修理平整、状况良好的道路。早在通行马车的时代，乡下的道路就已修筑平整，这一点颇有预见性，机动车上路绝对没问题。机动车在道路上行驶的速度很快，便于到各处收集农产品，不管是直接运送到货运火车，还是通过机动车转运，最终都会迅速运输到城市里。这是个很重要的环节，未来农业的发展必然要求运输更加方便、更加快捷。只要乡村开启了全新的生活，什一税必定要走向消亡——整个什一税的体系都要消亡。小业主比大业主更需要耕种的自主权。

仔细审视一下这些变化，就会发现根本没什么可怕的，而这些改革本该五十年前就实行，根本无须等到今时今日，甚至现在也只是一种潜在的可能性。从农业发展的现状来看，现有的体制中是否有农场主或地主迫切想要保留的方面吗？当然没有，不管哪一种考虑，都指向稳定的改革和发展。至于那些通过引用法国的案例，争辩说若是强力推行改革，必然会招致不满；可是他们应该心知肚明，英格兰的状况与法国完全没有可比性。两国的人民完全不同。我们英格兰人害怕承担风险，非常容易满足现状。如果仔细考察一下，就会发现我所说的这些变革非常温和，就算是全面推行也不会导致各个社会阶层的关系发生任何变化。这种雇工阶层构成的乡村议会一定会尽心考虑农场主的现有状况，他们有充足的理由尊重农场主的利益，因为他们完全明白农场工作的报酬对他们的意义所在。也许在特定的情况下，他们还会站在农场主一边，为农场主争取最大的利益。这样的情景不难想象，很可能雇工、农场主和地主这三方的关系比以往任何时候都会更融洽。比起担心可能引发革命的危险,我觉得民众的麻木不仁更令人痛心。危险的是这些新选民可能会对现有的状况麻木不仁,默认现有体制的存在;我们没有跨越尼亚加拉大瀑布那样的风险,根本无须担心他们会有过激行为。

这些变革的结果可能是增加土地的价值:一旦成千上万的劳动者真正有了动力,为了拥有一小块土地而更加努力地劳动、存钱,那么地价无疑也会上涨。对地主而言,这非但没什么损失,反而大有好处;对农场主也一样,因为这样他们就能获得更多的劳动力,而且在投票选举时能够拥有更强大的后盾,得到更有力的支持。比起相互对立,更有可能的是三者相互合作。新选民获得的自主权越多,也就会更加依恋家园,定居乡村的雇工也就会越多,三个阶层之间的关系就会更加稳定、牢固。如此一来,地主再也不必担心自己的花园、宅邸、狩猎场、隐私或是别的方面会受到侵犯。人们有需要的时候可以出钱购买,如非必需也不会再去强占或盗取。树木、园林正在日益成为无价之宝,要想保留这些宝贵的自然财富,就必须保留一定数量的地主。完善的私人所有权与民众的娱乐并非完全相悖。很多土地产业虽然属于私人所有,人们却仍然可以随意漫步其中,尽情享受置身其中的快乐。当然,的确也有大批公园完全不对公众开放,这种行为实在愚蠢至极,表现出业主的偏狭和短视。就算对业主稍微施加点压力,要求他们的园林对公众开放,其实也不算为过。不过也只是开放而已,同时必须严格禁止对私人产业的破坏和侵占行为。既然已经获得了使用权,还要悉心保护,不可破坏才是。

在我的一切设想之中最伟大的目标就是形成公共意识，而又保护私人的自由。自由是万事万物之中最宝贵的东西，必须用我们的双手和无尽的智慧竭力追求。自由并不意味着无视公平、正义，相反，自由绝不容忍非正义的存在。可是我们的时代似乎广泛流传着对自由的一种错误认识，那就是世间存在两大罪犯：一方是穷人或"贫民"；另一方是地主。在极端的观点中，这两者都被认为是有罪之人。因此这些不幸的穷苦之人或"贫民"的一切权利——参与选举的权利、在自己出生的村庄居住的权利、死后得以体面下葬的权利——都被剥夺了。因为他被认为是罪犯。拥有土地也成了不可赦免之罪，没有比这更糟糕的了。政府下令四处搜查罪犯，而且属于他的一切东西都会被查抄；属于地主的一切也是被征收的。这样的行为显然对双方都是不公正的。每个人都有可能在无法控制的情况下突遭横祸沦为赤贫，要怪的是时运不济；可是若是因此剥夺这些人的公民权，惩罚这些不幸的人们，该是多么残忍行为！任何通过好运和劳动获得财富的人，自然会产生购买土地的愿望：难道这样的人有罪吗？为了公平起见，穷人和富人应该享有同等的公民权。

那么，一定要让新选民永远要记住个人自主权的重要性，不要急于损害他人的权利，否则同样的行动也会招致他们的权利受损。既然已经获得了自由，就要注意不要轻易屈服于当地拥有土地和金钱之人的影响，也不要轻易受到外来的演讲者的蛊惑，那些人很可能会利用新选民为自己谋求利益。毫无疑问，一些结党营私或狂热激进之徒势必会竭力利用新选民以达到不可告人的目的。这样很有可能导致他们总是以工资收入和饮食状况之类的问题来衡量自己的目标，比如说“这项政策会对我的工资收入和饮食产生什么影响？”为了避免这种状况，每个村庄当中必须有一部分意志坚定、正直坦率的人成为核心，才有可能发挥选举权的真正作用。这些人可以事先成为治安维持会的成员，最后再组成村庄议会之类具有法律地位的机构。

猎杀偷猎者

随着圣诞节临近，打击偷猎者的行动正在紧锣密鼓地全力进行中，偷猎的要犯已被抓住，有望再抓获一大批偷猎者。一群人带着猎枪进了林地，还有一群人携带左轮手枪前往树林里与前者汇合。接下来发生的冲突如此野蛮血腥，简直就像强盗科尼斯马克横行的年代匪徒之间的混战一样。实际上，当时（为了营救戈登）我们的探险队逆流而上，正在尼罗河上艰难地航行，此次营救有惊无险，随军记者竟然没有描写战斗情况，只是记下了船只的行进如何艰难；与此同时，在国内却爆发了一场猎杀偷猎者的战争，在家门口发生了严重的流血事件。若是当时有位“特派记者”在现场，他一定会将这两件事联系在一起。负责巡视一大片禁猎区的猎场看守们在侦察人员和骑兵哨的帮助下，确定了一群偷猎者可能造访的区域，于是他们趁着夜色埋伏起来准备实施突袭。他们全副武装，携带后膛猎枪、左轮手枪、六发式手枪，摆出一副美国西部“拓荒者”准备与印第安人决一死战的架势。至于那些偷猎者，有钱人不可能帮他们购置先进的武器，因此手中只有古老的前装式猎枪，至于文明社会的左轮手枪，更是连听都没听过。冷杉在山谷里投下浓重的阴影；此时已是深夜，一位负责侦察的人员朝着目的地悄悄地匍匐前进，探知敌人正在苗圃附近积极活动。“拓荒者”们于是对偷猎者实行了迂回包抄，然后突然从一处通道入口处冲了出来。接下来，双方发生了一场混战，厮打——咒骂——红色的火焰立刻照亮了现场。交战中的一方，手持猎枪平行瞄准，开火之后，枪管里冒出一股白烟；交战的另一方，一位身着平绒服装的人手持左轮手枪，子弹发射之后，枪口立刻喷出一股浓烟。还有两个人扭打在一起，在地上滚来滚去，最后落入了一张大网无法脱身。另有一人躺在地上缩成一团，身体几乎对折，显然受了重伤，一只野鸡从他的外衣口袋里冒了出来。砰！砰！枪击声之后，到处是呻吟声、咒骂声，然后有人拧亮了一盏提灯，战争结束了。第二天上午，你如果一大早就来到现场，也许会看到这样一番场景。湿漉漉的草地上散落着很多弹壳，地上全是深深浅浅的坑洞，这是厮打过程中沉重的靴子铁后跟留下的。一支摔坏的烟斗、一道捕野兔的套索，到处血迹斑斑，在草地上、被压平的一丛丛灯芯草上，尽管天上下着蒙蒙细雨，树上积存的雨水也一直滴滴答答向下流，这些血迹却仍然清晰可见。沟渠旁边散落着一些野鸡的羽毛。再往远处看，小棚屋里躺着一具早已僵硬的人类尸体，上面蒙着一块床单。另一个被抓的偷猎者也受了伤，但尚不致命，被关进了附近城镇的牢房里。阴暗、寒冷而又潮湿的冬日清晨，为这一场景蒙上了一层寒意，不禁令人想起家中失去父亲的孤儿、没了丈夫的寡妇。难道这就是圣诞期间流行的所谓高贵运动？这倒是为下一次皇家学会的展览提供了宏大的主题，只需陈列两幅展板——第一幅名为“战役”；第二幅名为“战后清晨”。

自克洛维·雨果夫人枪击莫兰的事件之后，人们发明了这么一个新词——“杀人的正当权力”，以此作为对人权的补充。在巴黎，为了维护个人的名誉你可以实施报复——至少女士可以如此；这些都是享受特权的例子。可是在英格兰——道德至上的英格兰，竟然也出现了如此恐怖的表述——人人都有权利杀死偷猎者。如此说来，猎场看守就是持证的合法杀手；他可以持枪射杀猫、鼬鼠、乌鸦、偷猎者以及其他危害猎场的生物。这就是他的高贵乐趣——猎场看守的娱乐活动。我们的文明宣称人类的生命具有至高无上的价值。可是，在人类历史中，从未有过任何时代像现在这般将生命看得如此“神圣”。特别法庭认为饿死人不算谋杀。那么，射杀偷猎者又该如何判决呢？当然，偷猎者从事的活动是非法的，可是这种非法的行为是否严重到可以被枪杀的程度呢？他并非入室行窃的盗贼，他没有私闯民宅，也没有威胁到居民的生命。他也非拦路抢劫、勒杀他人的强盗，他不会在大街上暴力袭击路人。树林不是住宅——甚至也不是庭院。至于将他定罪的所谓论据——他在夜晚去了树林——纯粹是法律上的诡辩之言，晚上偷猎和白天偷猎并无本质区别，因为无论白天还是夜晚，偷猎行为都没有攻击性，也不已伤害他人为目的。简而言之，偷猎者是小偷，只不过他偷的是兔子或野鸡，不是商店橱窗里的手表而已。非暴力的盗窃行为与伤害他人的行为完全不同。有人在查令十字火车站被小偷扒了钱包，警察 B 亲眼目击了行窃过程，立刻跑上前去抓住了小偷；假设警察 B 没有抓他，而是从怀里掏出左轮手枪朝他开了一枪呢？警察 B 这样的行为合法吗？目前连枪击入室窃贼时，何种情况为合法，何种情况为非法，法庭都尚且未有定论。

为什么枪杀偷猎者就可以当成合法的行为，免于处罚呢？

没错，偷猎者的确携带了武器，可是他们携带猎枪的目的是猎杀野鸡。猎场看守携带左轮手枪，可是无论夜间还是白天他们带手枪的目的都不是去杀野鸡，这种武器显然针对的是人。但凡与这些本性粗暴好战的人打过交道，谁心里都清楚，这些猎场看守和其他人都是怀着嗜血的热情参与这些残酷的冲突行动的。事实证明，甚至还有年轻的农场主也加入了猎场看守的队伍，参与了这些战斗。若是硬要说他们拿着左轮手枪参战的目的纯粹是为了保护自家的财产，那真是一派胡言。他们只是喜欢争吵，喜欢打架滋事、强出头罢了。尽职的猎场看守手段多样，自然非常善于追踪和辨认偷猎者。假如光线不足、看不清目标，就有人带上新发明的那种便携式手提电灯，突然打开照一下，那些藏身之处和白天一样亮堂，角落里也就一览无余了。和枪弹相比，偷猎者其实更害怕明亮的光线——因为这意味着自己的身份会被认出来。事实上，这些血腥事件简直就是我们所吹嘘的仁慈人性的耻辱。我们对猎场看守射杀猫的行径表示愤慨和蔑视，却对他们射杀偷猎者的暴行视若无睹——就连保加利亚都不会发生这样的事情。可是，这些血腥事件只是人们的观念悄然发生转变的部分表现，和那些大力提倡职业拳击的行为同属一类，如今这种残暴的热情正在日益高涨。说到底，枪杀偷猎者的行动就是彻头彻尾的暴行。这些暴行极大地损害了狩猎运动的利益，必然导致人们对狩猎行为产生偏见。不久之前，枪杀落入陷阱中的鸽子的暴行风行一时，上流社会和时髦人士们都自我标榜同情弱者，争先为可怜的鸽子声辩。可是，偷猎者却被当作不法之徒，被排除在那苍白无力的人道主义庇护之外，地位还远不如一只鸽子呢。一个人若与谋杀犯过从甚密、相互勾结，即使他并未出现在谋杀现场，法律也会认定其为同犯；可是假若有人授权猎场看守携带左轮手枪“捉拿”（袭击）偷猎者，那这个人又该当何罪呢？若是随后发生了杀戮，相信无论如何他的良心都无法得到安宁。偷猎并非新近才有，而是古已有之，可是多年以前我们对待偷猎者的手段要仁慈得多，猎场看守习惯使用粗短结实的棍棒去“捉拿”偷猎者，而且只靠棍棒也抓住了不少人。那时候不管从哪方面看，舆论都是站在猎场看守一方的。可是现在猎场看守用的是左轮手枪，他们的行为显然已将自己置于不道德的行列，比行事非法的偷猎者也正当不了多少。毫无疑问，每当各地发生偷猎者被枪杀的案件，闹到当地的权贵面前，猎场看守一般都会被解雇了事。整件事影响恶劣，极其恶劣，对谁都没有好处。针对偷猎者的法律在这方面要承担很大的责任，因为法律规定中对夜间偷猎行为的惩罚力度之大，近乎荒谬，并不比古时对偷羊人实以绞刑的法律好多少。一方面，偷猎者觉得既然已经犯了法，那就继续干（打个比方，不管是偷一只羊还是偷一只羊羔，都难逃绞刑架）。另一方面，猎场看守心里很清楚他们在法律上完全占理，认为自己打击偷猎者是“替天行道”，觉得只要在职责范围之内的，做什么都不算错。现在你随便拿起一份报纸，都很难避开诸如“发生严重的偷猎斗殴事件”“猎场看守枪击案”“偷猎者受伤”等新闻，简直令人作呕。这一切都对狩猎运动产生了极大危害。作为狩猎运动的拥护者，作为真正热爱狩猎运动的人，我觉得没准最终会导致狩猎被叫停，又或者我们可能要被迫回到古老的年代，用古老的方式狩猎，只能借助弹簧枪、陷阱、猎犬之类的工具了。又或者，在这个盛行进化论的年代，我们应该继续前进，继续照此向前发展有。照此下去，我们可能会发现很多比猎场看守和偷猎者出身更好的人，倒是喜欢看到这样的冲突和打斗——这些人甚至出钱悬赏，奖励猎杀偷猎者的行为。我手里有份剪报，选自一期关于狩猎运动的报纸——“尊贵的吉姆·曼舍尔先生在派伯利姆大宅举办了一次大型聚会，受邀宾客齐聚一堂，准备参加即将举行的圣诞节射杀偷猎者活动。这些宾客全副武装，均装备了温彻斯特自动步枪，为了更好地击中目标，他们正在紧张地期待满月之日的到来。对方是一伙身强力壮的偷猎者，因此预计这次射猎将是一场盛会，可能会出现大量伤亡。据说偷猎者一方拥有一把大型霰弹猎枪，一次可装填三磅重的弹药，他们非常倚重这把堪称野战炮的猎枪。追杀活动可能将在‘低地种植园’开启，必然声势浩大、喧闹异常。另外，治安法官们均已被金钱摆平。”

首次发表在1884年12月13日的《帕尔美公报》

首次收录在1948年的《树篱的编年史》文集中

樱草俱乐部

村口的道路两旁是高大的榆树，枝条在半空交错相接、形成一道拱顶，不论谁见了都会交口称赞。东方的集市和人们的生活都笼罩在穹顶之下，英格兰的乡村生活则经常是绿树掩映、风光无限。虽然这种景象寻常可见，但人们都说绿树浓荫、美丽动人。远处的房屋大多还是茅草屋顶，虽说如此却与常见的风格略有不同，如果你的想象力丰富的话，就会发现眼前好似一幅木刻版画。铁匠铺子外面都是各种奇形怪状的器械，全都漆上了耀眼的红色；有各种令人恐惧的刀具，还有一台机器，肯定会受到刽子手的喜爱，行刑时可以先砍脚，再剁手；另一样东西是尖利的爪子般的草叉，看一眼就觉得眼睛会被挖出来一样，令人恐惧。不知什么东西来了，发出巨大的轰鸣和叮当的声响。如果有拖拉机过来的话，我总要吓得跑到门内，边跑边祈祷命运庇佑，希望拖拉机驶过的时候千万不要爆炸，免得我的一切梦想都随风而去。不过只是扬起了漫天的灰尘，路边的杂货店（可以为你提供法国红酒）一定被沙尘淹没了。灰尘的味道令人作呕，肯定不是自然的、纯粹的大路上的尘土，哪怕有一小点落在你的鼻子上，都可以闻到那讨厌的味道。灰尘的气味就像干了的污物。从一处栅栏里散发出浓浓的臭味,真相这才终于大白了:原来这里是排水沟。以前这里还是干净卫生的地方,做了排水沟之后就臭气烘烘、疾病肆虐了。这种排水沟很常见,美其名曰"下水道设施"。所以,你们这些伦敦人要是想换个环境,去乡下走走,可一定要注意千万别去那些被当作污水沟的地方。如果周围有很多乡间的别墅,你就更要多加小心,往往都是些年久失修、急需修缮的危房。一定要小心这些房子。

不过,想要作画,还是有白嘴鸦、阳光和二十道山墙可画,只要有它们在,古老村庄的痕迹就无法彻底被抹掉。低矮的房檐有一扇窗户,如今早已被黄色的景天覆盖。黄色桂竹香、万寿菊、麝香草、月见草、花冠百合、矮生金雀花、花菱草——全都是娇艳的金黄色。窗格子后面的花儿长得密密麻麻,紧贴在玻璃上,看上去几乎就像被压扁了一样:当然有鲜红色的天竺葵,不过最主要的还是黄色的蒲包花。紧挨着窗户的好像是个平台,镶着些瓦片——可能是炉灶——上面也长满了景天草。平台上面就是一面山墙和高高耸立的窄烟囱,算得上素描或油画的好素材。房前有棵金链树,垂下一串串的金色花朵。几乎每个角落都是一片夺目的金黄。但凡陌生人路过这里,一定会停下脚步,环顾四周,惊叹道:"啊!多么古老、传统的乡村生活啊!看上去多么真切,真是太美了。"非但如此,他一定还认为生活在这里的人们享受着世间最美好的一切。

村庄原本该被打造为诚实正直之地,可是他们却找到了很多新的发明创造。比如,他们发明了"精英"这个词,发现他们拥有不同的"社会"阶层——简而言之,这里有"樱草聚居区",还安装了排水系统。虽说外界并不了解其中的具体状况,可是据说牧师和副牧师都属于“精英”阶层——他们就住在“聚居区”里。村里的老医生,一位真正的老托利党,当然也是这个阶层的一员。不过,年轻的医生刚开始并不属于这个圈子,不过渐渐的他发现自己以后最好还是向这个阶层靠拢,而且最好要定时地到教堂出席“著名人士聚会”。原因何在?因为老医生的观点在村里的老处女当中广为散播,他觉得这个年轻人虽然很聪明,却是个可怕的唯物主义者。中世纪的时候,如果有人在化学方面很有天分,那么他定会被看作是巫师,在蒸馏瓶的瓶颈中也藏着相似的恶灵。而在今日,如果一个人很聪明,人们总会怀疑他是个邪恶的唯物主义者,整天和“孢子”“微生物”“细菌”打交道。福音书里可没提到“孢子”这样的东西。可是以经商为业的老练生意人,就是整日和这些打交道的“化学家”,他的生意规模至少比那家老杂货店大一百倍,却被认为属于“精英”阶层。村子里还有四五个退休的人,可能也曾经过商,只是并非以此为业,他们住在改造成别墅的老式农舍住宅里,人们猜测他们曾在战争年代提供过大批的军用物资。当然,只要属于托利党、地位较高的农场主均以某种方式与这个阶层相联系,其中还有郡里的一两户人家,当地的一位下院议员和他的四五个多少带点头衔的朋友、荣誉捐款人。成员当中还包括几户既不是农场主、绅士,也不是地主的与乡村有些联系的人家。不过,这个圈子的大部分的工作都是由一位类似秘书的人物协调完成的,他负责召集成员活动、向各位成员传达紧急号令、安排聚会,还要具体处理各种事务。这些乡村大人物总是夸他是位“非常好的人,要是没有他,我们都不知道该如何是好”。话虽如此,他们却不会邀请这个人参加晚宴。这几乎就是普通村民人尽皆知的所谓村子里的“决策机构”,因为事实如此——他们采用了那些“徒劳无功的秘密花招”,将我推荐给了不信教的托利党人。这个神秘的小团伙还有更阴暗的分支——所谓有身份、有地位的贵妇人。我不知道她们到底做什么，不过有传言说她们之间也有等级之分。如果一位太太比另一位太太地位高，地位高的太太提出一个议案,这个议案就能实施;相反,若是那个地位不太高的太太提出一个议案,这个议案就会被否决,落地无声。因此,这些“天使”之间也免不了妒忌不满和意见分歧。不过,只要她们仍然属于“精英”阶层,这一套规则就是完美无瑕的。

如今,乡下的小村庄都还是相当闭塞之地。村里没有各种各样的街道,没有查令十字街,没有沿着斯特兰大街闲逛、川流不息的人群,也没人跑到街边的店铺里花一便士买烟卷,或用七畿尼的金币买镀金的钟表之类的东西。在那些店铺里,顾客如云,少有熟客,今天来一位顾客,明天又换成了另一个新面孔。可是,在乡下的村庄里,顾客始终如一。顾客的数量是固定的,就像玻璃杯子里的水满了,再也不能往里再多加;就像一根绳子上能串起来的念珠总是那么多,再数多少遍也不会变。可是当地村庄里却出现了这么一个故事:杂货铺的老店主,当然不是什么“老练的生意人”,总是在橱窗里出售语言刻薄的“激进派”刊物,几年前因为牧师拒绝为他不信国教的儿子下葬,还说了很多牧师的坏话。他只是一个常见的、顽固而粗鲁的老人,倒没有遭到抵制。当然没有啦。谁也没有到处张贴私人印制的通知公告,也没有人到处张贴标语威胁说如果你到这里买东西,肯定就会买到含铅的胡椒。可是，如果一位老练生意人的兄弟开了另一家店铺，当然人们也就不必再去老店主那里买东西了。倒不是说有谁会告诉你不要再去老店主的杂货铺买东西，而是有人会建议说如果去另一家买到的东西要比这一家好得多，而且也算是对新店主的支持鼓励。村子里的所谓“决策机构”绝对不会说你不能和这家店铺打交道，而是会说你“应该去那家买”。这些话听起来好像不是在抵制老店铺。可是，慢慢地，医生们就会发现疾病之所以四处传播，就因为下水道的通风口开得不够多。于是，为了改善这种状况，就在老杂货店的旁边随意开了一个通风口。从此之后，老杂货店就总是散发着“激进派”的恶臭。可千万别在那里停留，到处都是真菌、细菌之类的东西呢！杂货店的这位老先生为此写了很多封信投诉，可是官方却没有任何反应。乡村董事会里有不少有职权的人，他们大都是不信教的托利党，更不会为这件事出面。

那位住在村子里鲜花满窗的农舍当中的居民，以前曾经是村子里声名狼藉的“卑劣之徒”。他是个小店主，有自己的一小块土地，一家小奶牛场，一个家禽养殖场，可是却负债累累。他是个令人震惊的“激进派”分子，对一切都不满，搅得四邻不宁。他个性强硬，完全不在乎那些恐吓的行径，任何诽谤、污蔑都不会吓到他；就算被送进监狱他也不在乎，总之，他就是一个天生蔑视权威、勇敢无畏的人物。他经常破口大骂，因为他家的农田干旱贫瘠，旁边却是一大片绿油油、水汪汪的草地，里面还有一片总是水源充足的池塘。这片草地和池塘属于教会土地的一部分，可是当地的牧师绝不会把这片土地租给他这样醉鬼、恶棍。渐渐地，村子里的精英“聚居区”开始成型，樱草俱乐部的金色招牌也以自己的方式操

麦田

John Clagton Adams(1840-1906), *Harvest Time*

年复一年，麦田依旧，每次看到它，我便如获新生。在我看来，对于这片古老的大地，春天与属于它的麦苗、紫罗兰、山楂树叶以及鸟儿此起彼伏的歌声，都变得越来越宝贵了。

麦鸡

William Lewin, *Lapwing*, 1789

灌木丛外面的犁沟里散落着几只麦鸡，距离我只有大约二十码远。一只向前跑了几英尺，从地上啄起了点儿什么；另一只以同样的姿态跑到一边；第三只又冲向第三个方向。虽然下着倾盆大雨，它们的鸡冠、泛着绿幽幽光泽的翅膀和白色的胸脯都没有一丝凌乱。

鹧鸪

Henry Leonard Meyer, *Partridge*, 1857

田地里还有野兔，以及一群群的小鹧鸪，这些小家伙还不会使用翅膀，无法飞翔。这些长羽毛的小家伙和种子一样密密麻麻，从小麦刚刚在地里播种的时候，它们就已经栖身于此了。

收获

William Linnell(1826-1906),*Cornfield in Surrey*

有人负责收割，有人负责打捆，有人负责装车，有人负责运输，有人负责堆垛，还有人负责拾麦穗，麦收季节人人都有活儿干。

M.P. Verneuil, *Dandelion*, 1869

五月绽放的蒲公英才是最美的、真正的蒲公英，花盘非常宽大，也开得茂密，铺天盖地覆满了整片草地。

金链树

William Curtis,*Cytisus Laburnum. Common Laburnum*,1787

房前有棵金链树，垂下一串串的金色花朵。几乎每个角落都是一片夺目的金黄。

茅草屋

Helen Allingham(1848-1926), *Surrey Farmhouse*

年老的村民常年住在这些茅草屋顶的房子里，过着老式的传统生活，好像这种房子更有利于人们的身体健康。人们认为茅草屋顶的房子常年保持恒定的温度。

乡村

William Cordall (active late 19th C), *Village Scene*

村口的道路两旁是高大的榆树，枝条在半空交错相接、形成一道拱顶，不论谁见了都会交口称赞。东方的集市和人们的生活都笼罩在穹顶之下，英格兰的乡村生活则经常是绿树掩映、风光无限。

作运营了。有人开始私下小声议论,建议把这片池塘和草地交给这个可怕的家伙自主处理。现如今的,这位叛逆之徒每到礼拜日都把胡子刮得干干净净,穿着一件干净的罩衫去教堂做礼拜。再往后,住在郊区住宅的上等人开始到他那里买质量上佳的黄油,而他的妻子因为喜欢花也变成了非常受人尊敬的女士。从温室里搬出来的那一盆盆的鲜花格外美丽怡人。再往后,人们发现他家那片原本干旱而又贫瘠的农田特别平坦,可以用做樱草俱乐部的网球场。就这样俱乐部租了大约一平方英亩的土地,付的租金也相当慷慨,现在你就能看到那些尊贵的女士们和先生们在原本属于叛逆阶层的杂草丛生的土地上轻松地游戏娱乐。

偶尔,你会看到一位真正的地主或真正的女士碰巧来到这里拜访某户人家,他们在农舍周围到处走走,还不时地摘下帽子对这里的庄稼评价几句;或者没准儿这位女士还拿笔照着这里的猫勾勒几笔素描。这可不是什么抵制活动,这叫作樱草行动。这个金色的俱乐部就是这样运作的,找出人们的弱点,对那些愿意在他们的羽翼之下接受庇护之人做些轻松愉快之事,从而各个击破。虽然恶棍的谩骂声依旧,敌人的核心却已经破碎不堪了。制鞋工匠是村子里另一个可怕的人物;他还有结核病——这些判断显然是针对卑鄙的无神论者的。副牧师对他无计可施,后来他渐渐地有了主意。副牧师说,“看来他需要鼓励了”。村子里的“决策机构”也认为如此。从此之后,大约四十双靴子运到了村里,有绅士穿的大皮靴,也有女士穿的小皮靴,都需要修一修,每双靴子的修补价格大约是两先令六便士,或三先令六便士。再往后,副牧师又说“你的咳嗽得挺厉害啊”。然后,人们送鞋匠去海滨休养了一个月。

他回来之后,不咳嗽了,整天骂娘的老毛病也好了。他再也不拒绝那些半克朗的硬币了——好啦,又拿下了一张选票。

樱草行动的活动对象一般比鞋匠和挤奶工人地位高得多。如果你性格软弱,行事灵活,不介意讨好他人,你在这里做什么都会一切顺利;你不仅能在当地乡村过得顺心,就算你想把生意做到伦敦,那也毫无问题。可是如果你不愿意任由他们摆布,不愿意任由他们掠夺,而且还没有被拉下水,你最好离开当地的村庄。樱草俱乐部有很多装饰品,"精英"阶层的贵妇人都佩戴"特殊服务"胸针;但是至于这些神秘的"特殊服务"到底是什么,却无人知晓。可是,这一切都是因为在乡下到处都建立了这种"核心决策机构",在原本没有什么这类正规"精英居住区"的地方也开始出现风格相似的活动和饰品。

春日的时光

清晨早早地醒来，听着小鸟在树上歌唱，心情多么美好。鸟儿的歌声与任何声音或笛声都没有相似之处，这些音符里有些与众不同的东西。女人的嗓音能奏出更完美的音乐，男人的嗓音则流露着他们的心声。树上的鸟儿发出的声音却蕴含着清风自然的寓意——这是青草和野花的声音，这是绿叶的词汇，它们就用这微弱而尖锐的音符发言出声。甘甜的露珠、穿透云彩缝隙露出的阳光、萌芽初绽的山楂树、空气中弥漫的味道、水仙花的动人色彩——春天里一切鲜美可爱之物都在鸟儿的歌声里得以表达。歌唱就是鸟儿的天性，它本能的鸣啭就像它脚下的树枝里流淌的树液，未经思考便已响起。这声音未必就是一曲歌，在这生机勃勃春日清晨，只需几声短促的音符就足以撩拨人们的心弦。昨天，有只幼鸟来到我窗边的一根树枝上，在它的鸣叫之中，我仿佛听到了微微的清风扫过嫩嫩的小草的声音。灿烂的阳光洒满大地，不过一分钟，乌云就遮住了太阳，树篱陷入一片阴暗。随后，盛开的荆豆花像书本一样合拢了，不过花儿仍在——只需几个小时的温暖，花瓣就会慢慢舒展开来。草地看上去一无所有，可是不用多久白屈菜心形的叶子就会在常见的地方现身。尽管柳树的树梢已经被剪去了，长长的嫩枝却已在阳光中随风摇摆，树皮黄中带红，呈现了初春的第一抹色彩。芬芳的微风拂过，柳树的枝条随风起伏；微风轻轻抚摸着黑黢黢的松树，阳光下这些松树的样子看起来与夏天时并无不同；微风吹过树莓，摇荡着弯成拱形的枝条；微风把潮湿的大地吹干，用手指揉皱了地面的泥土；微风拂过在灌木丛上唱歌的麻雀，它的羽毛微微颤动。

我心中感到好奇，没有我这一切又是如何运转呢——如果没有我为它们记录下生活的轨迹，这些鸟儿和鲜花又是如何度过岁月的变迁？因为我每天都会怀着钟爱之情细心地观察，注意到山丘背风处的土坡上一些种子的叶芽早早地就冒了出来，幼嫩的青草、水灵灵的蒲公英、厚重土块上的款冬，还有门柱附近被人们践踏的繁缕都在急匆匆地努力生长，它们虽然如此常见、如此幼小，可是对我来说却又如此宝贵。每一片草叶都属于我，就好像是我亲手栽种的一样。这一切都是我的心头挚爱，我就像园丁在自家花园里全心全意地呵护玫瑰花一样爱着它们。草地上的每一株草都是我的宠儿，我全心全意爱着它们。也许这就是我从不养“宠物”，从未自己亲手栽培一株花，从未养过一只笼中鸟或任何活物的原因。既然那些在空中自由飞翔的每一只鹰隼都属于我，我又何须圈养一只宠物呢？我欣赏鹰隼敏捷却看似漫不经心的飞行姿态，喜爱它猛然展翅的动作，愿意开心地看到它在榆树林和绵延数英里的林地上空飞翔疾驰；看到它自由自在地生活，我觉得幸福快乐。还有什么能比它掠过碧空时划出的弧线更美？所有草也都曾是我的宠物。寒风呼啸时，草儿看似枯萎了，颜色也变得灰暗;燕八哥在地面上跳来跳去地奔跑,它们并未深陷其中,而是高高地站在地面上,身躯也显得格外庞大。空气中飘浮的尘土保护了野草,使它继续生长。日复一日,每天都有新面貌,总有新的音符在产生。树干上苔藓渐渐枯萎了,椤树底下的野山靛开始萌芽,山毛榉的嫩叶如鸟爪般向外伸展,这一切足以写成一本又一本的书。我几乎无法想象,若是没有我,它们该怎样生活下去。

今天,透过窗玻璃我看见一只在乌云满布的高空飞行的云雀,听到它的歌声。它的声音吸引我驻足窗前,无心去观看萌芽的植物和开花的荆豆丛。云雀怎知此时正是它该放声高歌的季节呢?它不像我一样有书本、笔墨和四处观察的敏锐目光,它又是怎样知道春天已经来临了呢?在高空放声歌唱,掠过耕田低矮的石墙追逐心上的伴侣,与羽冠高耸的对手搏斗,落地时平展抖动的双翅保持平衡,发出甜美的求爱之声,这一切的一切——啊,就是一首幸福和快乐的歌儿!看着它,好像这鸟儿属于我,心情无比美好!自从那次我在碧绿的麦田里观察鸟儿开始,多少年已经过去,那些可爱的小家伙如今肯定生命已逝。站在窗前倾听云雀的歌声,我并未告诉它春天已至,它又是如何知晓这一切的?

嫩绿的山楂树的幼芽在树篱中隐约可见;芦苇像长矛穿过盾牌一样,在湿润的地面拔地而起;在被截去树梢的榆树上,燕八哥在瘤节的孔洞里生蛋——这些鸟蛋很寻常,不过每一个蛋里都有一个斑点,那是一个原生细胞质点,是生命的原子,这一点是切割好的两百克拉的钻石中无法找到的生命元素。燕八哥总是会选择这样的一排榆树产下第一批鸟蛋。白嘴鸦的尖嘴叼着一根大木棍在风中飞翔,不时被风吹得歪歪斜斜,就像一根松脱的羽毛;它从父辈那里知道了该何时筑造自己的鸟巢——这种知识世袭相传，方式一成不变。可是，树篱中的这些居无定所的意外来客，它们又是如何知道春天来了呢？个头庞大的乌鸫在楷木旁边筑巢，就裸露在光天化日之下，没有一根大树枝可以遮挡，树上光秃秃的连片叶子都没有，除了树枝根部覆盖着一些绿苔，树上便一无所有了。乌鸫并没有费尽心思去寻找隐蔽之处。我想象着时间的漂流，看见苹果树开花了，草地上长满了蓝色的婆婆纳。数不尽的嫩芽、树叶、花朵和草叶，一天又一天，你总能有新的发现，它们生长迅速、突飞猛进，你根本来不及拿笔加以描绘，更来不及为它们著书立传，更是无法细数它们的数量，又该如何去写下它们所给予你的灵感？这一切，若是没有我，又是怎样继续的呢？

因为它们对我如此重要，我觉得自己必须为它们做点什么作为回报。可是，人类自古便有这样的误解：我爱大地，因此大地也爱我——我是大地的儿女——我是人类，是一切生物中最受恩宠的；我乃万物之中心，万物皆为我造。

过去，我腿脚利落时，兴高采烈地爬上这座美丽壮观的小山，它从伊斯特本直通白色断崖海岬，沐浴着阳光，踏着清风，心情愉悦。每走一步，脚下就会踩碎数不清的细小的灰色硬壳，这些壳中空无一物，早已风干，踩上去发出咔嚓、咔嚓的声响，就像脚步踩在白霜或是脆弱的珠子上。它们看上去非常可爱，让你感觉不忍心把它们踩在脚下——这么晶莹剔透的瓶饰，就连国王的御用陶器厂都造不出来。可现在它们就深深埋藏在草皮之下，每次我都不情愿地踩上去、踏碎这些蜗牛壳的时候，就会感觉这千千万万的硬壳每一个都曾经是一处生命的居所。每个鲜活的生物都各居一处，感受存在的快乐，于它而言这就是一切——就好像山上的太阳为它而闪耀，山下广阔的大地为它而在，野草和植物也都为它而生。它们全都死了，全部的物种都已死去，留下的躯体也在我的脚下化作了尘土。大自然从来不会对任何生命定价估值，渺小的蜗牛也罢，人类的生命也罢，都一样重要。

我自以为对最早生长的叶子和草地上绽开的第一朵红门兰意义非凡——还自以为我对山雀多么重要，因此我应该记下山雀的第一声叽啾，如此就能宣布夏日来临了，因为此时橡树也绿了；我一定不能错过每一天甚至每一时刻田野中发生的变化，否则就会与什么擦肩而过。树林边低垂的雀麦草多么美丽！可是今天我不得不倾听云雀的歌声，甚至不用出门与它同行，只是隔着窗户便能听到；雄性的红腹灰雀即便没有我，也可以把须根纤维带到自己的窝里。没有我的存在，它们也把一切安排得井井有条；它们知道时间和季节——知道这些的不只是进化了的、可以通过父辈的旧巢作为图书馆可供查阅信息的白嘴鸦，还有树篱里居无定所的意外来客和从海上飞到桦木林里筑巢的棕柳莺。没有我，它们的生活照旧。红门兰和黄花九轮草——我无法一一细数——我仔细倾听，仿佛听到它们有规律的脚步声——倾听花儿、嫩芽和天上飘过的云朵的声音，时而细雨骤至，时而阳光灿烂，明媚的阳光穿过枝繁叶茂的树木照射到地面。没有我，一切照旧，此时的我就像散落在山丘上、埋藏在草皮下的空空的蜗牛壳，对自然的运行毫无影响。大自然不会给任何生命定价估值，无论是对我、还是对多年以前歌唱的云雀，都一视同仁。大地对我来说意味着一切，重如泰山，而我对大地却微不足道，轻如鸿毛：在人死之前就得知这一点，着实令人难以接受。这些甜蜜芬芳的紫罗兰只为自己绽放；它们的形状、色彩，以及气味和色彩的精细比例、微妙变化，并不是赐予我的礼物，也并非为我而生。透过窗户，我听见云雀在乌云密布的天空歌唱，每一个音符都像一把刀，落入我的内心。

此时，云雀的歌声就像滚滚的雷声入耳，无法否认、挥之不去——你必须倾听；你怎么能堵上耳朵不去听这只云雀的歌声、不去听这朵紫罗兰的讲述、不去听这灰色小蜗牛壳用螺旋的壳尖书写的语言？对宇宙来说，人类的生命不比那些埋在山丘草地里的无人关注的蜗牛更有价值，这样苦涩的事实应该让我们更加看重自己作为人类——作为人——有生命、能思考的人类的伟大之处。我们必须依靠自己、帮助自己。我们必须将自己视为地球生命永恒存在的一部分，日夜更迭、年复一年、世纪轮回，人类始终在奋斗、学习、探索，寻找着可以使我们在地球上的生活更加充实、完满的东西——发现更多的紫罗兰和花儿的美好，深吸一口风中飘过的野蔷薇的香气。因为此时我的心跳已变得微弱，我的脉搏几乎跟不上时光流逝的速度，我多么期盼未来的人们能够比我看得更广、享受得更完满；我又是多么开心能尽我所能去拓展生命的意义。希望并不存在于已经逝去的生命之中——它们都已死去，如同空空的蜗牛壳；希望存在于甜蜜芬芳的紫罗兰花朵中，人类思想的灵魂就孕育在新鲜的花瓣和缤纷的色彩里。

从来没有人如我这般敬仰大地。最不起眼的卵石，无论沾满灰尘还是布满瑕疵，在我看来都那么美妙；它在我脑海中萦绕，最终变成了太阳一般，成为牵动我的所思所感的宇宙中心。有时，我在草地上散步、在草地上歇息，随手扒开草丛，便能发现躲在草丛根部的小小鹅卵石。然后，我拾起几枚小石子，拿到阳光下，太阳照射在石子上附着的一颗颗小沙砾，熠熠闪光。这些小沙砾粘在我的皮肤上——千万年的时间就这样停留在了我的指掌间，千万年来太阳始终在闪耀，照耀着这些石英的原子，千万年来鲜花一直在盛开、生命在闪耀，从岩石上冰冷、静止的帽贝到火热的、跳动的人类的心脏，万千生命在时光中闪耀。有时，我在石楠丛中的沙地里发现这些生命，金黄色的海洋在我面前掀起六英尺高的浪头，那里就是旱地蜥蜴的隐身之地，而它的远古血亲也许曾在此隐身或晒太阳。又或者奔腾的海浪把它们从未知的远古时代的深渊里冲到我面前，潮湿、闪亮。它们是否早在埃及出现之前就已在树根裂缝的地方筑巢了？鲜活的思想与死亡的卵石相对——你是否曾想过这样陌生却奇妙无比的问题吗？它们之间相隔的距离只有手的皮肤的厚度。此事的主要目的是向我们展示灵魂的存在。卵石告诉我，我只是一个灵魂，因为我不是那些触摸到我的手部神经的物体。我和卵石是绝对独立、各不相同的两类，也永远不会走到一起。小卵石和头上高悬的大太阳相距千万英里之遥；可是伟大的太阳和我能触摸的小小卵石并没有我和鹅卵石之间那么多的不同。暗淡的表面与光滑的镜面没什么区别，一样反射出思想深处的内在自我。

今天早晨，我聆听着野蔷薇的甜蜜风声；可是数周过去了，光秃秃的黑橡树仍然笔直地站在雪地里，就像停在深峡入港处的船舶的桅杆，卷起的船帆已结冰冻实、覆满冰雪。耸立在白茫茫的斜坡上，橡树林里的每棵树从头到脚都清晰可见，在光辉的背景映衬下独一无二、各不相同。从来没有遇到这般漫长的冬天。整整两个月，这些树站在雪地里，如同身穿黑色的铁质树皮盔甲在呼啸的寒风中岿然不动，前排的橡树大军昂首挺胸巍然屹立，绝对不会屈服于北方的入侵者。空中飘落的有时是宽大的雪花，有时是半片状的雪花，有时又是冰粒如骤雨般坠落，雪花疯狂地旋转、扭动着落下，冻雨如同冰制的子弹，呼啸、嚎叫、呻吟着砸向地面。地面如同一块铁板，天空一片乌黑，只朦胧地呈现些微的黄晕——这是暴虐而残忍的颜色——好像上帝握紧拳头猛力出击一样。终于，敌人撤退了，天空清澈晴朗了许多，但是敌人的战壕和屏障仍在，它的堡垒在天空高处飘浮，所到之处都留下了雪花的印记。山脊上黑色的冷杉在冰冷的云层下耸立，肃穆而坚定；斜坡上的落叶松没留下半片叶子，看上去好像枯萎变黄了；放眼望去，远处的平原同样是一片泛着黄色的黑黝黝的颜色，沉闷而压抑。站在七百英尺高的山丘上，冷空气就如大镰刀般锋利——一阵粗鲁、野蛮的暴烈飓风手持庞大的棍棒猛力敲击着房屋的山墙，我们只能俯下身来，爬到侧面，从窗前往外观看整个世界的模样。几乎一切都看上去令人不快——寒冷、冰霜、艰辛、白雪、阴暗的天空和大地、光秃秃的植物，就连荆豆都被冻得僵硬了。可是，森林却还是那么美丽。每一天看到它，我们都会赞叹不已、心生崇敬，每一天我们都要对它说些赞美的言语。冰霜越来越厚，可是森林覆盖的群山却如此壮观，让人不禁敞开思想去拥抱这无上的辽阔和壮丽。大地永远美丽，永远美丽。即便没有任何色彩、没有一片绿叶、没有一丝阳光、没有鸟儿放声歌唱、没有蝴蝶拍打翅膀；即便没有任何令人愉悦之物、没有夏日的光彩和优越，却永远蕴含着无尽的力量。我们是否应该这样说，人类思想的欲望永远存在，即便面对不毛之地的荒野也能觉得自我满足。从心脏开始跳动的那一刻起，我们就在本能地期盼美好的东西；我们满足愿望的途径是有限的——总是试图从粗野的石头中找到美丽的雕塑。我们的思想孜孜不倦地在浩瀚无边的大地中塑造自我，塑造自我的美丽、高贵和壮丽。我们自称为了正义和真理而奋斗，却不知正是这种奋斗产生了谬误。

一天早晨，有位雇工手持一把铁锹来到我的门前，询问他是否能帮忙在花园里掘地，或者说试试能否掘地，虽然有可能折断铁锹，他也在所不惜。因为他快饿死了，已经有两个月找不到活干，他说自从第一次霜降、冬天来临之后，到现在已经过去六个月了。你看，自然、大地和上帝都没有为"他"的生活费过心。他要是愿意，完全可以动手挖掘冻得如石头般坚硬的土地，可是颜色灰黄的天空却根本不会在意。自然之中没有什么东西是专为人类而存在的！他所能找到的唯一的善意来自他的同类，只有他们才能勉强给他找点吃的东西，养活他的是人类。在任何其他的事物中都不存在针对人类的善意。还有一位上了岁数的人，每周都会定期来一次，他的头发就如他脚下蹚过的雪地一样白。夏季的时候，他以劳动谋生；但是到了冬天，他找不到活干，只能在一家一家农场之间来回辗转，讨点食物。人们总会给他点什么——要么是面包和乳酪，要么是一便士硬币，要么是一小片肉，等等。他就一直这样生活，那段时间他就一直在户外找个能容身的地方睡觉。他从没有过家。那他为什么不去济贫院啊？"我担心去了那儿，他们把我和那些粗暴无礼的家伙关在一起，很可能连我的衣服都偷走。"所以，他宁愿面对风霜雨打，拖着年老衰弱的身体到处漂泊流浪，也不愿去济贫院。如此，至少他还能保留一丝尊严和男子汉的阳刚气；他的衣服虽然破旧，可是干净合体；他绝不与流氓无赖为伍；风霜雨雪、杂物间的稻草都比济贫院要强。他这一生都在与年岁斗，与自然斗，与环境斗；他努力面对压迫到他头上的社会、法律、各种指令的全部重压，抵抗那些迫使他放弃尊严和自由的东西。他宁愿冒着失去生命的危险在大雪中行走。自然、大地和上帝、神灵都没有丝毫眷顾他；太阳和群星，又在何方？他挨家挨户地敲开农场的门，发现只能从人类那里得到善意——他无法从法律或法规中找到，只有人才有良善之心。

刺骨的北风呼啸，就连野生的田鸫都被迫躲到花园的树篱中寻找浆果饱腹；流浪四方的人们也被迫来到门前廊下。于是，来了第三个人——一位风霜满面的吉卜赛妇人——她的身体仍然结实与健壮，来门前兜售鲜嫩碧绿的金雀花。我们买了一些金雀花——其中一支放到了厨房的地板上，温顺的小兔子跑过来一点点啃食。其实这并不是金雀花，只是石楠。真正的金雀花在一月份和六月份一样，看上去都是绿油油、水灵灵的。花买完了，她不肯走，说是想见家里的“小姐们”。“上帝保佑您，善良的太太。都怪这天气太差，不是吗？我希望您永远也不会缺衣少食，善良的太太。啊，您看上去真是个好脾气的人，我知道您肯定什么都不用买。您看能不能帮我找身给小姑娘穿的旧衣服呢？我家里有个小女儿，只能待在帐篷里不能出来——就是一顶普通的帐篷，除了帐篷我们一无所有，亲爱的太太——真的——她喜欢逗趣开玩笑（说到这她的语气轻松愉快）。她就是这样！她还有个双胞胎妹妹，你看，不过她一切都还不错，总之再好不过了。她想起床出门玩，对我说，‘妈妈，您赶紧帮我找件衣服穿啊。’因为躺在床上实在难受，身体养好了，也足以起床了，可是她还是必须待在床上，因为除了一身睡衣，就没有别的衣服可穿了。您知道，好心的太太，我们倒还能尽力抚养第一个孩子；第二个可就让我们费心了，我们把能剪的东西都剪了，还是没法给她做身衣服穿。您看看能不能帮忙找件旧衣服给她穿？”在树林边，通常会有一大片荆豆和石楠丛，吉卜赛人就在那里搭了一个低矮的帐篷，只能爬着进去，吉卜赛妇人就是在这样冰雪严寒的日子里生下了一对双胞胎女儿。可是，虽然随手就能砍下石楠和荆豆的枝条，却没法用它们生活，在风雪交加之中根本生不起火来。吉卜赛老妇人说就算他们有点能吃的东西，没有火也是不行的，他们只能设法弄点焦炭和煤——这些东西实在是太奢侈了。不过他们丝毫不抱怨，相反他们很满足、很高兴，老妇人为女儿的坚强感到自豪。后来，丈夫用点稻草编成蜂箱四处售卖，或是做些用藤条帮忙修理椅子的营生，他是个健壮又令人尊敬的男人。被刺骨的北风所迫，来到门前乞讨的人当中无家可归的人过得最好，比那些住在农舍里却宁可毁掉他的铁锹换上一先令的雇工要好得多；无家可归的人比起白发苍苍的老雇工状况更好，老雇工耗尽了体力，到头来没有一个朋友陪他度过冬天寒冷的夜晚——甚至无法生起一堆火可以偎依在旁。相比之下，吉卜赛人最接近大地，状况也是最好的。不过，大风也不会为了过着最原始生活的人们而止息。硕大的雪片洒落在低矮的帐篷上，帐篷下面小婴儿正在吸吮妈妈的奶水。簌簌的大雪和刺骨的寒风也不会为了婴儿而止息；就连炉火也几乎无法与之抗衡。雪夹着雨、雨夹着冰，冰霜化作了雪粉霰粒，像子弹从天上弹射下来，啪啪地击打在帐篷上，掉在火上发出嘶嘶声；橡树林中狂风呼啸呻吟，永不止息。人的一生，从生到死都得不到一点来自天地自然的善意。大地、天空或神灵对人类的存在毫不在意，而人类并没有意识到这一切，就算天真地依偎在母亲的怀抱里的小婴儿也不例外。除了人类，还有什么能对人类表现出善意？那么，人类啊，离开那些上帝神灵，放飞自己的理想，展翅高飞吧。

有天早晨，我发现有什么东西在花园的金雀花篱笆下移动，这东西颜色发灰，布满斑点，而且肥胖肿胀，看上去很像癞蛤蟆，身体有一半掩藏在枯草丛中。慢慢地，它跳了出来——原来是一只画眉鸟，肯定是今年的最后一只了，在冰霜严寒中，它的羽毛如此蓬松，几乎完全看不出原来的模样。它绝望地在石头四周和沟沟坎坎中搜寻食物，所有的地方都硬邦邦地覆满了冰霜。不远处有个干巴巴的蜗牛壳，颜色灰白、壳中空空，在远处也能清晰地看见。画眉敏锐的眼睛一定早已告诉它这只是个空壳，可是它太饿了，绝望中仍然啄起这个空空的蜗牛壳在石头上砸个粉碎。像人类一样，这个小东西的想象力甚至比它的经验还要强大，它努力说服自己壳里一定有东西可吃，只是希望落了空而已。你看，就连画眉的大脑都可以忽略事实。纯粹的机械一定不会去触碰这个毫无价值的空壳——不管有多么痛苦遗憾，必定会立刻接受事实，就像是天平，重的那一侧马上就会下沉，服从事实的分量。鸟儿的大脑并非机械，因此它也并非完全被经验掌控。这纯粹是一种人类行为——就像我们自己所作所为一样。接下来，画眉从篱笆那里飞到大门前，想看看攀爬的植物上是否还留有几颗浆果。它看见我站在窗前，却还是径直飞了过来，而且恰恰停在窗口、触手可及，它在那里足足待了好几分钟，叽叽喳喳，好像在说，“我快饿死了——救救我。”我从来不知道画眉鸟也能如此准确地祈求人类的救助，或是如此刻意地靠近人类（此前并未得到任何鼓励）。我们试图给它喂食，可是又担心食物根本到不了它嘴里。奇怪的是，这只画眉鸟怎么可能会留在了这里呢——花园里已经有两个月没有出现过画眉鸟的踪影了。浆果全都没了，地面也冻得硬邦邦的，什么食物都没有，连溪水都冻结了，积雪覆盖大地已有几个星期，冰霜早已夺取了温暖的气息——真是难以想象这样的一幅画面，鸟儿该忍受着多么残酷的折磨。可是，冬日的严寒绝不会为了一只画眉鸟或者帐篷里的小婴儿就停下脚步。大地和苍天都不会对它们心怀怜悯。这只画眉鸟的幸存的确出于意外，可是画眉鸟的一家又在何方呢？秋雨淅沥的时候，它们曾如此甜美地在花园里歌唱。乌鸫又去往何方了呢？

我站在七百多英尺的高处俯视耸立在深谷茫茫白雪之中的黑漆漆的橡树林，日复一日，除了周围崎岖的小山，树林又多了一重冰霜的封锁——橡树林在我眼中，就像朝拜耶稣的东方三圣人那样神圣。一切生命的种子——鸟与兽、人类与昆虫、树木与草，以及整个大地上的生物——是如何聚集到一处四四方方的堡垒之中，在那里安全地沉睡安眠，施了魔法般的防御工事，抵挡一波波袭来的洪峰，袭来的并非洪水，而是冰雪的巨浪！击垮大地的正是冰雪严寒和冬天，整个世界都灭亡了，鸦雀无声，陷入死一般沉寂，一切都被彻底摧毁了——这是神灵的冬天，到处覆盖着冰雪，一片沉寂，整个宇宙弥漫着一片死亡的气息。世间的一切都消失了，地球上的人口减少了，死亡占了上风。但是，冰雪覆盖之下、施了魔法的堡垒之后,沉睡着生命的萌芽。峡谷深处,黑色的橡树林独自傲然挺立在皑皑白雪之中,无法移动的群山环绕着它们,这几乎就是神圣的琐罗亚斯德守护火种的故事的现实版本。沉睡的幼芽和种子就封锁在冰雪之中——来年夏季的蝴蝶也在其中的某处安眠。大地上的居民几乎被横扫一空,可是生命的种子却没有死亡。附近就是吉卜赛人的帐篷——这个种族来自东方,他们的祖先可能亲眼见过见过古波斯琐罗亚斯德教的圣人敬拜光明的火种;而在这些帐篷之中,已经诞生了新的生命。在冬季的漫漫黑夜里,在恶神阿里曼、邪恶的毁灭之神的暴虐威力下,娇嫩的幼芽和种子暂时受到了束缚,等待着善神欧玛兹特、象征光明和夏季之神的太阳的到来。在冰雪覆盖之下,在树木冰冻的裂缝之中,在大地的裂隙之中,生命的种子只是暂时被冰霜的封印了,很快就会恢复往昔的活力。夏天嗡嗡作响、蓄势待发的生命只是暂时在冰雪下静默无声。

每到阳光温暖的日子里,这片广阔的林地四周到处都是一群群飞舞的昆虫,数不胜数。漫山遍野开满石楠花,还有千千万万的石楠花不断在盛开,将起伏连绵的群山染成一片紫红的颜色,在连绵数英里的土地上,每一天都要有无数飞行的生物前来拜访。黄色斑纹的食蚜蝇成群地飞来,数也数不清;石楠丛和公共用地,沼泽地和森林,树篱和灌木丛,到处都飞着小昆虫。每当你走过都会有成群的昆虫从你脚下飞起;经过时,如果你的胳膊不小心碰到了灌木丛的树枝,就会惊动成群的昆虫;有时,它们停在你面前,就像下起了昆虫雨,一阵五彩缤纷的阵雨。军团这个词太小,难以形容蝴蝶数量之多。四周树林环绕的干燥牧场到处飞舞着牧场褐蝶，几乎变成了一片黄褐色；还有蓝灰色和红铜色的蝴蝶成群结队络绎不绝地飞过来；哪怕波斯的薛西斯国王率领的大军全部加起来也抵不上这些昆虫数量的万一。它们死去的时候也以百万计；不过此时它们的幼虫蜷缩在某处，被冰封在积雪之下了，那里必然有相当数量的雌性昆虫和幼虫，今年空中一定还会飞舞着这么多的蝴蝶。一次产卵数百的大黄蜂、一次育儿上千的黄色胡蜂，如今都藏身于某个地方。积雪之下埋藏着即将越洋迁徙而来的候鸟的食物。从东方到西方，从希腊到墨西哥，很多国家都流传着上一个世界被大洪水摧毁的故事，据说彗星的彗尾引发了大洪水；可是，在阿维斯陀经的注解独一无二，在这里的传说中，诺亚方舟对抗的是暴风雪。这个故事也许是对冰河世纪的朦胧记忆。而在此处的深谷中，琐罗亚斯德教的神话寓言就藏身于这片幽暗的橡树林和茫茫白雪中。一旦太阳向上扫过白羊座，叶子就开始蜷曲沉睡，蝴蝶被隐藏起来，微小的生物也隐身了，静静地等待光明和生命的提供者、善神欧玛兹特的到来。

漫长的冰霜严寒最令人厌烦——这种无休止的单调令人乏味，人们可能会觉得这是我们的气候当中最不讨人喜欢之处，富于变化才是真正最好的特征。雨、雾、狂风——应有尽有，我们欢迎一切，但是唯独不喜欢令人厌倦的、千篇一律的寒冷。不过，一旦单调的严寒过去，天气就会变化万千，再也不会听从于什么节气变换的寻常征兆。

云雀终于飞到冰封的大地上空，在乌云满布的天空放声高歌了。它们实在无法继续等待春天，热烈的爱情充盈于它们心间，足以对抗冬季的严寒。不久之后，花园四周的荆豆树篱上，篱雀也开始婉转啼鸣了。渐渐地，苍头燕雀也提高嗓门，尖声放歌，结尾总是那个古老的故事，“亲爱的，你愿意，你愿意吻我吗？”接着却下了一场白霜，原本一片漆黑的大地变成了白色，白霜融化时，水汽氤氲、聚集，然后天空下起雨来。就算到了这时，恶劣的天气也不肯善罢甘休，仍裹紧身上的大氅，凶狠地横扫四周的一切。不过，一两天之后，乌云就被阳光驱散了，从南方飘过来夏日的白云，冬天的日子总算到了头。那位年老的雇工又来门前讨要面包和奶酪，嘴里说着“风从南方吹来了，”他说，“希望它停下不走了。”树篱上有五个浅黄色的斑点——那是荆豆花——好几个星期都没有发生任何变化，如今颜色终于变得娇艳起来，最终成了金黄色。原来静悄悄的大路上突然开始不断有马车和货车来来往往，繁忙的道路足以证明春天来了。当然，恶劣的天气还会不时来袭，但是冬天却终于过去了。

天空的片片乌云如同一块块晕染的墨痕，“信使”一样在天空飘移；跟随它们的便是堪称“运水工”的积雨云，乘着南风和西风前来，于是雨水如同长长的珠帘从天空坠落，将种子播种在泥土里。一会儿天空中就会出现一道彩虹。透过窗户的栏杆，我能清楚地看到田地那边的柳树上已经吐出了厚厚的柳絮，灰色的柳枝颜色开始转黄，虽然距离很远，却能看得分明。就这么短短几天的工夫，却发生了翻天覆地的变化，春天的手臂越来越果断，紧紧地拥抱了树篱。我的小屋好像牢笼，不过窗户的栏杆只有约十六分之一英寸那么厚，我只需用手指轻轻一弹即可折断一根——虽然这只是一扇窗，对我来说却像是伦敦塔二十英尺的厚墙一样，难以穿越。一辆马车从眼前经过，在春天的货车当中，这辆车上装的东西最奇怪,车上的人谈论着如何为蛇麻草搭架子。车上坐着一位老人,目光呆滞,动物一般的眼睛表明他的年事已高,他已经超过九十岁了。在他的周围还有几把椅子和几件家具,他就倚靠在一张床上。马车带着他走——确切地说他被装上车——前往另一处房屋,去的地方却不是家。他说自己离不了这张床,因为他在这张床上睡了七十三年了。上个礼拜天,他的儿子——年纪也很大了——按照当地的习俗,被一辆敞篷车运到了教堂的墓地。现在,还活着的老父亲就要去往一片陌生的土地。他的家已经四分五裂——如今只是稀里糊涂混日子,再也用不着在玉米地里干些零活、喂喂小鸡。荆豆树篱很快就会绽放,变成一堵厚厚的金色花墙;可是他不可能再看到另一个春天了。很难再见到了,不是吗?毕竟已经九十岁了。谁也没有威逼着人走到这一步,逼人的是环境,是人的命啊。古希腊人的歌里充满了悲伤,对他们来说,人天生就是受苦受难的生灵,可是他们的土地上空气清新、开满紫罗兰。这里曾有一片被冰雪覆盖的大地,那里也一样。我好像已经看见一位陌生人正在老人的花园里掘地、挖土了。

听到鸟儿再次驻足树枝放声歌唱,树木该多么高兴啊!沉寂无声、叶片凋零的漫长时光终于过去,鸟儿再次回到树上,它们又能感受鸟儿筑巢的忙碌了;能够为鸟儿提供青苔、须根和树枝分杈筑巢,它们该多么开心!如今,放眼天空,看着阳光照亮的白云缓缓向前飘移,心情愉悦,就像坐在海边一样。鸟儿正在来来往往地飞翔。健壮的斑鸠来了——它们飞了很远,从远处的山丘一直飞到灌木林;乌鸫先从一棵楞树上起飞,一会儿朝这边飞,一会儿又朝那边飞,横越整片草地,落到了拐角处枝繁叶茂的树篱上;金翅雀飞过去了,空中响起云雀的欢快歌声。微风轻盈拂面,露珠丰盈湿润,雨滴反射着太阳的光芒,一切都充满了生命的魔力——这种神奇美妙前所未有。白嘴鸦拨弄着草丛中发白的老旧枯叶,细长的新叶片冒出了地面,颜色鲜嫩碧绿;无花果树的嫩芽日渐饱满,绽开了叶片,在静寂阴暗的树林里格外鲜亮,立刻吸引了人们的目光;燕八哥成群飞往空荡荡的柳树林;小羊羔在草地翻腾跳跃。你永远想不到这一天将会带来什么——想不到接下来还会有什么新鲜的东西出现。昨天,我看见了耕田的农人和他的马出现在田地里,犁头所过之处,土地格外平整、新鲜泥土泛着光;今天已经有只蝴蝶飞过了;农工将修剪灌木树篱后的枝条收集成捆背回了家;到了明天,桤木林里一定会响起鸟儿开心愉悦的欢鸣,棕柳莺也要脆声鸣叫,呼唤着战斗、战斗,出发!渐渐地,水杨梅长出来了,草地上的野花盛开了;田地马上就要开始耕种了,水边的金凤花即将绽放,舒展那金黄色的宽大花瓣。你永远也想不到接下来还会有什么映入你的眼帘——蓓蕾、鲜花、鸟巢、卷成螺旋形的蕨类植物,有可能出现在林间小道上,也有可能出现在草地上的小径两旁,有可能出现在水边,也有可能出现在枯枝堆成的柴垛上。既没有固定的顺序,也没有既定的、正式的规律——总是那么出其不意;所以,你没法说"我要到这儿找什么,去那儿看什么。"春日的时光里,生命可不像田地里的播种机那样沿着直线播种,你也不可能以步量的方式寻找野花的踪影。总会有些大片的树林里无法找到盛开的百合花,夜莺也不是在哪里都可以放声歌唱。大自然没有排列布局,没有规划设计,甚至没有什么东西说得上合理与否;胡桃树刚长出嫩嫩的幼芽,就遭到了冰霜的摧残——大自然不是镶嵌着棋盘纹路的罗马人行道,没有为嫩芽安排适合嵌入的时间和地点;大自然就像个孩子,它才不管你是否正在深思细究,也不会等到你觉得适宜的时间,而是任性地想唱就唱、想喊就喊。每一天,你很难预料会发现什么东西,也许你就只捡到一根飘落的羽毛，可是它的每一丝纤维都那么美丽动人。总是那么美！一切都那么美！这些东西都是全新的吗？耕田的农夫和他的马匹、工具,云雀的歌声、绿绿的树叶,这些都是新的吗?它们能是新的吗?它们当然自古以来就存在!可是,它们的确是新出现的——唯有它们是新的;别的东西则是古老陈旧、色泽灰暗,令人心生厌倦。

本文首次发表于1886年5月《朗文杂志》

1889年首次收录在《田地和树篱》一书中

我的古老村庄

一位上了年纪的老朋友来我这做客，我向他打听一位身体健壮的雇工，他却告诉我说，“约翰·布朗死了。”

“他真的去世了？”我问道，因为这不太可能啊。

“真的。他像往常一样晚上下班回家，脚下好像被门槛绊了一下，直挺挺摔倒在地板上。等到大家把他扶起来，发现他已经死了。”

我记得进门的位置，有根木条横跨在门口，乡下的农舍家家户户都有这样的门槛，进门的时候如果不当心，很容易被绊倒；可是他对门槛太熟悉了，不可能绊倒啊。地面铺的是砖，就算摔倒也不太容易死人。他肯定是从山顶上下来的，懒懒散散地迈着大步向前走。他小时候就帮忙扶犁，常穿着沉重的大靴子在垄沟里费力地走，腿就好像从身体里拉出来了半截一样，走路的时候总是拖着脚。他抬脚迈过农舍门槛的时候，肯定步子不稳，碰到了门槛，就这么摔倒送了命。他穿过大门口的时候送了命，如同铅笔画下的生命印记轻易地就被抹掉了一处。以前他的那间屋子里有个很大的壁炉，房间也比大多数的农舍房间要大很多；壁炉里生着火的时候，火光会映在壁炉下面发黄的红色砖块上，头顶上面那根粗大的缘木也被映得通红，屋子里十分舒适，洋溢着家的温暖。夏天的时候，屋门总是大敞四开。附近高高的土坡上有一处地方，那里的紫罗兰总是率先盛开。那时候，你可以顺着灌木树篱放眼四望，哪怕看到几英里远的地方，也不会有紫罗兰开放，只有约翰·布朗家附近的那片才有。

如果能把人一生当中干的所有活儿都集中起来，在他身边堆成可见的形状，得堆成多么高的一座山啊！如果每一次行动或每一次努力都用一块砖头来代表，约翰·布朗临死之前的那天，身边足以垒成一座金字塔那样高大的纪念碑。可是，如果能把他拼力劳动挣下的所有钱、所有的收入都摆在他面前，他可能只需要一只手就能拿得过来，小得像个核桃一样，很轻易地就能攥在手心里，别人连看都看不到。我们现代人总以为训练儿子们踢足球、划船、蹦跳，以及所有称之为体育健身的项目，可以让他们强身健体。这些不过是流行的贵族运动，都是为了表现阶层的高贵罢了。当然，通过这些体育项目，人们可以取得伟大的成绩，打破以往的记录，可是却未必能够强身健体，未必能够培养顽强的意志。如果没有顽强的意志，单是跳得比别人更远一点，根本没有什么意义；坚强刚毅才是真正的考验，坚强刚毅才是理想的状态，心血来潮时蹦跳几下或十分钟的冲刺都算不得什么。

约翰·布朗之所以身体强壮，是因为他从孩提时就打着赤脚、光着头无遮无拦在地上摸爬滚打，从清晨到深夜、从六月酷暑到腊月寒冬、再从一月到六月周而复始。哪怕雨水已经落到他的头上，他却还在齐膝深的湿漉漉的草地尽情玩耍。他每天吃的东西不过就是干巴巴的面包和一点猪油。他很小就开始下地干活儿了。凌晨三点半，他已经走在前往农场马厩的路上了，他负责帮忙喂那些拉车的马，而这活儿不但要做得精心，还得一大早就做好。车夫的鞭子还要不时抽打在他的腿上或是屁股上。到了十五岁，他的身高才和那些家境良好的十一岁孩子差不多；在那之后，他的身高几乎没有明显见长，一直到了十八岁或二十岁时才又向上蹿了点个头；虽说在发育期，他长得也很慢，好在最终长成了一个身材高大的男人。他走路的时候总是低头垂肩，膝盖弯曲，使得他的身高看起来比实际上矮了许多；他的身高绝对是实打实的，由于常年无休止地劳动，加上风吹日晒、粗茶淡饭，全身的每一寸筋骨和肌肉都缓慢地结合在一起，形成了有机的整体。这才是一个人变得坚强刚毅的原因。这才是让一个人坚强地抵御外界任何打击的原因，劳动所赋予人的强大的耐力是无法通过任何体育训练获得的。

以前我常常目瞪口呆地看着他割草。有时候他从凌晨两点半就开始割草了，一直不停地干到天黑。十一点钟通常是割草工的午休时间，这时候他会找个树篱的阴凉处，坐在晒得半干的草堆上休息一会儿。其余时间，他就一直不停地割草、割草、割草，整个漫长的夏日都是如此。

约翰·布朗死了，就倒在自家小屋的门口，那么快就去世了。我真不敢相信，因为我记忆中的他是那么身强力壮。我记不得最后一次见到他是什么时候了，过去的时间没有留下任何印记；在我的脑海里定格的还是那个在干草场上劳作的约翰·布朗，在得到他的死讯之前，我只记得那个劳作的他，除此之外，印象全无。

过去，他经常给在马厩里的我们这些男孩子抓蝙蝠玩，还给我们讲他看过的可怕的鬼故事；那时候面包房的送货车还到不了乡下的村庄，他总是从城里给我们往回带面包，扛着一个老式的旧布袋，前后各一半搭在肩膀上。还有一天晚上，他来牛奶厂提了一桶牛奶，因为重心不稳，走起路来摇摇晃晃；他坚持说不要别人帮忙，自己就可以把牛奶倒进锅里。可是他刚一使劲提起桶来，就摔了个大马趴，牛奶哗啦啦全洒到了他身上，好像泡了个牛奶澡，特别滑稽。后来，听说他大部分时间都在城里干活儿，不过看上去不像在农场时那么健康、那么开心。在开满紫罗兰的土坡对面的这间农舍里，曾有人得过天花，在我的记忆中，在小村中仅有此一例——老人们都说他们小时候人人都生过天花；不过，我在的时候，只发生了这么一例，而且病人恢复得很快，既没有死人，也没有人被传染。像这样一栋房间宽敞、修缮良好的农舍，建在干燥的地方，独立成栋，简直就是名副其实的一家医院。人们生病的时候居住在这样的地方，更容易恢复健康；若是把他们放在特意为病人修建的建筑楼宇里，反而不利于他们恢复。我记得当时有一家名为“康复之家”的庞大建筑，里面划分为不少大型的区域，但是他们所谓的通风设施只不过是一处始终有过堂风吹过的通道，丝毫也没有一丁点儿“家”的感觉。所谓的“康复之家”只不过是四面高墙、规章制度和穿堂风而已，这一切只能增加人们的痛苦。比起医院，我倒是宁愿去约翰·布朗的农舍里去探望生病的老友。不过，可怕的疾病似乎对房子对面土坡上的紫罗兰非常不利，从那以后我再也没有从那里采摘过一朵花。在疾病当中有一种特别具有破坏性的东西，对花儿来说，更是如此。

我每次回家时，无论白天还是晚上，无数次地看见那栋农舍住宅的高大烟囱在半山腰直冲云霄。长途旅行之后，在返家的途中看见的第一个烟囱总是令人感觉格外温馨，少年时代尤其如此。那时候，约翰·布朗讲的鬼故事对我们总有些朦朦胧胧的影响，按照他的说法，沿途就零星地居住着一些鬼魂。后来我们长大了，那些鬼魂也消失了，它们曾经占据的地方被那些真正的鬼魂取而代之了。我多么希望当初在身体健康的时候，能给约翰·布朗一两镑的报酬；可是小时候人总是那么自私，总是推迟本该早做的事情，直到有一天再想做，却已经来不及了——再做已无济于事。直到现在，我不敢相信他真的死了，就像你随便从树篱上掐掉一片山楂树的叶子那般轻易地离开了人世。

他家房子旁边的那间农舍也很有特点，因为房屋总是与主人相似。圆形的茅草屋顶房檐低矮，高度只及约翰的肩膀；农舍的墙壁也修得低矮厚实，墙面的颜色发黄，很像约翰的脸色，他常年嚼烟草，两颊灰黄，好像烟草的汁液浸透了他的皮肤一样。同样，烟草的汁液就像从他体内渗出来，浸透了墙壁，染上了黄色的烟渍。屋子里看上去好像用一堵墙隔开了两个房间，其实房间远比人们想象得多。约翰与人握手的方式很独特，他一般用右手跟你握手，同时左手却在做另外一件截然不同的事。不管你说什么，他总是一边说着“是的，先生”或“不，先生”，一边殷勤地点头，可是一番讨价还价之后，你总会发现自己实际上多花了那么几先令。约翰的房子里总有好几个房间屋门紧闭，他的性格也一样，总有些遮遮掩掩、令人看不清的地方。屋檐像他的眉毛一样悬挂、突出，他留着老式的、整整齐齐的额发，在表示谦卑的时候，总习惯用手轻轻地捋着额发。在房屋的一面山墙上悬着一根长长的榆树枝，看上去就像他额前的头发一样。约翰总是面无表情，就像农舍的那面没有开窗户的宽大侧墙——至少你觉得墙上没有窗户，除非你往墙的上方看，才能发现一道小小的、窄窄的裂缝，装着一扇玻璃窗。看到那扇小窗，你马上就能明白，约翰常常从那里向外看、偷偷听。他就是这样狡猾地睁开一只眼睛观察外面的世界，另一只眼却像那面墙一样总是半睁半闭，就像那个半明半暗的世界一样。不过，至于他的那只眼睛是真的看不见还是装着看不见，我就说不上来了。约翰捉老鼠、捉兔子、捉田鼠，买柴捆、买土豆、买水果，也收够兔皮和生锈的废铁：真奇怪他怎么能把钱掌控得这么好。很可能，他几乎总是同时进行买卖，这样现金就从一个顾客转到另一个顾客，从来就没有真正变成他自己的钱。他同时也是个农场的雇工，不过主要是打零工。约翰太太还开了一个窗口商店，大约也就两英尺见方，平常卖点鼻烟和烟叶、面包和奶酪、特大的圆形甜薄饼和糖果什么的，货物都放在楼上的地板上，触手可及，需要的时候爬上梯子就可以拿到。夏天的时候，农舍的前门——也就是约翰的右手——一直敞着，门前的石板用石灰石镶嵌了一圈；屋里摆着一张干净的桌子、几把干净的椅子、样式简约大方的陶器，还有一台总比正常时间慢一个钟头的老式钟表，宽大的壁炉里留有一丝微弱的火苗，这样既可以烧开一壶水，又不会导致房间的温度升高。茶点一般在下午三点半开始提供，实际上这里有不少家境富裕的人来喝茶，因为夏天路上尘土飞扬、热气腾腾，他们路过的时候总要停下来歇歇脚，喝杯茶——茶喝得不多，也就是加一丁点儿牛奶，更多的是闲聊八卦。那个地方是两条道路的交汇处，狂风暴雨的时候人们总会来这里避避雨，所以这里有点像那种铺着茅草屋顶的低矮小酒馆。约翰对所有人都平等相待，这也是小村庄的妙处，因为村里的人抬头不见低头见，彼此相互了解，都知道对方是做什么的，也经常互相打交道。虽说他是个怪异至极的家伙，生活方式也十分奇特，但是我可不觉得他有什么劣迹，顶多也就是精明了一些。无疑，精明的目的也只是为了得点小利、多挣点小钱而已。约翰要是个犹太人，可能早就发财了。他也的确和那些在伦敦经商的犹太商人一样，只是交易地点设在了乡村。约翰本来能变得很富裕的。那些巨大的褐色环形甜薄饼——就算是法国的甜肉饼、巧克力或是夹心糖，哪一样都比不上这种和脸一样大的薄饼。我真想马上就能吃上这么一张甜饼。把几个便士的硬币或者四便士的银币——当时还有面值四便士的硬币——递进两英尺高的窗户里，天啊，想想就美！钱就没断过趟。以前，约翰总要当着很多人的面，把这些硬币叮叮当当地放进一个容量一品脱的罐子里，让人觉得他很有钱。他总想让大家觉得他很富裕，而且很得意地谈论一份五十英镑的合同，好像这对他来说只是小菜一碟。就算别的会断货，薄脆大甜饼却永远不会断。那时候，我觉得世界上再也不可能有另外一家商店比得上约翰的商店。后来，我发现每个村子里都有一家类似约翰商店的店铺，在城里的每条街道上也都有这么类似的一家——也就是说，都有一扇窗口出售甜饼和杂七杂八的小玩意儿。即使你不知道这样的商店，你家孩子也肯定知道，他们还在那里偷偷摸摸花了不少零钱。哪怕你家境良好，完全可以在家里给孩子们做金黄色的糖果甜食，他们还是会溜到约翰家的商店去买点小东西吃。

这是一栋格外温馨可爱的农舍，房屋后面有茂密的大树和低矮的灌木丛，东南方向，阳光和树荫交错出现，此情此景很难用语言描绘。约翰终究没有犹太人那种存钱的天分。从某种程度上说，赚钱的是他的右手，可是那些半克朗的金币总是悄悄地从他那只不安分的左手里溜走，对他来说财富就是一根滑溜溜的杆子，很难握在手中。他的左手总想要机灵，掌控一切，结果反而失了分寸。如果他能像犹太人那样把手攥紧点，恨不能把指甲掐到肉里，也要握紧每一枚到手的硬币，他肯定早就成了村里的有钱人。致富的最大秘诀就在于攒钱，能挣钱却未必能存钱。不过，约翰在那个时代没能发财，如今附近的人们都变了，已是物是人非。约翰死了，我想那个村子的人们不是已经去世就是已经搬走了。如今村子几乎已经空了。

还有一间独立的农舍是水上巡警的房子，他负责监管大池塘或“浅水湖”。房屋附近还有一两条旧船，他习惯顺手把船桨靠在房子侧面的墙上。这些船桨看上去就像是船只残骸的碎片，残破不堪、参差不齐。右手的短桨沉甸甸的，用的材料好像是铁木，桨叶很宽，像把汤勺，这种形状划起水来能产生最大的动力。左手的船桨则轻便、细长，桨叶很窄，像个细长的调羹；所以划平底船的时候，你必须用左手猛力划，右手却要动作轻柔，这样才能使两边的力量保持平衡。方头平底船有自己特定的倾斜度，无论你怎么调整方向，它总会有些偏航。那些不了解平底船的人总是不停地想要把航向摆直，结果只能让船像个陀螺般在水里团团打转。了解平底船这一特点的人就会顺着船的方向走，并不断地适时调整偏差的航线，掌舵的时候时而向左时而向右，路线就像一条长长的之字形。如果你想借船，上了年纪的老巡警百般不舍地给你拿船桨，就好像那是多么贵重的珍宝；看你摇船远去的时候，又像和最亲密的人分手一样，依依不舍。就算在约定的日期，你想要劝说他解开绳索放开船，也非易事。你一定得表现出对花园、鱼饵，以及天气的话题特别感兴趣，态度更要十分谦恭；然后没准儿他会告诉你，他不喜欢让那些见风使舵、性格懦弱的人用船，这时候你就可以借用他的船划上一小时，最好不要离开他的视线。“我觉得老爷的管家那天早晨应该不会来，当然，如果他来了，你可一定要进来”，他还会说些诸如此类的话。如果吉星高照，过不了多久这条平底船就可以在水上漂流了。船桨就斜靠在墙边，如果你径直走过去拿一支，这时候就会有一条脏兮兮的杂种卷毛狗怒冲冲地蹿出来，像一团球一样滚到你的脚底下，龇牙咧嘴，汪汪大叫。卷毛狗狂吠的时候，屋子里冲出来一位老妇人，这是巡警的管家，尖声冲着狗大喊，让它安静地待着，然后又告诉你巡警很快就到。这位泼辣的管家的话音未落，从河岸就走来了一位老人，还有一条狗，嘴里叼着猎物。不知为何，这三位的长相几乎一模一样。除了这些钻石一样宝贵的船桨，他的宝贝还有一杆长枪，他常用来猎杀捕食小鱼的翠鸟。他所猎杀的翠鸟可谓无数，就像罗马皇帝图密善迫害苍蝇一样摧残翠鸟：他说翠鸟能抓着一条比自身体重还重的鱼飞行。他还猎杀白嘴鸦，偶尔还用一条可怕的铁丝管绞杀野禽。不过，据目击者证实，有天晚上这枪不知怎么出了毛病，从那以后老人就变得格外慷慨仁慈，把这条平底船无偿送给了特别了解船的人。有个老故事，说的是不打狗的棍棒，不咬猪的狗等等；所以，我敢说，这条脾气很差的卷毛杂种狗绝对没法和那位声音尖利的泼妇般的女管家生活在一起的，除了他之外也不会有谁会去掀了正在孵化的鸟窝，或是容忍那条狗，那个女人和那弥漫在污浊的水流上、恒久不散的瘴气。除了他，谁都不可能用这么笨重的猎枪打到任何猎物，谁也没法让这条平底船直线前行。他以前经常驾船笔直前进，驶向充满惊喜的奇妙的世界，不知为何为他的改变提供了动力，这一切不可能发生的事情就发生了。老人死了，我想他的女管家应该也死了，从那之后这间房子已经有很多人居住过，他们践踏在以前的鬼魂身上，最后把他们都赶出房门。

除了这三栋农舍之外，别的农舍住宅和房屋大宅都是成群而建，有些建在弯曲的小巷口，掩藏在几棵榆树背后，好像藏在碗柜里一样，完全看不见；还有些房子散布在小溪边上，星罗棋布，除非你用一根很长的绳子把一家家、一户户连接起来，否则陌生人很难说得清哪家是这个村的，哪家不是。虽说它们各自漂泊，形成了不同的户区，却仍然在同样的地方。这些农舍铺的都是茅草屋顶，整个村庄都是茅草屋顶。如果说这里绝对都是茅草屋顶，也有点不够精确，我觉得有一两栋房子屋顶铺设的是瓦片，还有一栋是石板，用石板修葺的房子好像比较现代一些。人类建筑的住宅没有绝对牢固或完美无缺的，一切规则都有缺陷。人们建筑老式的、铺茅草屋顶的农场住宅时，总要在前面修一堵很高的墙，后面修一堵很矮的墙，屋顶架在高墙和矮墙之间，通常会形成一个坡面，然后再覆盖上厚厚的茅草。年老的村民常年住在这些茅草屋顶的房子里，过着老式的传统生活，好像这种房子更有利于人们的身体健康。人们认为茅草屋顶的房子常年保持恒定的温度。屋内四处通风透气，空气自由流动，可以说风能透过每个角落吹进来；因为房子的前门一年有三个季节都是敞开的，而后门的奶房更是一年四季必须通风。这种房子只有楼上的一间屋子比较严实，屋子里的墙体每一面都是外墙，或者说一面是外墙，另一面茅草顶，所以只要窗户开着，大风也定会呼啸而过。现代的房子则通常会有两个房间密不透风，所以通风不好，空气很难从这一侧通透到另一侧。只要不把病毒从别的地方带回家，住在这种房子里倒也不会生病。那时候人们得的病大都是长期的慢性病，比如风湿病，病痛和痛苦足能伴随病人四十年。而我亲爱的老朋友，曾将一位又一位去世的老人埋葬，他在墓地里往来穿梭，给我讲着鬼魂的故事。我所认识的老一辈人都已经去世了——无论是身体健壮的，还有腿脚有残疾的，或是中风瘫痪的、脾气古怪暴躁的，全都死了，一个没剩。就连我们这一辈的那些人，数量也在慢慢减少。我记得一位身强力壮的年轻人，虽然从没受过任何举重方面的体育训练，却能轻轻松松举起一麻袋麦子，沉重的袋子在他手里简直就像玩具一样，我们看得目瞪口呆。有一天，这位结实的年轻小伙来到丰收时节的麦田里，像平常一样干起活来。突然，他觉得一阵头晕目眩。后来他慢慢地走回家，因严重中暑病倒在床。虽然后来他恢复了健康，却再也不像以前那么强壮了。此后的一年里，他的身体越来越差，下一次麦收季节到来时，他已经在雏菊盛开的墓地里长眠了。在阳光的照射下，人毫无反抗之力，就像片树叶那样日渐枯萎、失去了体力。这个肤色黝黑、吃苦耐劳的年轻小伙子，结实得像个铁打的汉子，胸膛宽阔，肩膀厚实，个子不高，一眼看上去，无论是冰霜雪雨还是酷暑炎热都不可能打倒他，却因为肺里的一点小问题，不出十二个月就要了他的生命。这件事提起来令人伤心。镐头和铁锹几乎在每一家的门前都转了个遍，家家户户都有人去世，我再也不愿去想这些事。剩下的人呢，大部分因为家庭的变故和艰难时世带来的生活压力离开了村庄。有些人就这么消失了，有些人远渡重洋、移民他方，还有些人不再以农业为生。留下来的是少数人，这些人当中选择留守家园，更是为数甚少。人们经受了时间的洗礼，就像一副扑克牌，被重新洗牌、重新安置在不同的房子里。在这些逝去的人们当中，我坚信至少有一个灵魂始终住在同一栋老房子里。我想，就算法国人登陆此地，像中世纪那样烧杀掳掠，也不可能把一个地方扫荡得像今天的村庄这般干净彻底、杳无人烟。

小时候，刚刚能动笔墨写字画画的时候，我做的第一件事就是画了一张小村地图。地图上详细地画出了每一条大路、每一条小巷和小径，我想当时还画过几个池塘，标出了每一栋房子的位置，写下了居住者的名字。当然画一定非常粗疏，不符合任何图形的比例，可是却非常精确，包含了一切该有的细节。我希望能找到这张画，不过时间过去了很久，以前的东西早已散落，不知放在哪里了。如果应邀为现代地图集绘制同样的一幅乡村地图，就算是托勒密动手，地图也一定与我童年的那幅画上的村庄布局相差无几。如今，一切都已逝去。原来标注的那些房子早已物是人非，仅余一家未变，整个村庄都发生了翻天覆地的变化。什么都没有保留下来。这些变化并非历时一个世纪、半个世纪，甚至用不了四分之一个世纪，只不过是钟表滴答几下的工夫，一切转瞬即逝。

我也曾听说过橡树被砍伐、倒下。可是无论橡树耸立还是倒下，其实对我没有任何影响；上次我亲眼见过的那些叶子已经脱落、一去不再复返，即便来年春天橡树初绽的深红色嫩芽，我也不会再去看了。即便我还能看见橡树，我也不想看了，无论如何它们再也难以恢复当初的模样。那里寄存了我太多的回忆。最开心快乐的日子到最后反而变成了最悲伤难抑的日子，就永远不要再返回故乡，至少在我们死去之前也不要再次回忆这些美好的时光了吧。在哪里都不可能再有这样的橡树，树干高大挺拔、树冠如伞如盖，阳光照射在大树上，就如同照射在整个地球一样半阴半阳，一侧是树影婆娑，一侧阳光灿烂。从此之后，我多少次观看过别的橡树，却再未能获得同样的观感。这就好像作者如旧，只是作品换了新的印刷版式，哪怕词汇未变、行文照旧，读者的内心情感却已发生了变化。溪水不再流淌。老水闸所在的地方再也没有音乐的声响，过去我们常常冒着生命危险坐在横跨水面上的细窄木条上，开心得就像人人都是国王。斑纹梭子鱼以前在水中随处可见，现在却难从密密麻麻的菖蒲叶子底下发现它们的踪影。以前常见鲈鱼顺着溪水漂流而下，然后再溯水洄游。以前阳光总是久久在水面上闪耀，水波荡漾、流水欢歌，那时候我总觉得自己好像回到了好几百年之前，可以触摸溪水的漩涡、倾听流水的歌唱、欣赏粼粼的波光。如今小溪也死了，因为一旦人的生命走到了尽头，对他而言自然也就到了头。我敢说小溪里一定还有水，只是已不再是往日的那条小溪；小溪已经逝去，就如约翰·布朗的灵魂已经逝去一样。田野上空曾有白云飘荡，夏日碧蓝的天空飘浮着洁白的云朵。这么多年来云彩始终伴随我一起生活，欣赏云朵就像每日吃肉一样频繁，它们带给我的精神享受就连树木都做不到。现在只要身体允许，我有时也会仰望天空一两分钟；只是云已不是那些云，讲的也不再是同样的故事。我渴望看到一些以前看过的云彩，只是希望它们没有承载以往的记忆。那时候，夜幕也会降临到田野里，只是并非漆黑一片，只是夜晚，充满流光溢彩的晚霞，充满勃勃生机的生命，生命云集争相飞向夜空与云彩相会的夜晚。这样的夜色仍然还在，到处都能看到，因为夜晚不属于任何村庄，可是却都不再是我透过窗户看到的那个夜晚。

以前村里有很多田间小径。顺着其中一条往下走，遇到的第一片田野总是长满丰美的密草；越过第二片寸草不生的荒野，就到了另一处地方，田野正中孤零零地耸立着一棵高大的橡树，树下常有一辆马车，垄沟四周星星点点长着一些灯心草；第四片田野里总是长满最美、最茂密的三叶草；第五块田地里，你站在山上都能闻到豆类植物的香气，那里有一道小树林一样的树篱，里面藏着长尾山雀筑的巢；第六处有一条小水沟，周围遍地都是蓝色的勿忘我；第七处蜿蜒流淌着一条小溪，小溪沿岸零星长着几棵树；站在第八处，你在斜坡上回望走过的路，可以看到一路走来路过的铺着茅草屋顶的房子，天空不断有阴影划过房顶，丰润的白云一团团朝着远处的山边飘去，每一朵云都胀得鼓鼓的，就像装满猎物的袋子一样弯成了弓形。我真没想到，远处这些草屋顶的房子为何看上去个个如此清楚，轮廓如蚀刻般分明，投下青灰色的阴影；越过这些房屋，就是不太分明、没有什么特色的山谷，不过山谷里的树木枝丫交错，看上去就像只有一棵树一样。这些田地其实都是牧场草地，脚步所及之处无不是茂密的草，丰美的草，布谷鸟在这里歌唱，就好像它们发现了天堂。据说一百年前，一位个子矮小、鞋上带着银扣鞞的老人，夏天的时候每周都会沿着这条小路行走，带着孩子们到农场来喝些牛奶。虽然他每次都会停下来让孩子们注意每块田地的号码，可是他们总是忙着观看鸟巢和野花，每次行程结束之后，他们总是弄不清楚这一路到底有八块田地还是九块。为了确定一下这个数字，他和孩子们出门的时候带着满满的一袋子苹果，每到一块田地，就吃掉一个苹果，最后终于数清楚了到底是八块草地还是九块草地。不过我没记清具体的数字，你看这么大规模的试验还是没能让人记住这个数字。这个数字与别的伟大真理一样，都逐渐变得模糊暗淡了，可是奇怪的是为何这么一件小事却在人们的记忆中停留一个世纪呢。还有一条步行小路穿越田凫出没的田野，在这里每到春天都有绿色的千鸟一圈一圈地在天空盘旋。然后穿过夜莺出没的地方，就到了当地乡村最大的一片枫树林，这里也是一片草地。另一条小路是在水边，通往一片长满蓝色风铃草的地方；再有一条小路蜿蜒通往群山的山谷；不管通往何处，都是大片大牧场草地，这正是风光美好之所在。因为，如果你愿意当然能找到广袤的麦田，可是你还是更喜欢在草丛里行走。无论朝哪个方向走，所到之处总能踩到草地之上，这并不多见。我朦胧地记得，另一条小路很像夹在古老的书籍当中的真丝书签；说实话，别的我不想再提，只记得头这条小路的尽头通往铁路所在的地方。当时我的脑子里对火车充满了浪漫的幻想，常常特意掐着时间点去看呼啸而过的火车，了不起的蒸汽机车从那么宽的轨道上横扫而过，威力十足地奔向伦敦。我还希望还能重温当时的感受。这种感觉到现在也没有完全消失，从那之后我经常仿佛看见这些车轮宽大的家伙在眼前往来穿梭，就像以西结在巴比伦梦到带轮子的生物而喜悦一样，我的情感大致相似。不过，我再也没有带着这些记忆回到逐渐消失的小路上去。这些小路，如今也都消逝不见了。

家里的胡桃树也死了。记得每当果实累累的时候，胡桃树就会投下一片浓浓的阴凉；等到胡桃熟透落地，外壳就会摔得裂开，那时候剥皮就像摘手套那么容易，吃一颗没有晒干的果肉，那滋味真是香甜可口、美味多汁。最美的事情就是手里捧着瓦尔特·司各特的大部头小说坐在树下，一半身子露在阳光下，一半身子躲在树荫里，幻想着肯纳尔沃斯和和韦兰德·史密斯的藏身的山洞。这时候最难的就是怎么才能在这些奢侈的享受之间保持平衡，比如何时剥胡桃皮，何时看书，如何调整到最佳姿势才能既晒到足够的阳光又有不小的树影。真是无比的享受。我还读到了这样的故事。一个名叫阿布卡卡·伊本·扎义兹的人讲了这么一个故事：1483 年骆驼商队穿越沙漠地带的时候遭遇了沙尘暴，迷失了方向。他们在沙漠里走了很久，当大家饥渴难耐、陷入绝望的时候，突然沙漠中出现了一片绿洲，就连商队中年纪最大的巴格达商人也从不知道这么一个地方。他们在那里找到了清水、棕榈树和一家供商队休息的驿站。更令人开心的是，集市上的人们和王子都赶过来对他们表示热烈欢迎，人们宰杀绵羊、烧烤山羊，到处一片欢欣雀跃。一番盛宴款待之后，当地的人们才让他们离开。他们重新上路出发的时候，每个人被赠予了几串珍珠、几袋子红宝石，就这样他们带着国王才拥有的灿烂珠宝回到了家里。这时候他们才发现，原以为离家刚刚一两个月，实际上二十年已经过去了，时间如梭般飞逝。待到他们年纪老迈，胡子灰白，身体也有些佝偻，珍珠没有了，红宝石也用光了，他们说“我们还要回到绿洲之城。”他们骑着骆驼出发了，其中有一个跛子，一个瘫子，第三个是个瞎子。可是一路上沙漠平坦如初，他们不是曾经在上面走过吗？他们随身带着天文学家用的星盘，可以借助天空星星的运行轨迹引导方向。时间一点点过去了，骆驼载着他们来到了距离圣地越来越近的地方，这时一个人看到了水源，另一个人看到了棕榈树，可是当他们走近才发现那是海市蜃楼，黄沙早已把原来的绿洲深深掩埋了。然后，他们就分开了，各自急急忙忙往家赶。可是，这时瞎子失去了向导，跛子摔下了骆驼，瘫子则时日无多，最后他们的白骨也消失在茫茫沙海之中。[①]我还在很多别的树下读过很多故事，如今这些树也像人类一样消逝了。有时，我会躲到草地深处的隐蔽处，坐在长满榛树的小土坡上；有时，我会拨开桤树的嫩枝，藏身其中。我的背心口袋里装着一本方方正正的红皮小书，出门的时候我从来不翻看，却总是喜欢把它装在衣兜里，最后书页磨烂了，装订线磨断了。这是红皮书里最小的，但是内容丰厚——威廉·莎士比亚先生的诗歌和十四行诗。有些书的生命常青。这本书我到现在还保存着，它不会死。桤树灌木丛被砍伐了，榛树林所在的山丘也已遭到破坏，但是莎士比亚的诗歌长存。

那时候，是不是所有人都对我态度和蔼可亲呢？是不是所有

---

① 阿拉伯的注释者认为这个故事是个神话：沙漠中的绿洲象征着飞逝的青春时光，只有过去了，人们才意识到它曾经存在过；珍珠和红宝石象征着爱情的欢愉，拥有爱情的人就像国王一样幸运。每个人到了老年都要饱受病痛之苦或身体变得虚弱无力，每个人都可能中风、跛脚或失明。他们出发去寻找的是第二次青春——那是永生之梦，他们随身携带的星盘代表着教义或《古兰经》，人们把信仰当作自己的向导。死亡让结伴的人彼此分离。这个注释虽然只是一种实用主义的解读方式，相似的状况却无疑具有历史的意义。

人都那么仁慈、善良，值得我一再回顾呢？是不是所有人都张开双臂、打开房门欢迎我呢？并非如此，正好相反，从来没有一个人对我格外友好。可是，这有什么关系呢？我从来没有想到过他们，我敢说他们也不会想到我。他们全都去世了，人生已经画上了句号。最能说明我们之间的关系的大概就是“不相容”。其实这一切和他们都没什么关系，这只关乎我自己。我将自己的情感播种到了各个地方，足迹遍布每一片田野、每一片树荫。问题是他们虽然都已不在世了，“虫子把他们吃光了，但是他们的爱还在”，我们却不断地以别的方式与他们相会。我们会说，“哈喽，过来的是某某吧；哎呀，简直和他的下巴一模一样，就是他那张佛兰德人的脸”；要么就是“天啊，那是某某吧，看他走路的样子。”大家在街上遇到相似的人，总是恨不能地和他们说上两句。好像无论你走到哪里，都会意外地遇见许多熟悉的场景，听到熟悉的玩笑话，看到熟悉的发型——就好像有一整套家庭肖像行走在世界各地。所以说，令人伤感的并不是人，不论他们是善良、邪恶还是冷漠，都与此无关。

无论白天还是夜晚，我都曾在外漫游，足迹踏遍了田野，在树下驻足，从小路走过。所以我从来不去乘坐那些有很多轮子、在铁轨上奔跑的庞然大物，我唯恐自己发现那些树看起来变小了，榆树晃起来了，田野的面积缩小了，小溪干枯了，到处听不见声音，唯有火车的轰鸣声。走在每一片树篱旁，只有我自己的灵魂迎接我。我害怕最后发现自己比其他一切都更加没有生机。我真心地希望，只要不对他人造成伤害的情况下，让大漠的黄沙席卷大地，将这个地方永远地淹没在地下。

我不必如此许愿，因为我已经和博学的人谈论过这个地方，他们非常认真地考虑过我的看法。这些知识渊博的人还给我指出了很多不同的意见，以下就是他们提出的疑问：你真的确信曾经有过这么一个村庄吗？他们说：首先，除你之外，只有一个人见过这个村庄，而她已年纪老迈、视力模糊；无法佐证的证据很难令我们接受。其次，约翰·布朗已经无法出庭作证了。第三，世上本来就没有鬼魂，这一点早已被证实了。以这些没有事实根据的、无价值的灵魂为证，会极大地削弱本案的可信度。第四，你绘制的那张地图早就丢了，可能会引发人们的质疑，究竟是否有过这么一张地图？第五，那里的人们都不在世了。第六，谁都没有见过那里小溪的水面上闪烁着不同的波光，而且无论走到哪儿，云彩都是那样移动，很难区分当时当地的云彩在哪里。第七，谁也找不到这些小路，这些路或许根本走不通；至于那位个子矮小、鞋上带着银扣襻的老人，这样的故事恐怕只有老糊涂才相信。你可不要指望严肃认真的人会相信你的故事站得住脚，他们一定会去查阅《全国地形测绘集》和《英国土地志》。事实上，这件案子根本找不到一点可以呈上法庭证明其真实性的可能。对此，我可能会感到不满，不过我也无法否认这种观点对我很不利。我开始觉得没准被自己的感觉欺骗了。事实的确如他们所说。确实除我之外好像再也没人见过小溪上的粼粼波光，也没人在水闸附近听见过音乐声，更没人觉得回到了几百年以前，而每当我努力向他们描述这些东西的时候，他们都一脸冷漠，不可思议地看着我。好像谁都不明白我如何能从云彩中获得食粮，也没有人能明白那里的夜晚会出现什么，更没有人明白为什么透过窗户看到的一切不够完美。然后，他们转过头去不再看我。所以，没准我真的被自己的感觉迷惑了，这世上从未有过这样的地方，也从未有过那样的草地，甚至我也从未到过那里。也许随着时间的推移，等我的肉体逝去以后，我还会发现，实际上我们生活的地球也从未存在过。